INCLUSO
LA MUERTE MIENTE

Julio César Cano 1965, Capellades, Barcelona. Empezó a escribir después de trabajar durante años como músico y mánager de grupos. Es conocido, sobre todo, por su serie del inspector Monfort, ambientada en la ciudad de Castellón, donde el autor reside en la actualidad junto a su familia.

Corazón en silencio es el séptimo caso del carismático inspector, después de *Asesinato en la plaza de la Farola*, *Mañana, si Dios y el diablo quieren*, *Ojalá estuvieras aquí*, *Flores muertas*, *Incluso la muerte miente* y *La soledad del perro*.

Si tienes un club de lectura o quieres organizar uno, en nuestra web encontrarás guías de lectura de algunos de nuestros libros. **www.maeva.es/guias-lectura**

JULIO CÉSAR CANO

INCLUSO LA MUERTE MIENTE

Un caso del inspector Monfort

E**M**BOLSILLO

© Julio César Cano, 2021
© de esta edición EMBOLSILLO, 2025
   Benito Castro, 6
   28028 MADRID
   www.maeva.es

ISBN: 978-84-18185-79-3
Depósito legal: M-40-2025

Diseño e imagen de cubierta: Opalworks BCN
Fotografía del autor: © Ana Portnoy
Impresión y encuadernación: CPI Black Print (Barcelona)
Impreso en España / Printed in Spain

A la memoria de José Manuel Gil,
un hombre excepcional

Para Julia, querida hija,
que prendiste la llama

Escenarios de la novela

«Pronto cesará este fuego abrasador.
Subiré triunfante a mi pira funeraria,
y exultaré de júbilo en la agonía de las llamas.
Se apagará el reflejo del fuego,
y el viento esparcirá mis cenizas en el mar.»

Frankenstein, Mary Shelley

—De acuerdo, les contaré toda la verdad, desde el principio:

Robé la lupa de empuñadura nacarada, la que se exhibía en la vitrina como si se tratara de una reliquia.

Al llegar al parque tomé un puñado de hojas secas, puse la lente entre el sol y las hojas hasta que el haz de luz focalizó en un único punto. Cuando creí que iba a perder la paciencia comenzó a brotar un hilillo de humo. Luego, de repente, sobrevino una pequeña llama. Fue entonces, en aquel preciso instante, cuando debí pisotear las hojas hasta apagarlas. Sin embargo, las arrastré con el pie hasta el tronco de un árbol caído, seco y carcomido.

El fuego se propagó más deprisa de lo que hubiera imaginado y algo se removió en mi interior. Sin motivo aparente sentí una atracción desmedida hacia lo que veía. Me quedé inmóvil, en un estado de conciencia alterado, como si estuviera en trance. Las llamas prendieron a toda velocidad y los árboles del parque empezaron a arder de forma descontrolada. Alcanzaron un coche que estaba aparcado junto al camino; el fuego se hizo enorme y luego se dirigió, como un fantasma, hacia las casas más cercanas.

Enterré la lupa y hundí las manos en los bolsillos mientras los vecinos salían de sus viviendas. Aterrados, despavoridos.

Asistí con fascinación a lo que estaba sucediendo, a lo que había provocado.

Sentí algo que no esperaba: placer.

Salud, paz y lluvia

COMO CADA ÚLTIMO viernes del mes de abril desde hace setecientos años, los vecinos y visitantes del pueblo de Les Useres, en el interior de la provincia de Castellón, aguardan en absoluto silencio al despuntar el día. Un mutismo sobrecogedor se cierne a las puertas de la iglesia de la Transfiguración del Señor.

Los presentes contienen la respiración cuando *Els Pelegrins de Les Useres* abandonan el templo y caminan descalzos sobre un manto de hiedra mientras se escucha el solemne canto *O Vere Deus*.

Trece hombres, en representación de Jesucristo y los apóstoles, inician la misteriosa peregrinación hasta el santuario de Sant Joan de Penyagolosa para rogar a Dios salud, paz y lluvia.

En el camino deberán superar un desnivel de más de mil metros de altitud a través de un bello paisaje de escarpadas lomas y profundos barrancos, hasta cubrir la larga jornada de distancia que separa el pueblo del santuario. Los peregrinos, que lucen barbas pobladas y visten túnicas de color azul, sombreros de alas caídas y grandes rosarios con cuentas de madera, guardarán silencio durante el camino, escuchando únicamente los cánticos y las oraciones de los cantores y del sacerdote que forman la procesión penitencial. Al anochecer alcanzarán la ermita, donde serán recibidos de forma solemne y se retirarán a descansar al resguardo de una cueva cercana.

A la mañana siguiente, tras la enigmática ceremonia del Perdón, la comitiva regresará al pueblo, donde llegará caída la noche y será recibida en un ambiente de celebración, con las calles engalanadas de flores y hojas verdes.

Religión, mística, tradición, raíces ancestrales y sentimientos aferrados a la tierra.

Un año más, alguien observará en silencio a cierta distancia para no llamar la atención. Oculto, avergonzado, frustrado.

Humillado.

1

Miércoles, 18 de junio de 2008

Nat King Cole fue un cantante y pianista de jazz nacido en Estados Unidos en el año 1919. Su verdadero nombre era Nathaniel Adams Coles. Como no sabía una sola palabra de español y además carecía de habilidades para aprender idiomas, memorizó, palabra por palabra, la letra de un vals venezolano. La canción se titulaba *Ansiedad*.

La espuma de las olas rompía sin fuerza al llegar a la orilla y se esparcía por la fina arena de la que emergían minúsculos cangrejos que, veloces, regresaban al abrigo del mar. Grandes nubes cubrían el cielo como la boina calada de un anciano que otea el horizonte en busca de la respuesta a una incógnita imposible de resolver. El viento permanecía en calma tras una noche sin tregua que había distorsionado la fisonomía de la pequeña cala cercana a Peñíscola.

La abuela Irene recogía enseres que la tormenta había arrastrado hasta la orilla. Para ella eran pequeños tesoros que el mar devolvía a la tierra desde cualquier lugar del Mediterráneo. Un intercambio de objetos de origen desconocido, arrancados a dentelladas por el oleaje, esparcidos aquí y allá sin orden ni control. Un flotador de corcho, una caja de madera con caracteres impresos en alfabeto griego; un bolso ajado, con el forro desprendido, una burda imitación de alguna marca cara; aparejos de pesca, ramas, botellas de plástico y un barril de polietileno.

Desde la pequeña casa construida demasiado cerca del minúsculo arenal llegaba el sonido melancólico de un vals. También el olor a pan, que se mezclaba con el del salitre.

«… mis lágrimas son perlas que caen al mar.»

La mujer seleccionaba de la basura aquello que podía reciclar hasta convertirlo en alguna de aquellas figuras con las que ocupaba las horas, junto a la única compañía de los graznidos de las gaviotas que la visitaban a diario en busca de su ración de comida.

Recogió un remo parcialmente enterrado en la arena. La pala permanecía intacta. La madera era suave y al tacto resultaba un verdadero placer para sus dedos callosos. Lavó la arena adherida hasta que el color de la tabla apareció en todo su esplendor. Parecía de una pequeña embarcación, de un bote o de una canoa. La pala era lisa y roma en sus cantos, para ofrecer la mínima resistencia cuando entrara en contacto con el agua. ¿Quién habría remado con él? ¿A dónde habría ido a parar su compañero? Pensó que un remo solitario era como un alma en pena, como un puzle inacabado, como alguien que hubiera perdido a un ser querido.

«… y el eco de la pena de estar sin ti.»

La jueza Elvira Figueroa se sirvió dos dedos de whisky en un vaso y salió al balcón de la estrecha calle de Teruel en la que residía. Observó la torre de la iglesia de El Salvador, de estilo mudéjar aragonés, y admiró su belleza en mitad de la noche: las piezas de cerámica de la fachada coloreadas de verde, de blanco y de cobre, así como el caprichoso repertorio de formas geométricas de los azulejos con espigas encajadas y estrellas de ocho puntas. Recordó la leyenda que escuchó de boca de uno de los guías de la torre mientras la acompañó hasta el campanario, después de ascender los ciento diecinueve escalones que separaban el suelo adoquinado de unas vistas de ensueño.

Omar y Abdalá eran dos arquitectos musulmanes que, a principios del siglo XIV, construyeron sendas torres adosadas para las iglesias de San Martín y El Salvador. La pericia de los mudéjares para la albañilería era conocida y apreciada en todo el reino. Quiso el destino que la joven Zoraida se cruzara en el camino de los dos maestros; la muchacha era pretendida por ambos, pero a ella le gustaban los dos y no sabía por cuál decidirse. Entonces se le ocurrió intervenir al padre de la joven, quien le propuso a los arquitectos que la mano de su hija sería para aquel que alzara la torre más bella en el menor tiempo. Los tres hombres expresaron su acuerdo y comenzaron las tareas. Pasaron los meses y los dos edificios, casi gemelos, se elevaban hacia el cielo de la ciudad.

Omar fue quien terminó la torre de San Martín en primer lugar; llegó el momento de ofrecer orgulloso su trabajo a los turolenses y conseguir con ello a la bella Zoraida. Pero el deslumbramiento duró poco tiempo, pues la torre estaba levemente inclinada. Desolado y enfurecido, Omar trepó hasta lo más alto de la torre y desde allí se precipitó al vacío, lo que le provocó la muerte de forma instantánea.

Días más tarde, cuando Zoraida y Abdalá, unidos ya en matrimonio, se deleitaban con las vistas desde la torre de El Salvador, dejaron escapar un suspiro de melancolía al contemplar la impresionante y particular belleza de la torre del rival, que no por estar ligeramente combada dejaba de ser una de las más hermosas obras del hombre en la Tierra.

Elvira también dejó escapar un suspiro al aire desde el balcón. La noche era fresca y se le encogieron el cuerpo y el alma. Apuró la bebida. No podía dejar de mirar la torre iluminada. Los azulejos reflejaban destellos verdes, azulados, encarnados… Negó con la cabeza, pensó que no era normal. Consultó la hora. Entró en el salón y cerró la puerta del balcón para que no se colara el fresco de aquella pequeña ciudad, injustamente olvidada en tantas ocasiones. Sacudió la cabeza una vez más. «No, no es normal», se dijo. Llamó y el teléfono seguía dando el mismo aviso que en otras tantas ocasiones en las que se había intentado poner en contacto con él. Había pasado demasiado tiempo desde que Monfort desapareció sin dar señales de vida.

Pese a que no podría conciliar el sueño se metió en la cama. Entrelazó los dedos de las manos por detrás de la cabeza y reflexionó.

Hasta que el cansancio la venciera.

Como tantas otras noches.

2

Sábado, 21 de junio

ERA EL PRIMER día del verano. Había pasado un mes desde aquello, pero a la subinspectora Silvia Redó no se le iba de la cabeza. Seguía allí, erre que erre, haciendo mella, machacando; más difícil de curar que las propias heridas.

El inesperado descubrimiento de que el agente Robert Calleja era homosexual había sido igual que recibir un bofetón; como el que le propinó su madre cuando con quince años le encontró restos de marihuana en un bolsillo del pantalón.

Ni siquiera un «esto no es lo que parece» o un «deja que te explique». No había nada que debiera parecer ni tampoco que explicar. Robert se lo dejó bien claro en la habitación del hospital, cuando ella fue a visitarlo y descubrió que lo acompañaba un hombre. «Ángel es mi novio, mi pareja», le dijo.

«¿Cómo he podido ser tan imbécil?», se repetía una y otra vez. Seguramente fue la última en darse cuenta y los demás se rieron a su costa. Le hubiera bastado con decirlo, nada más, sin tapujos. En todo caso, podía haber elegido una forma menos dramática de revelarlo.

«Vive y deja vivir» había sido su lema desde siempre. Era mujer, policía y soltera, y tenía la certeza de que más de uno lo interpretaba por el lado que no era. Pero creía que él se había encaprichado de ella; no es que se lo hubiera manifestado de forma elocuente, pero se lo decía el corazón. Sentía un cosquilleo extraño en su presencia, aunque la coraza era tan dura que apenas traspasaba la capa para poder pinchar en algún lugar. En todo caso, ahora ya no había nada que hacer. La verdad había estallado como un disparo. Las cosas eran así y ella debía aprender a interpretar mejor a las personas antes de creer lo que no era.

Durante días estuvo convencida de que estaba enamorado de ella hasta las trancas, tal y como él mismo hubiera dicho con su gracioso acento. Si no, ¿por qué le decía aquellas cosas que a ella le sonaban a declaraciones de amor? ¿Cómo podía no haberse dado cuenta de la verdad?

Sus reflexiones volaron hacia otra persona. No había vuelto a ver a Monfort desde aquel día.

A la salida del hospital, aturdida y llorosa como una adolescente despechada, no lo buscó. Se subió al primer taxi libre y regresó a su piso, ubicado junto al edificio de correos. Durante el trayecto el taxista quiso entablar conversación, pero ella no escuchó ni una sola palabra de aquel intento de charla banal acerca de la climatología, de sus visibles heridas o de lo que fuera que quisiera hablar el conductor. Abonó el importe de la carrera y subió las escaleras despacio a causa del dolor que le magullaba todo el cuerpo, que no el corazón, porque ese ya estaba roto en mil pedazos. Abrió la puerta y dio un sonoro golpe dejándolo todo atrás, como un punto final, como si quisiera borrar el resto de la vida. Se tumbó en la cama y clavó la vista en un lugar concreto del techo de la habitación. Dormir iba a ser tarea imposible, así que abrió el cajón de la mesita y sacó las pastillas que creía haber olvidado de una vez por todas.

Ahora estaba a punto de hacer lo mismo, como cada noche desde entonces, pero una llamada de teléfono la detuvo: en una mano, la pastilla, en la otra, el vaso de agua, el móvil zumbando en la mesilla de noche y la pantalla iluminada con el mismo nombre, como todos los días.

—¡A la mierda!

Rubén

DE PIE, CON la puerta de la nevera abierta y los pantalones caídos, observaba con ansiedad los restos de comida que quedaban en el interior. Podía llamar por teléfono y pedir una pizza o comida china, pero no quiso esperar, así que agarró el tarro de mayonesa y una bolsa de pan de molde y regresó al sofá frente al televisor, en el que ningún canal aguantaba más de veinte segundos sin que él lo cambiara de forma compulsiva con el mando a distancia.

En los últimos meses había conseguido adelgazar ocho kilos gracias a una dieta estricta que siguió a rajatabla hasta que ella le dijo: «Ahí te quedas». Así de parcas fueron sus palabras. Se había cansado de sus manías, de sus vicios, y se largó con viento fresco; desapareció de su vida de la misma forma en la que había llegado, y con ella se fueron al traste todos los impulsos por sentirse un poco más atractivo, algo que hasta el momento en el que irrumpió en su vida no le había importado lo más mínimo, pero que entonces le pareció la única razón de estar vivo: perder peso, bajar kilos, conseguir un perímetro abdominal moderado, poder cortarse las uñas de los pies, caminar sin ahogarse, subir las escaleras, hacer el amor en posturas normales. Todavía le retumbaba en la cabeza aquello que dijo el día que se marchó: «Ni siquiera te la ves cuando vas a mear».

Untó de mayonesa la quinta rebanada, la dobló y se la metió entera en la boca.

Siempre había estado enamorado de otra persona, de alguien que no pudo tener a su lado. La amaba desde que era un niño. Había intentado borrarla de sus pensamientos millones de veces, pero le resultaba del todo imposible. Apenas mantenían un mínimo contacto; quizá una vez al año un triste mensaje de «Feliz Navidad», un falso «Cuídate mucho» o un desangelado «Nos vemos pronto», que quería decir lo mismo que «Nos vemos en el infierno».

Siempre había sido gordo. En la escuela se mofaban de su aspecto. Era el blanco de las burlas de algunos compañeros indeseables. Sus padres regentaban una cadena de carnicerías y él se ponía morado de chorizo y de queso. A su padre se lo llevó un infarto demasiado pronto y las piernas de su madre hacía tiempo que habían dicho basta. Sus tobillos adoptaron la misma forma que el cuello de un toro y fue incapaz de mantenerse de pie. Traspasaron las carnicerías, sepultaron los recuerdos del padre y la grasa se adueñó de su cuerpo y de su alma. Su madre vivía encadenada a un andador y él a la despensa. Por suerte el alquiler de las carnicerías reportaba pingües beneficios.

Una tarde, la joven ecuatoriana que había empezado a cuidar de su madre lo encontró sentado en el sofá dando buena cuenta de un queso entero y de una botella de buen vino. Le dio por reír. Lo encontró gracioso. Se sentó junto a él y ambos trasegaron con el queso y el vino; carrillos hinchados, mofletes sonrosados. A la muchacha le pareció divertida su forma de ser, su sinceridad y las palabras de cariño y de afecto que él no dudó en promulgarle aquella tarde. Rubén creyó que a ella le faltaban ambas cosas, el cariño y el afecto, y al día siguiente sus cuerpos rodaron bajo las sábanas en una bacanal de sexo y comida. Pero ahora ella ya no estaba, se había marchado harta de sus hechuras de gordo infecto. Antes de largarse robó todo lo que encontró de valor en los cajones de la casa. No la había vuelto a ver, ni ella había dado ninguna señal de vida. Ni siquiera fue capaz de denunciarla. Se esfumó y lo dejó allí, tirado, delante del televisor, con la panza hinchada y el pene oculto por la misma.

Consiguió una plaza para ingresar a su madre en una residencia. La ecuatoriana se había esfumado, su madre también se iría. Fue como pasar una página, cerrar un libro, olvidar parte de una vida. Volver a empezar. Sabía que a partir de ahí todo iría a peor, pero no volvió la vista al salir por la puerta del asilo.

Un sonido anunció la llegada de un mensaje en el teléfono. La primera reacción fue de esperanza; quizá fuera ella, que quería volver a su lado, pedirle perdón por las ofensas, devolver lo que había robado. La segunda reacción, tras ver el nombre que aparecía escrito en la pantalla, fue de estupefacción.

Leyó el mensaje lentamente.

La boca le dibujó una sonrisa de luna creciente en su redonda cara.

Álex

DESDE QUE AQUEL profesor de la Universidad de Castellón citó a sus padres para informarles de que estaba a su disposición una sustanciosa beca para que realizara los últimos cursos de la carrera en una universidad más acorde con sus excelentes resultados, todo se fue al traste.

Lo recordaba mientras miraba a través de los cristales de la residencia de paredes ennegrecidas de las afueras de Santiago de Compostela. La lluvia, fina pero constante, caía un día más de forma inmisericorde. Un grupo de turistas asiáticos fotografiaba la escalera neobarroca que comunicaba el campus universitario con el parque de la Alameda. La residencia, más que un lugar en el que habitaban estudiantes y profesores, parecía un convento. Un convento de clausura, a su modo de ver. Estudiar y vivir entre aquellas paredes lo encadenaba a aquel lugar como nunca hubiese podido imaginar, por hermosa que fuera la ciudad.

Santiago de Compostela, como una isla de piedra en mitad de un bosque verde, con las majestuosas torres de la catedral oteando el horizonte a la espera de peregrinos llegados de todos los rincones del planeta, y que frente al Pórtico de la Gloria adquieren la firme convicción de que no se trata del final del camino, sino del principio.

La niebla y la lluvia; desde el aguacero hasta el nubarrón que se posa y oculta la ciudad para conferirle su impronta mística; orballos, calabobos, arrumacos furtivos bajo los soportales a la espera de que escampe; bares, tabernas, ribeiro, albariño, lacón con grelos, pulpo y más pulpo cocido en calderos de cobre pulcros como una patena. Lluvia y piedra. Santiago, donde las calles son rúas desordenadas y las paredes de granito, páginas en las que se escribió la historia. Desde la rúa das Hortas hasta la de San Pedro, nadie puede contemplar semejantes maravillas en otro lugar que no sea en Santiago de Compostela.

Pero Álex estaba harto. Hasta allí lo habían enviado sus padres después de que los profesores decidieran que sus conocimientos eran demasiado valiosos como para quedarse en Castellón. Ellos estaban encantados, sobre todo porque les saldría gratis. Para él fue como un destierro, una marcha de difícil retorno. No tuvo ni voz ni voto, nadie le preguntó su parecer. Y en la Universidad de Santiago volvió a destacar una vez más, el número uno de su promoción, como siempre. Tuvo tiempo también para dedicarse a sus aficiones favoritas, unas más lícitas que otras, pero eran sus aficiones al fin y al cabo.

Fuera seguía lloviendo, los turistas se habían marchado. Las calles del campus, apenas senderos de gravilla ordenados junto al pequeño estanque y a los árboles centenarios de los verdes parterres por los que había paseado tantas veces. Le sobrevino un ataque de tos, la maldita humedad de la ciudad le encogía los pulmones como si se tratara de una esponja sucia. Las nubes que llegaban desde el océano penetraban en tierra firme a través de la ría de Arousa y, tras topar con las montañas circundantes, vertían la omnipresente lluvia en Santiago. Las precipitaciones conferían a la localidad su rasgo característico, cuajaban los jardines de musgo y cubrían las piedras de líquenes, otorgaban color ambarino a las calles y a las paredes de los edificios, regalaban autenticidad a un lugar de por sí genuino como pocos en el mundo; pero a él le sentaba fatal, lo mataba en vida. Volvió a toser y sintió que le faltaba el aire.

Ahora los acontecimientos se habían precipitado. Debía romper con todo, abandonar los estudios, volver y tal vez dedicarse a lo que le gustaba, a aquello que había descubierto. Al final, que lo enviaran a estudiar allí no había sido tan mala idea. Quizá había dado con su verdadera vocación, su parcela en el mundo, su ilusión, la forma de quitarse de la cabeza otros asuntos.

Estudiar Teatro sin que sus padres lo supieran fue realmente sencillo. No les dijo nada, tampoco le preguntaron, y él no pensaba darles ninguna pista. Si todo el mundo mentía, por qué no iba a hacerlo él también.

Podía decir que quería crear una pequeña compañía de teatro en Castellón. Aquello le abriría las puertas a un horizonte que había creído cegado de nubes grises.

—¿Álex? ¿Estás ahí? —La voz tenía un marcado acento gallego.

—Sí, aquí estoy —respondió a la llamada del compañero de la residencia de estudiantes.

—El taxi está esperando.

Ana

OTRO CIGARRILLO, UN nuevo achuchón. El volumen de la música estaba demasiado alto y las canciones eran insoportables. El tipo estaba bien, aunque sus manos eran veloces como una lagartija en verano. Ella no iba a dejar que fuera más allá por el momento. No pensaba hacer nada con él aquella noche y menos tal como pretendía, en el asiento de atrás del viejo coche con el que la había llevado hasta allí, que olía a todo menos a seducción.

Sus dedos exploraban sin cesar, arriba y abajo, mientras ella intentaba zafarse y la música sonaba de forma atronadora escupiendo más agudos que graves a través de los grandes altavoces colgados en las esquinas del local.

Los últimos retoques del tatuaje le producían un escozor persistente. La serpiente nacía en una de sus nalgas y zigzagueaba por la espalda hasta el cuello. Multicolor, con la piel tersa y las escamas brillantes. La lengua bífida de un rojo sexy, casi en relieve, le lamía la base del cuello. Se había excitado al verse reflejada en el espejo del estudio del tatuador cuando este hubo terminado el trabajo.

El joven la agarró del trasero con una mano fuerte como una tenaza. Ella le hubiera clavado la rodilla en la entrepierna y por fin todo se habría acabado, pero aún no había cumplido lo que quería hacer. Optó por zafarse una vez más.

A la mañana siguiente debía presentarse a primera hora en el tanatorio. La testosterona de su acompañante no le iba a impedir estar despejada para desempeñar de forma correcta su trabajo como tanatoesteticista, ahora que por fin tenía un contrato fijo tras evaluar durante meses que realmente era buena en lo que hacía. Atrás habían quedado las largas horas de estudios y las maratonianas prácticas gratuitas de tanatorio en tanatorio.

Se trataba de un viejo conocido. Quizá le gustara, sí, pero no iba a permitir que se saliera con la suya tan pronto. Tenía que sufrir un poco más.

Así que en cuanto intentó meterle mano de nuevo lo sujetó por los hombros y se lo quitó de encima. Se la quedó mirando con ojos de cordero degollado.

—¡Me voy! —le espetó Ana.

—¿Cómo que te vas? —La pregunta reflejaba incredulidad.

—Sí, me voy —insistió ella.

—¿Y yo qué hago ahora?

—Te la pelas si quieres, como un mono, pero yo me voy. ¿Me llevas o me pillo un taxi?

El joven pensó que si se ofrecía a llevarla en su coche quizá se ablandaría y podría aprovechar para que pasaran a los asientos traseros.

Ana le leyó el pensamiento.

—Espera un momento, tengo que ir al baño —le dijo—. No te muevas de aquí.

Pero pasados diez minutos él supo que se había marchado y que lo había dejado plantado, apoyado en la pared de aquel bar de polígono en el que la música era pésima y lo que poblaba la pista de baile daba más pena que gloria.

El taxista atendió la petición y partió deprisa en busca de la dirección que le había indicado Ana, «la maquilladora de muertos», tal como la apodaban cuando querían meterse con ella. Aunque le daba exactamente igual, porque aquello era lo que le gustaba ser y siempre le había importado una mierda lo que los demás pensaran de ella.

3

Lunes, 23 de junio

SENTADO EN EL sillón observaba el paquete de cigarrillos que estaba en la mesita baja, donde apoyaba las piernas cruzadas a la altura de los tobillos. Miraba fijamente sus llamativos colores, el diseño de la cajetilla. Olfateó el aire en busca del aroma dulzón del tabaco encerrado en su interior.

Los techos le parecían más altos de lo que recordaba. Una impresión, solo era eso, siempre habían sido así; quizá antes no había reparado en ello porque tenía a alguien a quien mirar.

La empresa de limpieza había hecho un buen trabajo y el piso estaba impoluto. Habían desempolvado a fondo las estancias y retirado las sábanas que cubrían los muebles. La vivienda pretendía volver a su categoría de hogar; tal como había sido tiempo atrás, como no debería haber dejado de serlo nunca. Pero eso era imposible, ya nunca sería así. Sin ella aquella casa no era más que paredes, suelo, muebles y un techo en una zona privilegiada de Barcelona. Recuerdos, al fin y al cabo, siempre los recuerdos, imborrables, imperturbables huellas del pasado, anhelado cada día al despertar.

En el tocadiscos sonaba un tema de The Doors: *Riders on the Storm*. «Hay un asesino en la carretera, su cerebro se retuerce como un sapo», recitaba más que cantaba Jim Morrison.

Chasqueó la lengua y estiró el labio inferior hacia fuera. Sentía la boca seca, la garganta irritada, el cerebro anquilosado. ¿Qué le apetecía más?, se preguntaba. ¿Vino tinto? ¿Tabaco rubio? ¿Licor? «En esta casa nacemos. En este mundo estamos lanzados. Como un perro sin un hueso. —La letra de la canción continuaba—: Jinetes de la tormenta.» Sí, así se sentía, como un jinete exhausto cabalgando en el desierto, un lugar árido y sofocante, en medio de una tormenta de arena que le quemaba por dentro.

Cuando finalizó la canción, justo antes de que diera comienzo la siguiente, pasaron apenas cuatro segundos de silencio en los que oyó el pulso de la ciudad a través de la ventana: turistas, vecinos, transportes, comercios, bares, terrazas, bullicio. Vida, al fin y al cabo.

Bajó el volumen del amplificador; quería oír el latido de la ciudad donde tanto amor había recibido y en la que ahora se sentía como un enfermo al que le espera un futuro incierto. Recuerdos y luego dolor, y, como siempre, vuelta a empezar. Sonrisas y lágrimas; le vino a la mente una pizpireta Julie Andrews que trotaba por el prado verde, nada que ver con el atormentado Jim Morrison.

Pese a que el estribillo seguía percutiendo en su cerebro, devolvió la aguja del tocadiscos a su lugar de reposo, levantó el vinilo y lo introdujo con delicadeza en la funda. Buscó el hueco en la estantería de donde lo había sacado y lo dejó ordenado junto con el resto de los álbumes de la banda de Los Ángeles.

Apagó el amplificador. Cogió las llaves del Volvo y salió a la calle.

Hay un asesino en la carretera.
Su cerebro se retuerce como un sapo.

El comisario Romerales y su esposa asistían a una representación teatral. Ella estaba nerviosa al verlo removerse inquieto en la butaca una y otra vez. No prestaba atención a lo que acontecía en el escenario y tampoco dejaba que ella pudiera hacerlo. Cuando aquello ocurría era porque su cabeza estaba en otro lugar. Le propinó un codazo en el costado y Romerales lanzó un quejido que provocó la protesta de la espectadora que estaba sentada justo detrás.

Situado en la céntrica plaza de la Paz, el Teatro Principal de Castellón fue inaugurado en el año 1894 con la representación de la zarzuela *El ángel guardián*. La fachada, de corte neoclásico, exhibe relieves de los grandes dramaturgos de la historia. Pero lo que más atrapa las miradas de los asistentes son las magníficas pinturas que decoran el alto techo de la sala interior y la embocadura del escenario, con el majestuoso telón de boca, del que en España solo existe uno de similares características en Zaragoza.

Romerales miraba una y otra vez las pinturas, ajeno por completo a lo que se representaba en el escenario.

Jorge Negrete, Imperio Argentina, Concha Piquer, Estrellita Castro, Lola Flores o Manolo Caracol llevaron allí su arte a mediados del siglo xx. A finales de la década de 1970 el teatro vivió años de esplendor gracias a los artistas que llegaban hasta Castellón tras triunfar en los grandes escenarios de Madrid. La restauración del edificio sirvió para recuperar la configuración original del teatro a la italiana y las soberbias pinturas que le conferían un aspecto casi de catedral eclesiástica. Se trataba de un teatro pequeño, coqueto, con una magnífica acústica y una excelente visión del escenario desde cualquiera de las butacas. El Teatro Principal había repercutido en el embellecimiento de una ciudad falta de lugares emblemáticos como aquel.

Pero a Romerales le daban exactamente igual el teatro y la obra que su mujer se había empeñado en presenciar. No entendía nada de lo que decían los actores, afectados en la voz y de movimientos más que exagerados, a su parecer. No dejaba de darle vueltas una y otra vez a un asunto que lo llevaba de cabeza desde hacía ya demasiados días. ¿Dónde se habría metido Monfort? ¿Por qué razón no contestaba a las llamadas? A veces, como ahora, se temía lo peor.

Cayó el telón y el público se arrancó en fervorosos aplausos.

Romerales pensó con alivio que la función había terminado hasta que su esposa, arreándole un nuevo codazo, le indicó que era solo el final del primer acto.

Se sintió aliviado porque podría al menos ir al retrete, ya no aguantaba tanto como antes. Se lo dijo a su esposa y esta le dedicó una de aquellas miradas furibundas que últimamente eran una constante.

Mientras orinaba en uno de los cubículos estrechos de los baños del teatro, escuchó la conversación de dos hombres que hacían lo mismo que él.

—No había venido nunca al Principal.

—¿Y qué te parece?

—Es realmente bonito y acogedor, parece una caja de bombones gigante. Está todo hecho con madera. El suelo, el escenario…

—Y el telón, ¿qué me dices del enorme telón?

—Que si alguien lanzara una cerilla ardería todo en un santiamén.

Romerales dio un respingo y unas gotas le salpicaron la pernera del pantalón. Maldijo entre dientes.

EL SONIDO DE las sirenas habría helado la sangre al más valiente de los vivos. El olor a quemado apenas dejaba resquicios de aire que respirar. Quise marcharme, esconderme en cualquier lugar lejos de allí, desaparecer. Pero mis pies seguían pegados a la tierra, imposible moverlos pese al tiempo transcurrido. Las manos todavía hundidas en los bolsillos, los ojos abiertos de par en par, la respiración agitada.

En muy poco tiempo algunas casas quedaron reducidas a humo, negrura y escombros. Un olor indescriptible que se impregnaba en la ropa y en la piel. Imposible de olvidar. Había recuerdos de toda una vida esparcidos por el suelo, chamuscados. Papeles, ropa, cuadros, fotografías, cartas… Señas de identidad perdidas para siempre. Desolación, terror y dolor. Un hombre con el rostro tiznado de hollín estaba sentado sobre lo que había sido el alféizar de una ventana baja; tenía la mirada perdida en un lugar inconcreto, muy lejos de allí. Todavía colgaban pedazos de una lámpara de un techo caído parcialmente. Un silencio sobrecogedor, roto únicamente por los sollozos y los exabruptos lanzados a un Dios que a todas luces creían inútil.

Pese a que yo entonces no era capaz de sentir nada de lo que aquellas personas padecían, la imagen de los vecinos llorando de rabia y de impotencia se quedó grabada en mi memoria.

La primera vez no se olvida nunca.

La policía llegó al mismo tiempo que los bomberos, apenas diez minutos después de que empezara a arder la primera casa. Un agente tomaba fotografías, otro medía el perímetro de una construcción

32

arrasada por las llamas. Dos más hablaban entre ellos, gesticulaban, daban manotazos al aire, como si con aquello pudieran solucionar algo.

Un bombero acompañó al policía que parecía estar al mando hacia el interior del parque. De repente creí que me señalaban, pues dirigían sus miradas hacia el lugar en el que me hallaba. Sentí pánico. Venían hacia mí, no había duda. Intenté moverme, pero los pies seguían clavados en la tierra. Miré alrededor. ¿Dónde podía ir? ¿En qué lugar me podía esconder? Me asusté mucho, no tenía ninguna opción. Si corría me descubrirían, si me quedaba allí, también. Saqué las manos de los bolsillos. Las tenía sudadas, calientes, enrojecidas. Apreté los puños hasta clavarme las uñas en las palmas. Estaban cada vez más cerca. Todo olía a quemado; un aire insoportable, irrespirable, a todas luces nocivo.

Me invadió una sensación distinta de la que había sentido al ver los efectos del fuego.

De la excitación pasé al temor.

Y del placer a un miedo aterrador a que me descubrieran.

4

Jueves, 26 de junio

«Ataque severo de ansiedad.»

Así lo había diagnosticado la doctora, que no dejaba de acariciarse la barbilla.

Hacía poco más de un mes desde el suceso y ahora, tal como ella le había sugerido, estaba de vuelta en su despacho del hospital, que era pequeño y olía a una extraña mezcla de fármacos y una fragancia similar a la canela.

Era joven, alta y extremadamente delgada. Usaba gafas de montura fina, hablaba con seguridad y no dejaba de mirarlo a los ojos en todo momento. Lo de acariciarse el mentón era un tic, no cabía la menor duda; con el dedo índice y el pulgar de la mano derecha recorría una y otra vez el perfil de la angulosa mandíbula, arriba y abajo, de derecha a izquierda y vuelta a empezar. Tampoco era que a él le molestara, al contrario, simplemente no podía apartar la vista del recorrido de los dedos, que mostraban unas uñas perfectas pintadas de un tono incoloro, en el caso de que existiera tal cosa.

—Sufrió un ataque severo de ansiedad. No es ninguna broma. —Sonrió ladeando la cabeza como si esperara una respuesta que evidentemente no llegó—. Es normal que en el momento en el que le sucedió no tuviera claro qué estaba pasando. Pero, si me lo permite, empecemos por el principio y recordemos de nuevo la situación, ahora que ha pasado un tiempo prudencial. Conducía muy nervioso, preocupado por un motivo personal o familiar, si no entendí mal; luego hablaremos de ello si no tiene inconveniente. Y de repente comenzó a sentir dificultad para respirar con normalidad, mareo, una fuerte opresión en el pecho y punzadas en la zona del omóplato, que ya venían manifestándose en días anteriores; taquicardia, sudoración, paralización de los brazos y las piernas, temor a estar sufriendo un ataque al corazón. En definitiva, miedo a morirse.

—Dicho así suena espeluznante.

—Menos mal que tuvo la ocurrencia de apartarse en el arcén y no seguir conduciendo.

—Temí que el coche sufriera daños —bromeó.

La doctora desplegó una amplia sonrisa y el pequeño despacho se iluminó. «¿Cómo haría para tener aquellos dientes tan blancos?», pensó él.

—Se lo va a tener que tomar muy en serio si no quiere que alguna de las muchas manifestaciones de esta patología se muestre con todas sus consecuencias —advirtió como si le hubiera leído el pensamiento.

—Creí que era un infarto.

—Es lógico. Algunos síntomas son similares. ¿Qué fue lo que más lo asustó?

—No poder mover los brazos ni las piernas. No ser capaz de alcanzar el teléfono que estaba en el asiento de al lado para hacer una llamada y pedir auxilio.

—¿Cómo se ha sentido estos días en casa, desde que salió del hospital?

La mención a una casa como sinónimo de hogar lo estremeció.

—Bien —dijo, aunque no era del todo cierto.

—¿Ha hecho lo que le indicamos?

—Por supuesto —también era una verdad a medias.

—¿Le había ocurrido algo parecido con anterioridad?

—No.

—¿De verdad?

—¿Para qué iba a mentirle?

—Quizá para ocultar algunos malos hábitos —conjeturó, y se dispuso a enumerar con los dedos de la mano derecha mientras relajaba por un momento la mandíbula—: Tabaco, alcohol, vida sedentaria, una alimentación inapropiada, cero ejercicio. Son solo cinco, pero seguro que existen muchos más motivos.

—Quiere decir que tengo todos los números, ¿cierto?

—Como que estamos aquí conversando tranquilamente. De momento la cosa se ha quedado en un ataque de ansiedad que deberemos controlar para que no se vuelva a repetir. Puede que también debamos valorar la posibilidad de hacerle otro tipo de pruebas, un cateterismo cardíaco, quizá.

—¿Qué?

—Un cateterismo cardíaco —reiteró—. Se trata de un procedimiento en el que un catéter, un tubito largo y fino, para que me entienda, se introduce en un vaso sanguíneo. El cardiólogo lo guía hasta que llega al corazón y los vasos que lo rodean. Así se descarta, entre otras cosas, que el riesgo de infarto de miocardio pueda ser inminente, que a juzgar por la cara que pone puede que le dé aquí mismo.

Ella volvió a sonreír. Si seguía haciéndolo se complicaría la visita. Él lo tenía claro y por eso tuvo un acceso de tos, más que nada porque no sabía qué hacer en ese momento.

—¿Acatarrado también? —preguntó la doctora—. ¿Picor en la garganta, dolor agudo al tragar, palpitaciones?

—Basta, por favor, basta —dijo él con los brazos en alto en señal de rendición.

La doctora cambió la amplia sonrisa por una delicada carcajada, directa y sincera, amable en todo caso. Cuando hubo terminado se recompuso y dijo:

—No es cuestión de tomárselo a risa, disculpe. Debe considerar esto como un aviso. Sería imprescindible que hiciera algunos cambios en su forma de vida. No digo que a estas alturas se ponga a correr maratones, pero un poco de ejercicio, una alimentación adecuada y erradicar de forma drástica el hábito del tabaco sería un buen comienzo.

—O un final, según se mire.

—Sí, el final de los sustos —precisó la doctora mientras escribía en una libreta con una caligrafía imposible de descifrar.

Él se limitó a recordar; se evadió, embriagado por el aroma a canela, y pensó en el día del suceso.

Domingo, 18 de mayo de 2008. Cerca de Peñíscola, Castellón.

SUEÑO, ESO ERA lo que sentía mientras conducía, un sueño profundo interrumpido de forma aleatoria por las punzadas que arremetían cada vez con mayor ímpetu. Dolor y luego somnolencia. Se detuvo en el arcén. Debía mantenerse despierto, estirar el brazo derecho y alcanzar el teléfono para hacer una llamada. Era cuestión de una simple llamada.

Y luego llegó la oscuridad, como si hubieran apagado las luces del castillo que se perfilaba en el horizonte. Como una despedida, como un «buenas noches» amable y cariñoso.

De repente, alguien, fuera del coche, movía la boca como si vociferara y daba golpes con la mano en la ventanilla pese a que él no oía nada de lo que gritaba. Trató de incorporarse, de comprender la situación, de encontrarle sentido a lo que estaba sucediendo: el vehículo en el arcén, la noche oscura, aquella persona que intentaba decirle algo,

¿quizá advertirle de algún peligro inminente? No podía oír, tenía los tímpanos taponados como cuando volaba en avión. Inhaló y exhaló por la nariz a la vez que mantenía la boca cerrada, con fuerza. Y al destaparse los oídos llegó el sonido, primero amortiguado y grave, brutal y agudo después. En la radio del coche sonaban los Rolling Stones. Y fuera el hombre gritaba sin parar y daba golpes en la ventanilla una y otra vez. Tenía un teléfono móvil en la mano, hablaba con alguien de forma precipitada.

Dos camilleros lo sacaron del coche tratándolo con sumo cuidado. Le examinaron las pupilas con una linternilla y le tomaron el pulso. Antes de que pudieran tumbarlo en una camilla vomitó lo que tenía dentro.

Luego se desmayó.

Lo siguiente que vio fue el techo de lo que debía ser la habitación de un hospital y los cristales de unas gafas de montura fina delante de unos ojos de mujer que lo miraban fijamente.

«¿Quién me encontró?», preguntó en cuanto comprendió que estaba vivo y que podía hablar.

Pero aquello la doctora no lo sabía.

El ruido de la hoja de papel al desgarrarse de la matriz de la libreta lo trajo de nuevo al presente.

—Tome —dijo la doctora tendiéndole lo que había escrito—. Es un informe sobre su evolución en los días posteriores al suceso; debe mostrárselo a un médico cuando sea necesario. Lo de abajo es una receta. Sí, no me mire de esa forma, otra receta más. Lo ayudará a descansar y a no pensar en lo sucedido por las noches. Si nota que alguno de los síntomas vuelve a aparecer vaya a un médico. No juegue con su vida, tómesela en serio.

La hubiera abrazado. Ese fue su primer impulso. No iba a comprar los medicamentos y estaba convencido de que pensaría en el suceso bastantes más noches de las que ella podía imaginar. Pero lo habría hecho, aunque solo fuera para impregnarse de la sutil fragancia que desprendía.

—Muchas gracias —dijo finalmente con el informe y la receta ya en el bolsillo de la americana.

—Inspector Monfort —pronunció ella tendiéndole la mano para despedirse—, ha sido un placer conocerle. Cuídese mucho, por favor.

Pero él no estaba seguro de poder cumplir lo que ella le pedía. Hubiera preferido invitarla a cenar, brindar con un buen vino, saborear las recomendaciones del chef.

Y observar cómo se acariciaba el mentón con esos dedos tan finos.

EN EL TANATORIO, a primera hora de la mañana, Ana se sentía bien. El silencio reinante en la sala de trabajo y los compañeros, que hablaban en voz baja en todo momento, contribuían a crear la atmósfera idónea para ejercer su profesión. Se había adaptado a la baja temperatura que debía soportar en aquella moderna dependencia destinada a la conservación de las personas fallecidas. Rodeada de una potente iluminación y de un instrumental similar al de un quirófano, Ana se sentía satisfecha.

El cadáver había sido tratado anteriormente por los compañeros de tanatopraxia, cuyo cometido era la aplicación de los métodos idóneos para la higienización, conservación y reconstrucción de los cuerpos. Un complejo trabajo para el que se requería una gran formación.

Vestía la bata quirúrgica, los guantes y la mascarilla; se disponía a maquillar a una mujer que había fallecido víctima de un cáncer de páncreas. Decían que la muerte le llegó de forma repentina. Le habían diagnosticado la enfermedad y falleció en apenas un mes. Sin operaciones, sin quimioterapia invasiva que hubiera esquilmado su aspecto; tan solo un ligero color terroso en el cutis daba fe de la terrible enfermedad que había padecido.

Pero eso a ella no le importaba demasiado, no se dejaba llevar por sentimentalismos que pudieran afectar a su labor. Había aprendido bien que el trabajo de un técnico en tanatoestética debía seguir un proceso específico en el que se incluía el contacto cercano con las personas allegadas del difunto, de manera que la familia podía solicitar ciertos detalles a la hora de maquillar y preparar el cuerpo de la persona fallecida. Ana solía pedir, con total respeto, consejo y predilección con respecto al tipo de maquillaje y peinado en el caso de las mujeres. Los familiares solían mostrarle fotografías para que ella se hiciera una idea de cómo era en vida la persona a la que iba a tratar.

Pese a todas las premisas y buenas prácticas profesionales, ella intentaba saber lo mínimo acerca de aquellos a los que acicalaba para que el último encuentro con los familiares fuera lo menos traumático posible.

Su único cometido era que vieran al fallecido casi como era en vida. Nada más.

El marido de la difunta que tenía en la camilla había dado orden expresa de que se le pusiera un vestido que, guardado en el interior de una funda, colgaba de una percha en la pared de la sala.

Llamó por el intercomunicador para que le echaran una mano. A Román le quedaban pocos años para jubilarse; era un hombre educado, corpulento y afable, un buen compañero con el que había congeniado desde el principio pese a la diferencia de edad. Román se había convertido en alguien en quien podía confiar. Con su ayuda retiró la bata higienizada en la que estaba envuelta la mujer. Ana le pidió que sacara el vestido de la funda mientras le cubría la zona genital. Román le tendió el vestido, y ella, al darse la vuelta para sujetarlo, dio un respingo nada más verlo. La temperatura corporal le subió de forma súbita. Esperaba que Román no hubiera notado la extrañeza en su rostro. Le temblaron las manos. El último retoque del tatuaje de la serpiente le picaba de forma insoportable. Imposible rascarse.

Era un vestido rojo, provocativo, de generoso escote, demasiado familiar para Ana. Intentó recomponerse respirando despacio, de forma acompasada. Miró a su compañero, pero él no dijo nada.

Entre los dos le introdujeron el vestido por las piernas. Antes de llegar al torso, Ana le puso un sujetador de encaje que también había dispuesto el marido, al que tuvo que añadir algo de relleno para que el pecho quedara perfecto y pudiera lucir lo que sin duda pretendía el viudo. Mientras le acomodaba los senos dentro del sostén miró por el rabillo del ojo a su compañero.

—Vamos, Román, no me digas que te impone.

—Es muy joven —dijo el hombre con una voz grave y rasposa por el vicio del tabaco.

—Eres veterano en esto —repuso Ana—, no te debería afectar nada de lo que vemos.

—No puedo con la gente joven —respondió él—. Me duele, no lo puedo evitar.

—¿Qué es lo que más te duele? —bromeó ella en su afán por parecer tranquila—, ¿verla muerta, verla joven o que le toquetee las tetas para que el marido la recuerde con todo su esplendor femenino?

—Todo, seguramente —contestó Román.

Ana intentó esbozar una sonrisa para quitarle hierro al asunto, pero todavía sentía el sudor en las manos bajo los guantes de látex, la respiración alterada y el tatuaje que seguía escociendo allí, donde la lengua de la serpiente le lamía la piel.

Aquel vestido rojo.

Ana tenía uno exactamente igual.

EL AGENTE ROBERT Calleja firmó el alta en el Hospital General de Castellón. Según los médicos estaba recuperado, pero aún sentía dolor en todo el cuerpo, desde el pelo de la cabeza hasta las uñas de los pies. Testarudo como el que más, quiso salir de allí lo antes posible. Apenas quedaban señales de la herida de bala recibida un mes atrás, en el que podría haber sido su último caso. Emitió un quejido al empujar la puerta del ascensor.

—No te quejes tanto, *pisha* —protestó Ángel, harto de sus lamentos.

—Me duele una *jartá* —masculló Robert.

—Ya has escuchado al médico, te va a doler una *temporá*, pero no hay más *ná* que hacer. Y cállate, que pareces un niño chico.

Robert estaba de mal humor.

—¿Y tengo que quedarme en ese antro de piso de la comisaría?

—No, al señorito lo vamos a llevar al Palace. ¿Hay un hotel Palace en Castellón?

—Tienes muy poca gracia, Ángel, que lo sepas.

—Y tú eres un *desaborío*. Deberías dar gracias a Dios por estar vivo en vez de estar *to* el rato quejándote como una mojigata.

En la puerta del hospital aguardaba el taxi al que Ángel, la pareja de Robert, había llamado.

El policía gaditano no supo si le dolía más la herida o lo que Silvia pensara acerca de que tuviera pareja y de que se

42

llamara Ángel. Se lo podría haber dicho antes, evitarle la sorpresa.

Pero ahora ya estaba hecho. La cuestión era ver cómo se lo había tomado.

En la plaza de la Paz había un quiosco modernista reconvertido en bar en cuya terraza servían cafés y otras bebidas; una joya arquitectónica que embellecía la vista de la aledaña fachada del magnífico Teatro Principal.

Rubén y Álex se habían citado en aquel lugar. Apenas se habían visto desde que este último se marchó a estudiar a Santiago de Compostela.

Rubén llegó a la plaza algunos minutos antes de la hora prevista. Tomó asiento en una de las pocas mesas vacías que quedaban a aquella soleada hora de la mañana y pidió una cerveza. Le dio dos tragos largos en cuanto el camarero se dio la vuelta y engulló un puñado de cacahuetes que acompañaban la bebida; consultó la hora, faltaban dos minutos para las diez, así que echó mano del paquete de cigarrillos y encendió uno. Y entonces lo vio llegar, esquelético, tal como lo recordaba, más flaco que un palillo, todo lo contrario a él. Dio dos caladas con fruición y apagó lo que quedaba del cigarro en un cenicero. Se puso de pie para advertir su presencia. Con su constitución era fácil de reconocer. Álex lo vio y esbozó una sonrisa, o lo que fuera aquel gesto de su escuálido rostro.

—¡El gordo y el flaco! —exclamó Rubén cuando lo tuvo delante. Y lo abrazó tan fuerte que por un momento creyó que podía herir a su amigo. Álex tosió levemente al separarse.

—Sigues fumando —dijo Álex. No era una pregunta, más bien una afirmación.

—Como un hijo de puta —corroboró Rubén con una carcajada—. ¿Tú no? ¿Te has vuelto gilipollas en Galicia?

Álex se recompuso la camisa. También fumaba, pero su amigo siempre lo superaba en cuestión de vicios.

—Siéntate —lo invitó Rubén—. ¿Qué quieres tomar? Y no me digas que agua.

—Tomaré lo mismo que tú.

Rubén alzó el brazo para advertir al camarero y le hizo una señal en forma de uve con dos dedos para que trajera dos cervezas más.

—¿Qué es de tu vida? ¿Por qué coño has vuelto? ¿Cómo te ha ido en Santiago? ¿Están buenas las *galleguiñas*?

—No he hecho mucho más que estudiar —respondió Álex agobiado y sin atender totalmente a la verdad.

—No me jodas —farfulló Rubén—. Te habrás beneficiado a algunas *rapaciñas*.

El camarero sirvió las bebidas. No le pasó por alto la diferencia de envergadura que había entre los dos.

—Hace frío, llueve, está lleno de turistas y los exámenes son muy difíciles… Queda poco tiempo para todo lo demás.

—Y has venido para resarcirte de todo eso, ¿no es así? ¡Como en los viejos tiempos!

—He venido porque estoy harto de hincar los codos —soltó Álex—, de sacar las mejores notas, de obedecer a los profesores, de agachar la cabeza; harto de todo.

—¿Y qué más? Porque seguro que hay algo más.

Dio un trago a la cerveza, como si sopesara la respuesta.

—Quiero montar una compañía de teatro aquí, en Castellón.

—¿Teatro? —Rubén acompañó la pregunta con una pedorreta—. ¿Qué cojones dices?

—Fui a clases de teatro en Santiago, era una válvula de escape después de las durísimas sesiones de la universidad. Llegó un momento en el que si no hubiera sido por eso me hubiera convertido en alcohólico, o en algo peor. Decidí que debía cambiar las horas perdidas en los bares por algo que me llenara de verdad.

Álex proyectó la vista hacia la entrada del teatro de la ciudad, como si se tratara de una coincidencia providencial estar allí sentados.

—¡Joder! —exclamó Rubén—. ¿Cambiaste el teatro por la fiesta?

—¿Qué fiesta? —preguntó Álex un tanto contrariado.

—La noche, las churris, los garitos…

—Rubén, no te enteras de nada. —Lo miró de forma displicente.

Los dos amigos bebieron de sus cervezas.

—¿Y a ti? ¿Cómo te ha ido? —le preguntó Álex con la intención de cambiar de tema.

—Como el culo —gruñó su amigo alcanzando de nuevo el paquete de tabaco—, me va como el culo. Una mierda. Pero me enviaste un mensaje para vernos, ¿por qué? —la pregunta, en el fondo, albergaba nostalgia.

—¿Por qué no iba a hacerlo? —Álex se encogió de hombros—. No tengo mucho para escoger.

Rubén hinchó los carrillos, aquel gesto tan característico que solía hacer y que Álex recordaba bien. Luego dejó escapar el aire despacio, de forma ruidosa, como hacía antes. Y dijo:

—El gordito y el asmático. Ya solo falta ella.

A Álex le sobrevino un repentino ataque de tos. Se palpó los bolsillos hasta que dio con un inhalador cuya boquilla se introdujo entre los labios.

Los recuerdos se precipitaron de forma vívida en la mente de ambos.

A la hora del recreo se sentaban a la sombra de los árboles. No jugaban con los demás, no los dejaban. Decían que molestaban, pero a ellos les daba igual.

El gordito sonreía y al hacerlo su boca dibujaba media luna creciente. Tenía la cabeza redonda como una sandía y un flequillo tan recto que parecía cortado con tiralíneas. Tenía el trasero grande, las piernas gordas y los brazos demasiado robustos, pero se movía tan ágil como una culebra cuando había que escabullirse. El asmático tenía la cara chupada, la nariz aguileña, las quijadas prominentes y los ojos hundidos en las cuencas. Siempre llevaba un broncodilatador en el bolsillo para cuando parecía que se iba a ahogar, y era tan delgado que daba pena verlo cuando llevaba pantalones cortos. Sus notas, sin embargo, eran fabulosas y los otros se aprovechaban de su inteligencia. Era difícil entender que dentro de aquella cabeza que apenas era piel y huesos cupiera tanta sabiduría.

Ella quería parecerse a los chicos. Llevaba el pelo muy corto, soltaba tacos cada vez que abría la boca y vestía ropa holgada para disimular su incipiente feminidad. No era bien recibida entre las compañeras, que la trataban con desprecio. Tiraba piedras como un muchacho, fumaba a escondidas y siempre ganaba los concursos de pedos ruidosos. Le gustaba estar con ellos porque no la insultaban y, sobre todo, porque no reían los chistes de los que le decían que nunca le iban a crecer las tetas.

Dos muchachos del último curso solían ensañarse con los tres amigos. La mayoría de las chicas bebían los vientos por ellos y los dos engreídos se pavoneaban por los pasillos de la escuela. El peor era el del pelo rubio; el que todas consideraban más guapo, el más fuerte, el más hombre, el más todo.

—¡Míralos! —espetó el rubio un día al pasar junto a ellos.

—Son unos mierdecillas —arguyó el del pelo negro.

El rubio escupió y el salivazo cayó a sus pies.

—¡El gordito, el asmático y la *marimacho*! —exclamó tras limpiarse los restos de saliva con la manga de la camisa.

Cuando los matones se fueron, uno de los tres sacó un paquete de cigarrillos e hizo un gesto para ir a algún lugar resguardado de las miradas. Las muchachas seguían allí, haciéndose las presumidas apoyadas en el muro descascarillado de la escuela, embobadas, esperando a los dos machotes.

Diez minutos más tarde, cuando estaba a punto de sonar la sirena que advertía de la vuelta a las clases, un profesor apareció gritando con los brazos en alto.

—¡Fuego! ¡Fuego! —voceaba sin parar—. ¡Hay fuego en el patio de atrás!

ERA TARDE CUANDO salió del hospital de Vinaroz y casi de noche cuando detuvo el coche en el camino de tierra junto a la torre Badum, el antiguo torreón de vigilancia de la sierra de Irta construido sobre el portentoso acantilado de casi un centenar de metros. Las luces del conjunto histórico de Peñíscola titilaban como luciérnagas para aliarse con las embarcaciones que surcaban un mar del color del plomo. Olía a salitre. Las olas rompían con fuerza contra el precipicio que tenía a sus pies. El sonido llegaba en toda su plenitud, ronco y desafiante. Cuando la luna emergía de entre las nubes, infinitos trazos plateados se abrían en el mar. El faro, junto al castillo, en la parte más alta del tómbolo, proyectaba destellos sobre todo lo abarcable. De haber sido el Papa Luna, hubiera creído poder ver la ciudad de Roma desde allí.

Dirigió la vista al sur, hacia la pequeña cala que se intuía a lo lejos.

Había luz en la casa de la abuela Irene.

—¡Bartolomé Monfort! —exclamó la mujer en el umbral de la puerta. Había oído el motor del coche y lo había visto aparcar junto a la verja de madera corroída por la sal y el sol. No se escuchaban otros sonidos que no fueran los provocados por las olas y el viento—. Bienvenido a casa.

El interior de la cálida vivienda olía a fragancias entrañables, a bienestar, a hogar. Ella cuidaba la casa como algo más que una simple construcción; era, quizá, uno de los más importantes motivos para seguir con vida. La casa la necesitaba, lo mismo que ella precisaba asentar los pies en los gastados tablones de madera del suelo para sentirse bien.

La chimenea estaba encendida pese a que la temperatura no lo requería. Dos troncos chisporroteaban inundando la estancia de colores anaranjados.

Sentados en el viejo sofá de piel raída dejaron pasar las horas. Irene se cubrió la espalda con un chal de lana. Monfort se fijó en las manos huesudas, los largos dedos, las uñas rotas. Un anillo que le venía demasiado grande se paseaba a su antojo por la falange proximal de su dedo anular.

—Ahora da igual quién fue el hombre que llamó a urgencias —dijo Irene, feliz de volver a verlo. La última vez había sido en el hospital, al día siguiente del percance en la carretera, cuando él se dirigía a Peñíscola.

No era su casa la que habían derribado para construir una urbanización de lujo, como Monfort había creído ver por televisión; aquella funesta noticia hizo que corriera en su búsqueda, preocupado en exceso. No había ocurrido lejos de allí, pero la pequeña vivienda donde habitaba la abuela Irene seguía intacta por el momento, aunque no sana y salva, porque la falta de escrúpulos de los que deciden qué hacer con el medioambiente es tan frágil como una tela de araña que se puede destrozar de un simple manotazo. El lugar, aquella insignificante franja de la costa de la sierra de

Irta, era demasiado idílico y accesible como para permanecer por siempre a salvo de especuladores y burbujas inmobiliarias.

Bebió despacio la infusión de poleo y menta que preparaba Irene con las hierbas que recolectaba en la montaña cercana.

—No creo que un suspiro de whisky te siente mal —sugirió ella mientras se ponía en pie—. El cuerpo es como un viejo motor, no puedes dejar el depósito completamente vacío. No volvería a arrancar.

Vertió un poco de licor en las tazas y dejó la botella sobre la mesa. En el rudimentario equipo de música sonaba una canción de los Beatles compuesta por George Harrison: *Something*

Pasaron largo tiempo en silencio, observando el fuego, escuchando música. No necesitaban hablar.

Todo lo que habían dicho flotaba a su alrededor como un velo invisible. El silencio, las palabras pronunciadas sin voz, lo que amaban y habían perdido.

5

Viernes, 27 de junio

LAS DOCE MENOS cuarto de la noche. Ana lio un porro. Parte del hachís desmenuzado y mezclado con el tabaco cayó sobre la alfombra. En la televisión un pelmazo intentaba vender un juego de sartenes en las que se suponía que no iba a pegarse la comida fuera lo que fuese que se cocinara en ellas. El cocinero presentador se permitía el lujo de rayar la superficie con un estropajo de aluminio, luego le pasaba agua bajo el grifo, la secaba con un paño y cocinaba en ella una tortilla jugosa y poco hecha que resbalaba por la superficie de la sartén como si fuera una pista de patinaje.

Prendió fuego al canuto y le dio un par de caladas reteniendo el humo en los pulmones para expulsarlo lentamente después. Apoyó la espalda en el sofá y echó la cabeza hacia atrás. Cerró los ojos.

Parecía una broma, una jugarreta de mal gusto. Lo del vestido rojo había sido solo una coincidencia: la misma marca, el mismo modelo, su color preferido, el escote perfecto para su pecho. ¡La misma talla! Ella tenía uno idéntico en su propio armario. En el trabajo le temblaron las piernas y las manos. Lo primero que hizo al llegar a su casa fue abalanzarse al armario con el corazón encogido, pero el vestido, el suyo, seguía allí, colgado de la percha, intacto. Por supuesto, ¿dónde iba a estar?

En el tanatorio procuró no parecer alterada, le había costado demasiado conseguir aquel puesto por el que tanto se había esforzado como para que ahora, por una estúpida coincidencia, descubrieran sus paranoias. Al fin y al cabo era un vestido que se podía adquirir en una popular cadena de tiendas, nada del otro mundo. Quiso apartar de su mente la absurda idea de que se trataba de su propio vestido rojo, las preguntas sobre quién era la mujer, sobre quién era el hombre. Debía corregir aquellos impulsos.

Dio otra calada al porro y una pequeña china le cayó en la camiseta; enseguida atravesó la tela y le achicharró la piel junto al ombligo. Dio un respingo y de un manotazo se la quitó de encima. La ínfima porción de hachís incandescente voló hasta la alfombra. Otro agujero más no se iba a notar.

Todo había sido una mala pasada provocada por los nervios. Pero aun así seguía temblorosa, como si se avecinaran malas noticias. Como si se barruntara una tormenta.

El olor a la fibra sintética quemada de la alfombra le trajo recuerdos. Decidió que lo mejor sería salir y despejarse.

RUBÉN LLEVÓ A Álex hasta una casa a la que debía acudir con bastante frecuencia.

Marcela era una mujer joven. Vivía en una buena zona de la ciudad, en un piso grande y confortable. De no ser porque descuidaba su aspecto, habría resultado atractiva. Le gustaba leer, había libros por todas partes, algunos abiertos sobre la mesa, marcados con señaladores, como si siempre estuviera consultando algo. El problema era que traficaba con cocaína. Su negocio de venta de droga debía de ser un desastre, pues consumía más de la que era capaz de vender. Despachaba papelinas de un gramo que sacaba de una bolsa de tela guardada bajo el sofá en el que se sentaba.

Marcela miró a Álex disimuladamente. Los dos amigos estaban sentados frente a ella, en otro sofá más pequeño, bastante apretujados, las piernas de ambos rozándose.

—¿Me puedo fiar de este? —preguntó con desdén.

—Claro —afirmó Rubén—, es mi amigo.

—Menuda garantía —espetó ella.

—Ha vuelto de Galicia. Quiere dedicarse al teatro. Montar su propia compañía. Es un genio, lo logrará, seguro, como todo lo que se proponga en la vida.

Rubén le dio una palmada en la rodilla.

—¿Teatro? —Ella arqueó una sola ceja antes de echarse a reír. Luego le guiñó un ojo a Álex y canturreó, desafinando cada una de las notas, aquello que cantaba La Lupe con su voz desgarradora:

Teatro, lo tuyo es puro teatro, falsedad bien ensayada, estudiado simulacro.
Fue tu mejor actuación... destrozar mi corazón,
y hoy que me lloras de veras, recuerdo tu simulacro.
Perdona que no te crea, me parece que es teatro.
Y acuérdate que, según tu punto de vista, yo soy la mala.

—A estas invito yo —concedió Marcela, que, satisfecha tras su mediocre interpretación, extrajo una papelina de la bolsa.

—¿Y eso? —preguntó Rubén sorprendido de que fuera tan generosa.

—Siempre amé el teatro —afirmó incorporándose en el sofá—. Acércame una revista de esas —le indicó a Álex, que guardaba silencio. Se la tendió y ella la colocó sobre sus piernas. Volcó en la portada parte del contenido de la papelina y con una tarjeta de crédito hizo cuatro rayas largas y gruesas. Agarró un cilindro de metal plateado y se metió dos líneas, una por cada orificio nasal. Aspiró con energía y tendió la revista con las rayas restantes a Rubén—. El teatro hubiera sido la forma de escapar de todo —prosiguió tras recomponerse del efecto inmediato de la droga—; el modo de hacerme un lugar en la vida, quizá de triunfar, de recorrer el mundo, de hacer amigos, amigos de verdad. Me encantaba ir a los ensayos, valía para ello. Disfrutaba cada segundo sobre el escenario, cada ejercicio, cada clase, ya fuera teórica o práctica. Era capaz de memorizar los textos sin dificultad. La profesora alababa mis progresos, mi voz modulada, mi porte. Lo hubiera dado todo por el teatro...

Marcela se quedó mirando la ventana.

Rubén se metió la raya y le tendió la revista a su amigo. Este aspiró la cocaína y le sobrevino una arcada primero, un regusto al instante. Un placer reencontrado después.

—¿Y qué pasó? —preguntó Álex pronunciando las primeras palabras.

Marcela lamió la superficie de un cigarrillo para humedecerlo, luego lo arrastró por el resto de la cocaína que quedaba en el semanario para que se impregnara del polvo y lo encendió con un mechero. Le dio dos fuertes caladas y se lo pasó a Rubén. Con la revista de nuevo sobre los muslos, volcó otra parte del contenido de la papelina y confeccionó cuatro tiros más. Antes de meterse el primero, miró a Álex con los ojos velados de melancolía.

—Lo que pasó fue que un día alguien trajo unas rayas para que nos las metiéramos antes de actuar —concluyó Marcela.

Luego solo se oyó el ruido que provocó al aspirar el polvo blanco.

Sentí un miedo *atroz, una sensación lúgubre que cercenaba mi cuerpo, que lo dejaba sin aire, lo rasgaba a tiras y lo destruía por completo.*

El bombero y el policía estaban cerca. El miedo se convirtió en un estado de alerta, en un método de supervivencia. Ellos se aproximaban cada vez más y yo debía desaparecer de allí de inmediato.

Sin embargo, no lo hice. Me senté en la tierra y me eché a llorar. Los dos hombres levantaron la cabeza, alertados por mis sollozos, y se acercaron.

Trataron de consolarme, me preguntaron si estaba bien, si vivía en alguna de aquellas casas devastadas por el fuego. Les dije que no. Me preguntaron qué hacía allí y les dije que estaba dando un paseo. Me acompañaron hasta el lugar en el que se encontraban los efectivos. Quisieron saber si había visto algo o a alguien extraño por allí. Les contesté que no, que no había visto nada.

Uno de ellos me tendió una botella de agua y me removió el pelo con la mano en un gesto afectuoso. Estaba bien, no necesitaba ayuda, mi buen aspecto contrastaba con la desolación que había alrededor.

Escuché decir que había muerto alguien.

Sentí un extraño cosquilleo, escalofríos, un rubor en las mejillas, nada desagradable, en todo caso. Había gente llorando. Algunos corrían de aquí para allá. Todos se ayudaban en la desgracia con abrazos y palabras de ánimo, tristes en todo caso.

Después nadie más reparó en que yo estaba allí, en mitad de todo aquel desastre.

Respiré el olor que había provocado el fuego.

Y, pese a lo que debería haber sentido, me gustó.

Allí supe, entre el dolor y la desgracia que se cernía sobre aquellas personas, que no sería la última vez.

Me alejé despacio y desaparecí sin que nadie lo advirtiera.

6

Sábado, 28 de junio

ERAN LAS OCHO y doce minutos de la mañana cuando Monfort salió al exterior de la casa de la abuela Irene.

Había dormido en la habitación que ella llamaba la biblioteca, un pequeño cuarto repleto de libros que ocupaban las estanterías en tres de las cuatro paredes. Había una cama estrecha pero confortable y las mejores vistas del mundo según las propias palabras de Irene; una ventana desde la que no se veía otra cosa que el mar y el cielo; un cuadrado de cristal y madera que enmarcaba el azul Mediterráneo y el horizonte infinito. «Un bofetón de serenidad», pensó Monfort.

Hizo café y la casa se impregnó de su exquisito aroma. Al salir llevaba una taza humeante en la mano. El sol tibiaba la arena, caminó hasta un extremo de la playa y se sentó en una piedra erosionada por el viento y las olas. Era idílico, sí, una maravilla de lugar, pero en aquel momento hubiera vendido su alma al diablo a cambio de un cigarrillo, de poder darle una calada, aspirar el humo y soltarlo poco a poco para saborear la nicotina.

Las olas acariciaban la estrecha franja de arena. La piedra en la que se había sentado estaba húmeda, la marea de la noche se había encargado de ello. Sí, hubiera dado todo por un cigarrillo en aquel momento. De repente oyó sonidos que llegaban desde la casa, música quizá. Irene se habría despertado. La música debía de acompañarla en la soledad de aquel lugar. Se levantó y bebió el café de un trago; estaba amargo, fuerte, tal como le gustaba. Caminó por la orilla sin importarle que las suelas de los zapatos se mojaran. Cuando se terminó el café siguió caminando, todavía con la taza en la mano, el asa colgando de sus dedos. La dejó junto a uno de los pilares de la verja de madera que delimitaba el terreno; la recogería a la vuelta. Cruzó el camino de tierra que pasaba por detrás de la casa y se adentró en un bosque de pinos que conectaba la playa con la ladera del monte. La sierra de Irta era un lugar muy especial; la montaña descendía suavemente hasta el mar, sometida a las inclemencias del tiempo: el viento, la lluvia, la soledad y el abandono. El viento le envió una ráfaga de sonidos y reconoció la melodía que sonaba en la casa: un clásico de jazz, Miles Davis, en un disco mítico, un álbum inigualable: *Kind of Blue*. La trompeta del genio, sonidos lánguidos, caricias para los oídos. Recordaba las canciones, lo transportaban a noches de penumbra, humo de tabaco y licor en vasos anchos de cristal caro; a sexo, también.

Los pinos se multiplicaban a medida que se adentraba en el bosque; el olor del mar y de la arboleda era inconfundible, aromas del Mediterráneo, inigualable.

Se le fue el santo al cielo entre zonas boscosas y claros cubiertos de matorral bajo. Cuanto más ascendía, menos árboles había y el aroma a tomillo lo inundaba todo. El mar, siempre visible, le proporcionaba una luz mágica, una realidad plausible que también podía ser irreal. El sol ascendía lentamente. Miró hacia la línea de la costa, el hogar de la abuela Irene se veía ahora diminuto, apenas una casa de muñecas entre el agua y la tierra: frágil, vulnerable a los elementos, a las personas. Entendía que ella fuera feliz allí, la comprendía pese a que a él lo hubiera ahogado tanta belleza.

Una hora más tarde, sin apenas tener noción del tiempo transcurrido, regresó. Irene estaba sentada junto a la puerta de entrada, con un libro en la mano y sus gafas de montura fina apoyadas en la punta de su huesuda nariz. Monfort la saludó y ella levantó la cabeza para regalarle una sonrisa.

—Buenos días —pronunció con su delicada voz—. ¿Explorando el territorio?

—Es un lugar magnífico; es como si lo hubiera visto por primera vez.

—Dicen que las cosas se ven de otra forma tras haber rozado el final.

—Puede que sea eso —concedió.

—Puede también que en tus anteriores visitas nunca hayas ido más allá de la valla de la entrada —bromeó ella.

—La última vez que estuve aquí fue para lanzar al mar las cenizas de mi madre.

—Me acuerdo de ella todos los días.

—Yo también.

—Y así será siempre, hasta el final de nuestros días.

Continuaba sonando el mismo disco, como si al terminar la última canción hubiera vuelto a empezar de nuevo en un bucle sin fin.

—¿Te gusta Miles Davis? —le preguntó.

—Me gusta este álbum —puntualizó Irene.

—Es especial. Podría haberlo compuesto aquí, junto a la arena.

—No lo creo —lo contradijo ella—, para componer eso que suena tuvo que inspirarse en otro tipo de lugares más sórdidos, menos recomendables… más de tu estilo.

Monfort sonrió a la vez que negaba con la cabeza en un gesto de rendición. Tomó una silla para sentarse junto a ella. La brisa proporcionaba una temperatura fresca pero agradable y las nubes altas daban al entorno una luz espectacular.

—¿Qué te apetece comer? —preguntó Irene. Era una experta en preparar recetas que a él le fascinaban. También lo era en adivinar el pensamiento—. Ayer me trajeron un par de bogavantes así de grandes. —Hizo un gesto exagerado con ambas manos para indicar la envergadura de los crustáceos—. Quedarían de rechupete con un buen arroz meloso.

—Gracias por interpretar mis gustos gastronómicos como nadie.

—No hay problema, ya sabes que me encanta cocinar para alguien más que para mí y las gaviotas que vienen a visitarme.

—Será un placer acompañarte, pero te ayudaré, si me lo permites.

—Estaré encantada de ver cómo te desenvuelves en mi diminuta cocina. Aunque creo que tendremos que poner más arroz, necesitaremos, al menos, una ración más.

—¿Otra ración?

La abuela Irene se puso en pie, plegó las gafas y las guardó en un bolsillo. Luego señaló hacia la lejana torre Badum, por donde un coche que Monfort reconoció de inmediato descendía el tortuoso camino que llevaba a la casa.

VOLVER AL TANATORIO sin apenas dormir resultó complicado.

El episodio del vestido rojo la había superado, se sentía avergonzada. ¿Se estaría volviendo loca? En todo caso había perdido los nervios de forma incontrolada. Se trataba del vestido de otra mujer con hechuras parecidas a las suyas, como tantas otras mujeres en el mundo. Un extraño capricho del marido que la difunta luciera aquella ropa en su último adiós, un recuerdo de su vida juntos, un momento especial. Una promesa, tal vez.

Nada que tuviera que ver con ella. Solo una ridícula paranoia.

Salir no le había hecho ningún bien. Cuando sonó el despertador se sentía incapaz de abrir los ojos, lo hubiera estampado contra la pared. Sacó fuerzas y, tras darse una ducha, se preparó un café cargado y tomó dos comprimidos de paracetamol. Se vistió y se maquilló, quizá en exceso, con el único afán de tener un aspecto presentable, menos cadavérico que los muertos que adecentaba, para que sus familiares los vieran como eran en vida; una mera ilusión que los satisfacía en los últimos momentos. Una mentira. Se miró en el espejo; tampoco había tanta diferencia entre su rostro y el de sus «clientes».

Maquillar a la muerte, mentir a la piel ajada, convertirla en lo que ya no era. Disimular la carne muerta en proceso de putrefacción.

En eso consistía su trabajo. En engañar a la muerte.

Años atrás, cuando le preguntaban a qué le gustaría dedicarse cuando fuera mayor, decía que quería ser maquilladora. Todos pensaban que se refería a las maquilladoras de los salones de belleza o a las profesionales que trabajaban en televisión cubriendo de base los rostros de los famosos para disimular los brillos en la pequeña pantalla. Pero no era eso lo que Ana insinuaba. Ella quería maquillar muertos, cadáveres, cuerpos inertes, con el único objetivo de ver sus rostros casi vivos dentro del ataúd.

Era hija única. Sus padres se casaron mayores y la tuvieron casi de milagro cuando su madre tenía ya cuarenta y dos años. Les advirtieron de que sería un embarazo difícil, pero la ilusión de tener descendencia era tan grande que asumieron el riesgo. Ana nació sana tras un parto complicado que a punto estuvo de llevarse a su madre por delante. De niña le gustaba tirar piedras, sesgar el rabo a las lagartijas, asustar a los gatos, perseguir a los perros y vestirse como los chicos. Quizá fuera una forma de rebelarse, de llevar la contraria.

Su padre era el dueño de un boyante comercio textil heredado de sus antepasados. Su madre cuidaba de la casa y administraba los ingresos del negocio. Al llegar la temida jubilación, su padre vendió la centenaria tienda situada en una de las mejores calles del centro de Castellón y su día a día consistió en consumir las horas del día sentado en la barra del bar. Poco a poco, y pese a que la venta del comercio había engrosado notoriamente la cuenta del banco, su vida se fue apagando como la colilla del puro que siempre le colgaba de los labios. Su madre, sin embargo, resplandeció. Decidió no quedarse encerrada en casa y se unió a un grupo de mujeres que realizaban diferentes actividades que la tenían ocupada la mayor parte de la semana. La vejez le sentaba de maravilla, todo lo contrario que a su marido.

Su padre murió una fría y lluviosa mañana de enero, cuando se dirigía al bar al que acudía todos los días. Lo atropelló un autobús al cruzar de forma temeraria la avenida de Alcora, justo en la entrada del túnel que conectaba con la avenida Doctor Clarà, un lugar sórdido, ennegrecido por el humo del intenso tráfico. Falleció en el acto. Una muerte rápida para un tipo que no había saboreado la jubilación, para alguien criado entre el mostrador y las clientas, para aquel a quien la ciudad ya lo había matado el día en el que firmó la venta de todo lo que había sido de sus padres, de sus abuelos y de los padres de estos.

Mientras los familiares charlaban y se daban el pésame mutuamente, Ana se acercó al féretro instalado en el salón de la vivienda, rodeado de velas encendidas y flores que empezaban a oler mal. Su padre tenía el rostro blanco como la cal, desfigurado y endurecido, con la boca abierta, mal peinado, las cejas alborotadas y los pómulos hundidos. Advirtió que no se parecía en nada a aquel padre severo en exceso y parco en palabras que dirigió a los suyos con mano, quizá, demasiado firme. Procuró que nunca les faltara de nada, pero el precio que debieron pagar por ello fue muy alto.

Ahora el que faltaba era él.

Tomó el neceser de maquillaje de su madre y decidió que debía hacer algo con aquel rostro enojado con la muerte.

Se subió en un taburete para llegar mejor y se aplicó en devolverle un ápice del parecido que recordaba de los días lejanos en los que la llevaba a la feria y le compraba una manzana de caramelo, que ella paseaba con orgullo sujetándola por el palo.

Aquello era en otro tiempo. Luego fue muy distinto.

Pronto se olvidarían de él.

Cuando cumplí los dieciocho pensé que debía celebrarlo a lo grande. Habían pasado cinco años desde la primera vez, aquella en la que desaparecí de la tragedia que había provocado sin que advirtieran mi ausencia. La vez que supe que no sería la última. La que precedió a todas las demás.

El viento y las brasas bastaban para que el fuego se reavivara en cualquier momento, solo debía alejarme cuanto antes y esperar a que el bosque se cubriera de llamas. Quería gozar viéndolo desde una distancia prudencial; el humo, el olor, el color del cielo, el estupor de las personas; los gritos, las carreras, el afán por sofocar lo imposible. Casas amenazadas por unas llamas cada vez más próximas, cultivos arruinados, rebaños acorralados por el miedo, abocados a una muerte segura. La peor de todas: el fuego.

Desde mi escondite encendí un cigarrillo. Aspiré la primera calada con fruición. La punta incandescente me iluminó el rostro. Frente a mí se abría un valle cuajado de pinos y carrascas. Era cuestión de tiempo, minutos, tal vez. La noche regalaba sonidos mágicos, el viento mecía las ramas de los árboles provocando una danza fantasmal. Silencio a medias. Los animales, agazapados entre la maleza, barruntaban lo que estaba a punto de suceder. La luna se dejaba ver entre las nubes que avanzaban rápido en mitad de la oscuridad. La excitación colmaba mis ansias. Dirigí la vista hacia el lugar por el que acababa de llegar. Y entonces sucedió. Un punto rojo, diminuto, apenas una mísera lucecilla titilante que poco a poco se convertiría en algo mayor. Me estremecí. Contuve la respiración. Conté en voz baja: «Uno, dos, tres, cuatro, cinco, seis, siete, ocho, nueve…».

La llama trepó veloz por el tronco de un pino. Se propagó de forma vertical hasta llegar a las ramas más altas. A continuación se expandió y creció, alcanzando a los árboles que estaban a su alrededor. Como una aureola lejana, el fuego se convirtió en una bola de color naranja primero, amarillo después, rojo como la sangre más tarde. Me puse en pie y gocé del progreso de la hazaña. Pronto el bosque ardió en toda su plenitud. Una zona de difícil acceso complicada para los efectivos, que no tardaron en llegar alertados por los habitantes del pueblo más cercano, atemorizados por la evolución del fuego. Inmediatamente se desencadenó un sinfín de ruidos y terrores. Olía a quemado, a desolación, a muerte.

Me hubiera gustado quedarme, presenciar el espectáculo, disfrutar de mi regalo de cumpleaños, saborear el miedo que otros padecerían. Pero tenía que marcharme.

Sin embargo, tuve una extraña sensación de vacío, algo que últimamente experimentaba. Era mi día, debía haber sentido mayor placer. El incendio que acababa de provocar alcanzaría magnitudes colosales y, en cambio, recordé con añoranza aquella primera vez.

Ninguna sería igual, nada se podía comparar. Había satisfecho la ambición por quemar, el placer por el fuego, la ira que nacía de mi interior al prender la llama que originaba la catástrofe. Pero lo que ocurrió la primera vez, lo que experimenté aquel día, cinco años atrás, no lo había vuelto a sentir.

Sabía lo que era. Temía reconocerlo.

Era la muerte de seres humanos provocada por el fuego lo que realmente me saciaba.

7

Domingo, 29 de junio

GRAN PARTE DE la discoteca había quedado reducida a un montón de escombros calcinados por el efecto del fuego. El calor era intenso dentro del local. Efectivos del Consorcio Provincial de Bomberos de Castellón y de la Policía Local mandaron evacuar a los vecinos de los pisos superiores del edificio para prevenir posibles derrumbamientos y evaluaron la resistencia de las columnas de carga.

Al parecer, el incendio se había declarado de madrugada, después de cerrar, cuando supuestamente el local se encontraba vacío, aunque eso no eximía que pudiera quedar algún trabajador en su interior. El personal de limpieza estaba descartado, pues su tarea comenzaba a partir de las diez de la mañana. Los efectivos se afanaban en recabar información acerca de las personas que habían trabajado esa noche.

Era una discoteca de reducidas dimensiones situada en una calle adyacente a la avenida Hermanos Bou, muy próxima al centro de la ciudad, en una de las zonas donde se aglutinaban bares de copas y distintos negocios de restauración y ocio nocturno. La vía permanecía cortada y una dotación de agentes de la Policía Local vigilaba que nadie cruzara el perímetro señalado. Los bomberos daban por sofocado el incendio y los especialistas trataban de averiguar la forma en la que se había originado el fuego. El local cumplía con todos los requisitos en cuestión de normativas contra incendios y seguridad.

La voz de un bombero se oyó por encima del ruido.

—¡Hay alguien aquí abajo!

Se hizo un silencio sepulcral en la zona de trabajo.

—¡Que nadie toque nada! —ordenó el que parecía estar al mando.

El jefe de los bomberos hizo una indicación a uno de sus hombres.

—Hay que llamar a la Policía Nacional.

—¿Qué ocurre?

—No ha muerto a causa del fuego —aseveró el jefe visiblemente consternado.

La subinspectora Silvia Redó se encontraba en su despacho de la vieja comisaría de la ronda de la Magdalena. Ordenaba la gran cantidad de papeles que se acumulaban sobre la mesa. En todo caso, volver al trabajo, a la rutina diaria, había supuesto una liberación. Atrás quedaron los dolores provocados por las heridas del último caso, que prefería olvidar. El aparato de aire acondicionado se paraba cada cierto tiempo y emitía extraños bufidos, como si se tratara de una bestia agotada. Se sirvió un vaso de agua del dispensador y lo bebió lentamente mientras contemplaba las carpetas que poco a poco iba clasificando. Alguien llamó a la puerta. Nadie solía hacerlo en aquella comisaría y menos en su despacho. Como mucho daban un golpe y a continuación entraban sin esperar consentimiento ni respuesta alguna.

—¡Pase! —alzó el tono para que la oyeran desde el otro lado.

La puerta se abrió despacio y una cabeza asomó tras ella.

—*Quilla* —dijo una voz—, ¿me dejas entrar?

Silvia reconoció el acento antes de verlo. Sintió un nudo en el estómago. Temía ese momento.

—¿Entro o qué? —insistió el agente Robert Calleja.

—Claro —contestó Silvia y su propia expresión le sonó ajena.

Calleja entró en el despacho como si fuera la primera vez que lo hacía. Miró la mesa y pasó la mano sobre un archivador. Leyó lo que ponía en el lomo escrito a bolígrafo y resopló.

—Siéntate… si te apetece —lo invitó Silvia, y Robert asintió. No se le notaban las secuelas y debajo de la camisa azul celeste no se intuía vendaje alguno.

El aire acondicionado volvió a la carga tras un corto período de inactividad. Una brisa fría acompañada por un extraño olor cargado de humedad inundó la estancia. Sonaba como un tractor viejo. Silvia tomó asiento en su lado de la mesa. No sabía si la irritaba que hubiera entrado en las dependencias para no decir nada o que la mirara fijamente con aquellos ojos de un azul líquido e intimidatorio. Era insufrible aguantar su mirada entre condescendiente y reprobatoria. Ella era la subinspectora. Él se había jugado la vida por ella en el caso anterior. ¿Qué debía hacer ante aquella tensa situación? Cualquier cosa menos lo que hizo: bajar la vista hacia los papeles que tenía sobre la mesa y dejar que él siguiera escrutándola.

—Mírame —dijo Robert sin apenas levantar la voz. Un sonido que le salía de dentro y que golpeó todo lo que había a su alrededor sin hacer el menor ruido. Silvia levantó la vista hasta cruzarla con la de él. Contenía la respiración y el nudo del estómago apretaba cada vez más fuerte. Aun así le sostuvo la mirada con firmeza, sin pestañear siquiera. Cuando ya le escocían los ojos, notó un ligero temblor en los hombros de Robert, luego un estremecimiento; los pliegues de su rostro se acentuaron y los ojos se le achinaron notablemente. El movimiento de los hombros se intensificó, hasta que para su sorpresa estalló en una sonora carcajada sin el menor recato por lo que ella pudiera interpretar. Robert se reía de forma compulsiva, no podía evitarlo, se desternillaba y de los ojos le caían lágrimas como puños. Respiraba de forma hipada y cuando parecía que remitía el efecto, volvía a reír con más ímpetu. Silvia estaba atónita, aguantaba el semblante en un intento por controlarse. Pero le fue imposible. Contagiada por su compañero, rompió a reír y a llorar al mismo tiempo como no lo había hecho en años. Robert se recompuso sin mediar palabra. Ella seguía riendo sin poder controlarse. El agente se puso en pie y rodeó la mesa. El abrazo que le dio fue largo, cálido y sincero. Un abrazo reparador que no precisaba de ningún mensaje. Dos cuerpos encajados a la perfección, tal vez demasiado, pensó Silvia por un momento.

El vetusto teléfono fijo de sobremesa empezó a sonar. Había olvidado su impertinente bramido. Se separó del abrazo de Robert y ambos miraron el aparato.

—Venga, niña, que no pasa *na* —dijo mientras le pasaba las yemas de los pulgares por debajo de los ojos en un intento por secarle las lágrimas.

Estaba azorada. Tomó aire con fuerza y lo expulsó de la misma forma. Levantó el auricular.

Era el comisario Romerales.

Quién si no.

Elvira Figueroa encontró la casa de la playa.

A la jueza le costó dar con su paradero. Sabía que la abuela Irene vivía en Peñíscola porque Monfort se lo había comentado en alguna ocasión, pero no conocía el lugar exacto en el que se ubicaba. Preguntó a distintas personas sin obtener resultado hasta que en el restaurante del hotel Tío Pepe, un lugar que Irene solía frecuentar cuando quería disfrutar de una magnífica comida, le indicaron la ruta que debía seguir para llegar hasta la casa.

Tras el exquisito arroz con bogavante que habían compartido los tres, sentados alrededor de una mesa emplazada en el minúsculo arenal, Irene se retiró a sus quehaceres. Elvira y Monfort aprovecharon la sobremesa para ponerse al corriente. Él le pidió disculpas por no haber dado señales de vida; lo hizo con torpeza y sin disimular que aquel era uno de sus rasgos característicos más reprochables: no hacer caso de nadie y actuar según el dictado de su corazón y su cerebro ante cualquier situación, por mucho que aquello hiriera a los que tenía a su alrededor. Sabía a ciencia cierta que se trataba de egoísmo. Y no había más excusas que contar.

El sol descendió lentamente hasta dar paso a un idílico atardecer en la costa. Los reflejos del crepúsculo sobre el mar producían un efecto hipnótico, un vaivén cadencioso que ambos admiraron en silencio.

La abuela Irene insistió en que Elvira se quedara a dormir aquella noche en la casa de la playa, invitación que la jueza aceptó encantada.

Por la mañana, durante el desayuno, Elvira convenció a Monfort para que la acompañara de vuelta a Teruel. Tras agradecer a Irene su hospitalidad, partieron de Peñíscola cada uno en su coche, abstraídos en sus pensamientos.

En la autopista, Monfort escuchaba a Van Morrison en un CD titulado *A Period of Transition,* el noveno álbum del músico irlandés tras un controvertido período de sequía productiva que se prolongó durante dos años y medio. El disco fue recibido con cierta decepción por parte de la crítica musical, pues tras el largo parón creyeron que aquel sería el proyecto definitivo del artista. Quizá no se tratara del mejor de sus trabajos, pensaba Monfort, pero era un disco cargado de sensibilidad y de maestría musical. Tal vez fuera por llevar la contraria, como casi siempre, pero a él le encantaba y por ello subió el volumen. Elvira conducía delante y él no la perdía de vista.

En el número nueve de la plaza de la Judería, a cuatro pasos del mausoleo de los Amantes de Teruel y a otros pocos de todo lo demás en la pequeña ciudad, se encontraba el restaurante Yain, donde Elvira era conocida por el amable personal que los recibió nada más cruzar el umbral. La amplitud de las mesas, los manteles de hilo fino, la cuidada vajilla y la exquisita cubertería sorprendieron a Monfort. La carta era un estupendo reflejo de los deliciosos productos aragoneses y de su tradición culinaria, y el vino que ofrecían era una de las características más relevantes del establecimiento. La propia bodega del restaurante, originaria del siglo xiv, era el lugar perfecto para la conservación de las infinitas referencias de una carta de vinos excepcional.

Pidieron jamón de Teruel y ensalada de migas de bacalao con rúcula y tomate seco. De segundo compartirían el chuletón de ternera de los Pirineos que Elvira había probado en anteriores visitas. A Monfort le impresionó gratamente que en la carta hubiera un apartado destinado únicamente a recetas elaboradas con bacalao.

En cuanto a la elección del vino, sugirieron al experimentado sumiller que les sirviera lo que creyera conveniente en cada momento de la comida.

Los coches estaban a buen recaudo, y la casa de Elvira a un tiro de piedra.

Después de la magnífica experiencia culinaria, decidieron dar un paseo para estirar las piernas y digerir el exceso.

Cruzaron el viaducto viejo, una de las obras de ingeniería de principios del siglo xx más importantes de España. Su construcción permitió la unión del casco antiguo con la llamada meseta de Pinilla, el ensanche de la ciudad. Desde allí la urbe se abría a un barrio opuesto al abigarramiento del centro. A partir de la fuente de Torán se apreciaba un conjunto de edificaciones de gran belleza; chalets modernistas, calles silenciosas, jardines; remansos de paz en mitad de una ciudad ya de por sí sosegada. En definitiva, un lugar ideal para vivir.

A la entrada del recoleto parque de los Fueros, frente a la iglesia de los Paúles, el teléfono móvil de Elvira sonó en el interior de su bolso. Estuvo tentada de dejar que se agotara la llamada, pero Monfort le hizo una indicación para que contestara. Ella le mostró el nombre que aparecía en la pantalla; él se encogió de hombros y luego asintió. Elvira pulsó el botón verde.

—Hola, comisario.

—Disculpa que te moleste, pero ya no sabía a dónde llamar.

—No te preocupes, no me molestas. Está aquí, ahora te lo paso.

El cielo de Teruel se cubrió de nubes grises, un tiempo cambiante habitual en la ciudad. Las cuatro estaciones en un mismo día.

Y Elvira supo entonces que su reencuentro con Monfort iba a ser corto y muy poco intenso.

S<small>E HABLABA A</small> todas horas del incendio forestal que se había originado de noche por causas aún desconocidas. Las hazañas son mayores cuando se les da relevancia y notoriedad: la televisión, la radio y los periódicos contribuyeron en gran medida a que me sintiera importante.

A mí me correspondía la autoría de la catástrofe.

Sin embargo, no informaban sobre que hubiera víctimas personales y aquello empequeñeció la gesta. El incendio forestal fue devastador, pero no me satisfizo del todo.

No podía dejar de pensar en aquella primera vez en la que había muerto una persona. No pude imaginar que sentiría semejantes sensaciones. Me proporcionó un placer desconocido, inaudito, descomunal. Sé que es muy difícil de comprender, pero es así como me sentí entonces.

No volví a experimentar lo mismo en los siguientes percances que provoqué. Debería haberlo dejado entonces, pero ya era demasiado tarde. Lo necesitaba, como el drogadicto que niega una y otra vez estar enganchado pero que al final consigue su dosis cueste lo que cueste.

Algo dentro de mí repetía una y otra vez que aquello no estaba bien, que tenía que renunciar, que no debía volver a ocurrir.

Pero lo deseaba.

Y ese era el verdadero problema.

8

Lunes, 30 de junio

—Y a ti, ¿qué te gustaría hacer? —le preguntó Alex a Rubén con la voz rasgada por los excesos.

Estaban en el piso de Rubén. La noche había favorecido el largo reencuentro de los viejos amigos. Sentados en el sofá, con las persianas bajadas y el cenicero atestado de colillas, seguían hablando sin parar. Álex se incorporó para abrir una de las ventanas y dejar que entrara un poco de aire que renovara la viciada estancia. El sol lucía con plenitud y la temperatura en el salón era ya muy alta. Rubén destapó dos cervezas, tendió una a su amigo y le dio un trago a la suya antes de hablar.

—Mi padre fue *pelegrí de Les Useres,* ¿sabes lo que es?

Álex torció el gesto; era de Castellón, había oído hablar de ello en alguna ocasión, pero no sabía con exactitud a qué se refería.

—Peregrino —aclaró Rubén—. Me gustaría ser peregrino. Como lo fue mi padre, como mi abuelo, como el padre de mi abuelo. Me gustaría ser uno de los elegidos, caminar junto a otros compañeros en representación de los doce apóstoles, desde la iglesia de nuestra población hasta el santuario de Sant Joan de Penyagolosa. Trece hombres del pueblo de Les Useres, el lugar de nacimiento de mis antepasados, en el interior de la provincia, donde las montañas lo dominan todo, donde el frío azota implacable en los inviernos y el sol derrite la tierra en verano.

Lo explicaba con tristeza mientras se acariciaba el perímetro de la barriga con una mano; sabía que no sería uno de los escogidos, seguramente creía que su obesidad era la principal causa del impedimento. Guardó silencio. Se había puesto muy serio. Álex lo observó. No supo qué decir. Su amigo lo sacó del trance.

—Cada último viernes del mes abril los peregrinos parten desde la iglesia; descalzos, con sus hábitos azules, sus sombreros de ala ancha y los pesados rosarios de enormes cuentas de madera. Caminan sobre un manto de hiedra que los vecinos disponen antes de que salga el sol. En el pueblo los veneran y los turistas los admiran. Silencio, fervor y lágrimas de emoción. Durante todo el día caminan por las sendas escarpadas hasta que al caer la noche llegan al santuario de Sant Joan de Penyagolosa. Allí rezan, meditan, realizan actividades místicas que solo ellos conocen y que jamás desvelarán a nadie. Duermen en una cueva y al día siguiente, tras una ceremonia íntima, regresan al pueblo, donde son recibidos como héroes, como si fueran lo más grande de este mundo. —Tras un instante de introspección añadió—: Eso me gustaría ser. Que me vitorearan, que me aclamaran, que derramaran lágrimas al verme llegar al pueblo con los pies llagados por la dureza del camino, pero con el alma purificada y el corazón henchido.

—Y ¿por qué no lo eres? ¿Por qué no eres peregrino? —quiso saber Álex.

Rubén exhaló un largo suspiro, le caían gotas de sudor por las mejillas, tenía el cuello empapado, un cuello grande y grueso.

—Dime, ¿qué pasó? ¿Qué te impide ser como ellos?

—Algunos dijeron que no resistiría el camino, que me ahogaría, que no estaba en forma, que debía adelgazar y abandonar algunos vicios… que era un caso perdido. —Se quedó callado unos segundos antes de volver a hablar—. Le hubiera prendido fuego a la puta iglesia con todos los cabrones dentro —sentenció.

La subinspectora Silvia Redó y el agente Robert Calleja llamaron a la puerta del despacho de Romerales para informarle del suceso de la discoteca. Abrieron y se quedaron boquiabiertos, detenidos en el umbral sin mediar palabra por la sorpresa.

—Ni que hubierais visto a un fantasma —pronunció el inspector Monfort.

—¿Estás bien? —le preguntó Silvia de forma torpe y atropellada tras conseguir cerrar la boca.

—Genial. ¿No me ves? —bromeó.

—Creía que…

—Crees demasiado, le das muchas vueltas a esa cabeza tuya que no deja de pensar día y noche.

Robert le tendió la mano al inspector y este se la estrechó con sinceridad.

—¿Qué tal estáis vosotros? —preguntó Monfort, y sin esperar respuesta añadió—: Ya veo que bien, sois jóvenes y fuertes. Las heridas cicatrizan rápido a vuestra edad. —Hizo hincapié en las últimas palabras y miró a Silvia al pronunciarlas. Ella sabía que se refería a algo más que a las heridas físicas—. Romerales me ha puesto al día de todo —aclaró por si quedaba alguna duda.

—Es un mito viviente —intervino jocoso el comisario mientras apartaba archivos de un par de sillas para que se sentaran junto a ellos.

—Ha pasado más de un mes y no hemos tenido noticias tuyas en todo este tiempo —censuró Silvia—. Estaba… estábamos preocupados.

—He aprovechado para visitar algunos restaurantes en los que ya me echaban de menos, he comprado discos antiguos y he viajado.

—Ya —profirió ella contrariada.

—Bueno, dejémonos de cháchara —interrumpió Romerales—. Contadnos qué ha pasado. Le he pedido a Monfort que nos eche una mano.

—O las dos —intervino por fin Robert, con su peculiar acento gaditano y su mirada azulada—. La cosa tiene mal fario. No me gusta nada cómo le han *pinchao* el pescuezo al tío ese.

Silvia se sentía aliviada por el regreso de Monfort, pero también estaba confusa por su extraña desaparición.

—¿Qué te pasa? —le preguntó el comisario.

—Nada, nada. —Ella hizo un gesto de desdén con la mano.

—Le parece que soy un insensato —conjeturó Monfort mirando a los demás—. Y seguramente tiene razón.

Sonó el teléfono en la mesa del comisario. Tras unas breves palabras colgó y se dirigió a los presentes.

—El agente Terreros ha preparado la sala de reuniones con los datos que tenemos acerca del caso. Vayamos.

Se pusieron en pie y salieron del despacho. Romerales lo hizo en primer lugar acompañado del agente Calleja, que aprovechó para comentarle lo que pensaba sobre la vivienda asignada en la que se alojaba.

Silvia y Monfort salieron tras ellos.

—Podrías haber dado alguna noticia. Hemos llegado a temer lo peor. Pensaba que… —susurró ella.

—Yo también creí que no saldría con vida del coche —afirmó Monfort.

—¿Tuviste un accidente?

—No exactamente.

—¿No exactamente?

—No.

—¿Has estado a punto de morir y te ha dado por hacerte el misterioso?

La tomó del brazo.

—No te preocupes tanto por mí —murmuró—. Seré inmortal hasta que dejes de creer que puedo serlo.

Tras escuchar la exposición de los datos recabados por Silvia y los compañeros de la Científica, Monfort se dirigió al Instituto de Medicina Legal de Castellón.

La víctima se llamaba Fernando Nebot, estaba casado y tenía un hijo. Residía en Castellón y en la actualidad estaba desempleado.

La muerte había sido provocada por una herida en el cuello hecha con un objeto punzante que no había sido localizado en el lugar del crimen. Podía tratarse de una navaja de hoja muy fina, un abrecartas o algo similar.

El fuego había arrasado la mayor parte de la discoteca, pero las circunstancias de la muerte de aquel hombre tenían poco que ver con el incendio. Su cuerpo no había padecido el horror de las llamas. Cuando lo encontraron estaba intacto salvo por el charco de sangre que lo cubría.

Monfort estrechó la mano del forense Pablo Morata.

—No bromearé sobre que siempre nos vemos en las mismas fiestas —dijo el forense con una amplia sonrisa.

—Ya lo has hecho —indicó el inspector.

—¿Te apetece un café?

—Si se le puede llamar así, sí.

—Bueno, ya sabes: agua templada con polvos y poco más, claro que tú lo matas todo con la nicotina.

Monfort echó mano de forma instintiva al bolsillo donde normalmente llevaba los cigarrillos.

—¡Menudo estoque! —exclamó cuando Morata le mostró la herida en el cuello del cadáver.

—Un pinchazo certero —corroboró el forense.

—¿A qué hora murió?

—Entre las cinco y las siete de la mañana. No hay mucho margen de error. Pronto lo sabremos con mayor exactitud.

—Según el informe, la discoteca cerró a las cuatro.

—Eso me ha comentado Romerales, lo que significa que lo mataron cuando la discoteca ya estaba vacía.

—Por lo visto, no del todo.

—¿El incendio fue intencionado? —quiso saber Morata.

—No tengo ni idea, pero ¿qué te apuestas a que sí?

—No pienso jugarme un chavo contigo.

—Haces bien. Tengo mal perder. ¿Puedo preguntarte algo?

—Claro, lo vas a hacer de todos modos.

Monfort desechó el contenido del vaso de café casi intacto en la pica de aluminio.

—¿Eso que suena, lo pones para trabajar? —señaló unos altavoces junto al ordenador.

—Sí, me relaja. Me proporciona un ambiente mucho más agradable del que cabe esperar aquí.

—Menos cuando les seccionas el cráneo con la sierra. Entonces no puedes escuchar las canciones.

—En esas ocasiones utilizo auriculares —bromeó el forense.

Tres jóvenes irrumpieron en el laboratorio convenientemente uniformados. La autopsia no había concluido. Habían hecho un receso y enseguida se pondrían de nuevo con el cadáver.

Monfort tendió la mano al doctor Morata a modo de despedida.

Mientras salía de allí envuelto en fragancias de formol, no pudo resistir tararear la melodía de *La chica de Ipanema*. Una caprichosa mezcla entre la vida y la muerte. Un contrapunto con los huéspedes del lugar.

Tanta vida como auspiciaba la letra de la canción y tanta muerte como habitaba en aquel sótano.

> Mira qué cosa más linda, más llena de gracia.
> Es esa muchacha, que viene y que pasa
> con su balanceo camino del mar...

JAIME QUERÍA ACOSTARSE con ella a toda costa. Ana se arrepentía de haberlo invitado tan pronto a subir al piso; desconfiaba, y era consciente de que dudar no hacía otra cosa que aumentar su libido.

Sentados en el sofá, con unas bebidas sobre la mesa que ambos seguían sin probar, Jaime posó la palma de la mano sobre su pierna. Ella hablaba para entretenerlo y poder pensar qué debía hacer. Él llevó los dedos hacia la cara interna del muslo. Ana sabía que si se lo seguía permitiendo podría caer en su red, ceder a sus súplicas, dejarlo hacer y que consumara su deseo, y no quería que eso pasara aún. Su mano estaba caliente y ella sentía un incipiente temblor en las piernas y un absurdo cosquilleo en el estómago.

Entonces sonó una llamada en su teléfono móvil y Jaime se dio la vuelta para localizar de dónde salía aquel inoportuno sonido. Ella aprovechó su despiste para ponerse en pie. Tomó su bolso y sacó el teléfono. Cuando vio el nombre en la pantalla se quedó atónita; hacía siglos que no hablaba con él y, aunque no le apetecía lo más mínimo, pulsó el botón verde.

—¿Hola? —dijo con la voz trémula por la excitación.

—¡Soy Rubén!

—Ah, hola…

—¡Cuánto tiempo!

—Sí, mucho —afirmó Ana mientras veía a Jaime impacientarse. Aprovechó la coyuntura para hacer algo que se le acababa de ocurrir en aquel preciso momento—. ¿Cómo? ¿Un trabajo? ¿Precisamente ahora? —adoptó un falso tono de contrariedad.

—Pero ¿qué dices? ¿Ana? —Rubén no entendía una palabra de lo que le decía.

—Pues vaya faena —continuó ella con la farsa—. Sí, claro, estaba ocupada. —Miró a Jaime para cerciorarse de que la escuchaba—, pero si no hay más remedio…

—¡Ana!, ¡que soy Rubén! ¿Es que no te acuerdas de mí? ¿Qué estás diciendo?

—Sí, claro, claro, me hago cargo, los muertos no esperan.

—¿Con quién coño estás hablando? ¿Me oyes?

—De acuerdo, voy enseguida, dame la dirección. —Buscó papel y bolígrafo.

Rubén no entendía a qué se debía esa reacción, pero le dictó los datos de su domicilio.

—Oye, no sé qué está pasando aquí —dijo aturdido—, yo te llamaba para contarte que ha venido a verme…

Pero ella ya había cortado la comunicación y agarrado su bolso con la intención de salir.

—Lo siento mucho —le dijo a Jaime, que estaba visiblemente molesto.

—Eres una calientabraguetas, ¿lo sabes?

Puede que lo fuera, pensó ella.

—Quizá la próxima vez te pueda recompensar —le dijo en tono conciliador—, te he dicho que lo siento, ahora debo marcharme. Ya lo has oído, el trabajo. Me necesitan. Lo siento.

—¡Me largo! —espetó Jaime cuando ya salía por la puerta del piso.

Ana se miró en el espejo del recibidor. Casi había logrado lo que ella no quería darle todavía. No sabía si agradecer o maldecir la llamada de Rubén, al que no había visto en mucho tiempo. ¿Por qué la había llamado? ¿Quién había ido a verlo? Aquel enigma tenía fácil solución. Había anotado su dirección. Se pintó los labios y salió del piso esperando no toparse con Jaime de nuevo. Ya tendría tiempo de seguir jugando con él.

Rubén sostenía el teléfono en la mano, todavía estaba aturdido. Se había decidido a llamar a Ana en cuanto Álex se fue. Era la excusa perfecta para escuchar su voz y probar suerte una vez más. No comprendió nada de aquella extraña conversación, pero le había pedido la dirección. Ahora ella iba hacia allí y estaba más excitado de lo normal. Se afanó en recoger el desaguisado que se había formado en el salón tras la juerga de drogas y alcohol. Le temblaban las manos.

Rubén siempre había estado enamorado de Ana, desde que era un niño y soportaba junto a Álex las burlas del resto de los alumnos. Ana quería parecerse a los chicos: tiraba piedras, soltaba tacos y fumaba como un carretero. Las chicas no la soportaban, con el pelo corto, la ropa poco apropiada y una lengua desvergonzada. Pero Rubén siempre estuvo colado por ella. Le gustaba con locura y procuraba estar siempre cerca. Olía su ropa cuando no se daba cuenta y le besaba el pelo cuando se quedaba dormida con la cabeza apoyada en su rollizo hombro en las sesiones dobles del cine, que a ella la aburrían de forma soporífera. Una de amor y otra de vaqueros. A Ana no le interesaba ni la una ni la otra, pero acudía con ellos al cine los domingos por la tarde y compraban palomitas. Ella las comía con avidez y

Rubén soñaba con meterse en aquella boca de labios cortados por el aire y el frío. Se sentaba entre Álex y Rubén y, tras atracarse de palomitas, se inclinaba hacia su hombro, que por gordito era más mullido y confortable.

En la actualidad, Ana había cambiado por completo. No quedaba ni rastro de aquella niña que quería parecerse a los chicos, sino todo lo contrario: se había convertido en una mujer hermosa y sensual.

Rubén tenía las pupilas dilatadas y la mandíbula desencajada. Abrió el grifo y se echó agua en la cara. Estaba realmente nervioso. Por un momento pensó que quizá habría sido mejor que Álex estuviera presente, verse los tres juntos, recordar viejos tiempos. Pero Álex también estuvo enamorado de Ana y por un momento pensó si aquella no sería la verdadera razón de su regreso. Se dijo que ahora que había vuelto a contactar con ella, no la iba a compartir con nadie por nada del mundo, aunque tuviera que romper con Álex para siempre.

Álex entró en el portal de una vieja pensión de la calle Antonio Maura, en el laberinto de estrechas callejuelas del casco antiguo de Castellón.

Mientras subía las escaleras oyó los jadeos de una mujer a través de la puerta de una habitación; primero en susurros, luego sin tapujos. Se sentó en un peldaño y se recreó en ello hasta que se excitó escuchando las palabras obscenas del hombre, los gritos de ella, los golpes del cabezal de la cama contra la pared. Ella gemía de forma acompasada, elevando cada vez más el volumen de la voz hasta que al final ahogó un quejido agudo y sus palabras se desvanecieron en una respiración agitada. Álex subió apresuradamente los peldaños que restaban hasta llegar a su cuarto, abrió la puerta, tiró la llave encima de la cama y entró en el baño. Se bajó los pantalones y terminó deprisa con la erección que los vecinos le habían facilitado.

Fue el rostro de Ana lo que imaginó en todo momento.

Luego se dejó caer en la cama. El pasado y el presente confluían mezclando épocas, personas y hechos.

Su familia no sabía que había regresado a Castellón. Ya habría tiempo para ello en caso necesario. Temía volver a caer en aquel ambiente que dirigía su padre y en el que él no era más que un títere con asma. Había conseguido algo de dinero, ahora no era cuestión de rememorar cómo. Tuvo que volver a la fuerza; sin embargo, aprovecharía su estancia para solucionar algunos asuntos que no lo dejaban vivir en paz.

Ver a Ana era una de las cosas que quedaban pendientes.

Se encogió en posición fetal y regresó al pasado.

—Ana, ¿quieres salir conmigo?

—¿Contigo? ¿Pero qué dices?

Con un gesto de desprecio tiró el cigarrillo encendido que sujetaba entre los dedos y le entró la risa. A él, la tos.

Ana no añadió nada más para no herir su orgullo, y él no fue capaz de volver a proponérselo, pero continuó amándola en silencio, deshaciéndose con cada una de sus palabras, con cada expresión suya. El amor se tornó en dolor.

No por haberlo rechazado dejaron de estar juntos; eran tres camaradas inseparables, unidos también en la desgracia de ser el blanco de las miradas, la diana de los insultos. Él la amaba, ya habría tiempo para insistir.

Pese a que compartían algunas aficiones, los dos bravucones los esperaban al salir del colegio y los arrinconaban en un callejón. Los insultaban solo para divertirse. Cada uno recibía su ración. Ana solía llevarse tanto como sus dos amigos. Se agarraban sus partes con las manos y le decían que nunca iba a probar una polla como la suya. Rubén y Álex trataban de defenderla, pero todavía era peor. En esas ocasiones el rubio y el moreno cargaban toda su artillería lanzándoles lo que encontraban a su alrededor.

Un día agarraron a Álex y le obligaron a bajarse los pantalones. Los calzoncillos blancos y las enclenques piernas quedaron a la vista de todos para que se pudieran mofar a gusto. Ana aprovechó un descuido y se colgó de la espalda del moreno, le pasó su antebrazo por el cuello y apretó hasta casi ahogarlo. Entonces el rubio acudió en su ayuda y de un manotazo consiguió liberarlo de Ana, que cayó al suelo como un fardo. Sin que los otros pudieran hacer nada, los dos chicos se tumbaron encima de ella y la manosearon mientras le gritaban: «¡No tiene tetas, no tiene tetas!». Luego se marcharon y los tres amigos se quedaron sentados en la acera, magullados y exhaustos, pero contentos de poder estar juntos, siempre juntos.

ÁLEX SE INCORPORÓ de la cama. Hacía mucho calor en la habitación. La ventana daba a un patio de vecinos sucio y destartalado, plagado de tuberías y de excrementos de palomas. Tuvo que pagar por adelantado una semana de estancia en aquel lugar de mala muerte. Cuando pasaran los días ya decidiría qué hacer con su vida. Quizá debería pedirle a Rubén que le dejara pasar unos días con él, ahora que sabía que vivía solo en un piso tan grande.

En el cuarto de abajo retomaron la actividad amatoria. De nuevo los jadeos, los gemidos, las súplicas, los golpes de la cama contra la pared, los cachetes. Se cubrió la cabeza con una almohada que olía a moho.

Ana regresó a su mente. ¿Dónde estaría? ¿Se acordaría de él?

La mujer chillaba y la almohada no amortiguaba los sonidos. El hombre dejó escapar un bramido.

Álex se puso en pie. Tenía que hacer algo.

MONFORT PIDIÓ A Silvia y a Robert que hablaran con la viuda cuando fuera a reconocer el cadáver. Vio decepción en los rostros tras la orden. A ningún policía le agradaba tener que conversar con la familia de alguien al que le han quitado la vida de forma violenta, pero él tenía pensado hacer otras cosas, ya llegaría el momento de conocerla. De momento, que fueran ellos los que lidiaran con aquel delicado asunto, y de paso que limaran sus diferencias personales ahora que volvían a trabajar juntos. Él no era el más indicado para dar consejos, pero Silvia debía aprender a racionalizar sus sentimientos o la vida sería como una montaña rusa. Por otro lado, la condición de Robert, sus preferencias en cuanto al sexo, eran cosa suya y de nadie más. Pues eso, pensó Monfort, que moderaran sus discrepancias y volvieran a hacer las paces, como compañeros.

Su primera intención era localizar al arrendatario de la discoteca para intentar descubrir cómo podía haber ocurrido el incendio y, sobre todo, la muerte de aquel hombre. Los agentes Terreros y García le habían tomado declaración a primera hora de la mañana.

Se dirigió al hotel Mindoro. Tenía su habitación reservada y lista para acomodarse una vez más. Un nuevo caso, la misma estancia, lo más parecido a un hogar, mentiras piadosas. Abrió el equipaje, pero le dio pereza sacar la ropa y colgarla en el armario. Miró de reojo el minibar. Y luego, con resignación, el cenicero. No iba a fumar, pero el cenicero estaba allí y un regusto amargo le recorrió la garganta. Se puso cómodo y encendió el televisor. Buscó la programación local, pero ninguna de aquellas imágenes de ofrendas florales con aires de fiesta patronal tenía que ver con el suceso de la discoteca. Cambió de canales: telenovela, programa de cotilleos, atletismo, noticias 24 horas. Subió el volumen.

… Dieciséis heridos durante una exhibición militar en el sur de Francia. Un soldado ha abierto fuego de forma indiscriminada. Entre las víctimas hay cuatro niños que han tenido que ser hospitalizados. (…) Hallado el cadáver del joven que desapareció en un embalse de Sevilla. (…) Luis Aragonés: «Tenemos un equipo extraordinariamente bueno.» El seleccionador nacional se muestra satisfecho tras la victoria de su equipo.

Destapó una cerveza y se acercó a la ventana. Allí seguía la fachada posterior del Teatro Principal de Castellón, también las palomas que anidaban en sus recovecos. Apenas había tráfico en la calle Herrero y el aire acondicionado mitigaba de sobra los efectos de la alta temperatura del exterior.

Llamó a la comisaria.

—Soy el inspector Monfort, que me pongan en comunicación con el inquilino de la discoteca siniestrada (…) No, no me espero, me llamáis cuando lo tengáis en línea. —Y colgó.

Las noticias se repetían cada vez que llegaban a la previsión meteorológica y el programa comenzaba de nuevo. La cerveza estaba fría y lo reconfortó.

Extrajo el ordenador portátil de la maleta y lo puso en marcha. Buscó en la carpeta donde almacenaba cientos de canciones, escogió el álbum de The Rolling Stones *Bridges to Babylon*, y puso el tema titulado «Anybody Seen My Baby?»

Había vuelto al trabajo; las cuatro paredes de la habitación del hotel serían lo más parecido a una casa mientras durara el caso.

Tal vez la falta de tabaco lo volvía sensible.

Tarareó el estribillo.

¿Alguien ha visto a mi chica?
¿Alguien la ha visto por aquí?
El amor se ha ido y me dejó ciego…

Sonó el teléfono, era de la comisaría. Le pasaron al hombre de la discoteca. Bajó el volumen de la música.

—Soy Manuel Meirás. ¿Quería hablar conmigo, inspector?

—¿Meirás? ¿Como el Pazo de Meirás?

Monfort bromeó con su apellido al emparejarlo con el nombre del pazo señorial que en su día fue la residencia estival de Franco en Galicia, y que no se había librado de convertirse en el blanco de enormes disputas por su legítima herencia. Manuel Meirás estaría más que harto de soportar bromas como aquella.

—Sí, como el Pazo —respondió con tono de disgusto.

—¿Es usted gallego?

—Sí, de A Coruña —seguía con el tono de hartazgo.

—¿Lleva mucho tiempo viviendo en Castellón?

—Algo más de un año. ¿A qué viene esto, inspector?

—No debe de ser fácil para un gallego aclimatarse a la forma de vida de aquí —opinó Monfort.

—No, no es fácil, pero se vive bien en esta tierra. ¿Quería hablar conmigo? —repitió.

—Sí, me gustaría hacerle unas preguntas.

—Estoy desbordado con el tema del seguro, de los trabajadores y demás. Y ya he hablado con dos agentes esta mañana que me han tomado declaración. Además, tengo que estar localizable en todo momento y es mejor que deje la línea del teléfono despejada.

—Me hago cargo —convino el inspector sin demasiada convicción.

—No creo que se haga cargo de nada —masculló irritado Manuel Meirás—. He perdido el negocio. Tengo a todo el mundo encima: a ustedes los policías, al propietario del local… Y los de la compañía de seguros y el Ayuntamiento de Castellón me quieren freír. Tengo todos los papeles en regla, pero al seguro le va a costar Dios y ayuda soltar la pasta, como si lo viera. Esto es el final para el negocio. A ver cómo salimos de esta.

—¿Estamos hablando de mucho dinero? —quiso saber Monfort.

—Yo no sé cuánto es mucho dinero para usted, pero para mí, en este momento, todo es muchísimo.

—¿Cuánto? —reiteró.

—¿Le importa eso a la policía?

—Por supuesto.

—Pues no lo sé aún porque no quieren decirme nada. Desde esta mañana todo son correos electrónicos y conversaciones con personajes que no me dicen nada concreto.

—¿Qué pasó en la discoteca?

—Pues que ardió. Y todo se ha multiplicado por mil con el hombre que han encontrado muerto.

—El incendio, dígame, ¿cree que podría ser intencionado?

—Podría ser, sí, o puede que no, no sé. Eso tendrán que descubrirlo ustedes, ¿no?

—No se haga el gallego.

—Mire, no tengo el cuerpo para chistes malos, estoy muy cansado, me gustaría estar con mi mujer.

Tenía una esposa. Terreros y García también habían hablado con ella. Monfort sopesó la idea de dejarlo en paz por el momento, ya habría tiempo para atornillar al hombre de la discoteca. Aun así, le hizo otras preguntas.

—¿Conocía a la víctima?

—De vista, venía por la discoteca.

—¿Solo de vista?

—Solo.

—¿Tiene idea de quién puede haberle hecho algo así?

—¡Y yo qué coño sé! —exclamó Meirás.

—¿Tiene usted algún enemigo? ¿Alguien que deseara que las cosas le fueran mal?

—No que yo sepa.

—La víctima murió entre las cinco y las siete de la mañana. ¿Dónde estaba a esas horas?

Tres segundos de duda eran suficientes para meter los dedos en la rendija que se acababa de abrir.

—En casa. A esa hora mi mujer y yo estábamos en casa. Ya contestamos a las preguntas de los otros policías. Bastante tenemos ya. Estamos muy nerviosos.

El inspector sostenía la cerveza en la mano, pero no quedaba nada en su interior.

—¿No hay nada más que crea que debe contarme?

—¿Contarle?

—Sí, algo de la víctima, eso es lo primordial ahora; algún dato sobre él que nos pueda facilitar, aparte de que de vez en cuando iba por la discoteca. Si encontramos al responsable sabremos también quién ha destruido su negocio.

—Ya se lo he dicho. Lo conocía solo de verlo por allí.

—¿Sabe cómo se llamaba? ¿Dónde vivía?

—Nada. Lo siento.

Mentía, estaba claro. No se le daba mal del todo, pero a él no lo engañaba.

—Está bien, señor Meirás. Me gustaría hablar con usted mañana en la comisaría.

—¿Mañana?

—Sí, eso he dicho, mañana.

—¿A qué hora?

—A las ocho. En punto. Pregunte por mí. Inspector Monfort.

—¿No puedo ir más tarde?

—Comprendo que para usted, que está acostumbrado a trabajar de noche, las ocho sea una hora temprana, pero siempre será mejor eso que dormir en la comisaría y que lo despertemos de madrugada para hacerle preguntas.

Pulsó el botón rojo del teléfono para finalizar la llamada. Seguro que no lo interpretaría como un corte en la comunicación.

Al día siguiente lo vería. Y entonces sería más sencillo leer los embustes en su rostro.

Cuando Ana llegó a la dirección de Rubén, dudó.

Estaba en el interior del portal de la finca. En el timbre estaban escritos sus apellidos. Vivía en la Ronda Mijares, en un edificio antiguo y señorial donde los pisos debían de ser enormes. Una vivienda imposible de comprar y carísima de alquilar. Se trataba de la casa de sus padres.

Él la esperaba, pero ella decidió finalmente que no iba a subir. Sacó el teléfono del bolsillo y lo llamó desde allí.

La voz de Rubén sonaba excitada.

—¡Ana! ¿Ya estás aquí?

—Hola, Rubén —su tono fue seco—. Lo siento, me ha surgido un imprevisto y no voy a poder ir.

—¿Por qué? —Levantó la voz.

—Un imprevisto, ya te he dicho, una historia de última hora con la que no contaba. Un rollo del trabajo.

Rubén tenía la voz engolada por el efecto de la cocaína.

—¡Joder! Qué pena, me hubiera gustado verte, no sé, pasar un rato después de tanto tiempo. Charlar...

—Ya, lo siento, no puedo hacer otra cosa. De todas formas, me has llamado para decirme que has tenido una visita.

Eso quería saber ella, pensó Rubén, solo le importaba saber de quién se trataba. Por eso había aceptado en un principio, para saber, solo para saber.

—Si no vienes no te lo digo —la advirtió en un tono casi infantil.

Ana guardó silencio varios segundos, rumiaba la respuesta que le iba a dar para no ser demasiado grosera. Lo normal en ella hubiera sido largarse por donde había venido y que se las apañara con sus acertijos.

—No puedo, de verdad —dijo al fin—. ¿Otro día?

—¿Otro día? —Estaba demasiado alterado para recibir negativas como aquella—. Después del tiempo que hace que no nos vemos, te invito a mi casa, me dices primero que sí y ahora de repente te rajas y no vienes.

—Rubén, no me fastidies.

—Rubén, no me fastidies —repitió él tratando de imitar su voz con burla.

En ese momento Ana notó la presencia de alguien que acababa de llegar al portal. Se volvió y dio un respingo, como si la hubieran pinchado con una aguja. El teléfono todavía en la mano, la llamada a Rubén sin finalizar.

—¡Ana! ¡Eres tú! —exclamó sorprendido el sujeto enclenque de quijadas prominentes que tenía delante.

Ella entornó los ojos hasta convertirlos en una línea recta. Y entonces supo quién era. También cayó en la cuenta de quién se trataba la visita de la que hablaba Rubén.

—¡Madre de Dios! —soltó Ana con verdadero asombro.

Al otro lado de la línea telefónica que Ana no había cortado se oía una voz lejana que vociferaba sin parar.

—¡Ana! ¡Ana! ¡Ana! ¿Qué coño pasa? ¿Dónde estás? ¿Con quién hablas? ¡Ana, joder, contesta, me cago en la puta!

Pero ella pulsó el botón para cortar la llamada.

Estaba demasiado turbada por ver a Álex de nuevo.

Vivía en el peor de los infiernos, mintiéndome cada día al despertar, cada noche al acostarme. Nadie supo del sufrimiento por el que pasé durante el tiempo en el que decidí que aquello se había terminado de una vez por todas, que había llegado al final y que debía recuperarme, olvidarlo todo.

Si no lo dejaba, aquello acabaría conmigo. Hice lo inimaginable por quitarme de la cabeza las intenciones que cada día me acechaban. La vergüenza que sentía por lo que había hecho me impedía pedir consejo profesional. Más de una vez estuve a punto de llamar a alguna de aquellas asociaciones que se anunciaban como ayuda para todo tipo de adicciones, entre ellas la que yo padecía.

Sentía una pasión desmedida por el fuego, por el vicio de ver como las llamas destruían la vida. Fuego, fuego, fuego... Soñaba con ello, moría por ver la manera en la que lo devoraba todo a su paso, por sentir su calor al estar cerca, oler el humo tóxico, vanagloriarme de los hechos, conocer al día siguiente la magnitud de lo que con mis manos había provocado.

Había pasado un año desde el gran incendio que provoqué en el bosque como regalo de cumpleaños, desde que me regalara las terribles noticias cuando las cámaras de televisión, desde los helicópteros, mostraron a la audiencia lo que había cometido.

Había pasado solo un año. Una eternidad para mí. Lo echaba de menos, sí, echaba de menos el fuego. Y no, no siento orgullo por ello, pero... ¡Dios!, cómo lo echaba en falta.

9

Martes, 1 de julio

No FUMAR DESPUÉS del desayuno se le hacía cuesta arriba.

En la puerta del hotel Mindoro, como cuando disfrutaba de su cigarrillo matutino, tomó aire y se dispuso a caminar hasta la vieja comisaría de la ronda de la Magdalena. Consultó la hora y valoró pasar por el piso de Silvia, junto al edificio de Correos, pero supuso que ella ya estaría en la comisaría, al pie del cañón. O en la boca del lobo, se dijo acordándose de Robert Calleja y sus revelaciones personales.

A las ocho menos cuarto de la mañana, el cielo completamente despejado y de un azul irritante prometía otro día caluroso. Pasó junto a la mole arquitectónica del instituto Francesc Ribalta y decidió hacer una parada en el bar Urbano, situado al final de la avenida Rey don Jaime, en la acera opuesta. Era un establecimiento muy peculiar. Su fachada y la esquina siguiente recreaban la imagen de un autobús londinense de dos pisos. El parecido era fantástico, con las ventanillas y las ruedas pintadas en la pared y algunos complementos como la rejilla delantera original de uno de los míticos autobuses rojos. Entró y pidió un café. En su interior había infinidad de detalles que lo transportaron por un momento a su larga estancia en la capital británica.

Cuando llegó a la comisaría vio a Robert a pocos metros de la puerta de entrada. Discutía con alguien por teléfono.

Hacía aspavientos con el brazo que le quedaba libre y levantaba la voz. Monfort le hizo una señal para avisarle de que lo esperaba dentro. El agente le sonrió, pero la mueca no albergaba alegría alguna.

Silvia conversaba con una compañera en el pasillo, junto a la puerta de su despacho.

—Buenos días —saludó Monfort, que fue correspondido por ambas mujeres. La agente que hablaba con la subinspectora se despidió de ella e inclinó la cabeza al pasar junto a él.

—Manuel Meirás y su abogado ya están dentro. —Señaló la puerta de su despacho—. No sé dónde se ha metido Robert. Estaba aquí, pero de repente lo han llamado y ha salido. De eso hace ya más de diez minutos.

—Está fuera; por sus gestos creo que no le ha tocado la lotería.

Silvia lo miró con desaprobación.

—¿Entramos? —preguntó ella.

—Claro, vamos, me encantará conocerlos personalmente.

Manuel Meirás tenía menos pelo que barriga. Rondaría los cuarenta años e iba bien vestido para la ocasión. Silvia hizo las presentaciones.

El abogado era un hombre joven de buen aspecto. Monfort calculó que tendría treinta y pocos. Se llamaba Isidro Gasch, vestía traje y corbata y olía a alguno de esos desodorantes que se anuncian para que las féminas caigan rendidas. Tenía los ojos grandes y los labios carnosos, pero sus dientes parecían una valla destartalada. «Menos colonia y más dentista» le hubiera gustado decir, pero se contuvo para no empezar con mal pie.

—Va a tener trabajo —fue lo que le dijo mientras le estrechaba la mano. El abogado lo miró de forma displicente.

Monfort continuó. Quería ir al grano—: Aunque todo parece indicar que la discoteca estaba cerrada cuando se inició el incendio, y aunque tanto su cliente como la esposa aseguran que estaban en su domicilio, la muerte de una persona, a todas luces provocada, supone un gravísimo problema.

—No solo ellos dicen que ya se habían marchado —replicó el abogado.

—¿Ah, no?

—No. Ciertos trabajadores también lo corroboran.

—No todos. Es verdad que algunos de los camareros dicen que los vieron salir, pero otros comentan que el señor Meirás y su esposa solían quedarse después del cierre —comentó la subinspectora.

Meirás intervino por alusiones.

—Algunas veces tenemos que quedarnos para cerrar las cuentas, pero no fue el caso. En cuanto se marcharon nos fuimos a casa.

—Pero ¿normalmente se quedan o no? —inquirió Monfort.

—A veces, ya se lo he dicho. Si la caja no cuadra o hay algún problema, toca alargar la jornada hasta que se soluciona. Es lo normal. Como en cualquier otra empresa.

—¿Cuál es el papel de su esposa en el negocio? —se interesó el inspector.

—Somos socios a partes iguales y ella, además, se encarga de la música, es la DJ del local.

—¿Y por qué no está aquí?

Manuel Meirás se encogió de hombros, fue el abogado quien contestó.

—No lo hemos creído conveniente.

—Ya —dijo Monfort poco convencido. Volvió a dirigirse a Meirás—. ¿A qué hora se marcharon? ¿Lo recuerda con exactitud?

—A las cuatro y media, más o menos.

—¿Y no notó nada raro? ¿Cabe la posibilidad de que se quedara alguien dentro?

El abogado le puso la mano en el brazo a Meirás para que lo dejara hablar a él; se ajustó el nudo de la corbata antes de intervenir. En ese momento entró en el despacho Robert Calleja, que se sentó y pidió disculpas con un gesto.

—Han hablado con los trabajadores —comenzó Isidro Gasch—, con algunos vecinos, también con mis clientes sin que yo estuviera presente y no les hemos puesto impedimento alguno porque no hay nada que ocultar; queremos colaborar en todo lo que sea posible, pero deben tener en cuenta que han perdido su negocio; lo que les da de comer se ha quemado y para colmo de males ha ocurrido una desgracia terrible que les corresponde a ustedes resolver.

Robert Calleja levantó el brazo como si estuviera en clase y carraspeó ligeramente antes de hablarle al abogado con su peculiar acento gaditano.

—A no ser que fuera su cliente quien pinchó al gacho y después le prendió fuego a la discoteca *pa* que el muerto se achicharrara como un torrezno y no quedara pista alguna. Y así, dicho sea de paso, trincar una buena tajada del seguro.

Silvia sonrió.

Era una teoría rápida, expuesta a las bravas, pensó Monfort, pero nada que no se les hubiera pasado a todos por la cabeza.

Miró a Manuel Meirás. Estaba realmente *acojonado*, como bien hubiera dicho Calleja, solo que el gaditano se hubiera ahorrado pronunciar la «d» que hay entre la «a» y la «o».

El agente Terreros abrió la puerta y asomó la cabeza. Se dirigió al inspector.

—Ha llamado el jefe de los bomberos. Está en la discoteca y quiere vernos. ¿Vamos nosotros?

—No, gracias, iremos la subinspectora y yo. Por favor, quédate con el agente Calleja por si sus invitados recuerdan algo más que valga la pena.

Aunque Robert se bastaba para lidiar con el arrendatario y su abogado, el agente Terreros tampoco se dejaba impresionar por una corbata cara y un acento foráneo.

En lo que quedaba de la discoteca trabajaban dos especialistas del cuerpo de Bomberos y otros dos agentes de la Científica. Habían ordenado cubrir los accesos con gruesas lonas para evitar las miradas de los curiosos. Una dotación de la Policía Local permanecía de guardia en la calle.

—Entonces está claro que ha sido intencionado —planteó Monfort al jefe de bomberos, un hombre atlético que parecía sobradamente preparado para su cargo y que, a juzgar por su aspecto, debía acaparar casi todas las miradas femeninas.

—Sin lugar a dudas —afirmó—. Miren, el que lo hizo encendió eso y se largó. Queroseno listo para arder.

Lo que señalaba eran los restos apenas reconocibles de una caja de pastillas de encendido rápido, de las que se usan para prender de forma sencilla barbacoas y chimeneas caseras. El origen se encontraba muy cerca de donde habían encontrado el cadáver, junto a una pequeña oficina y otra habitación contigua, reducidas ambas a documentos quemados y poca cosa más. Allí, en aquel pequeño cubículo destinado a la oficina, era donde Silvia había pedido a los agentes que seleccionaran lo que fuera factible trasladar a la comisaría para ser analizado con más detalle.

—El muerto tuvo la suerte, entre comillas, de que la fina pared de esa habitación cayera, de manera que lo salvaguardó de las llamas.

—Por lo menos ha servido para que podamos identificarlo —añadió Monfort—. ¿Podría hacernos una reconstrucción de cómo se originó el incendio?

—La discoteca es pequeña, ya lo ven. Es de planta cuadrada y tiene dos salidas de emergencia, de manera que en una evacuación los clientes podrían escapar de forma rápida. Una de ellas da directamente a la calle principal y la otra a un pequeño callejón lateral que comunica con la misma vía. En eso es perfecto. Además de las dos barras de bar y los baños, están estos dos cuartitos; uno estaba pensado para ser la oficina y el otro era un pequeño espacio donde se almacenaban las carpetas con documentos que no cabían en el despacho. En la parte trasera hay una terraza que da al patio de luces y que por seguridad y respeto a los vecinos permanece cerrada cuando la discoteca está en activo; no hay más que unas cuantas mesas y sillas de plástico y un par de sombrillas. El almacén donde se guardaban las bebidas está en otro local, justo al lado, pero no se comunica con este; los trabajadores meten la mercancía por la acera cuando es necesario. En el momento en el que se originó el incendio la discoteca se encontraba vacía, y por lo tanto cerrada a cal y canto, a oscuras, salvo por los pilotos de emergencia. El que lo hizo debía de estar dentro, en algún lugar donde los detectores de la alarma no podían captarlo. En un momento dado debió salir de su escondite, prendió la caja de pastillas de encendido, la colocó debajo de un sillón que ardió de inmediato y las llamas se propagaron hacia el resto del local a gran velocidad. Es una discoteca —abrió los brazos y enarcó las cejas—, ya saben: moqueta por todas partes, mucha madera e infinidad de aparatos eléctricos. Un cóctel genial para el fuego.

—Entonces, ¿funcionaron correctamente los sistemas de emergencia?

—Sí. Se accionó la alarma conectada a la central y se activaron los rociadores automáticos contraincendios. De hecho, los daños no han sido tan graves como puede parecer. Se ha quemado gran parte del contenido de la discoteca, pero temíamos por la estructura del edificio. No le ha ocurrido nada reseñable, los vecinos han podido regresar a sus casas y el edificio no reviste peligro alguno.

Silvia se dirigió al bombero.

—¿Y el que lo hizo pudo salir sin dificultad?

—Sí, porque las salidas de emergencia se desbloquean y basta con bajar la palanca desde dentro para poder salir.

—¿Han encontrado algo más?

—Entre sus efectivos y los nuestros vamos a analizar los restos de la caja de pastillas de encendido, el poco cartón que le queda. Pero será muy complicado averiguar algo con eso. Cuando sucedió no se había procedido a limpiar la discoteca tras una noche de actividad. Ya se puede imaginar cómo debe de quedar esto después de cerrar.

—¿Dónde está la torre del ordenador? —preguntó Monfort a Silvia señalando un monitor retorcido y ennegrecido por la acción del fuego.

—Se la llevó Robert, la tiene en la comisaría. Va a intentar acceder a su contenido a ver si rescata algo. Ya sabes cómo es —ironizó la subinspectora.

Monfort estuvo a punto de contestarle que no, que no sabía cómo era. Quizá ella sí que lo supiera, pero lo dudaba. Sin embargo, mantuvo la boca cerrada. Puede que a esas alturas estuviera aprendiendo a hacerlo.

Tras la conversación telefónica con Ana, Rubén la había emprendido a golpes con algunos muebles del salón.

¿Con quién se habría encontrado? ¿Por qué no llegó hasta su casa? Se lio a patadas con todo lo que encontró a su paso en el recargado piso familiar. La cocaína solía producirle ese efecto cuando se quedaba solo; la ira se apoderaba de él. No lo podía evitar, rompía lo que tenía a su alcance, lloraba, se desgañitaba y golpeaba las paredes con los puños y la cabeza. Era víctima de la frustración.

Llamó a Ana en múltiples ocasiones, también le envió mensajes, pero su teléfono no daba señales de vida.

Se dejó caer en el sofá y contempló la estancia. No quedaba un solo libro, ni ninguna figura decorativa en las estanterías, todo estaba esparcido por el suelo. Una lámpara había perdido la pantalla y la bombilla rota dejaba los filamentos a la vista. Los cuadros estaban torcidos y una de las cortinas colgaba, arrancada de la barra que la sujetaba a la pared.

Una gota se le deslizó desde el lagrimal y bajó hasta llegarle a la papada, desde donde se precipitó hasta el pecho. Y luego otra, y otra más.

Volvió la vista atrás, al pasado. Algo que se le daba muy bien porque era incapaz de mirar hacia adelante.

SABÍA QUE ÁLEX también pretendía a Ana. Pero él la merecía más, estaba convencido de ello. Él la había consolado cuando los cabrones del último curso la manoseaban para reírse de ella y proclamaban a los cuatro vientos que no era una chica como las demás. Él la cuidaba en aquellas ocasiones, le daba tabaco y chocolate para que se sintiera mejor. Pero Álex estaba siempre al acecho. Escuchaba a hurtadillas, espiaba.

A medida que iba pasando el tiempo empezó a tenerle cada vez más manía. Álex, el más listo de la clase; Álex, el perfecto; Álex, el empollón. ¡Con aquellas quijadas de burro flaco! Era imposible que Ana se fijara en él lo más mínimo, o al menos eso creía hasta que una tarde los vio hablando con las manos cogidas y los labios demasiado cerca.

No podía borrar aquella imagen de su mente. Ellos habían sido amigos y no podía arrebatarle a la chica de sus sueños.

Lo empezó a seguir. Observaba cada uno de sus movimientos. Sin apenas darse cuenta hizo lo mismo con Ana.

Ellos no iban a reírse del gordito. Bastante lo hacían los demás.

Si Ana no podía ser para él, tampoco sería para Álex.

Recordó aquellos días y pese a todo sintió nostalgia. Melancolía por la inocencia perdida, añoranza de la amistad, de la verdad, de la lealtad.

Sus pensamientos dieron un salto hacia adelante en el tiempo, cuando el colegio era ya un mero recuerdo infantil.

UNA VEZ ALCANZÓ la mayoría de edad, incapaz de estudiar una carrera y tampoco de trabajar, anulado por las drogas y el alcohol, con un padre muerto y una madre desbordada por los acontecimientos, hicieron las maletas y se marcharon al pueblo. Su madre tuvo la esperanza de que allí se olvidara de toda aquella basura que le estaba nublando la existencia.

Se equivocaba. Ya se encargó él de eso.

Fue en aquel tiempo que pasaron en Les Useres cuando regresaron a su mente las historias que su padre le contaba acerca de los peregrinos, los elegidos entre los descendientes de la población que representaban a los apóstoles y a Jesús en la romería ancestral que se celebraba cada año en el mes de abril.

No tardó en contactar con un camello, un tipo despreciable que subía los viernes por la tarde en su llamativo coche y que causaba sensación cuando entraba en el bar porque sabía que lo que llevaba en los bolsillos era lo que todos andaban esperando. Pronto se convirtió en su mejor cliente, y los viernes se veían a solas en la entrada del pueblo. Rubén entraba en su coche, prefería probar el material antes de comprarlo. Luego podía ir a venderle a los pueblerinos lo que le diera la gana.

Una noche, como tantas otras de rayas y ron barato, Rubén presumía en voz alta con que un día sería peregrino, que caminaría descalzo sobre el manto de hiedra que los vecinos disponían en las calles del pueblo. Que andaría en silencio hasta el santuario de Sant Joan de Penyagolosa y que a la vuelta lo aclamarían por la gesta conseguida. Una de las chicas que estaba a su lado le dijo: «Deberás perder peso si quieres llegar sin ahogarte». Y los demás se echaron a reír.

En su interior se abrió un cráter en erupción.

Volcó la totalidad del contenido de la bolsa sobre una mesa. Hizo tantas rayas como imbéciles se encontraban a su alrededor. Los observó esnifando, gesticulando, meneando las mandíbulas y abriendo los ojos de par en par. Era su coca lo que les gustaba, nada más que eso, tampoco había que ser un genio para saberlo.

Sí, él era el gordo de la farlopa, el que las ponía a tono y luego no se comía una rosca.

Iban a pagar caro su desprecio.

—¡Por san Lucas Evangelista! ¡Esto está de muerte! —exclamó Robert tras probar el pato cantonés del restaurante China I de la plaza del Real.

Monfort asintió. No era ninguna sorpresa que le gustara. Uno de los propietarios, al escuchar la exclamación del agente, guiñó un ojo al inspector.

—¿Por qué no me has *traío* antes? —le preguntó a Silvia, cuyo tenedor cargado de arroz tres delicias quedó detenido entre el plato y la boca.

—Prefiero no contestar —dijo, y terminó lo que estaba a punto de hacer. Sin embargo, se le ocurrió otro tipo de pulla. Masticó despacio el arroz, tragó y a continuación le preguntó—: ¿Dónde está tu amigo? Ángel se llama, ¿no?

Fue un silencio leve, tan solo unos segundos suspendidos en la nada, algo que la mayoría no hubiera notado, pero Monfort sí.

—Se ha tenido que marchar —respondió el gaditano—. Yo ya estoy bien y el trabajo… ya sabes. No podía quedarse eternamente. Él tiene su vida en Sanlúcar de Barrameda —la miró con aquellos faros azules que tenía por ojos.

Monfort sabía que no era del todo cierto. Posiblemente Silvia también se había dado cuenta, o al menos eso esperaba. Debería haberse callado, pero para no faltar a la costumbre habló.

—Esta mañana te he oído discutir por teléfono en la puerta de la comisaría. ¿Va todo bien?

A Robert lo pilló con la boca llena. Una tortita de crujiente pato cantonés, cebolla fresca y salsa de ciruelas. Aquello lo salvó. Fue inteligente y no contestó con palabras, bastó con asentir con la cabeza mientras masticaba.

Para Monfort fue suficiente. A Silvia, de sobra, a juzgar por el gesto de satisfacción.

El inspector apuró la cerveza que le quedaba en el vaso y propuso tomar café.

—Bueno, hablemos un poco del asunto. ¿Cómo ha terminado la entrevista con Manuel Meirás y su abogado? —le preguntó a Robert.

—Meirás sabe más que los ratones *coloraos*. El abogado es su amigo. Puede que al final no escondan nada y lo tengan todo en regla, pero algo me da en la nariz.

—¿Cómo habéis quedado? —intervino Silvia.

—Le he pedido que vuelva con la documentación de la discoteca, el seguro y demás papeleo, para que lo revisemos nosotros.

—Eso no es cosa nuestra.

—Es verdad —Robert se encogió de hombros.

—No puedes obligarle a hacerlo. Su abogado lo debe de tener claro —objetó Silvia—. Sería tonto si cayera en esa trampa.

El agente volvió a encogerse de hombros. Ella tenía razón, pero a lo mejor el abogado no era tan listo.

—Gracias —dijo Monfort al camarero cuando sirvió los cafés. Luego tomó la palabra—: Silvia tiene razón. Ten cuidado con el abogado, puede que quiera sacar pecho y marcarse un triunfo con esto. Meirás me dijo por teléfono que no conocía a la víctima, pero no me lo creo. ¿Crees que esconden algo?

—¡Fijo! —exclamó con ímpetu el gaditano—. La subinspectora y yo nos encargaremos de averiguarlo.

—No seas pelota —lo advirtió Silvia.

Monfort puso los ojos en blanco y cambió de tema.

—El muerto y su viuda. ¿Qué sabéis de ellos?

—Hablamos con ella —comenzó Silvia—. Bueno, es un decir. La vimos cuando reconocía el cadáver de su marido. No se sostenía en pie, se le doblaban las rodillas. De haber tenido oportunidad, los que la acompañaban nos hubieran fulminado.

—¿Dijo algo que valiera la pena?

—Nada, solo lágrimas, gritos, dolor y mucha pena.

—Pena por un tipo que no valía un carajo —intervino Robert.

—¿Y eso? —le preguntó Monfort.

—Ese tío tenía más deudas que la bolsa de las pensiones del gobierno.

—Fernando Nebot no tenía trabajo —continuó Silvia—. Estaba en el paro. Una vecina comentó que la mujer estaba más sola que la una con su hijo de tres años.

—Y ¿de qué vivían? —cuestionó el inspector.

—De la ayuda del paro que cobraría él, supongo. Ella trabaja algunas horas a la semana en una peluquería. Me imagino que la ayudarían sus padres. Viven en Vila-real.

—Y él, ¿tiene familia?

—Sus padres murieron y no tenía hermanos.

—¿Amigos?

—Nadie sabe nada, aunque de todas formas no hemos preguntado a fondo a la viuda.

—¿Quién atiende al niño cuando ella no puede hacerlo?

—Sus padres.

—Tenemos que hablar con ellos también.

Monfort levantó la mano para pedir la cuenta y, mirando a sus compañeros, añadió:

—Venga, decidme: ¿cuál era el punto flaco de Fernando Nebot?

Silvia miró a Robert y le dio pie para que hablara. Era breve lo que tenía que decir.

—La coca —respondió el agente.

—¿Cómo lo sabes?

—Porque soy de *Cai*.

ÁLEX HABÍA DORMIDO en el sofá del piso de Ana.

En la terraza de un bar de la plaza Santa Clara, junto al Mercado Central de Castellón, hablaron de lo que la vida les había deparado en los últimos años. Ella quiso cenar en alguno de los buenos locales colindantes, pero él le rogó si podían ir a su casa con la excusa de estar más tranquilos. Las cervezas hicieron el resto y al final ella aceptó. Cenaron y siguieron bebiendo hasta que él se puso pesado y Ana le advirtió de que si quería quedarse debía dormir en el sofá.

Cuando se despertó eran las dos de la tarde. El piso estaba vacío. Ana se había marchado y había dejado una nota sobre la mesa de la cocina.

> Me voy a trabajar. Si hablas con Rubén no le digas que has dormido en mi casa. Él no lo entendería. Cuando acabes de leer esto vete y no toques nada. Ya hablaremos.

En la mesilla baja había dos vasos y una botella de Jägermeister completamente vacía. Álex descubrió de dónde provenía aquel dolor de cabeza. Recordó entonces que cuando Ana sacó la botella, dejó fluir su erudición para impresionarla y le contó que el famoso licor alemán fue utilizado como anestésico por las tropas de Hitler.

Se preparó un café y una tostada y desayunó frente al televisor. Luego, haciendo caso omiso de su advertencia, registró las habitaciones sin dejar cajón por abrir ni armario por revisar. Se recreó en el de la ropa interior, toqueteando sus prendas más íntimas. Revolvió el último cajón que le faltaba por escudriñar. Había una cartilla del banco con un saldo de doce mil euros. Debajo de unos pañuelos de tela encontró un sobre abierto que contenía billetes. Los contó. Ciento cuarenta euros. Cogió veinte y se los metió en el bolsillo del pantalón.

En la misma nota en la que Ana le había dejado su mensaje, escribió unas palabras. Unas palabras que no eran suyas. Unas palabras usurpadas de un poema de Mario Benedetti que quiso atribuirse.

> Si te quiero es porque eres
> mi amor, mi cómplice y todo

y en la calle codo a codo
somos mucho más que dos.

Y luego, cuando se acordó de Rubén, añadió:

Pero tres somos multitud.

LA VIVIENDA DE los suegros de Fernando Nebot estaba situada en un enjambre de edificios anodinos a las afueras de Vila-real. Eran todos idénticos y no lo tuvieron fácil para localizar la dirección exacta.

Silvia hizo un comentario mientras se afanaban por dar con el lugar.

—Robert está distinto desde que salió del hospital. Un poco raro, no sé cómo decirlo… ¿Te has dado cuenta?

—Más suelto, Silvia, está más suelto —respondió harto de mirar los timbres de un portal.

—¿Por qué dices que está más suelto?

Monfort dio por fin con el piso de los padres de la joven viuda.

—Ha dejado de disimular su acento —dijo—. Ahora ya no le importa. Habla como le sale natural y se acabó. Se come las eses y anula las haches sin importarle, como diría él mismo, un carajo. —Hizo una pausa y luego añadió—: Y creo que ha enviado a casa a su amiguito sin billete de vuelta.

Ella se llevó una mano a la nuca y se presionó las cervicales.

El padre de la viuda les abrió la puerta.

—Pasen —dijo después de que Monfort le mostrara su credencial y presentara a la subinspectora.

La viuda de Fernando Nebot estaba rodeada de familiares que, con seguridad, no hacían otra cosa que empeorar la situación.

Era un piso con mucha luz exterior, muebles baratos y cortinas recogidas con grandes lazos. Había un cuadro con ciervos en la entrada y figuritas de decoración diseminadas aquí y allá. Estaba escrupulosamente limpio.

—La niña está rota —dijo el padre con la voz rasposa. Un hombre delgado en exceso, vestido de azul como si tuviera que marcharse a trabajar en cualquier momento—. Esta es mi mujer. —Estiró el brazo hacia una señora con muchos más kilos que él que salía de la cocina con un vaso de leche en una mano.

—¿Son policías? —preguntó ella.

—Sí —contestó el marido.

La mujer dejó el vaso encima del mueble del recibidor. Trató de recomponerse el pelo, como si quisiera estar más presentable.

—Me llamo María, soy la madre de la Desi. A usted la conozco, ¿verdad? —miró a Silvia—. Estaba allí cuando fuimos a reconocerlo.

Ella asintió con un leve movimiento de cabeza.

—Sentimos lo que ha pasado. Nos hacemos cargo de que son momentos muy difíciles para ustedes.

La mujer dirigió la mirada al salón, donde estaba su hija. Los cuatro seguían de pie, en el recibidor. El marido los invitó a pasar a la cocina, les señaló las sillas para que se sentaran y ajustó un poco la puerta sin llegar a cerrarla para que su esposa dijera lo que tenía que decir.

—¿Sabe cuándo lo podremos enterrar? —quiso saber la mujer.

—Espero que sea pronto, aunque el forense y el juez serán quienes lo decidan —contestó Monfort, convencido de que no solucionaba nada con la respuesta.

—¡Era un sinvergüenza! —soltó la mujer de repente—. Un don nadie, un arrastrado que nos ha llevado a la perdición.

Ya ven cómo está la niña… destrozadita la pobre. Él no quería trabajar, pretendía vivir del aire, que trabajara ella y él a darse la vida padre a costa de todos.

—¿Qué tal se portaba con ustedes? —preguntó Silvia.

El marido se adelantó.

—Con nosotros apenas tenía contacto. Como mucho pasaba a buscar al niño cuando ella no podía venir y se marchaba enseguida con cualquier excusa.

—Y cuando le conocieron, ¿cómo era? —intervino Monfort.

Ella se hizo con la palabra.

—Entonces nos hacía la rosca todo el tiempo. Un zalamero, un embaucador. La Desi estaba loquita por él, pero a mí no me engañó con sus artes, ni entonces ni nunca.

El hombre agachó la cabeza, como si a él sí que lo hubiera engañado.

—Se casaron enseguida —dijo la mujer. Hizo una mínima pausa. El padre prefería que hablase ella—. La dejó embarazada y se casaron por el juzgado. Él decía que no quería convites y ella quería casarse lo más pronto posible para que pudieran irse juntos. Quisieron vivir en Castellón. Nosotros pagábamos el alquiler todos los meses porque él estaba en el paro. Decía que estaba esperando un negocio con el que ganaría un buen pico.

—Un buen pico… —repitió el marido con desdén, dejando la frase sin acabar.

—La niña trabajaba en una peluquería —prosiguió ella—, ganaba un dinerito que les iba de perlas, pero como se quedó en estado tuvo que dejarlo en el séptimo mes porque se lo recomendó el ginecólogo de la Seguridad Social. Cuando tuvo al niño, él cambió un poco. Mi marido le consiguió un puesto en la fábrica, una azulejera muy importante, y empezaron a levantar un poco la cabeza. El crío hizo que se concienciara de llevar dinero a casa. Y así pasaron los tres primeros años de vida de Aarón. La Desi volvió a trabajar en la peluquería, aunque por culpa de la puñetera crisis tiene que conformarse con unas pocas horas, pero entre lo que se sacaban los dos y lo que buenamente podíamos darles nosotros, iban tirando.

La mujer se quedó pensativa, tenía los ojos hinchados de no dormir. El marido toqueteaba una manzana y de lejos se oían las palabras de ánimo de los que acompañaban a la joven viuda. También sus propios sollozos. La cocina olía a gloria bendita. Una tortilla de patatas de tamaño monumental aguardaba a que alguien diera permiso para hincarle el diente. Monfort lanzó algunas miradas furtivas en su dirección.

El hombre dejó escapar un suspiro y devolvió la manzana al frutero. El inspector le hizo una señal para que dijera de una vez lo que deseaba largar.

—Todo iba medio regular hasta que lo echaron de la fábrica por vender cocaína.

ROBERT SE ENCONTRABA en una estancia de la comisaría rodeado de documentos y archivadores calcinados. Manuel Meirás y su abogado no se habían presentado con la documentación del negocio, tal como él les había solicitado. A buen seguro el letrado habría informado a su cliente de que no podían reclamar aquella información sin una orden oficial. Miró de reojo la torre del ordenador de la discoteca, completamente destrozada por el fuego. Veía complicado rescatar algo del disco duro. Se emplearía más tarde en ello, pero era probable que no sacara nada de aquel amasijo de circuitos y placas achicharradas. Se puso unos guantes de látex y escaneó pequeños fragmentos de algunas facturas que había rescatado. Una agenda retorcida llamó su atención; apenas se podían leer algunos nombres y fechas, datos incompletos en su mayoría. El que había escrito en ella tampoco es que tuviera una letra clara y comprensible.

Mientras tanto, pensaba en la forma en la que había despachado a Ángel. No soportaba sus ataques de celos, el afán desmedido por controlar cada uno de sus movimientos, su desconfianza infundada. Habían discutido por ello en innumerables ocasiones. Mantenían una buena relación desde hacía años, pero en los últimos tiempos se había deteriorado por culpa de su falta de confianza. Ahora pretendía que solicitara el traslado de vuelta a Cádiz, pero Robert había aceptado el cambio de destino precisamente para poner un trecho de distancia entre ambos. No necesitaba una pareja que dudara de él, sino un compañero que lo amara, que estuviera dispuesto a comprender sus sentimientos y preocupaciones, y parecía que Ángel no pretendía entender absolutamente nada, menos aún desde el suceso que lo llevó al hospital. Sí, él era otro desde entonces, lo reconocía. Había olido la muerte y decidió tomar algunas determinaciones en su vida antes de que esta se esfumara para siempre. Puede que no fuera la persona que Ángel necesitaba. Era un buen hombre, un buen amante, pero había causado una herida más difícil de curar que la de las balas: los celos. Un abismo se abría entre los dos.

Analizar la agenda requería de mucha paciencia. Podía ser importante para conocer mejor al individuo. Pero estaba prácticamente destrozada. Leyó algunos nombres borrados por el fuego; nombres sueltos, apellidos; nombres o apellidos que recordaba vagamente de las entrevistas que realizó a los trabajadores de la discoteca. Tuvo una idea. Marcó el número de teléfono del domicilio de Meirás con una esperanza. Mientras sonaban los tonos de llamada cruzó los dedos.

—¿Sí? ¿Dígame?

Era la esposa de Manuel Meirás. «Línea», pensó Robert, era un buen comienzo. Esperaba que estuviera sola para que el camino hacia el premio fuera provechoso. Probó suerte.

—Con el señor Meirás, por favor.

—No se encuentra en casa en este momento. ¿De parte de quién?

«Seguimos para bingo.»

—Llamo de la comisaría de la Policía Nacional de Castellón.

—Mi marido no está, lo siento, tendrá que llamar en otro momento.

La mujer tenía acento gallego, y también prisa por finalizar la conversación.

—Quizá pueda ayudarme —pronunció Robert en el mejor tono que supo imprimir.

—Imagino que es algo referente al incendio de la discoteca. Deberá hablarlo con él, entiéndame.

—La comprendo, me hago cargo del difícil momento por el que deben de estar pasando.

—No lo sabe usted bien.

—Supongo que su marido está muy ocupado con todo lo que les ha venido encima.

—Mucho —convino la esposa.

—Y, ¿dónde se encuentra ahora?

—Reunido. Con su abogado.

Le hubiera gustado preguntarle en qué lugar se celebraba dicha reunión, presentarse allí y hacerles ciertas preguntas que habían quedado por formular en la comisaría, pero probó suerte por otro lado. La razón por la que había llamado.

—Con los trabajadores de la discoteca también deben de tener un buen lío ahora que se han quedado temporalmente sin trabajo. Supongo que habrá indemnizaciones y demás, pero…

Oyó el suspiro de la mujer. Iba por buen camino y prosiguió.

—Es difícil que comprendan hasta qué punto una desgracia como la que les ha ocurrido a ustedes necesita de la comprensión de todos aquellos que están a su alrededor, trabajadores incluidos.

—Será complicado —repuso ella.

—Debe de haber quien quiera tocarles las narices —se aventuró Robert.

—Nosotros no tenemos la culpa de lo que ha pasado —se excusó la mujer.

—¡Por supuesto que no! —admitió de forma exagerada el agente.

—Pues, aunque parezca mentira, recibimos alguna llamada poniéndonos entre la espada y la pared.

Había picado el anzuelo.

—Hay gente que no comprende nada —Robert se puso de su parte.

—Nada de nada. Se ha destruido su puesto de trabajo, lo tenemos claro, somos los primeros afectados, pero no van a quedarse en la calle. Se hará todo lo posible para encontrar una solución, pero deben tener paciencia. Y de momento parece que algunos la perdieron ya.

—Se habrán agrupado para hacer piña y tratar de sacar la mayor tajada posible de la desgracia —conjeturó el de Sanlúcar en busca del final de la conversación.

—Buscaron un buen cabecilla —soltó ella.

A Robert le gustaba su acento, su peculiar forma de conjugar los verbos. Él intentaba camuflar el suyo para que la mujer no se despistara.

—Debe de ser alguien que solo piensa en el dinero —argumentó—, eso es lo que les pierde a todos.

—Así es —la mujer confiaba ya en su interlocutor—, debería darle vergüenza después de lo que Manuel hizo por él.

—Es increíble que haya gente así —insistió un poco más y probó suerte—. ¿Cómo se llama el portavoz? Por si lo conozco, quiero decir.

La esposa de Manuel Meirás dudó unos segundos. Robert pensó que quizá se había excedido y que se iba a echar atrás sin soltar prenda, pero al oír el clic del mechero comprendió que se estaba encendiendo un cigarrillo. Aspiró la primera calada. Y luego pronunció un nombre.

—Alfonso Chía. Se llama Alfonso Chía, es el encargado. Trabajaba en la anterior discoteca que había allí y mi marido permitió que conservara el puesto de trabajo.

Robert se imaginó al empleado del bingo llevándole el trofeo hasta su mesa.

La mujer dio otra calada y el policía oyó que exhalaba el humo del cigarro.

—¿Puede contarme algo más acerca de ese hombre?

—En cuanto vuelva mi marido le diré que lo llame si me deja su número de teléfono, y él le dirá.

Se puso nerviosa. Sin duda se había percatado de que había hablado demasiado con aquel policía desconocido.

—¿Cómo me ha dicho que se llama? Deme su número de teléfono, por favor.

Pero Robert no le había dicho su nombre y tampoco le iba a dar su número. Presionó la tecla roja del teléfono móvil con la numeración oculta para concluir la conversación.

A continuación, lo puso de nuevo visible y llamó a Monfort.

—Buen trabajo, Robert —dijo el inspector tras escuchar lo que el agente había averiguado—. Pero ahora haz el favor de llamar a la subinspectora y se lo cuentas exactamente igual que me lo has contado a mí. No le digas que has hablado conmigo si no quieres llevarte una buena reprimenda. Ella te dirá cómo hay que actuar. Y… un consejo importante: la próxima vez no te la saltes.

Robert era consciente de que no había obrado correctamente. Debería haber llamado primero a la subinspectora, no saltarse el escalafón, pero las diferencias entre ellos eran evidentes y temió su reacción. Por eso prefirió contarle al inspector su conversación con la mujer de Manuel Meirás. Pese a todo estaba satisfecho, podía ser un buen comienzo para desenmascarar al hombre de la discoteca, en el caso de que tuviera algo que ocultar, y él estaba seguro de que así era.

—Lo siento, no volverá a ocurrir. La llamaré enseguida, inspector —concluyó el agente sin atisbo de remordimiento.

Monfort estaba en su habitación del hotel Mindoro. Había cenado en el cercano restaurante Eleazar: entrecot y media botella de vino. La joven doctora no lo habría aprobado, eso seguro. Al salir, caminó deprisa los pocos metros que separaban el restaurante de la puerta del hotel, más que nada para no pensar en fumar y con ello en el ataque severo de ansiedad. Pero ahora, tumbado en la cama, con la música de su ordenador a bajo volumen y tras verter una botellita de whisky del minibar en un vaso, se le hacía cuesta arriba el mono del tabaco. Solía fumar en la habitación pese a la prohibición. Abría la ventana y de pie, apoyado en la pared, mirando la fachada trasera del Teatro Principal, disfrutaba del tabaco.

Su hogar se limitaba a aquellas cuatro paredes del céntrico hotel de Castellón y a una maleta con unos pocos enseres. Lo material era bastante prescindible en realidad; la vida se componía de otro tipo de cosas más valiosas, mucho más reales y necesarias. Amor, verdad y paciencia. Aspectos de los que él no siempre estaba bien provisto.

Sonaba una selección de éxitos de Eric Clapton. La vida del genio no había sido precisamente un camino de rosas. Quizá por ello le interesaba lo que se decía de él.

A mediados de los ochenta del pasado siglo, el genial guitarrista conoció a la actriz y modelo italiana Lory del Santo. A pesar de que Clapton pasaba por un momento delicado, tras un proceso de rehabilitación, tuvieron un hijo al que llamaron Conor. La pareja se separó cuando el niño cumplió tres años. Un año más tarde, la madre y su hijo viajaron a Nueva York invitados por el músico, que tenía intención de recomponer su familia. Pero el destino no se lo permitió. Mientras jugaba inocentemente, Conor se precipitó desde el piso 53 del rascacielos donde se ubicaba el apartamento de Clapton, y murió en el acto. Y como si la vida fuera una caja de sorpresas inabarcables, el recuerdo del hijo perdido lo llevó a componer *Tears in Heaven*, la canción por la que más premios recibió a lo largo de su extensa carrera.

El ordenador desgranaba una a una las canciones. La que escuchaba ahora le traía recuerdos vívidos: *Next time you see her.*

Y pensó en Violeta, su esposa.

La próxima vez que la veas, dile que la amo.
La próxima vez que la veas, dile que me importa.

De los días posteriores al primer encuentro recordaba los besos, la suavidad de sus labios. Cuando juntaban las manos parecían moldes hechos a medida, cuando se fundían en un abrazo los cuerpos se acoplaban a la perfección. Ella apoyaba la cabeza en el pecho de él y los corazones latían al unísono, imposibles de separar.

Fueron días maravillosos en los que el mundo parecía haberse detenido para siempre. Ojalá hubiera sido así. Eran novios, amantes y, sobre todo, grandes amigos.

Le preguntó si quería casarse con él mientras el tranvía azul ascendía lentamente la avenida del Tibidabo con su cadencioso traqueteo. Unieron sus labios sellando el compromiso. El tranvía se detuvo al llegar a la plaza del doctor Andreu. Abajo se encontraba la ciudad de Barcelona, rendida a sus pies, testigo de lo que acababa de suceder.

Dos años después la tragedia se interpuso como un pájaro de mal agüero, como la guadaña implacable que enarbolaba el sujeto que conducía en dirección contraria por la autopista y que acabó con su vida, con sus vidas, con la felicidad, con las esperanzas y los anhelos.

La quería tanto, tanto…

Y se desvaneció en el asfalto.

EN LA PUERTA del tanatorio, Ana encendió un cigarrillo y puso en marcha el teléfono. Tenía tantas llamadas perdidas de Rubén que no se molestó ni en contarlas. Borró sus mensajes sin leerlos. No iba a coaccionarla por no haber ido a su casa. No le dio la gana de ir y punto; eso le habría contestado si hubiera perdido el tiempo en leerlos.

Terminó la jornada laboral. Había sido un día duro, demasiados cadáveres a los que mejorar su aspecto, a los que devolver un ápice de vida, aunque fuera postiza. Se sentía agotada, pero también satisfecha por la tarea realizada. Román, su compañero de trabajo, la había felicitado, y eso siempre recompensaba viniendo de alguien con más experiencia.

Solía dejar el coche aparcado y se desplazaba en autobús, lo prefería; había una parada junto al tanatorio y la línea la dejaba prácticamente en la puerta de su casa. Le gustaba pasar el trayecto abstraída con su música, que sonaba a través de los auriculares, o leyendo un libro. Era un tiempo suyo en el que no pensaba en nada más.

Álex había pasado la noche en su casa. Le contó todo aquel rollo sobre su etapa en Santiago de Compostela y también que había regresado para crear su propia compañía de teatro. ¿Teatro? ¿Desde cuándo le había entrado la afición por las artes? Siempre había sido un poco raro, pero aquello del teatro era, como poco, inverosímil.

Cenaron en su piso, pizza congelada y una gran cantidad de cervezas. Después acabaron con una botella de licor alemán que a ella le sabía a rayos, pero que por lo visto a él le encantaba. La tenía en casa porque un amigo se la regaló tras volver de un viaje a Alemania. «Menudo asco de bebida», pensó Ana recordando el sabor amargo de las hierbas. Álex se puso más cariñoso de la cuenta cuando vaciaron la botella, pero ella le puso las cosas claras: lo avisó seriamente de que lo pondría de patitas en la calle. Ana supuso que había vuelto a casa de sus padres, pero no hablaron de ello. Finalmente le pidió si podía quedarse a dormir. Insistió tanto y estaban tan colocados que cuando se hicieron las cuatro de la mañana no fue capaz de echarlo. Durmió en el sofá bajo la firme advertencia de no cruzar la puerta de su dormitorio. Puso cara de perro apaleado, de cordero degollado, pero fue firme y cerró la puerta de su cuarto con el pestillo. Se tomó una pastilla para dormir, aunque sabía que al día siguiente estaría destrozada.

Por la mañana le dejó una nota escrita que esperaba que cumpliese a rajatabla. Le echó un vistazo antes de irse. Dormía a pierna suelta en el sofá, y por su aspecto se diría que no había dormido bien en mucho tiempo.

Apagó la colilla del cigarrillo y se encaminó hacia la parada del autobús. En ese momento un coche se detuvo a escasos metros de donde estaba. Reconoció el vehículo, la música que sonaba cuando bajó la ventanilla y la sonrisa que asomaba a través de ella.

Era Jaime.

Se alegró de verlo. De que no estuviera enfadado. Sintió un leve cosquilleo cuando le habló.

—¿Dónde quieres que vayamos? —propuso Jaime.

—Yo hubiera saludado primero —sugirió ella en broma y se dio cuenta de que su voz sonaba coqueta.

—¡Hola! ¿Dónde quieres que vayamos? —le siguió el juego.

Ana rodeó el vehículo, abrió la puerta y entró.

Jaime subió el volumen de la música y aceleró con una sonrisa de oreja a oreja. Ella lanzó su bolso al asiento de atrás. El coche olía bien, era cómodo y agradable, no como el cacharro de aquel otro al que dejó plantado en la discoteca del polígono, el que suplicaba un revolcón rápido en los sucios asientos traseros.

CUANDO RECORDABA LAS *atrocidades que había cometido, me sentía miserable.*

Ocupé el tiempo en diversas actividades con el fin de olvidar, de dejar atrás lo que me atormentaba, pero, por las noches, en el vacío de la soledad, anhelaba prender fuego, quemar.

Me maldecía por haber robado la lupa, por el primer incendio en el parque cercano a las casas; sin embargo, cuando el cansancio me vencía y caía en una espiral de sueños, era orgullo lo que sentía.

Entonces me vanagloriaba de lo hecho, rememoraba aquellos días y cobraba fuerzas renovadas para seguir adelante, para sentirme importante. Para volver a cometerlo.

Y al despertar me arrepentía y regresaban los atormentados remordimientos. Volvía a verme como alguien que destruye, como alguien que mata.

En los siguientes meses me negué a pedir ayuda. Hice todo lo contrario a lo que debería haber hecho. Recopilé información sobre la adicción al fuego, acerca de qué es lo que mueve a una persona a quemar por placer. Leí infinidad de estudios sobre pirómanos que habían convertido la vida de tantas personas en un infierno de muerte y fatalidad.

Y en vez de sentir repulsión por sus terribles gestas, sentí admiración.

Debí odiarlos por lo que habían provocado. Y sin embargo me parecieron héroes, modelos a imitar.

No, nunca pedí ayuda profesional. Jamás pisé la sala de un psicólogo. No lo hubieran comprendido. Habrían hecho demasiadas preguntas, se habrían empecinado en descubrir de dónde venía la adicción, el placer por ver cómo arde el mundo.

¿Quieren saberlo? ¿Les apetece descubrir el origen de la, lla-mémosla, afición?

Han tenido que suceder demasiadas desgracias para que sea capaz de decirlo en voz alta, de recordarlo siquiera. Pero ahora que todo ha terminado, que he llegado al final, se lo contaré.

10

Miércoles, 2 de julio

Jaime consiguió lo que tanto deseaba.

A Ana el sexo le ponía de buen humor, la hacía sonreír.

La nota que Álex había escrito antes de marcharse le pareció de lo más infantil. Decía que la quería, que era su amor y su cómplice, todo escrito en plan poético. «Que tres eran multitud.» Mucha imaginación era lo que tenía Álex. Igual sí que valía para el teatro. Arrugó la nota y la tiró al cubo de la basura.

Jaime seguía dormido, boca abajo. Roncaba suavemente, con la espalda perfectamente musculada y las nalgas a la vista. Los rayos del sol que entraban por la ventana se reflejaban en su cabello rubio y lanzaban destellos por toda la habitación. Sonrió satisfecha; había sido una noche memorable. Jaime resultó ser un buen amante, fogoso y experimentado.

Ahora estaba desnuda, de pie, en mitad de la habitación. Se contempló en el espejo de cuerpo entero que ocupaba la parte interna de la puerta. Cuánto había cambiado desde los días del colegio, cuando conoció a Jaime. Observó con admiración el tatuaje, la serpiente que ascendía zigzagueando por la espalda hasta llegar al hombro; aquello lo había vuelto loco en la cama.

Oyó un suspiro. El suspiro se convirtió en una voz.

—Ven aquí —le susurró Jaime tras despertarse.

Se volvió hacia él. Anduvo los pocos pasos que la separaban de las manos que estiraba hacia ella. Se sentó en el borde de la cama y dejó que la besara y le acariciara los senos.

«Ya ves… —pensó Ana mientras él se afanaba con pasión—, finalmente me convertí en toda una mujer. Y eso que tu amigo y tú decíais que no lo iba a hacer nunca.»

LA HUMEDAD ACUCIABA la temperatura y la elevaba un par de grados por encima de su valor real.

Estaban en la comisaría, en la oficina de Silvia. Parecía enojada, lo cual le proporcionaba un carácter particular que Monfort apreciaba, pero no se lo iba a decir bajo ningún concepto, menudo temperamento tenía ella para esas cosas.

—Parece que no has dormido bien —conjeturó ella. Era un reproche más que una observación.

—Los viejos dormimos poco —contestó restando importancia al asunto.

No había descansado mucho, tenía razón. Ante la imposibilidad de hacerlo, con la cabeza plagada de incógnitas sin resolver, salió del hotel. Condujo despacio por carreteras poco transitadas; alrededor de las tres de la madrugada detuvo el Volvo en la cima del puerto de Ares del Maestrat. El cielo era una sábana negra a la que habían practicado millones de agujeritos por los que se precipitaba la luz que iluminaba las montañas, las piedras y las casas del minúsculo pueblo encaramado a la roca. La belleza estaba en la bóveda celeste, en las estrellas del firmamento, en las cumbres apenas silueteadas por el reflejo nocturno, en el silencio.

Hubiera pasado allí la vida entera junto a ella, agarrándola de la mano, enumerando los planetas. Sonaba una canción que ella adoraba: *Soft Winds*, compuesta por Benny

Goodman, pero en la versión de Dinah Washington, tal como Violeta hubiese preferido.

Reanudó la marcha y cubrió los pocos kilómetros que faltaban para llegar a Villafranca del Cid, el pueblo donde nacieron sus padres y donde jugaba cuando era un niño. Las calles estaban desiertas y un halo fantasmal flotaba en el ambiente; la oscuridad, el silencio, la soledad, como si hubieran vaciado las calles para que pudiera caminar a sus anchas y así fijarse en detalles que apenas recordaba. La temperatura era baja, a buen seguro sus habitantes dormirían cubiertos con mantas pese a estar en verano y que a pocos kilómetros de allí el calor fuera sofocante. Le sobrevinieron recuerdos de una infancia alegre, de olor a tomillo, de ropa tendida al sol, de pan con chocolate y fuerte viento, de la nieve en invierno y de los chapuzones en las balsas en verano. Del columpio que construyó su padre con un tablón de madera pintada de rojo y dos cuerdas gruesas.

Aparcó en la plaza Don Blasco; caminó despacio por la calle Mayor oyendo sus propios pasos; pasó junto al comercio de Jaime Vives, que al día siguiente volvería a exponer en la acera sus productos, como era habitual desde hacía tantos años. Continuó hasta detenerse frente al portal de la casa que le habría gustado comprar para convertirla en su segunda residencia y pasar allí con Violeta interminables noches al calor de la leña en el hogar. Una construcción imponente con reminiscencias del modernismo que tanto reconocía de su ciudad natal. Una casa hermosa, con estilo, ahora vacía, deshabitada, sola y triste.

Regresó a la plaza. ¿Acabaría algún día aquel miserable dolor? ¿Qué pensaría ella? Si al menos pudiera saber qué diría.

Con rabia entró en el coche y sacó de la guantera un paquete de tabaco y un mechero. Se llevó un cigarrillo a los labios, lo encendió sin dilación y aspiró con ímpetu la primera calada.

¿Qué diría?

Puso de nuevo la canción. Hubiera deseado que la noche no acabara nunca, que la carretera no le llevara a ningún destino final.

Dinah Washington lo acompañaría en el viaje de vuelta, no había prisa, era como estar con Violeta y oírla cantar en el asiento de al lado.

Los vientos suaves susurran dulces palabras para mi amor.

—¿Qué hago con Robert? —preguntó Silvia, y su voz lo trajo de vuelta a la realidad de la comisaría.

—¿Qué quieres que te diga? —respondió todavía con la mente lejos de allí.

—Lo que harías tú.

—Es cosa tuya, tú eres la subinspectora. Yo solo le dije que te llamara inmediatamente. Se disculpó, imagino que también lo hizo contigo. Creo que deberías pasar página.

Pensó que tenía razón, no valía la pena darle más vueltas al asunto. No era solo por la llamada por lo que estaba disgustada, había más, y «aquello más» que había nada tenía que ver con su trabajo.

—Vayamos a ver al tal Alfonso Chía —propuso Monfort—. Que al menos sirva de algo lo que ha averiguado tu agente díscolo.

A ROBERT NO le molestó que prescindieran de él. La identidad del encargado de la discoteca que estaba removiendo cielo y tierra con la intención de sacar tajada de la desgracia la había descubierto él. Sabía que en el fondo estaban agradecidos de que hubiera sonsacado a la esposa de Meirás el nombre de aquel tipo que a priori parecía un buen clavo al que agarrarse en la investigación. Ya le darían las gracias cuando llegara el momento.

A través de la ventana los vio marcharse en el coche, luego accedió al despacho de la subinspectora y se sentó en su silla.

Seguía estando muy enfadado con Ángel. Le agradecía que hubiera cuidado de él en el hospital, pero de un tiempo a esta parte se había vuelto posesivo e intransigente, y el tema de los celos era insoportable. Todo había empezado cuando aceptó el traslado a Castellón. Ángel le recriminó que no moviera un dedo para evitarlo, pero es que en realidad no quería hacer nada, solo marcharse de una vez. El nuevo destino no le entusiasmaba, pero un cambio le parecía prioritario. Necesitaba ordenar sus ideas, pensar en sí mismo. Siempre había actuado de manera que los demás se sintieran bien, pero había llegado la hora de decir lo que pensaba sin temor a las consecuencias.

Castellón no era Sanlúcar de Barrameda, ni mucho menos, y Ángel lejos de allí se sentía como un pez fuera del agua. No iba a mantenerlo en una pecera para que no sufriera. Mejor que se hubiera marchado.

Se sobresaltó cuando alguien llamó a la puerta del despacho de la subinspectora. Bajó las piernas de encima de la mesa y, sin saber si moverse de la silla o no, dijo que adelante.

Era Isidro Gasch, el abogado de Manuel Meirás. Llevaba un maletín. Robert no podía creer que le hubiera hecho caso, que se hubiera tragado la patraña de que debían comprobar la documentación de la discoteca, tal como había solicitado.

Robert hacía como si revisara los papeles que el abogado había puesto encima de la mesa.

—¿No tiene ni idea de lo que pone, verdad? —inquirió Isidro Gasch, recolocándose el nudo de la corbata—. Me pidió que trajera los documentos. Pero usted y yo sabemos que eso no es del todo legal.

—Y entonces, ¿por qué ha venido? —le preguntó Robert sin levantar la vista de la documentación.

—Para que no la emprenda contra nosotros sin motivo. Para quedar bien, vaya —resolvió el abogado.

—¿Dónde está el señor Meirás? —Robert cerró la carpeta que supuestamente revisaba.

—Donde él quiera. Basta con que esté localizable con una simple llamada de teléfono.

—¿Y lo está?

—Por supuesto. ¿Quiere comprobarlo?

—No es necesario. Dígame una cosa, ¿desde cuándo conoce a Meirás?

—Cuando quisieron alquilar el local, el propietario lo puso en contacto conmigo para que le llevara algunos temas relacionados con las autorizaciones de apertura de la discoteca. Hubo algunos altercados en el pasado.

—¿Drogas?

Negó con la cabeza.

—El problema para conseguir los permisos venía de una denuncia por agresión —aclaró—. Uno de los porteros mantuvo una pelea con un sujeto dominicano.

—Y cerraron la discoteca que entonces regentaba el propietario del local.

—Así es. Y cuando quiso alquilarla, el Ayuntamiento puso impedimentos para su reapertura.

—Entiendo que era usted el abogado del propietario en aquella época.

—Exacto.

—¿Cómo se solucionó el tema?

—Regular. El portero fue condenado y el local clausurado. Hubo que pagar una buena suma a la víctima como indemnización. Mala prensa para un lugar de ocio. Pero aparecieron Manuel Meirás y su esposa. Visitaron el local y les encantó.

—Y su entonces cliente le pidió que limpiara el asunto para poder alquilar la discoteca.

—Con mucho esfuerzo conseguimos levantar la prohibición y que la empresa que habían constituido los Meirás pudiera poner en marcha su proyecto.

—Y ahora es su abogado.

—Correcto.

—¿También del propietario?

—Digamos que ya no me necesita. Tampoco la discoteca le era imprescindible para vivir. Se trataba de un capricho pasajero.

—Comprendo. ¿Se lleva mejor con los Meirás? ¿Se han hecho amigos?

—Son mis clientes. No es exactamente lo mismo.

—Pero se le puede parecer.

—Si usted lo dice.

—¿Conoce bien a su esposa?

—¿Cómo dice?

—Ya me ha oído.

—Ella forma parte de la empresa.

—O sea que la conoce.

—Claro. Oiga, ¿me está interrogando? ¿A qué viene tanta pregunta?

—¿Se siente interrogado?

—Mire, agente…

—Calleja, agente Robert Calleja, para servirle. —Estuvo a punto de echarse a reír.

—Le seré sincero —Isidro Gasch arrastró la silla hacia adelante—. Mis clientes no tienen nada que esconder. Presuntamente, alguien mató a un hombre en la discoteca y luego le prendió fuego al local para eliminar cualquier pista. Ahora son ustedes los que deben buscar a los culpables. Ellos se han quedado sin su negocio. Como usted comprenderá, se ha abierto un mundo de compañías de seguros, indemnizaciones y demás con los que debemos lidiar sin cuartel para llevar esta empresa a buen puerto.

A Robert le cansaba su perorata, la colonia de anuncio de Navidad, su traje caro y la barba intencionadamente mal afeitada.

—Ya —dijo con desdén—. Y, ¿cómo ha dicho que se llama el propietario del local?

—No se lo he dicho —repuso el abogado.

Le hubiera gustado decirle que era un *trampuchero,* un carajote. Pero le habrían sonado extrañas sus palabras. Seguro que no había estado nunca en Cádiz.

—Pero me lo va a decir, ¿verdad que sí?

ALFONSO CHÍA TENÍA otro trabajo además del que desempeñaba en la discoteca. Por supuesto, aquella segunda ocupación era ilegal.

Bastó con preguntar a la vecina de la casa contigua de la calle Murcia, en el popular barrio de San Agustín, habitado desde siempre por familias humildes llegadas en su mayoría en los años cincuenta desde cualquier punto del país. Un barrio en el que todos eran conocidos. Un lugar en el que llamar a una casa era mucho más que tocar un timbre.

—Estará en el trabajo. —Era una señora mayor que vestía toda de negro—. Su mujer no vuelve hasta las siete. Los niños están con la abuela, que vive al final de la calle. Pero pueden arrimarse al taller, estará ahí. —Señaló hacia la calle más ancha, la que vertebraba el barrio y lo comunicaba con la ciudad, la vía desde donde partían aquellas otras más estrechas habitadas por familias. Una avenida repleta de pequeños talleres y almacenes.

En el chaflán de la calle Murcia, dos hombres bebían botellines de cerveza sentados a una mesa en la puerta de un bar, procurando que les diera la sombra.

Monfort se dirigió a ellos y la respuesta no se hizo esperar.

—¿El taller de Alfonso? ¿El de las motos? Sí, hombre, está un poco más *pallá*, a la izquierda, lo verán enseguida antes de llegar al final de la calle. La penúltima nave creo que es, o la de antes.

—La de antes —corrigió el otro parroquiano sin quitarse el palillo de la boca.

Sin embargo, daba igual que fuera la penúltima o la antepenúltima, no había margen de error a la hora de dar con la nave de Alfonso, el de las motos. Una persiana metálica a medio bajar no impedía vislumbrar un destartalado taller en el que había decenas de motocicletas amontonadas y recubiertas de una gruesa capa de polvo a la espera de ser reparadas o enviadas directamente al desguace.

Cuando Silvia y Monfort cruzaron la línea de la entrada, un sonido de sirena aulló en el interior del taller, del que salía un fuerte olor a gasolina. Un joven que no tendría más de quince o dieciséis años fue a su encuentro. Tenía las manos y la cara manchadas de grasa.

—¿Qué pasa? —preguntó a modo de bienvenida.

—¿Dónde está el jefe? —quiso saber Monfort.

—Yo no trabajo aquí. Y ahora no hay nadie —respondió el chaval.

—Vaya, pues estás hecho una pena para no trabajar aquí. ¿Te gusta ponerte perdido de grasa?

—Estoy arreglando mi moto.

—Entonces, ¿no sabes dónde está el jefe de esto?

—No lo sé. No trabajo aquí, ya se lo he dicho. Me dejan las herramientas y punto.

—Pero sabrás quién manda en el local, ¿no?

El joven se encogió de hombros.

—Mira, chaval —dijo Monfort tras soltar un suspiro—, no me toques las narices. Te lo voy a preguntar una vez más, y si no me contestas te vas a venir con nosotros, aunque tenga que arrancarte esa ropa que llevas para no manchar el coche.

En ese momento, al fondo del taller, alguien puso en marcha una moto provocando un gran estruendo, y salió a gran velocidad por la puerta trasera sin que pudieran ver de quién se trataba.

El inspector sacó una tarjeta del bolsillo y se la tendió al joven.

—Toma. Dile a Alfonso que ha venido la policía. Ella es la subinspectora Redó y yo soy el inspector Monfort. Le dices que necesitamos hablar con él, que me llame enseguida. ¿Es mucha información para tu cabeza llena de serrín o te acordarás de lo que te he dicho?

El chaval se quedó atónito, con la tarjeta en la mano, sin saber qué hacer ni qué decir. Monfort prosiguió.

—Y ya puedes buscarte otro chanchullo, porque a este le vamos a bajar la persiana hoy mismo.

—Por aquí no vamos a la comisaría —indicó Silvia después de abandonar el taller. Una frase que se había convertido en clásica cuando se trataba del destino elegido por Monfort.

—Tengo un presentimiento —dijo únicamente.

Las playas de Castellón y Benicàssim no eran destinos a los que soliera acudir demasiada gente de fuera de la provincia. Apenas había hoteles en la línea de costa, y los que ocupaban la arena eran vecinos de Castellón que tenían allí su segunda residencia. Apartamentos familiares habitados dos o tres meses al año, salvo los que se alquilaban a los visitantes habituales, procedentes sobre todo de Madrid, Zaragoza o el País Vasco.

Manuel Meirás y su esposa vivían en un apartamento situado en primera línea de playa, junto a dos locales emblemáticos de la costa benicense: la Tasca el Pollo y el hotel Trinimar, uno de los pocos que había junto a la costa. Ambos establecimientos componían una imagen típica del Benicàssim de antaño.

Monfort estacionó en una zona de carga y descarga y dejó una acreditación policial en la luna delantera.

Manuel Meirás les abrió la puerta cuando llegaron al quinto piso en un ascensor que pedía a gritos una revisión en toda regla.

—Tiene unas vistas sensacionales —reconoció Monfort cuando accedieron al salón, una estancia amplia compuesta por una cocina abierta y una enorme terraza orientada al mar. Era imposible desviar la vista, daba la impresión de estar literalmente sobre las olas.

—En invierno aún es más bonito —puntualizó Meirás—. Entonces no hay nadie en la playa ni se escucha el griterío que llega desde la piscina comunitaria del edificio.

—Me lo imagino —concedió Monfort.

Meirás asintió con un movimiento de cabeza.

El apartamento estaba amueblado con piezas sencillas de estilo provenzal que seguramente ya estaban allí cuando ellos llegaron.

—¿Está solo? —preguntó Silvia.

—Mi mujer marchó a comprar.

—¿Hace mucho?

—No, no tardará.

Monfort reflexionó sobre su particular forma de hablar: utilizaba los verbos en pasado para decir algo que acaba de suceder.

Justo en ese momento se oyó el ruido de una llave que se introducía en la puerta y la abría.

—Ya llegó —dijo Meirás mientras iba a recibirla. Intercambió con ella unas palabras en voz baja. La esposa dejó en el suelo una bolsa que llevaba en la mano y accedió al salón; saludó a los policías y les preguntó si les apetecía tomar algo. Ambos declinaron educadamente la invitación.

La esposa de Manuel Meirás medía alrededor de un metro setenta, era delgada, con el pelo largo y teñido de un negro intenso. Tenía los ojos de un color ambiguo entre el verde y el marrón, y vestía vaqueros gastados y una camiseta.

—¿Qué necesitan de nosotros? —preguntó Meirás—. Nos han pillado por sorpresa, no esperábamos su visita. Podrían haber llamado.

—Este es un caso complicado —empezó Monfort, obviando su pregunta y las reflexiones posteriores. No podía dejar de mirar más allá de la terraza, hacia el azul de un mar ligeramente ondulado e hipnótico. Daba la impresión de estar en la proa de un barco—. Ese hombre al que mataron en la discoteca… Seré sincero, no se lo tomen a mal, pero por más vueltas que le doy creo que lo conocen y tal vez no quieren o no pueden decir qué hacía allí y por qué razón ha aparecido muerto.

—¿Nosotros? —preguntó Manuel Meirás con verdadera extrañeza retrepándose en el asiento.

Había dos sofás idénticos en el salón, uno frente al otro, separados por una mesa baja. Meirás y su esposa estaban sentados en uno y Silvia y Monfort en el de enfrente. Las cristaleras de la terraza permanecían abiertas y el ruido de los bañistas de la piscina se oía con total nitidez. Hacía calor y Meirás sudaba de lo lindo. La esposa se puso en pie y cerró la pesada puerta acristalada que separaba el salón de la terraza; luego, con el mando a distancia, accionó un sofisticado aparato de aire acondicionado que en cuestión de segundos refrescó el ambiente.

—Muchas gracias —dijo Monfort a la mujer, que le correspondió con una leve sonrisa.

—Sí, claro —respondió Silvia volviendo a la cuestión—. Usted nos dijo que lo había visto por la discoteca, pero que en realidad no sabía nada de él. Es un poco extraño.

Monfort desvió la mirada del mar por un momento y se fijó en que la esposa se retorcía los dedos de las manos.

Silvia prosiguió.

—Vamos a ver si nos aclaramos. Ustedes cerraron la discoteca.

—Sí.

—¿Estaban solos en ese momento?

—Sí, los demás marcharon antes.

—¿Y no vieron nada extraño antes del cierre, o mientras salían? ¿Un ruido, un movimiento, alguien sospechoso?

—No oímos nada. —Meirás miró a su mujer, que inmediatamente negó con la cabeza para corroborar sus palabras.

—¿Qué hora era?

—Las cuatro y media de la madrugada, más o menos. Ya lo dije.

—¿Y a qué hora llegaron a casa?

—Sobre las cinco, supongo, no es más de media hora. Vinimos directos a casa y con la moto no tardamos nada en aparcar.

Monfort miró a Silvia y luego esta dirigió la vista a la esposa de Meirás.

—Disculpe, no nos han presentado formalmente —dijo la subinspectora—. La hemos saludado sin más.

—Me llamo Aurora Vilas.

—Gracias, Aurora. ¿Está segura de que llegaron a esa hora? No titubeó.

—Sí, a las cinco más o menos. Tampoco me fijé con exactitud.

—Es usted la que se encarga de poner la música en la discoteca, según nos ha informado su marido.

El rostro de Aurora recobró algo de normalidad.

—Sí, así es, ya lo hacía cuando vivíamos en A Coruña.

—¿Pinchaba en salas de allí?

—Sí, fui DJ residente en algunos locales conocidos de la ciudad. Pinché en Playa Club, ¿lo conoce?

—De oídas —admitió Silvia sin dar más detalles. Sin embargo, recordaba una noche memorable durante un viaje con unas amigas en la mítica discoteca coruñesa fundada a finales de los años cincuenta. Recordó los enormes ventanales por los que vieron un amanecer de ensueño sobre la bahía de Riazor. Quizá pinchara Aurora Vilas aquella noche, pero no se lo iba a preguntar.

Se dirigió al marido.

—¿Usted también tenía algo que ver con el mundo de la noche?

Él relajó el semblante por un momento.

—Si a salir todos los días se le puede llamar tener algo que ver con el mundo de la noche, sí —bromeó.

Silvia hizo un gesto como si el comentario le hubiera parecido gracioso. Monfort seguía inmerso en lo que fuera que estuviera más allá de la cristalera, en mitad del mar o incluso más allá del horizonte.

—Mis padres tenían un restaurante —prosiguió—, trabajé con ellos desde que era un rapaz. Conocí a Aurora en un local en el que ella pinchaba… y hasta ahora. Vinimos a Benicàssim de vacaciones y nos encantó la tranquilidad que hay aquí. Aunque sea plena temporada de verano nunca hay agobios, o al menos eso nos parece a nosotros. Mis padres vendieron el establecimiento y nos dieron una parte a mi hermano y otra a mí. Él abrió una tienda de productos *delicatessen* en el centro de A Coruña, y yo siempre quise tener un local de copas, una discoteca, algo así.

—¿Desde que conoció a Aurora? —preguntó Silvia.

Meirás movió la cabeza afirmativamente.

—Castellón era el lugar ideal para abrir un negocio —intervino su esposa—. A Coruña se estaba volviendo insoportable para vivir, exageradamente cara. Aquí, sin embargo, la vida nos pareció incluso barata. Los inviernos son geniales y los veranos tranquilos. Castellón apenas tenía locales decentes en los que tomar una copa y escuchar buena música. Creímos que había llegado el momento de tomar una decisión.

—Y vinieron a probar suerte.

—Bueno, no exactamente —aclaró Meirás—, ya desde allí hicimos averiguaciones y por internet vimos locales que se alquilaban.

—De esa manera dieron con la discoteca de la calle Lagasca —dedujo la subinspectora.

—Sí. Era genial, se veía en muy buen estado y el precio estaba realmente bien.

—Pero tenía un problema.

Meirás agachó la cabeza.

—La habían cerrado por una pelea. Aunque el propietario estuvo dispuesto a colaborar para levantar la prohibición de apertura y que pudiéramos alquilarla.

—¿Qué hizo para ello? —preguntó Silvia, aunque sabía la respuesta.

—Primero nos recomendó venir a ver la discoteca en persona. Nos dijo que si realmente estábamos interesados nos echaría una mano, que conocía a un abogado que sabría de qué forma actuar para levantar la sanción que recaía sobre el local. Y vinimos a Castellón.

—Y nos encantó —rubricó Aurora Vilas, tomando de la mano a su marido.

El teléfono de Monfort empezó a sonar. Lo extrajo del bolsillo y al ver el nombre iluminado en la pantalla se dirigió a Silvia.

—Es el agente García. —Luego desvió la mirada a los Meirás y señalando la terraza preguntó—: ¿Me permiten que salga un momento?

El marido le hizo una señal afirmativa. Monfort se puso en pie y salió.

—Dime, García.

—Hemos localizado a Alfonso Chía.

—¿Dónde está?

—En su casa.

—¿Estáis ahí?

—Sí.

—¿Tiene una moto aparcada en la puerta?

—¿Una moto? No, la hubiéramos visto.

—Decidle que se presente mañana a primera hora en la comisaría. Y que no se le olvide.

Monfort estaba junto a la barandilla de la terraza. Miró hacia abajo un instante y luego al horizonte. Desde aquella altura la vista era espectacular. Dos embarcaciones de vela surcaban el mar dejando una estela de espuma blanca a su paso. Antes de colgar volvió la vista hacia abajo una vez más, a la acera, junto a la puerta del inmueble. Allí había algo que cuando llegaron no estaba.

—Nos vemos en media hora —le dijo a García. Media hora, el tiempo que Meirás y su esposa habían dicho que se tardaba en llegar.

Tras despedirse de la pareja se marcharon del apartamento.

Silvia estaba deseando hablar, y en cuanto el ascensor cerró sus puertas lo hizo.

—¡Había un casco dentro de la bolsa que llevaba Aurora Vilas! Su marido ha dicho que había bajado a comprar. ¿Ha ido a comprar un casco? ¡Venga ya!

—Hay más —dijo Monfort cuando le cedió el paso para que saliera del ascensor.

Junto a la puerta del edificio estaba lo que el inspector había visto desde la terraza mientras hablaba con el agente García.

—¡La moto! —exclamó Silvia.

—Pero no una cualquiera, una Harley Davidson —puntualizó.

Monfort acercó la palma de la mano al tubo de escape cromado sin llegar a tocarlo.

—Y todavía no le ha dado tiempo a enfriarse —concluyó.

Silvia recordó entonces el estruendoso sonido de la moto en el taller de Alfonso Chía. Un ruido que los acérrimos simpatizantes de la marca americana tildarían de música celestial; un petardeo inconfundible, santo y seña de un mito con ruedas.

—Era Aurora Vilas la que se marchó a toda prisa del taller —dedujo Silvia en voz alta pese a que no era necesario.

—Era —concedió escueto Monfort utilizando el pretérito imperfecto.

Álex no sabía si arrepentirse o reírse de lo que les había contado a Ana y Rubén acerca de querer montar su propia compañía de teatro en Castellón. Era un mundo que lo apasionaba. Había estudiado interpretación en Santiago de Compostela porque se lo recomendaron para vencer la timidez y el marcado carácter introvertido del que siempre había hecho gala, pero de ahí a dar un paso más había un abismo. Quizá Ana no le había creído, pero Rubén se lo tragaba todo; sus adicciones amenazaban con destruir las pocas neuronas vivas que le quedaban.

Fue hasta la calle en la que vivían sus padres. Desde cierta distancia y a resguardo de las miradas de los vecinos, observó el balcón, la barandilla pintada de azul, la ropa tendida. Había un pájaro de color amarillo dentro de una jaula, encerrado sin poder salir, tal como habían hecho con él hasta que lo enviaron fuera de casa. Mentir se le daba tan bien como estudiar. No iba a renunciar a seguir haciéndolo si podía obtener algún provecho. Sacó un sobre que llevaba en el bolsillo. Había escrito una carta, la metió en el sobre y le puso un sello para que todo pareciera real. Le faltaba el matasellos, pero de eso no se iban a dar cuenta sus padres. En la carta les pedía tres mil euros. Decía que los necesitaba para pagar un máster, una titulación que le permitiría conseguir un buen puesto de trabajo en Galicia. Escribió también que con la crisis las becas se habían terminado, pero que no podía dejar pasar aquella oportunidad de oro. Ni siquiera mencionaba de qué iba el trabajo. Les apremiaba a ingresar el dinero en su cuenta lo antes posible a fin de no perder la plaza. A su padre lo que de verdad le interesaba era mantenerlo lejos de casa; hasta ese momento le había salido gratis, ahora tendría que empezar a desembolsar el dinero que con tanto recelo atesoraba en el banco.

Entró en el portal y metió el sobre en el buzón sin que nadie lo viera.

Regresó a la pensión. Su madre no tardaría en llamar por teléfono para decirle cuándo le ingresarían el dinero.

Eso era todo lo que quería de ellos por el momento. Ya habría tiempo de pedirles más.

Llamó a Rubén. Antes de que terminara el primer tono de llamada se puso al teléfono.

—¿Dónde te has metido? —Estaba alterado, tenso, nervioso, evidentemente colocado.

Álex rio de forma que pudiera oírlo.

—No te pongas nervioso. He estado con una chica —alardeó.

—¿Con quién? —inquirió Rubén—. Ven y cuéntamelo todo.

Su amigo tenía dinero. Sus vicios, aquel piso en el que vivía solo, sin trabajo conocido… Nada de aquello debía de ser barato.

—Voy con una condición.

—¿Cuál?

—Que me dejes quedarme en tu casa unos días.

—¿Te ha pasado algo?

—Estoy harto de los viejos —mintió—. Quieren saberlo todo, dónde voy, con quién y toda esa monserga.

Rubén guardó silencio un instante antes de hablar.

—Está bien, puedes venir —aceptó. Pensó que mejor estar con él que completamente solo, aunque intuía que Álex quería de él lo mismo que los demás.

Recogió el equipaje de la pensión. Le daba igual lo que había pagado por adelantado. Lo importante era largarse de aquel lugar infecto cuanto antes.

Sonó el tono de llamada del teléfono móvil. Miró la pantalla. Era su madre. Sonrió. Pronto tendría el dinero. Dejó que sonara un poco más, que se impacientara. Se sentó en la cama, pulsó el botón verde y habló.

—¡Mamá, qué alegría oírte!

—¡VENGA! —EXCLAMÓ RUBÉN—. Demuéstrame tus dotes de actor. Interpreta algo para que pueda ver de lo que eres capaz.

Estaba sentado en el sofá. Álex le había hablado de sus fantasías teatrales, de las clases en Santiago de Compostela.

Sacó del bolsillo su inhalador y, al llevárselo a la boca, aspiró con fuerza, como si en ello le fuera la vida. Se aclaró la voz antes de iniciar la actuación, que acompañó con gestos grandilocuentes, como si estuviera encima de un escenario y el telón acabara de izarse.

> Duda que sean de fuego las estrellas,
> duda que el Sol haga movimientos,
> duda que la verdad sea una mentira,
> pero nunca dudes que te amo.
> ¡Oh, querida Ofelia! Soy malo para hacer versos.
> No tengo arte para expresar mis penas; pero cree
> que te amo demasiado, ¡oh, demasiado! Adiós.
> Tuyo eternamente, mi más querida dama,
> mientras este cuerpo exista.

—¡Bravo, bravo, bravo!

Rubén aplaudía y vitoreaba a su amigo. Su rostro desencajado exhibía una mueca que era a veces una sonrisa y otras un mohín. Álex hizo varias reverencias exageradas y se dejó caer en el sofá, como si recitar le hubiera dejado exhausto.

—¿Qué coño es eso? —quiso saber Rubén.

—Eres un ignorante —respondió Álex abrazándolo compasivo. A continuación, añadió—: Es Hamlet, de Shakespeare. La mayor obra escrita para ser interpretada.

—¿Y de qué va?

—Lo que he recitado es el fragmento de una carta de amor que Hamlet le envía a Ofelia, su amada. Pero ella pierde la cordura cuando él la desprecia; está demasiado ofuscado en consumar su venganza. Ella lo ama con todo su corazón, pero él duda y no se da cuenta de que el amor que ella le profesa es puro y sincero. Un amor de verdad.

—¿De quién quería vengarse ese Hamlet?

—Tras la muerte de su padre, este se le aparece una noche para decirle que ha sido su propio hermano quien lo ha asesinado.

—¡Joder! ¡Qué mal rollo!

—Al poco tiempo, su madre, la reina viuda, se casa con el asesino.

Rubén encendió un cigarrillo.

—Sigue, sigue.

—Hamlet idea un plan para vengarse de su tío. Organiza una función en la que se representa un drama sobre un rey asesinado a manos de su propio hermano. Claudio, que así se llama el asesino, teme por la ira de su sobrino y ordena a los soldados que acaben con su vida. Que lo maten.

—Y al final, ¿qué pasa? —preguntó incapaz de esperar al desenlace de la historia.

Álex dejó escapar algo parecido a un suspiro, a una risa entrecortada.

—Es una tragedia, Rubén —dijo de manera condescendiente—, ese es su título en realidad: *La tragedia de Hamlet*. Y al final todos mueren.

—¡Qué fuerte!

—Ser o no ser, esa es la cuestión, mi querido amigo —concluyó Álex impostando la voz.

Rubén escrutó la mirada malévola del otro, aquel que había aparecido de repente y ahora ocupaba su casa y parte de su vida. Y no pudo evitar pensar en lo loco que estaba. ¿Qué había sido de aquel niño enclenque y enfermizo, el más estudioso del colegio, tímido y callado? Ahora, lo que veía de él era el monstruo en el que se había convertido.

Saltaba a la vista que tenía ganas de discutir.

—La pizza de salami y rúcula es exquisita —le aconsejó Monfort a Silvia mientras les tomaban nota de la cena.

La receta con la que Salvatore elaboraba la masa para sus deliciosas pizzas en el restaurante Vieja Roma era uno de los secretos mejor guardados de la gastronomía de Castellón.

En la calle Echegaray, el pequeño restaurante derrochaba fragancias procedentes de la cocina. Aromas que embelesaban a cualquiera que transitara cerca de allí.

Silvia aceptó el consejo de Monfort, y para compartir pidieron la ensalada Coriolano, uno de los platos estrella de la casa. Una receta sencilla en la que los ingredientes naturales eran la verdadera esencia del éxito de la propuesta.

Mientras cenaban intercambiaron impresiones acerca del anómalo comportamiento de los Meirás. Estaba claro que Aurora Vilas no se había ausentado para hacer la compra, tal como él les había dicho, pues en ese preciso momento regresó conduciendo la ruidosa Harley Davidson con la que supuestamente había escapado a toda prisa del taller de Alfonso Chía. Lo importante era saber qué estaba haciendo allí. Había sido la propia Aurora, en la conversación telefónica que mantuvo con Robert, la que lo había

144

involucrado en el caso, citándolo como uno de los trabajadores que no dejaba de incordiarlos tras el incendio de la discoteca. Robert les contó que Meirás ayudó a Chía cuando le permitió continuar en la discoteca a modo de favor.

Era evidente que el círculo se cerraba y que de momento los protagonistas principales del baile eran el fallecido Fernando Nebot, el matrimonio Meirás y el trabajador a su cargo, Alfonso Chía, con el que hablarían por la mañana en la comisaría para que les aclarara algunos asuntos. Tampoco podían olvidar a Isidro Gasch, el joven abogado que consiguió reabrir la discoteca, ni a la viuda de Fernando Nebot, con la que no habían tenido la oportunidad de conversar en profundidad.

Cuando una camarera retiró la ensalada para dejar la pizza en el centro de la mesa, Monfort pensó que de haber tenido un pedazo de pan a mano, hubiera rebañado los restos del aliño que quedaban en el plato. El justo punto de vinagre que combinaba a la perfección con el extraordinario aceite de oliva virgen extra que Salvatore utilizaba en su cocina.

Silvia optó por cambiar de tema. Obviamente, Monfort sabía que ella quería saber más sobre lo que le había sucedido, la razón del mutismo sobre su paradero que duró tantos días. Monfort se lo contó mientras saboreaban la pizza de salami coronada por una nube de rúcula fresca.

—¿Ataque severo de ansiedad? —preguntó sorprendida por lo que le acababa de contar—. Creía que…

—¿Que era un infarto? —se anticipó Monfort—. Yo también lo pensé. Dicen que mala hierba nunca muere, y a veces es tan mala que ni siquiera se hiere de gravedad. Por lo visto, algunos síntomas de ambas patologías guardan cierta similitud. El bloqueo físico y mental, el dolor agudo en el pecho. No podía mover los brazos ni las piernas, estaba paralizado, mi cabeza no funcionaba bien pese a que era consciente de lo que estaba ocurriendo. Vi una noticia en televisión —añadió—: explicaban la expropiación de un terreno junto al mar y creí que estaban derribando la casa de la abuela Irene. Me marché y conduje angustiado a toda velocidad para llegar cuanto antes. Sentí temor por lo que podía ocurrirle a Irene, es muy mayor y demasiado terca. Me la imaginé luchando con sus débiles brazos contra cualquiera que la obligara a marcharse de allí. Pensé que la podía perder, que podían derribarla como a una pluma, sin esfuerzo alguno; que podían hacerle daño. No puedo perderla, necesito saber que está bien, que contempla su mar cada mañana, que pisa la arena y por la noche observa las estrellas. En fin, es difícil de explicar. Por suerte, no era su casa ni su pequeña porción de playa las que estaban destruyendo, las que aparecían en las noticias. Gracias a Dios que no era su hogar. Quizá sea la próxima que derriben para construir apartamentos de lujo, pero no lo era en esa ocasión.

Silvia sabía que Irene era para Monfort la imagen de su malograda esposa, la única persona en el mundo que le transmitía la paz que su mujer le debió dar en vida. Existía un nexo común entre los dos, algo que hacía que al mirarla a los ojos viera en ellos a su mujer. Adoraba cada surco que la vejez le había labrado en el rostro, porque así habría sido Violeta si el infortunio no se hubiera cebado con ella. Silvia intuía todo aquello, pero no quiso transmitírselo, así que trató de romper el hechizo con sus palabras porque lo necesitaba. Necesitaba salir de allí de inmediato, huir de aquellos sentimientos tan cercanos a los celos.

—Te he traído el informe de la muerte de Fernando Nebot. —Sacó una carpeta que llevaba en su holgado bolso—. Ya sabes casi todo lo necesario, pero me gustaría que le echaras un vistazo.

—Nunca se llega a saberlo todo, Silvia, siempre cabe la posibilidad de que un fleco que colgaba no lo viéramos con anterioridad. Yo creí que se trataba de la casa de la abuela Irene, de la pequeña playa. Por suerte me equivoqué —dijo haciendo un símil entre los dos asuntos.

Tras la cena se despidieron en la puerta del restaurante. Él seguía abstraído en sus pensamientos, ella hubiera alargado la velada con cualquier pretexto. Su piso se encontraba a muy corta distancia, podría haberlo invitado a tomar café. La temperatura había descendido considerablemente y las terrazas de la avenida Rey don Jaime estaban abarrotadas de clientes. Silvia se volvió cuando Monfort caminaba ya en dirección al hotel Mindoro; vio que encendía un cigarrillo y que el humo desaparecía tras su hombro, como si se tratara de una vieja locomotora de vapor. ¿Qué pasaba por la cabeza de aquel hombre?

Estaba en el baño cuando sonó el interfono. Se recompuso todo lo deprisa que pudo y corrió a descolgar el telefonillo que había junto a la puerta. Quizá se lo hubiera pensado mejor, quizá se había dado la vuelta.

—¿Sí?

—¡*Quilla*! ¿Qué haces en casa, no ves que *to* el mundo está en la calle?

Silvia cerró los ojos unos segundos para ordenar los pensamientos que en aquel momento se le agolpaban en el cerebro. Podía decir muchas cosas, podía no contestar siquiera.

—¡Robert! —exclamó—. No me llames *quilla*, no puedes hablarme así cada vez que te dé la gana.

Pegó la frente a la pared y los ojos se le nublaron de lágrimas. A través del interfono oyó a Robert chasquear la lengua.

—Venga, perdóname, no me lo tengas en cuenta, estoy solo, soy de Sanlúcar, echo en falta a la familia, a los amigos;

147

también los langostinos y la manzanilla fría. Y una amiga con la que poder charlar.

Monfort vació dos botellitas de whisky del minibar en un vaso. Como el personal del hotel conocía sus gustos, intercambiaban las botellas de otros licores por las de whisky. Era un buen detalle por su parte.

El comisario Romerales le había preguntado en repetidas ocasiones por qué residía en el hotel cuando estaba en Castellón. Opinaba que debería buscarse un piso de alquiler que le sirviera como *pied-à-terre* cuando estuviera en la ciudad. Monfort odiaba el término y su significado. Él no necesitaba abrir la puerta de ningún lugar que pretendiera ser su hogar; no soportaba reconocer olores ni que nadie esperara su regreso. No quería destapar sábanas que cubrieran muebles cuando regresara a Castellón, no pretendía nada de aquello. Tan solo necesitaba una llave que abriera una puerta anónima, que todo oliera de forma impersonal, que no hubiera absolutamente nada en los armarios ni rastro alguno en el cuarto de baño. No quería reconocer nada que le fuera familiar.

En el ordenador portátil seleccionó la carpeta dedicada a Tom Petty. Escogió un álbum recopilatorio y puso el volumen al mínimo para que lo acompañara. *I Won't Back Down.* No quiero retroceder.

Acercó la butaca al ventanal y encendió la lámpara de pie; bebió un trago del vaso, encendió un cigarrillo y se dispuso a leer el informe de Silvia.

Fernando Nebot Reina, casado, padre de un hijo de tres años.
Lugar de residencia: Castellón de la Plana.
Desocupado.

Causa de la muerte: herida en el cuello provocada por arma blanca (no hallada).
Presenta perforación de la arteria carótida común derecha. La lesión afecta a la arteria subclavia, a los tejidos externos y a los músculos (…)

Monfort se perdió en aquel despliegue de anatomía forense que, a decir verdad, nunca le había interesado. Dio una última calada al cigarrillo y apagó la colilla en el cenicero. Tom Petty seguía a lo suyo, una clase magistral de excelentes melodías.

Llevó la vista a las siguientes páginas. El informe era exhaustivo.

(…) El cadáver de Fernando Nebot se encontraba parcialmente sepultado bajo una delgada pared de obra que preservó el cuerpo de las llamas. Sus pulmones no mostraban elevados niveles tóxicos provocados por la inhalación de humo, lo cual manifiesta que dejó de respirar antes de que se iniciara el fuego en la discoteca (…)

Leyó el resto de la página y pasó a la siguiente.

(…) La víctima vestía pantalón vaquero, camiseta de algodón de color negro y zapatillas deportivas. En uno de los bolsillos se encontró una argolla con la llave de un coche y otras dos que correspondían a las puertas de entrada de la finca y del piso donde vivía con su esposa y su hijo. En el bolsillo trasero izquierdo llevaba una cartera con el DNI y el permiso de circulación, pero sin dinero. No se encontró ningún teléfono móvil.

No llevaba móvil. Pensó que las prioridades pasaban por encontrar el arma homicida y el teléfono; nadie va por la calle sin él. Se lo quitaron, sin lugar a dudas. Fernando Nebot no tenía trabajo, pero sí coche y medios para salir de noche. Debía visitar a la viuda inmediatamente. Por muy apenada que estuviera, ya era hora de escuchar su propia versión del asunto.

Sonó el teléfono, que lo sacó del ensimismamiento del informe. Era Pablo Morata, el forense. Sin embargo, fue Monfort quien habló tras pulsar la tecla verde.

—¿Tienes telepatía?

—Entre otras dolencias —respondió el patólogo—. Lo que tengo es guardia, y como me aburro elijo un número de la agenda y llamo para fastidiar la noche a los amigos.

—Me tomaré la última palabra como un halago. Estaba leyendo parte del informe.

—Mejor así. Hemos recibido los resultados contrastados de los análisis de Fernando Nebot.

—No sé por qué, pero intuyo que no me va a sorprender el resultado.

—Seguro. En el momento de la muerte iba hasta arriba de cocaína y alcohol. ¿Quieres que te diga los valores científicos de su colocón?

—Adelante —lo animó pese a que Morata no necesitaba su aliento para hacerlo.

Los primeros días de una investigación eran cruciales para la resolución de un caso. Con el paso del tiempo las informaciones se enmarañaban, las evidencias se confundían, los posibles sospechosos tomaban cartas en el asunto y desaparecían, eliminaban su rastro, despistaban a la policía y, lo peor de todo, tenían tiempo para pensar. Monfort no tuvo oportunidad de ver el cadáver en la discoteca, algo que creía de vital importancia. Llegó tarde. Una maraña de dudas le pululaba sin tregua alrededor de la cabeza; preguntas sin contestar, cuestiones por resolver. Únicamente tenía la certeza de que Fernando Nebot, al que según el forense le gustaba experimentar con drogas, había sido asesinado de un pinchazo mortal en el cuello. Con toda probabilidad, alguien lo retuvo en el interior de la discoteca tras el cierre, lo mató y después trató de incendiar el local para borrar todas las pistas posibles. ¿Por qué razón murió? ¿Quién fue capaz de retenerlo y quedarse dentro de la discoteca sin ser visto? ¿Por qué no sonaron las alarmas? ¿Qué hacía Aurora Vilas en el taller de Alfonso?

El matrimonio gallego escondía algo, de eso no tenía duda. Vería qué le contaba Chía al respecto. Por lo menos no parecía muy listo. Quizá consiguiera sacarle la verdad. También faltaba hablar con la viuda, indagar un poco más, conectar su vida con la de los otros posibles sospechosos, desenredar de una vez aquella tropelía de embustes y confusiones. Había transcurrido muy poco tiempo, pero sentía que este corría ya en la contra y eso era algo que no podía soportar.

Apuró el whisky que quedaba en el vaso y miró de reojo el paquete de cigarrillos. Debía descansar, olvidarse por unas horas de las conexiones y las posibles pistas que le bullían en la cabeza.

Consultó el teléfono móvil. Tenía una llamada perdida de Romerales y otra de Elvira Figueroa. Lanzó un suspiro y se desvistió. Luego, ya metido en la cama, llamó a la jueza. El comisario podía esperar, la voz de Elvira era muchísimo más agradable.

MIS PADRES DISCUTÍAN *a menudo de forma violenta. Ella solía gritarle enfurecida con cualquier pretexto y a él, en ocasiones, se le iba la mano y le propinaba un bofetón que resonaba por toda la casa, a lo que mi madre replicaba con más gritos y empujones. Cuando aquello sucedía, me encerraba en la habitación y me cubría la cabeza con la almohada para no oír nada. Luego hacían como si no hubiese pasado nada, trataban de mostrarse cordiales y sosegados, pero más allá de sus miradas había odio, lejanía y desesperanza.*

Una tarde en la que no conseguía amortiguar los chillidos entré en la cocina, lugar elegido para la enésima trifulca, y empecé a gritarles que ya no podía más, que aquello no era vida, que debían terminar con las desavenencias que no traían más que lágrimas y dolor. Mi madre lo reprendió por lo que había conseguido, lo culpó porque yo tuviera que presenciar la penosa escena. Lo agarró de los brazos y comenzó a zarandearlo impulsivamente; él levantó la mano con intención de pegarle y yo me puse en medio para impedírselo. Ciegos de ira, mi madre me empujó hacia un lado, mi padre hacia otro, y al final me golpeé contra la cocina, donde una considerable cantidad de aceite hervía en una cazuela. El recipiente se balanceó hasta que volcó y me cayó encima. Logré girarme a tiempo para que el aceite no me salpicara en la cara, pero la ropa quedó sellada en mi espalda y la piel se empezó a arrugar a gran velocidad. Aullé como un animal herido de muerte, como si el dolor naciera de lo más profundo y necesitara salir a la superficie para manifestar el horror.

11

Jueves, 3 de julio

La previsión meteorológica gozaba de gran audiencia, a juzgar por el silencio que reinaba en el salón de desayunos del hotel mientras el meteorólogo informaba acerca de las temperaturas de aquel jueves de principios del mes de julio. El mapa de España que tenía a la espalda no ofrecía duda alguna: estaba cuajado de símbolos con forma de sol radiante en todas y cada una de las provincias del país. Sol, calor sofocante, altas temperaturas y bochorno eran las palabras que más repetía el presentador mientras recorría con la mano la geografía peninsular. Cuando acercó el dedo índice a la provincia de Castellón, el salón quedó sumido en un mutismo total. Pronosticó treinta y cuatro grados de máxima, y a continuación se oyeron suspiros y algunos exabruptos. De todas formas, el aire acondicionado del hotel atenuaba la temperatura, a menos que tuvieran que salir a la calle en las horas centrales del día. En el hotel Mindoro se alojaban turistas y visitantes, pero sobre todo agentes comerciales llegados a la ciudad desde cualquier rincón del país para reunirse con otros profesionales, mayoritariamente del sector azulejero. Se trataba de uno de los hoteles más céntricos de la ciudad, y su proximidad al Teatro Principal lo erigía como la base ideal para los artistas cuyas giras pasaban por el escenario castellonense. Desde siempre fue el hotel elegido por los toreros que visitaban el coso taurino, y en la feria de la Magdalena, una de las primeras citas del año, recibía a las más distinguidas figuras del toreo año tras año.

Pidió una tortilla francesa poco hecha y una loncha de jamón para acompañarla. No tortilla de jamón, matizó, sino una tortilla y una loncha a su lado. Juntos, pero no revueltos. Café solo, zumo de naranja y un gran vaso de agua.

Consultó la hora en su reloj de pulsera. Silvia le acababa de enviar un mensaje para preguntar a qué hora se tenía que presentar Alfonso Chía en la comisaría. Desde la terraza del apartamento de los Meirás le había indicado al agente García que este debía acudir a primera hora de la mañana. Eran las nueve y media. Habría que preguntarle a Chía qué entendía por primera hora de la mañana.

Apuró el desayuno y salió a la calle. La diferencia de temperatura era notable fuera del amparo del aire acondicionado. Desobedeciéndose a sí mismo y los consejos médicos de la doctora, encendió un cigarrillo con satisfacción. Llamó a Silvia. Chía no había ido por allí. Ella lo había telefoneado a su domicilio, pero nadie contestó. Monfort le sugirió que pasara a recogerlo en quince minutos.

Apuró el pitillo y apagó la colilla en el cenicero de la puerta. Caminó los escasos metros que lo separaban de la plaza de la Paz, donde con gran acierto habían restaurado un quiosco modernista para convertirlo en un bar cuya concurrida terraza ayudaba a los transeúntes a soportar la temperatura que regalaba la mañana.

Se trataba de una plaza rectangular, estrecha y rodeada de altos edificios que proporcionaban sombra al espacio huérfano de verdor. Su proximidad al Casino Antiguo, al Mercado Central y al Ayuntamiento la convertía en una encrucijada de obligado paso para los castellonenses. Pero si algo la diferenciaba de otros enclaves de la ciudad, era la fachada del Teatro Principal. Monfort, a través de los ventanales de su habitación, podía contemplar la parte posterior de tonos rojizos que tanto le gustaba; sin embargo, era el frontispicio principal el que proporcionaba riqueza y distinción, algo de lo que a veces parecía necesitada la ciudad.

Oyó el claxon del pequeño Renault Clio detenido junto a la entrada del teatro.

—Ha llamado Robert —dijo Silvia cuando Monfort accedió al vehículo—. Alfonso Chía ha llegado a la comisaría.

—Pues ahora que espere pacientemente a que volvamos —replicó Monfort—, no le irá mal conocer el mausoleo policial de esta ciudad.

EL PISO EN el que antes de morir vivía Fernando Nebot con su mujer y su hijo estaba situado en un inmueble de tres alturas de la avenida de Almazora, que hacía esquina con la calle Río Villahermosa. El piso olía a una mezcla densa de tabaco y pizza rancia, y la decoración del salón era recargada, con muebles modernos de color blanco y la pintura de la pared de un chillón tono morado. Un equipo de música espectacular y una enorme pantalla de televisión eran los aparatos estrella de la estancia. La viuda de Fernando Nebot no estaba sola. Abrió la puerta una mujer joven que dijo ser su amiga y que, tras las presentaciones pertinentes, los invitó a pasar. La viuda de Fernando se llamaba Desi, estaba sentada en un sofá de piel y se abrazaba a un cojín estampado. Monfort pensó que parecía una chiquilla.

Fue Silvia la que se encargó de las preguntas. Monfort quiso dejarlas a solas e invitó a fumar a su amiga en la pequeña terraza que daba a la avenida.

—¿Cómo era Fernando? —preguntó el inspector cuando ambos hubieron prendido sus cigarrillos.

—La Desi estaba loquita por él. Era un guaperas, ¿sabe? Alto y fuerte. Se las llevaba a todas de calle. Ella tampoco es una tía que esté mal, ya la ve.

Monfort pensó que no veía nada más que a una joven agarrada a un cojín como si aquello tuviera que salvarla de algo, mientras intentaba contestar a las preguntas de Silvia y se sonaba los mocos cada dos por tres.

—Él se encaprichó de ella y la volvió loca con sus artes —prosiguió la amiga.

—¿Sus artes?

—Ya me entiende.

—No, perdona, no entiendo.

La joven dio dos caladas seguidas y exhaló el humo de forma ruidosa.

—Ella decía siempre que el Fernando era la caña.

Monfort se empezaba a divertir.

—Vaya —repuso.

La joven daba golpecitos con la mano en la barandilla, de manera que el anillo que llevaba en el dedo meñique de la mano derecha tintineaba contra el metal.

—Al Fernando le gustaba mucho salir de noche, que nadie lo controlara, hacer su marcha. Y claro, a veces tenían algún mal rollo. Cuando la Desi se bebía cuatro copas nos contaba cómo la convencía para que lo perdonara. Por lo visto la arreglaba bien. Eso sí que lo entiende, ¿no?

El inspector sonrió y el rostro de ella se cubrió de rubor. No estaba segura de haber utilizado el vocabulario adecuado para dirigirse a un policía.

—¿La maltrataba? —preguntó Monfort sin ambages.

La amiga se quedó parada un momento para luego exclamar:

—¡No, coño, no le pegaba! No es eso. ¿Es que no me ha entendido?

—Puede que no del todo —admitió—. Pero me lo vas a explicar para que lo comprenda y ya está.

La chica apagó la colilla y acto seguido encendió un nuevo cigarrillo de su propia cajetilla. Ofreció uno a Monfort, que rehusó amablemente. A la joven le caía una gota de sudor por la mejilla. Silvia seguía con la viuda, que no dejaba de llorar, toser y sonarse la nariz.

—Salía de fiesta todas las noches —continuó la amiga—. Ella solo lo podía acompañar algún sábado cuando dejaba al niño con sus padres. Él se conocía bien todos los garitos. A veces la Desi me llamaba —bajó el tono de voz para asegurarse de que desde dentro no podía oírla—. Me decía que llevaba tres días fuera de casa y que no sabía nada de él. Yo venía aquí para estar con ella y echarle una mano cuando tenía que ir a currar a la peluquería y él no estaba para quedarse con el niño.

—¿Y por qué no se lo llevaba a sus padres en esas ocasiones? Tengo entendido que lo suelen cuidar ellos —quiso saber el inspector.

La joven negó con la cabeza. Hizo ademán de volver al interior e interrumpir la conversación. Monfort la cogió del antebrazo.

—Han matado a su marido —le dijo mientras señalaba con la cabeza hacia donde estaba Desi—. Hay que descubrir quién lo ha hecho. Si tienes algo que contar, hazlo ahora. En caso contrario puede que te hagamos ir a la comisaría, y allí todo será menos agradable.

Volvió a negar con la cabeza y chasqueó la lengua contra el paladar, como el preludio inequívoco de que tenía que seguir.

—El padre de la Desi trabaja en una azulejera y le consiguió un curro. Al principio todo iba bien, pero luego lo echaron a la calle.

—¿Qué pasó? —preguntó Monfort pese a que sabía la respuesta.

—No sé, un marrón, cualquier movida, vaya usted a saber. El caso es que el padre de la Desi tuvo jaleo en la empresa y estuvo a punto de perder el trabajo por defenderlo. Luego dijo que no quería saber nada más de ellos. Que se buscaran la vida. Así que solo podía llevar al niño allí cuando él estaba trabajando. Y últimamente ella estaba siempre de mal rollo porque no podía salir tanto como le habría gustado. Creo que estaba muy celosa. ¡Como para no estarlo!

—Ya —dijo Monfort—. Y cuando Fernando volvía a casa después de estar por ahí varios días de fiesta… ¿Cómo has dicho? ¿La arreglaba bien?

Ella lanzó la colilla a la calle y tosió levemente. Una tos innecesaria, falsa.

—Sí, la arreglaba a base de bien —pronunció con tono de disgusto—. Y si no lo entiende, que se lo explique ella. Y ahora me voy, que tengo cosas que hacer.

—Una pregunta más —planteó el inspector.

La joven torció la boca.

—¿Tenía teléfono móvil?

—¿Quién?

—Quién va a ser, Fernando Nebot.

—Claro que sí, no te jode. Como todo el mundo. Y el suyo era de los guapos.

Dicho aquello entró en el piso y, sin más preámbulos, se despidió de su amiga.

Tras el portazo los tres se quedaron mirando la puerta. Silvia se dirigió a Monfort por si le quería preguntar algo a la viuda. El inspector se acercó a ella y le dijo que debía sobreponerse al dolor lo más pronto posible, que ahora debía pensar en cuidar del pequeño para que el día de mañana pudiera sentirse orgulloso de su madre.

La joven rompió a llorar y escondió el rostro tras un pañuelo arrugado.

La amiga entendía «arreglarla bien» como algo de índole sexual. Para Monfort significaba también tenerla satisfecha económicamente a base de caprichos caros.

—¿De dónde sacaba Fernando el dinero? —preguntó Monfort.

—¿Qué dinero? —respondió la viuda mientras se encendía un cigarrillo.

—No vivís en la indigencia—aseveró abarcando el salón con la mirada—. Esto está realmente bien: los muebles, la televisión, el equipo de música… No debe de ser barato. Tú tampoco te vistes con cualquier cosa. —Señaló la ropa de marca que llevaba—. Fernando tenía coche y salía todas las noches. Si sumas los gastos y luego haces lo mismo con los ingresos seguro que no da ni para pagar la mitad de lo que gastabais. Así que dime, ¿de dónde salía el dinero?

Desi se echó a llorar, la ceniza le cayó en las piernas y se levantó del sofá para sacudirse.

—Siéntate —le ordenó Monfort—. Deja de llorar y cuéntanos de una vez qué hacía por las noches y por qué lo conocían tan bien.

—No lo sé. —Se sentó de nuevo tras secarse las lágrimas.

—Sí que lo sabes —intervino Silvia.

—Claro que sí —añadió Monfort—. De la misma manera que sabes por qué lo despidieron de la fábrica en la que tu padre le consiguió un puesto.

Aplastó la colilla en un cenicero atestado de cigarrillos a medio fumar. Guardó silencio. Movía la pierna con un ritmo compulsivo, como si tuviera un tic.

Monfort miró a Silvia.

—Hay una canción de El Último de la Fila. —La joven los miró de hito en hito—. Una que se titula *Cuando la pobreza entra por la puerta, el amor salta por la ventana*.

Silvia asintió.

Desi no había oído nunca aquel extraño título ni sabía qué pretendía con ello.

Monfort se lo aclaró.

—Prueba a cambiar «pobreza» por «droga».

El tic de la pierna fue a más.

—¡Venga! —la animó—. Yo te ayudo: «Cuando la droga entra por la puerta, el amor salta por la ventana».

La viuda hizo el gesto de taparse los oídos con las manos y cerró los ojos con fuerza. Estaba aterrada. Las lágrimas le dejaban regueros de rímel en el rostro. Monfort prosiguió.

—Sabemos que Fernando vendía droga. No creo que valga la pena registrar el piso, te ha dado tiempo a tirarlo todo. Lo que llevas puesto no se paga con el sueldo de unas pocas horas en la peluquería de una amiga, ¿verdad, Silvia? Ella tiene buen ojo para eso —bromeó el inspector—. Acabaremos pronto si nos dices para quién trabajaba.

Pasaron varios minutos en los que Desi trató de parecer sorprendida por lo que estaban diciendo, hasta que por fin se desmoronó y pronunció el nombre que esperaban escuchar y lo que vino después.

CUANDO ABANDONARON EL piso, Monfort silbó el estribillo de la canción de largo título del grupo catalán.

—¿Recuerdas la letra? —le preguntó a Silvia.

—No eran muy de mi estilo. ¿Y tú?

—Yo sí, por supuesto —concluyó Monfort.

> Bendeciré, sexta planta, puerta C.
> En el ascensor mi vecinita huele bien.
> La pobreza entra por la puerta,
> el amor salta por la ventana.

Doña Foca va a la compra en zapatillas.
Hogar, comida y una cama.
Niños hambrientos, el abuelo nos dejó.
Ya no me besas nunca, ya no me amas...

Alfonso Chía aguardaba impaciente en una de las salas de interrogatorios.

Silvia y Monfort estaban en el despacho del comisario Romerales con el agente Robert Calleja, quien les ofreció una somera explicación acerca de la conversación con Isidro Gasch, el abogado de los Meirás. También hablaron sobre lo que Desi les había contado.

—No os vayáis por las ramas —les advirtió el comisario—. No perdáis el tiempo o se nos echarán encima. Id a ver al propietario del local si lo creéis conveniente, apretadle los tornillos a los arrendatarios de la discoteca y al individuo ese que tenéis esperando, pero procurad que esto no se convierta en un circo. Si la víctima jugaba con drogas puede que ese sea el motivo y no haya mucho más.

—Pero es rocambolesco —repuso Silvia—. Lo podían haber matado en cualquier lugar y de otro modo en el caso de ser así. Sin embargo, quien lo hizo se escondió en la discoteca con Fernando Nebot y, con él vivo o muerto, esperó a que se fueran todos y luego provocó el incendio.

—¿Se puede salir de un local como ese aunque hayan cerrado las puertas por fuera? —preguntó el comisario sin mirar a nadie en concreto.

Robert tomó la palabra.

—He hablado con la empresa proveedora del sistema de alarma. En caso de incendio, el sistema conecta con la central, las salidas de emergencia se desactivan y las puertas se pueden abrir desde dentro para desalojar el local.

Continuó Monfort, que ya había escuchado aquello de boca del jefe de bomberos.

—El que lo hizo tuvo tiempo de matarlo, prender fuego a la discoteca y salir por una de las puertas de emergencia sin ser visto.

—La alarma y los dispositivos contraincendios se debieron de poner en marcha cuando se detectó el humo, momento que el asesino aprovechó para largarse —aportó Silvia.

—La discoteca tiene dos salidas de emergencia —añadió Robert—. Una que da a la calle principal y otra por la que se accede a un estrecho pasillo exterior que da al edificio colindante, y que desemboca en la calle. En ese pasillo que hay entre los edificios ponen los contenedores de basura, de manera que es fácil agazaparse para no ser visto.

—¡La madre que los parió! —masculló el comisario—. Si se trataba de un ajuste de cuentas por drogas se lo podían haber cargado en la calle sin necesidad de pegarle fuego a nada ni de meternos en este berenjenal.

—Quizá no se trate de eso —sentenció Monfort.

Alfonso Chía sudaba y se pasaba las palmas de las manos por la cara. Se puso tenso cuando el inspector cerró la puerta tras de sí y ambos se quedaron a solas.

—¿Quieres un abogado? —preguntó Monfort—. Estás en el derecho de solicitarlo si lo crees conveniente.

Alfonso Chía negó con un movimiento de cabeza.

—No he hecho nada, no sé qué coño hago aquí.

—Yo te lo diré —le aclaró el inspector—. Por lo que tengo entendido, Manuel Meirás te ofreció colaborar con ellos para hacerte un favor.

—¡No me hicieron ningún favor! —bramó Chía—. Yo ya estaba en la discoteca antes de que ellos la abrieran de

162

nuevo, pero perdí el trabajo después de la movida con el dominicano.

—Y cuando los gallegos reabrieron el negocio fuiste a que te devolvieran el puesto —añadió Monfort.

—Yo no tuve la culpa de que el portero hinchara a hostias al sudamericano. Era el encargado, el local funcionaba bien, no había pasado nunca nada hasta que contrataron a ese gilipollas que, al verse vestido de uniforme, se creyó a saber qué.

—Bueno, cálmate —prosiguió el inspector—. El caso es que te dieron el puesto. La razón ya la averiguaremos.

Alfonso Chía tenía la frente perlada de gotas de sudor. El aire acondicionado de la sala de interrogatorios apenas se notaba. Vestía un pantalón vaquero con manchas de grasa y una camiseta blanca con un eslogan de propaganda.

—¿Puedo fumar? —pidió.

—¿Me ves fumar a mí?

—¿Qué quiere? —preguntó resignado Alfonso Chía.

—Saber algunas cosas.

—¿Qué cosas?

—Lo que pasa en esa discoteca.

—¿Lo que pasa de qué?

—Ya me has oído, ¿eres sordo? Quiero saber lo que pasa que no sea del todo legal, como en tu taller de motos.

—¿Qué le pasa al taller?

—Nada —Monfort consultó la hora—. Solo que en estos momentos deben de estar cerrándolo para siempre.

—¡No me joda! Yo no gano nada con el taller, no es un negocio. Los colegas reparan sus motos, yo solo lo utilizo como garaje; tengo herramientas y los amigos vienen y hacen sus chapuzas.

—Tú sí que eres un chapucero. ¿Qué hacía la mujer de Meirás allí?

163

—¿Cuándo?

—Ya sabes cuándo.

—No sé de lo que me habla.

—¿La esposa de Meirás tiene una Harley Davidson?

—Sí.

—Se la debes poner a punto en tu *estupendo* taller.

—No.

—Yo creo que sí.

Chía se encogió de hombros.

—Ella estaba ayer con su moto, pero cuando nos vio se marchó a toda prisa, y curiosamente tú no estabas. ¿Qué hacía allí?

—No sé de qué me habla.

Monfort enarcó las cejas y negó con la cabeza.

—Eres un jodido embustero. Dime qué rollo te llevas con Aurora Vilas.

—Nada, se lo juro. Es verdad, tiene que creerme.

Monfort decidió formular preguntas en otra dirección.

—Me han contado que te has erigido como el cabecilla para que os recompensen por el tema del incendio, os den otro trabajo u os indemnicen. Parece que esto último es lo que más te gustaría: cobrar sin dar golpe. ¿Te pagan lo que tenéis acordado?

—Sí.

—¿Se retrasan en los pagos mensuales?

—No.

—¿Y entonces por qué los atosigas?

—Necesito el dinero, como todo el mundo.

—¿No será que tienes alguna deuda por ahí que debes saldar cuanto antes?

—No sé qué dice, yo no escondo nada, no tengo nada más que decirle.

—Yo creo que sí. Háblame de Fernando Nebot.

—Ya le he dicho que no tengo nada que contar.

—¿Lo conocías?

—De verlo por la discoteca, nada más.

—Alguien nos ha dicho que lo conoces mejor de lo que afirmas.

—Pues lo han engañado.

—Puede que sí —concedió Monfort—. Será cuestión de comprobarlo.

Intuyó que iba a sacar poco de aquel tipo sudoroso; lo mejor era dejar que se marchara y no perderle la pista en los próximos días. Seguir sus pasos.

—Quizá ahora no tengas nada que contarme —lo señaló con el dedo—, pero cuando vaya a verte un inspector de trabajo ya le contarás lo del chaval que trabaja en el taller sin estar dado de alta en la Seguridad Social.

—¡Maldita sea!

—Lárgate de aquí —espetó Monfort—. Y mucho ojo con lo que dices o haces porque te vamos a vigilar muy de cerca todo el tiempo.

CUANDO CHÍA SE marchó, el inspector le dio las gracias a Robert por sus averiguaciones. El agente, satisfecho, reanudó la desagradable tarea de escudriñar lo que quedara en el ordenador de la discoteca, cualquier cosa que se hubiera salvado del fuego.

Silvia le tendió a Monfort una nota con la dirección del propietario del local. Antes de marcharse entró en el despacho del comisario.

—Necesitamos una orden de registro para el taller y el domicilio de Alfonso Chía.

Romerales lanzó uno de sus característicos suspiros y se pasó el dorso de la mano por la frente húmeda.

—Has vuelto a la carga —dijo—. Hablaré con el juez.

—Entonces, lo doy por hecho —insistió Monfort.

—Vete y acaba con esto lo más pronto posible —zanjó el comisario con el auricular del teléfono ya en la mano.

—Seguimos sin saber qué hacía Aurora Vilas en el taller —dijo Silvia acelerando al salir del garaje de la comisaria.

Monfort se agarró al asidero situado por encima de la ventanilla. La forma de conducir de la subinspectora no le inspiraba demasiada tranquilidad. Con la mano libre trataba de accionar el aire acondicionado.

—Se me ocurren unos cuantos motivos y, mira tú por dónde, ninguno es bueno.

Se incorporaron a la ronda de circunvalación y los neumáticos chirriaron en una de las numerosísimas rotondas que se encontraron a su paso. Monfort pensó que si el viaje duraba mucho, se marearía sin remedio. Por suerte, Silvia accionó el intermitente en la salida que llevaba hasta la basílica de Nuestra Señora del Lledó, la patrona de la ciudad. Pasaron a toda velocidad junto al santuario. Monfort le contó a Silvia que un labrador llamado Perot de Granyana encontró una imagen de la Virgen enganchada en su arado tirado por bueyes, y que en el mismo lugar del hallazgo se construyó la basílica que acababan de dejar atrás. De todas formas, tuvo la certeza de que ella no había escuchado ni una sola palabra.

Silvia detuvo el vehículo junto a una verja de hierro, en un estrecho camino en mitad de la huerta. Se encontraban a un kilómetro del centro de la ciudad, pero el inmenso campo de naranjos que rodeaba la casa de campo le confería al lugar un decorado indudablemente rural.

A través de las rejas contemplaron la hacienda. La subinspectora accionó el timbre y al poco los goznes gruñeron para abrirse y dejar despejado el camino en línea recta que llevaba hasta el portalón de madera resguardado bajo un porche de arcos.

Un hombre que debía rebasar los sesenta años aguardaba de pie en el camino de grava, junto a la casa. Era alto y delgado, con la espalda recta, el pelo cano en las sienes y la parte superior de la cabeza completamente despejada; vestía camisa blanca y pantalones de color crema. Con las manos hundidas en los bolsillos observó a los policías bajarse del coche y los recibió con aire displicente.

César Olucha los invitó a tomar asiento en el sombreado porche de la alquería, construida en mitad de una extensa plantación de naranjos. A través del portón se vislumbraba una vivienda fresca y agradable, con el suelo de baldosas de barro y muebles antiguos restaurados con exquisito gusto. Un ventilador de aspas instalado en el techo abovedado refrescaba el lugar, idóneo para descansar en los días como aquel, cuando el calor amenazaba con derretirlos a todos. Una mujer, que a todas luces formaba parte del servicio, dejó sobre la tosca mesa de madera una bandeja con tres vasos y una gran jarra, que por el color hacía pensar que se trataba de limonada.

—Es casera —informó—. Tica prepara la limonada como nadie. —Señaló a la mujer, que ya se retiraba.

Olucha vertió la bebida en los vasos y dio un trago largo; luego estiró el labio inferior hacia afuera y chasqueó la lengua contra el paladar en señal de satisfacción.

Monfort había hecho las presentaciones en el camino, al bajarse del coche. Olucha no parecía sorprendido por su presencia, no anunciada con antelación.

—Y, díganme, ¿en qué puedo ayudar?

Silvia observaba aquella miríada de naranjos que se extendía hasta donde alcanzaba la vista. Solo se oía el canto de los pájaros y el sonido del agua, que provenía de una acequia cercana. Pensó que cuando se jubilara le gustaría vivir en un sitio como aquel.

—¿Cómo se llega a vivir en un lugar tan magnífico? —preguntó Monfort.

César Olucha se retrepó en el cómodo sillón de enea.

—Era el huerto de mis padres —dijo abarcando con la vista la mayor cantidad de terreno posible.

—¿Su herencia?

—Sí —sonrió—, pero entonces no valía gran cosa. Esto era una vulgar casa de labor donde mi padre guardaba los aperos; una barraca como tantas otras que hubo por aquí. Ahora quedan pocas en pie. Los propietarios no obtienen rendimiento de los campos y los abandonan, y las casas acaban siendo refugio de yonquis y prostitutas. Mis padres eran gente muy humilde, labradores de una tierra ingrata y mal pagada. Yo tuve que trabajar en distintas ocupaciones para ganarme la vida. Cuando a base de grandes esfuerzos empezaron a ir bien las cosas, me planteé venderlo todo, pero a última hora me dio lástima. Mis padres habían fallecido y esto fue lo que me dejaron, aunque tendrían que haber visto cómo estaba entonces. Me imaginé la finca bien cultivada, la alquería restaurada, convertida en la casa de campo ideal para una familia. —Se quedó pensativo durante varios segundos y luego continuó—. Mandé construir el muro que delimita el perímetro de la finca, saneé la construcción y añadí toda esta parte que ven, que, aunque parezca antigua, es una obra más o menos reciente.

—¿Hay una señora Olucha? —preguntó Monfort.

—Haberla la hay, pero para saber de ella habría que preguntarle a Paco Lobatón en su programa *Quién sabe dónde*.

—¿Hijos?

César Olucha se encogió de hombros.

—Vale la misma respuesta que para la de la madre —concedió el hombre, que se inclinó hacia la mesa para servirse más limonada.

—No han bebido —señaló sus vasos.

Silvia tomó la palabra.

—Nos gustaría hablar con usted acerca del asesinato de Fernando Nebot en la discoteca —dijo—. A fin de cuentas, el local es de su propiedad.

—Cierto —asintió el hombre—. Y desde que la abrí, hace ya un montón de años, solo me ha traído problemas.

Bebió un nuevo trago y, tras dejar el vaso sobre la mesa, cruzó las piernas. Calzaba mocasines y no llevaba calcetines. Monfort pensó en la americana y la corbata, que no ayudaban en absoluto. Sin duda aquel hombre se sentía más cómodo que él.

—¿Tuvo problemas? —preguntó la subinspectora para que Olucha siguiera hablando.

—Sí, con todo el mundo. Con los vecinos, con el Ayuntamiento, con los trabajadores… Y hasta con las mujeres —rio como si acabara de contar un chiste ocurrente.

—¿Conocía a la víctima?

Negó con la cabeza.

—¿Ni siquiera le suena su nombre?

—No lo había oído nunca.

—¿Cómo se lleva con los actuales arrendatarios?

—Son jóvenes, valientes y emprendedores. Pagaron religiosamente el traspaso y no se retrasan en las cuotas mensuales, ¿qué más se puede pedir en los tiempos que corren? Ahora veremos cómo se las apañan después del incendio.

—Imagino que tendrá el local asegurado en caso de un siniestro como el que ha ocurrido.

—A la fuerza; la normativa en materia de responsabilidad civil obliga a pagar una buena suma anual por un local de esas características.

—¿Cobrará?

—Lo procuraré. Soy viejo, pero no imbécil.

Monfort se decidió a beber un trago de limonada. Estaba demasiado dulce y empalagosa para su gusto.

La mujer que había servido la bebida apareció de nuevo portando un plato que contenía pedacitos de una longaniza estrecha y curada, típica de Castellón. César Olucha le dio las gracias y se llevó un trozo a la boca.

—Pruébenla, está de muerte —dijo mientras masticaba—. También la hace Tica. Le traen la carne de un pueblo del interior, la pica, la embute en la tripa y luego la deja curar hasta que alcanza este punto. Parece una chuchería.

Silvia siguió con la mirada a la mujer que regresaba al interior de la casa, y a Olucha no le pasó desapercibido el gesto.

—Ella está con nosotros desde… —Guardó silencio un momento y miró los naranjos podados con esmero, delicadamente bien cuidados, alineados a la perfección, de la misma altura e igual perímetro, con las hojas verdes y relucientes—. Todos se marcharon —prosiguió—, pero Tica se quedó.

Tendría aquella enorme finca, la bonita casa y una criada para él solo, pensó Monfort, pero sus palabras proyectaban sombras a plena luz del día. Le lanzó una pregunta directa.

—¿Quién puede recibir una mayor indemnización del seguro, los Meirás o usted?

El hombre meditó la respuesta. No tenía prisa, estaba en sus dominios, en su fortaleza.

—Sinceramente, no lo sé, todo dependerá de los movimientos que hagan, de cómo jueguen sus cartas. Al fin y al cabo, ellos tenían un negocio en funcionamiento, trabajadores que indemnizar, etcétera, etcétera. Todo depende...

—¿De su abogado? —inquirió Monfort sin dejarle terminar.

—Puede —concedió.

—Me imagino que usted también tiene un abogado en marcha jugando las bazas posibles.

—Sería de tontos no tenerlo, ¿no le parece? —Abrió los brazos en un gesto de opulencia.

—Podría convertirse en una competición entre usted y los arrendatarios por obtener el mayor partido de la desgracia —planteó Monfort—. Sin embargo, hay algo que ustedes no hacen más que obviar, que dejan de lado como si no fuera importante, como si diera exactamente igual o simplemente no hubiera ocurrido.

César Olucha hizo amago de ponerse en pie. Tras las palabras del inspector había decidido dar por finalizada la visita. Allí mandaba él, y Tica se limitaba a llevarle las zapatillas cuando regresaba a casa. No había mujer, no había hijos, solo estaba él con sus rencores y la desgracia de haberse quedado más solo que la una.

—Han matado a un hombre —su tono sonó engolado y prepotente—, es eso lo que quiere decir. Soy consciente de ello y entiendo que para ustedes sea lo más importante. De no ser por ese incidente no estarían aquí, no irían por ahí metiendo las narices en las casas ajenas. No tengo la más mínima idea de quién era ese hombre ni qué demonios hacía allí. Les corresponde a otros despejar esas incógnitas.

Los miró con altivez. Había vivido mucho, las arrugas del rostro y aquellos ojos vivaces no dejaban lugar a dudas. Los acompañó hasta el camino sin decir una sola palabra. Silvia entró en el coche, puso el motor en marcha y accionó el aire acondicionado. Monfort permaneció en silencio junto al dueño de la finca. Bajo el sombreado porche de la casa, Tica recogía la mesa. Los miró de soslayo; había hartazgo en su mirada. Y también tristeza.

Monfort se dirigió a Olucha.

—Sabemos que el abogado de los Meirás trabajó antes para usted. De hecho, fue él quien consiguió levantar el cierre de la discoteca tras los altercados provocados por el portero. También hemos averiguado que trabajaron duro para conseguir salir indemnes de todo aquello y que la pareja se quedara con el negocio. Isidro Gasch es joven y parece valiente, tal como usted mismo ha dicho de sus nuevos arrendatarios. No debe de ser fácil, ni barato, conseguir un profesional así. Cuando le preguntamos por qué razón había dejado de defenderle, simplemente nos dijo que «ya no lo necesitaba». A la vista está —Monfort miró la finca y la alquería bañada por el azul inigualable del cielo mediterráneo— que ahora lleva una vida relajada, lejos de las malas compañías. ¿O quizá me equivoco?

Las manos de Olucha se tensaron al cerrar los puños. Un gesto casi inapreciable que a Monfort no le pasó por alto; un detalle insignificante de no ser por la mueca de desprecio con que César Olucha lo acompañó.

Tras dejar el camino de grava e incorporarse a la carretera, Silvia condujo deprisa de vuelta a la ciudad.

—¿Has visto dónde vive? —le preguntó a Monfort mientras accedía a la rotonda a una velocidad mucho mayor de la que convenía—. Todos esos naranjos plantados en fila, tan bien puestos, todos igualitos, parecían de mentira.

—Como él, que es un falso y un engreído —apuntó el inspector en el momento en el que sonaba su teléfono móvil.

—Dime, Romerales, ¿qué tal?

—Me ha llamado el forense. Van a trasladar el cadáver de Fernando Nebot a un tanatorio para que la viuda pueda darle el último adiós.

Monfort se quedó pensativo. Estaban cerca de la comisaría, pero le hizo una indicación a Silvia para que la pasara de largo.

—Es muy joven —dijo al cabo.

—¿Quién? —preguntó el comisario extrañado.

—La viuda, parece una adolescente.

—¿Qué quieres decir?

—Nada. Ya encontrará a alguien que «la arregle bien».

ÁLEX SE TOCÓ el puente de la nariz y ahogó un quejido de dolor. Debajo de uno de los orificios nasales tenía un reguero de sangre que ahora estaba seca y solidificada. Se había despertado en el sofá, en una postura antinatural. Le costaba recordar qué había pasado con exactitud. Le dolía mucho la cabeza, y la luz del sol, implacable, entraba por las ventanas del salón. Los sonidos de la calle evidenciaban que era tarde. Se incorporó haciendo un esfuerzo sobrehumano. Escudriñó el piso de Rubén y entró en la cocina; la pica rebosaba de platos y vasos sin fregar y había sobras de comida sobre el mármol, en el que pululaban algunas moscas que emitían un zumbido desagradable. Abrió el grifo y se amorró a beber hasta que se quedó sin respiración. Tosió compulsivamente. Se palpó los bolsillos hasta que dio con el inhalador; debía cambiar la carga cuanto antes. Se aplicó agua debajo de la nariz para limpiar la sangre seca y luego se mojó la nuca en un intento por recobrar el resuello. Caminó por el salón y llamó a su amigo con una voz rota que apenas le salía de la garganta. Recordó la escenificación de la obra de Shakespeare, la grandilocuencia, la prepotencia, el ridículo. Y luego la violenta discusión. No se le ocurrió nada peor que confesarle a Rubén que había pasado la noche en casa de Ana. La ira de su amigo se desató de forma inesperada; iracundo comenzó a gritar, a romper cosas, a golpearse la cabeza contra la pared, a dar patadas a los muebles. Le gritó que Ana no era suya, que él se había marchado, que los había abandonado. Sin previo aviso, se abalanzó con todo el peso de su cuerpo y logró tirarlo al suelo, se sentó a horcajadas sobre él y le golpeó sin piedad. Probablemente luego se cambiaron las tornas.

Volvió a tocarse la nariz y dejó escapar el grito de dolor que momentos antes había ahogado.

Temió que en un impulso irrefrenable le hubiera contado la verdadera razón por la que tuvo que abandonar Santiago de Compostela.

Abrió despacio la puerta del cuarto donde dormía Rubén. Estaba a oscuras. La ventana permanecía cerrada y la persiana bajada por completo. Aterrado por lo que le podía haber hecho, accionó el interruptor y la lámpara del techo iluminó la habitación.

Su amigo no estaba en casa y salió a buscarlo.

Caminó desorientado tratando de encontrarlo. No sabía a qué lugares solía ir, no tenía ni la menor idea de dónde podía estar. ¿Qué le habría dicho? ¿Hasta dónde le habría explicado? Le dolía la nariz, un pinchazo agudo tras otro que no le dejaba respirar con normalidad. Entró en un bar que Rubén había mencionado. En el lavabo se miró en el espejo: volvía a sangrar por la nariz, aunque menos que antes, a juzgar por la ropa manchada. Se taponó el orificio nasal con papel higiénico.

Se habían peleado de forma brutal. Trató de recordar, pero no conseguía saber qué había ocurrido finalmente. Paró en una farmacia para comprar un recambio para el inhalador. La dependienta lo miró con cierto temor. Mientras iba en busca de lo que le había pedido se vio reflejado en un espejo: su aspecto era deplorable. Cuando la joven puso el medicamento sobre el mostrador, sacó un billete e intentó esbozar una sonrisa. Le devolvió el cambio y él salió a toda prisa por si llamaba a la policía.

Se habían peleado por Ana, como cuando eran unos críos y ambos querían conquistarla. Rubén le había dicho que ella lo había llamado por teléfono. Se quiso hacer el interesante, el importante. Esgrimía su móvil en la mano y repetía una y otra vez: «Ana me ha llamado, Ana me ha llamado». Hasta que Álex le soltó que él había dormido en su casa. «A ti te habrá llamado, pero yo he dormido en su casa», le espetó, y a continuación vinieron los insultos, los puñetazos y las patadas, pero ahora temía haber ido más allá.

Se quedó inmóvil en mitad de la calle y regresó al pasado una vez más.

A Rubén se le caía la baba cuando la oía hablar. Sin embargo, Álex, a quien Ana ya había rechazado con anterioridad, creía que ella le pertenecía y empezó a desprestigiar a Rubén. Decía que ella no se iba a fijar en él porque estaba gordo.

Ana sentía compasión por él y se mantenía a su lado cuando lo insultaban. Álex tenía envidia cuando lo abrazaba para reconfortarlo. Sospechaba que Rubén lloraba a propósito para que sintiera lástima por él. Pasó a depender emocionalmente de ella; no iba a ningún lugar si no lo acompañaba, estaba todo el día pegado a sus piernas como un perrito faldero, y lo peor era que a Ana parecía no importarle.

Un día Álex se quedó a solas con ella en un aula. Con el pretexto de ayudarla con las tareas consiguió acaparar su atención. Cerró la puerta y se abalanzó sobre ella para besarla. Ana se zafó de él y le advirtió que no volviera a hacer aquello nunca más. Álex, irritado, dijo cosas que no debería haber dicho.

—¿No me digas que prefieres al gordito?

Desde aquel día Álex empezó a odiar a Rubén. Pero todo fue a peor cuando la vio marcharse con aquel rubio del otro curso, el que se las había hecho pasar canutas a los tres.

En el restaurante Casa Aljaro de la muy estrecha calle Cervantes, donde los rayos del sol llegaban amortiguados por los edificios que apenas dejaban resquicios para que entrara la luz, tan solo quedaba una mesa libre. El propietario los atendió amablemente, alegrándose de verlos de nuevo por allí.

Silvia se decidió por los tallarines con salsa de setas y crujiente de jamón, y Monfort por el solomillo al roquefort. Para beber pidieron dos copas de vino tinto.

Según la joven viuda, Alfonso Chía era quien proporcionaba la droga a su marido para que él la distribuyera entre sus contactos. Les dijo que últimamente le obligaba a vender cantidades mayores. Al parecer, la víctima había caído en una espiral de la que difícilmente podía escapar: se había gastado gran parte del dinero de la venta y mantenía una preocupante deuda. Fernando le había contado a su mujer que Chía juró que pagaría lo que le debía, aunque fuera con su vida. Desi les confesó que estaba muy asustado, que vivía en una paranoia constante. Repetía una y otra vez que Alfonso acabaría con él si no saldaba la deuda.

Pero a ellos les parecía que algo no cuadraba en todo aquello, y por eso Monfort no lo acusó durante el breve interrogatorio.

Silvia pidió un pastelito de canela y miel, algo que el propietario anunció como «uno de los postres que más te sorprenderán de todo Castellón». Monfort optó por un café. Hubiera salido a fumar, pero no lo hizo. Su compañera lo hubiera reprendido. Le importunaba que los demás estuvieran pendientes de su salud, las miradas reprobatorias, los consejos y los «deberías cuidarte». Al hilo de aquel pensamiento recordó la conversación telefónica que mantuvo de noche con Elvira Figueroa. Le agradecía enormemente su compañía y también su interés, pero la retahíla de consejos y prevenciones lo enervaron sobremanera. Llegó a apartarse el teléfono y resoplar, y aquello no era una buena señal. Quizá ella lo notó, porque de forma abrupta dio por finalizada la conversación. Era una mujer de armas tomar.

Sonó el teléfono móvil y Monfort miró la pantalla.

—Es el agente Terreros —le dijo a Silvia antes de pulsar la tecla.

—Es sobre Alfonso Chía —informó el agente—, se ha percatado de que lo seguimos y nos ha dado esquinazo. Hemos ido a su casa, pero no está, tampoco en el taller. Su mujer dice que no tiene ni idea de dónde se puede encontrar. Está claro que no le vamos a sacar ni una palabra. ¿Registramos la casa?

—Sin una orden se nos caería el pelo —advirtió Monfort.

—Podría consultarlo con el comisario.

—A estas alturas lo debe haber dejado todo limpio como una patena —añadió el inspector—. Pero hay algo que sí podéis hacer.

—Dígame.

—Os daré una dirección, id allí sin avisar y preguntad por él.

Mientras sacaba la libreta del bolsillo de la americana, Silvia pidió la cuenta. Monfort levantó el brazo e indicó que él se haría cargo del montante. A continuación, dictó a Terreros la dirección del matrimonio Meirás, en Benicàssim.

—Preguntadles si lo han visto en las últimas horas. Fijaos en la cara que ponen, si se sorprenden o no, si cabe la posibilidad de que escondan algo. Y, sobre todo, no le quitéis el ojo de encima a la esposa de Manuel Meirás. No perdáis de vista su reacción.

—Le llamo en cuanto salgamos de allí, jefe.

—Gracias —dijo Monfort—. No podrá esconderse mucho tiempo.

Felicitaron al dueño del restaurante por la exquisita comida y se despidieron con la promesa de no tardar tanto en regresar.

El contraste de temperatura era más que notable en el exterior y eso que los rayos del sol apenas penetraban en la estrecha calle Cervantes.

Robert Calleja nunca se daba por vencido, pero con el ordenador de la discoteca no había nada más que hacer. Estaba calcinado. No consiguió poner en marcha los restos del PC y tampoco encontró ninguna forma de devolver un ápice de vida a los componentes del interior. Tenía claro que, si hubiera algo que ocultar desde un punto de vista informático, Manuel Meirás y su esposa lo esconderían en un ordenador portátil.

De momento todo eran conjeturas. Pasó la siguiente hora revisando las grabaciones de la única cámara de la discoteca que enfocaba la puerta principal, ya que las del interior no grababan y además se habían dañado por el fuego. Por allí entraron y salieron un gran número de personas jóvenes y algunas no tanto; el público habitual del local, nada fuera de lo común, gente con ganas de fiesta y mayorcitos en busca de a saber qué. Manuel Meirás y su esposa debían visionar aquellas imágenes en la comisaría por si identificaban a alguien que pudiera infundirles alguna sospecha. Hablaría con Silvia para proponérselo.

Cayó en el sopor de la inutilidad; nada de lo que veía le llevaba a una evidencia a la que agarrarse.

Cuando estaba en Cádiz, uno de sus superiores trató de inculcarle que un buen policía debía poseer grandes dosis de paciencia. Saber esperar era esencial. Tarde o temprano aparecía una pista que llevaba a otra mejor, y así sucesivamente hasta que por fin se vislumbraba la luz al final del túnel. Pero lo cierto era que por lo pronto no habían averiguado casi nada. Silvia se había cerrado en banda y apenas compartía algo sobre el caso. La noche anterior, cuando se presentó en su piso, charlaron en la terraza de un bar junto al edificio de Correos. Él le habló por fin de su relación con Ángel, de los fantasmas que permanecían en su cerebro, de su indecisión, de sus miedos. Ella lo escuchó atentamente, pero, ahora que lo pensaba, solo había hablado él, como si tuviera la necesidad de convencerla para que fuera su amiga, para tenerla cerca, aunque solo fuera para confiarle sus desdichas. A todas luces seguía disgustada por la falta de sinceridad acerca de su relación; porque no le hubiera hablado antes de su condición sexual, aquello que siempre costaba tanto que saliera a la luz y que se había convertido en el lastre de su existencia. Le resultaba difícil afrontar su verdadera naturaleza, le causaba fatiga cargar con ello, como si fuera un error, una culpa o un pecado mortal. En realidad, la profesión no ayudaba mucho. Todavía recordaba las mofas de algunos compañeros de la academia cuando una noche lo sorprendieron besándose con un hombre en la puerta del centro. Entonces estaba borracho, y eso le daba más pena aún porque, de no haberlo estado, jamás lo hubiera hecho. Se escondía, esa era la verdadera razón de sus quebraderos de cabeza.

Cuando la conoció hubiera bastado con explicarle sin tapujos quién era, cómo era y qué le gustaba. Pero no lo hizo entonces, ni en los días sucesivos, ni siquiera cuando sintió que Silvia le gustaba de una forma distinta que el resto de las mujeres, y tampoco cuando cayó en la cuenta de que quizá a ella empezaba a gustarle él. No dijo nada, lo ocultó como un colegial que engaña a sus padres cuando obtiene malas calificaciones, como el amigo de lo ajeno que pretende pasar por una persona honrada. No tenía excusa; había mentido y ahora tocaba pagar las consecuencias.

Llegó a la conclusión de que Silvia sentía algo especial por el inspector. Estaba convencido de que le atraía aquel hombre elegante y extremadamente misterioso. «Un alma en pena», pensó también. Quizá fuera eso lo que a ella le gustaba de Monfort, que fuera taciturno, hermético y a la vez sofisticado. Caviló todo aquello mientras contemplaba el desfile de noctámbulos entrando en la discoteca como si la puerta los engullera con avidez. Apenas se distinguían los rostros, solo los cuerpos. Si pudiera dar con una señal que los ayudara a salir del punto muerto en el que se hallaban… Quizá entonces Silvia accediera a trabajar a su lado, compartir el caso, reconciliarse. Perdonarlo.

Se recolocó en la silla y puso los pies sobre la mesa. En la pantalla del ordenador seguían entrando y saliendo personas del local. No se podía decir que no tuviera éxito.

Recordó las animadas noches de Sanlúcar de Barrameda, cuando salía de fiesta con sus amigos. Le vino a la cabeza una canción de la Niña Pastori que siempre cantaban cuando la manzanilla se les había subido a la cabeza. Tarareó un fragmento de *Cai* y se le estremeció el alma.

Cuándo podré regresar a encerrarme contigo en un patio.
Deja que el viento entre las macetas silbe por tangos.
Por fin veré a mi gente, por fin me veré.

Se le estaban empañando los ojos de añoranza cuando algo en la pantalla le hizo fijar la mirada. Parecía no tener mayor importancia, pero detuvo la imagen. Eran dos hombres que caminaban por la acera y se aproximaban a la discoteca. Discutían de forma acalorada, se detenían un instante y gesticulaban airadamente; se los veía enojados, como si fueran a llegar a las manos en cualquier momento. Lo gracioso era que uno era muy gordo y el otro extremadamente delgado.

«Lo que le falta a uno le sobra al otro», hubieran dicho con guasa sus amigos.

Reanudó el visionado de la cámara y la curiosa pareja accedió a la discoteca.

Siguió canturreando por la Niña Pastori.

No era el momento de pensar en que quizá se había enamorado de Silvia.

MONFORT NO CREÍA QUE Tica se quedara por las noches en la finca de César Olucha. Posiblemente se iba a última hora del día y regresaba por la mañana para realizar las tareas domésticas.

Había visto un viejo Opel Corsa junto a la verja de la alquería, un coche que intuyó que era de ella.

Y por eso estaba allí. Detuvo el Volvo en el cruce del camino que llevaba hasta la casa de campo. El sol se retiraba tras las montañas del horizonte, que a esa hora se veían azuladas, y los grillos emitían los sonidos característicos del cortejo sexual. A lo lejos se oía el croar de las ranas en una acequia de riego. La iluminación de la ciudad proporcionaba al crepúsculo una aureola de tonos ambarinos. Encendió un cigarrillo y se acordó de la doctora que se acariciaba el mentón, de los bienintencionados consejos de Elvira. Dio dos caladas y lo dejó caer en la tierra para aplastarlo a continuación con la suela del zapato.

Imbuido en sus pensamientos sobre salud y buenos hábitos, que parecía incapaz de cumplir, percibió el sonido de un motor al ponerse en marcha y unos faros que barrieron el camino con su luz. Cuando el coche llegó hasta donde estaba, frenó, detuvo el motor y apagó las luces. Monfort se acercó a la ventanilla. No se había equivocado, era Tica, la sirvienta de César Olucha, y su mirada no ofrecía extrañeza alguna por el singular encuentro con el policía.

Los médicos dijeron que la mayoría de quemaduras podían tratarse en el hogar y que solían sanar en pocas semanas.

Pero lo mío era un caso grave debido a mi corta edad y a la fragilidad de la piel. Tras los primeros auxilios y la evaluación de las heridas, el tratamiento hizo que tomara infinidad de medicamentos, cambios de vendajes, terapias e incluso cirugía.

Lo primordial fue controlar el dolor, extraer los tejidos muertos, prevenir las posibles infecciones, reducir la posibilidad de que aparecieran nuevas cicatrices, recuperar la funcionalidad de las partes quemadas y evaluar si debían injertarme piel para cubrir la herida.

También dijeron que probablemente necesitaría apoyo emocional.

Yo sabía que ni en casa ni fuera de ella iba a encontrar la ayuda que sugerían los médicos.

Mi madre miraba hacia otro lado cuando yo sentía angustia, cuando temblaba de miedo y luchaba contra lo que después supe que se trataba de una grave depresión infantil. Mi padre me aconsejó que no le contara a nadie cómo había sucedido, ni el motivo que desencadenó el accidente; decía, con una sonrisa falsa, que sería nuestro secreto, algo que debía quedar entre nosotros. Para siempre. Y que de esa forma nunca más volvería a pasar.

Después de lo que tuve que soportar hasta que conseguí acostumbrarme a tener la piel quemada y sobreponerme a la depresión que oculté a todos, robé la lupa con la intención de hacerle al mundo lo que mis padres habían hecho conmigo.

Quemarlo.

12

Viernes, 4 de julio

ERAN LAS NUEVE y media de la mañana. Ana se había encerrado en el baño del tanatorio. Con violentas arcadas vomitó el desayuno hasta que le dolió la garganta por el esfuerzo. Román, su compañero, llamó a la puerta con los nudillos.

—¿Ana? ¿Estás bien? ¿Te pasa algo? —preguntó con preocupación.

—Estoy bien, gracias, no pasa nada, solo estoy un poco indispuesta.

—De acuerdo. ¿Quieres que me quede?

—No, gracias, de verdad, no es necesario.

—Como quieras. Pero si necesitas cualquier cosa, me avisas.

Oyó sus pasos mientras se alejaba. Román, que le brindó su apoyo cuando empezó a trabajar y le aportó la experiencia de la que ella carecía, que estaba siempre a su lado cuando era necesario, que escuchaba atento sus vivencias y preocupaciones y la dejaba hablar para que se desahogara.

De rodillas, con la cabeza asomada a la taza del váter, temblaba de miedo. Debía sobreponerse, salir de allí, desempeñar su trabajo como si no hubiera visto nada. Se incorporó y abrió el grifo. Observó el agua escurrirse por el desagüe. No le hubiera importado ser agua, fluir y desaparecer. Pero no podía hacerlo, estaba allí. Le había costado mucho sacrificio conseguir el trabajo. No lo iba a desperdiciar. Se lavó la cara, tenía que espabilar.

Recordó el momento, apenas quince minutos antes, cuando los del Instituto de Medicina Legal depositaron un cadáver sobre la mesa de trabajo. Se trataba de un hombre joven, le habían dicho mientras rellenaba la ficha correspondiente. Había que maquillarlo según las recomendaciones del equipo forense. Ana esterilizó el material de trabajo, luego se volvió hacia la camilla y de un tirón rápido corrió la cremallera hasta que el fallecido quedó a la vista.

Escrutó el rostro del muerto. Sintió que el estómago se le revolvía, que le temblaban las manos y las piernas. Y tuvo que correr hacia el baño.

Apenas había tardado un par de segundos en reconocerlo.

Era Fernando Nebot.

Ana trató de recomponerse. Había sido un duro golpe, aunque intuía que la cosa no había hecho más que empezar. Lo más fuerte estaba aún por venir.

No sabía si alguien los había visto juntos aquella noche en la discoteca del polígono, cuando lo dejó tirado y se marchó en un taxi harta de que la manoseara.

Él se lo había hecho pasar mal tiempo atrás, pero por alguna razón aquel tipo de hombres tiraban de ella como un imán. Le había ocurrido lo mismo con Jaime. Años más tarde, de forma incomprensible para la mayoría de las personas, los buscó entre los hombres que pululaban en las noches de Castellón. Dar con ellos resultó mucho más sencillo de lo que nunca hubiera imaginado.

A Fernando lo vio por casualidad en la discoteca de la calle Lagasca. En cuanto preguntó a un conocido por su nombre, confirmó que se trataba de él. Moreno, fuerte, pagado de sí mismo, atractivo. Se lo presentaron; él dudó al principio, pues era difícil reconocerla tras el notable cambio físico desde los días de la escuela. Se quedó absorto, y entonces Ana supo que sería una presa fácil. Creyó que vengarse de aquellos días podía resultar divertido. El muy idiota no tardó en presentarle a sus amigos, entre los que se encontraba Jaime, su inseparable compañero de burlas, que seguía siendo rubio, alto y más guapo de lo que recordaba.

La casualidad del reencuentro la llevó a tramar un plan para divertirse a su costa. Los haría enloquecer. A los dos. Los martirizaría con sus mejores armas.

Con lo que no contaba era con encapricharse de alguno de ellos. Aquello no entraba en sus planes, pero ocurrió.

Se enamoró de Jaime como una quinceañera.

Tras algunos escarceos y salidas nocturnas, decidió que debía dejar de verse con Fernando. Él trató de convencerla utilizando todo tipo de estratagemas con el fin de conseguir un contacto sexual que todavía no se había producido. Sin embargo, sucumbió pronto a los encantos del rubio y el asunto se le fue de las manos. Jaime le gustaba, y el propósito de venganza terminó el mismo día en el que se acostaron.

Ahora, tras el terrible descubrimiento en la camilla del tanatorio, su relación con Jaime cambiaría.

Fernando Nebot estaba muerto y ella no dejaba de pensar en que Álex y Rubén se habían puesto en contacto con ella después de tanto tiempo.

¿Por qué?

Monfort desayunó en la habitación: huevos revueltos, dos tiras de beicon crujiente, zumo de naranja y un café solo.

Silvia le había llamado para decirle que estaba en la comisaría y que todavía no habían podido retomar la pista de Alfonso Chía. Terreros y García habían hablado por la tarde con el matrimonio Meirás, pero estos les aseguraron que no sabían dónde encontrar al encargado de la discoteca. Sobre la advertencia del inspector de que observaran con detalle las reacciones de Aurora Vilas, los agentes dijeron que no habían notado nada extraño en su comportamiento.

—Anoche hablé con Tica, la sirvienta de César Olucha —dijo Monfort interrumpiendo las palabras de la subinspectora.

—Seguro que me va a sorprender el resultado.

—Es viuda y su único hijo murió en un accidente. Lleva mucho tiempo trabajando en la casa, es casi como de la familia. Me pareció que se sentía en deuda con Olucha.

—¿No me digas que el potentado tiene un romance con la sirvienta?

—No, no es eso. La esposa de César Olucha se largó con Isidro Gasch, el que fue su abogado y que ahora trabaja para los Meirás.

—Pero ella debe ser mucho mayor que él.

—¿Tienes algún problema con la diferencia de edad entre amantes?

Silvia sintió que el rubor le invadía las mejillas.

—Te recojo en la comisaría. Vamos a hablar con el abogado, a ver si nos dice qué se siente al hacerlo con alguien tan mayor —bromeó antes de colgar.

SILVIA AGUARDABA EN la puerta. Le dolía la cabeza porque seguía sin dormir bien por las noches. Había vuelto el horrible tiempo del insomnio. Creía haberlo vencido, pero en un momento dado dejó de seguir las indicaciones terapéuticas y mandó al garete el tiempo invertido en recuperarse. Trataba de mantenerse lúcida, implicada con su trabajo, pero cuando llegaba a su casa sentía que las paredes se cerraban en torno a ella, y que el techo y el suelo intentaban aplastarla. Metida en la cama, tras horas de lectura para disuadir los pensamientos oscuros, apagaba la luz y entonces se encendían aquellos ojos de un azul inaccesible que la escrutaban sin pudor hasta hacerle saltar las lágrimas.

MONFORT SE RETRASABA, nada extraño en todo caso. Esperó y se dejó llevar por sus cavilaciones.

No habían dado con Chía, pero eso no la preocupaba; los agentes Terreros y García eran implacables. Dijeron que no había escondite posible para un tipo como él, que era como un conejo dentro de su madriguera, acechado por la ingente paciencia de un hurón.

Iban a ver al abogado. Sentía curiosidad por conocer a la ex de Olucha. Se la imaginó como a la señora Robinson, la mujer madura que seduce a un joven Dustin Hoffman en la película *El Graduado*. También se figuró la cara de idiota del marido al saber que su esposa lo había dejado por uno mucho más joven.

Cuando entró en el Volvo, Monfort le dedicó una sonrisa amable. El interior no olía a tabaco. Se habría afanado en abrir las ventanillas para ventilar. Quizá por eso llegaba tarde. Tenía el aire acondicionado puesto y la temperatura era agradable en comparación con el exterior.

En la radio del coche sonaba *Starman* de David Bowie.

Entonces el sonido pareció desvanecerse.

Se oía una voz distorsionada.

No se trataba de un DJ, era un difuso cuchicheo cósmico.

Tras pasar junto al estadio Castalia, en el que el equipo de fútbol de la ciudad había conocido tardes de gloria en el pasado, Monfort se arrancó sin tapujos entonando el mágico estribillo de la canción. Silvia lo acompañó en voz baja.

Hay un hombre de las estrellas que aguarda en el cielo.
Le gustaría venir a conocernos, pero cree que nos volvería locos.

La dirección de Isidro Gasch los llevó hasta un lujoso chalet de la urbanización La Parreta, a los pies del paraje natural del Desierto de Las Palmas. Un muro bajo delimitaba el terreno de la moderna edificación, de forma que desde la calle se veían el jardín y la piscina. Era una casa de estilo cúbico y tejado plano, con grandes vidrieras que daban a la montaña cuajada de pinos. Monfort detuvo el coche en la puerta. Silvia llamó a un interfono dotado de una pantalla que se iluminó al instante. Una voz grabada dijo: «Puerta abierta», y la subinspectora la empujó. Frente a ellos se abría una extensa pradera de césped mimado con esmero, una piscina rodeada de tumbonas y un porche sombreado que daba entrada a la casa. Una mujer mayor, extremadamente delgada y vestida con camiseta blanca y pantalón vaquero salió a su encuentro. Llevaba el pelo muy corto, teñido de rubio, y ocultaba sus ojos bajo unas enormes gafas de sol. Entre sus dedos sujetaba un cigarrillo.

Se presentó sonriente y relajada.

—Soy Noelia Batalla —dijo—. Me comentó Isidro que posiblemente vendrían a hacernos una visita un día de estos. Son ustedes de la policía, ¿verdad?

Silvia y Monfort intercambiaron una mirada.

El inspector hizo las presentaciones y a continuación le preguntó por el abogado.

—Estará a punto de llegar —respondió tras consultar un reloj de pulsera dorado que lucía en su estrecha y huesuda muñeca—. Por favor, pasen dentro.

Los invitó a entrar en una amplia cocina desde la que se podía contemplar el jardín a través de una pared de cristal oscuro. El aire acondicionado funcionaba a pleno rendimiento. Se sentaron alrededor de una mesa.

—¿Desean tomar algo? —preguntó amablemente.

Los dos negaron con la cabeza y agradecieron el ofrecimiento. Monfort observó el vaso alto que contenía un líquido rojizo y de cuyo interior sobresalía un tallo de apio de color verde intenso. Estaba claro que además del jugo de tomate también contenía vodka: un Bloody Mary.

A la mujer no le pasó por alto que Monfort se fijara en la bebida.

—Me gusta como aperitivo —dijo cogiendo el vaso.

Él podría haberse quedado callado, pero no lo hizo, para no variar.

—Dicen que fue un barman llamado Petiot quien lo inventó en París al mezclar jugo de tomate con vodka. La receta evolucionó al añadir limón, sal, pimienta, salsa Worcestershire y tabasco —enumeró con los cinco dedos de la mano—. Su traducción significa «María la Sangrienta», el apodo de la reina María I de Inglaterra, una mujer perversa a la que la sangre de los demás no molestaba en absoluto. En cualquier caso, el cóctel es una buena opción después de una noche agitada.

Noelia Batalla dejó escapar una pequeña carcajada que sonó falsa. Mordió la rama de apio y dejó a la vista sus dientes de sexagenaria.

Silvia temió que aquello se fuera a convertir en un tira y afloja entre el inspector y la mujer que estaba con el abogado.

—Disculpe, ¿la casa pertenece a Isidro Gasch?

La mujer se despojó de las enormes gafas de sol que evidentemente no necesitaba en el interior de la vivienda. Tenía los ojos pequeños, de color verde oscuro, y unas profundas ojeras que aquella mañana no había disimulado con maquillaje.

—La casa es mía, cariño —contestó.

—El señor Gasch no nos dijo que vivía con la ex de su cliente, el propietario de la discoteca.

—Excliente, si no le importa.

Se encendió otro cigarrillo; llevaba los dedos cargados de anillos de oro. Dio una fuerte calada y exhaló el humo hacia el techo en un movimiento estudiado que ella creía seductor, pero que no lo era en absoluto.

—Debió ser un duro golpe para Olucha —intervino Monfort.

—¿Qué? —preguntó ella haciéndose la sorprendida.

—Contratar a un abogado para que te solucione los problemas, que te cobre una buena cantidad por ello y que al final se lleve a tu mujer no debe de ser plato de buen gusto.

Antes de que Noelia Batalla pudiera replicar al comentario sarcástico vieron, a través de la gran cristalera, que el portón se abría y un coche de color negro accedía al jardín.

—Ya está aquí —pronunció la mujer con una mueca de desagrado dirigida a Monfort por el comentario que acababa de hacer—. Él le dirá si soy o no plato de buen gusto —soltó en voz baja cuando pasó a su lado para recibir a Isidro Gasch.

El joven abogado la besó y luego estrechó las manos de Silvia y Monfort. Abrió la nevera y sacó una jarra de agua helada de la que se sirvió un vaso.

—¿No quieren tomar nada? —preguntó.

El inspector negó con la cabeza.

—Queremos saber por qué no nos dijo que su relación con Olucha había terminado de esta manera.

—¿De qué manera? —Gasch se aflojó el nudo de la corbata.

—Cuando se largó con su mujer.

—No creo que sea de su incumbencia. —Apuró el agua del vaso y se sirvió más antes de devolverla al interior de la nevera.

—Usted dijo que su relación profesional con Olucha concluyó porque él ya no lo necesitaba —le recordó Silvia.

—¿Y acaso es mentira? Dejó de necesitarme —reiteró el abogado.

—Debe de ser muy bueno en lo suyo —terció Monfort—. Logró los permisos para reabrir la discoteca tras el altercado del portero, y también consiguió unos nuevos clientes con ganas de trabajar y sacar el negocio adelante.

Isidro Gasch tomó a Noelia Batalla por la cintura con un gesto prepotente. Eran una pareja desigual. Monfort no tenía inconveniente alguno con la diferencia de edad entre ellos, pero no pudo evitar pensar que el abogado había buscado algo más que amor en aquella unión.

—Sus servicios no deben de ser económicos. —Monfort dejó volar la vista por el amplio jardín y la piscina con forma de riñón para acabar posándola en los ojos de su amante—. A la vista está.

—¿Han venido para saber lo que cobro? —preguntó Gasch con ironía.

—No. Me importa poco su minuta. Hemos venido para advertirle que es mejor que no nos oculte nada más; para decirle que a partir de ahora le agradeceremos que no se haga el gallito; para que no se ande con tonterías y nos cuente siempre la verdad. No olvide que se ha cometido un asesinato en el interior de una discoteca arrendada por sus clientes; una discoteca que, tras cometerse el crimen, fue incendiada en un intento por borrar toda pista posible. ¿Me ha entendido bien o se lo escribo?

Isidro Gasch tomó el mando del aparato de aire acondicionado y lo paró. La temperatura de la cocina se elevó varios grados en pocos segundos. Monfort sonrió. La subinspectora tomó la palabra antes de que se marcharan.

—Fuimos al taller de Alfonso Chía. —Miró al abogado, que se encogió de hombros—. No estaba; allí solo había un chaval que trabaja de forma ilegal para él. —Gasch curvó la comisura de los labios hacia abajo—. De repente, en el fondo del taller alguien puso en marcha una moto. Una Harley Davidson, para ser más exactos. Y se largó a toda velocidad por una puerta trasera sin que entonces supiéramos de quién se trataba.

—¿Ah, sí? —preguntó Gasch en tono jocoso—. ¿Y quién era el misterioso motorista?

—Era Aurora Vilas, la esposa de Manuel Meirás. Y queremos saber qué hacía en el taller, por qué buscaba a Alfonso, qué quería de él.

—No tengo ni idea. Son demasiadas preguntas —respondió mientras les señalaba a los policías el camino de salida.

Monfort se despidió de Noelia Batalla con una leve inclinación de cabeza, y antes de salir le dijo:

—Ha sido un placer. La próxima vez quizá acepte su *Bloody Mary*, pero recuerde no fallar con las proporciones. —Señaló con el dedo el vaso vacío—. Es como todo en la vida, si uno se excede con algún ingrediente, se estropea la combinación. Ni mucho ni poco, la medida justa, no más.

El abogado permanecía al lado de su pareja. Silvia pensó que ella era demasiado mayor para él. Y si antes la había imaginado como la sensual señora Robinson de *El Graduado,* ahora que la tenía cerca le parecía mucho más vieja e infinitamente menos atractiva.

Recordó la canción de Simon & Garfunkel mientras seguía los pasos de Monfort hacia el exterior de la lujosa vivienda con piscina en forma de riñón.

> Y aquí está usted, señora Robinson.
> Jesús la ama más de lo que nunca sabrá.
> Dios la bendiga, señora Robinson.
> El cielo tiene un lugar para los que rezan.

RUBÉN PASÓ LA noche con Marcela, la mujer a la que le gustaba el teatro y le proporcionaba las drogas. Le pidió que no abriera la puerta a nadie aquella noche. A cambio le ofreció un dinero que ella rechazó con una mueca de desagravio. Le curó las heridas que Álex le había provocado en la pelea y él le contó el origen de la disputa. Ella entendía de mal de amores: se habían peleado por la misma mujer, Marcela pensaba que la pretendida debería sentirse orgullosa. A ella no le había ocurrido nunca nada semejante, más bien todo lo contrario.

En el transcurso de la noche llamaron al timbre en diversas ocasiones, pero Marcela accedió a la propuesta de Rubén de no abrir. Él estaba convencido de que era Álex quien llamaba, pero la mujer no contestó al interfono ni tampoco al teléfono. Acabaron en la cama, incapaces de consumar lo que en un principio pretendían. Permanecieron abrazados, llorando y maldiciendo sus vidas grises. A ella la habían olvidado los hombres y también su afición al teatro. A Rubén lo habían abandonado su amigo y la mujer a la que siempre había amado.

Álex regresó al piso con la esperanza de que hubiera vuelto, de que estuviera allí. Le prestó una llave cuando aceptó que se quedara con él. Tenía espacio de sobra y en el fondo estaba solo. Abrió la puerta con sigilo, le dolía la nariz y todos los huesos del cuerpo. Llamó a Rubén nada más cruzar el umbral. Como no obtuvo respuesta, miró en las estancias y finalmente en su habitación, pero no había vuelto. Álex se había pasado la noche buscándolo, preguntando por él, pero nadie lo había visto y la mayoría no sabía de quién les hablaba. Tampoco atendió a ninguna de sus llamadas ni mensajes. Llamó al móvil de Ana, pero lo tenía apagado o fuera de cobertura. O más bien no quería saber nada de él.

Por la noche se había sentido como un extraño en un lugar que ya no reconocía. Vagó sin rumbo hasta que la luz del nuevo día lo sorprendió tumbado en un banco del parque Ribalta, como un vagabundo abandonado a la infame suerte de las calles vacías.

Empezó a recoger lo que habían roto y esparcido por el suelo durante la pelea. Imaginó que Rubén llegaba y le agradecía que hubiese limpiado el piso. Se afanó en hacerlo deprisa por si volvía. Temió que pudiera haberle ocurrido algo grave, que quizá lo hubiera golpeado demasiado fuerte, que anduviera aturdido sin saber adónde ir. Se dijo a sí mismo que era un canalla por haberle fallado a la única persona que le había ofrecido cobijo.

Alfonso Chía se escondió en la casa de un compinche de raza gitana, muy cerca de su domicilio.

Estaba asustado, creía que querían cargarle con el asesinato y el incendio de la discoteca. Su mujer montó en cólera cuando le confesó que había amenazado a Manuel Meirás con que o le daba dinero o contaba a la policía que allí se traficaba. No iba a caer él solo.

Los Meirás hacían la vista gorda porque les proporcionaba clientes importantes, ellos habían conocido ese ambiente cuando trabajaban en A Coruña. La que mejor sabía de qué iba el asunto era Aurora Vilas; se había curtido en las discotecas gallegas poniendo música y alternando con todo tipo de personajes.

Era Fernando Nebot quien se encargaba de vender la droga. Chía le suministraba el material y buenos clientes en la discoteca; compraba al proveedor y a cambio conseguía una buena comisión sin mancharse las manos.

Ahora Fernando estaba muerto y él no iba a cargar con las culpas.

Los agentes Terreros y García eran como dos perros de caza: una vez que habían olido el rastro de la presa no paraban hasta dar con ella. Si la cosa iba de drogas, sabían a qué puertas llamar para conseguir la información necesaria. Silvia les habló de un chaval que trabajaba de forma ilegal en el supuesto taller de Alfonso, y alguien les proporcionó el nombre de un bar no demasiado lejano a su domicilio. El joven tardó poco en cantar que Chía solía ir a casa del Mantecas, un gitano orondo que vivía del trapicheo de hachís y tabaco de contrabando. No le costó nada decirlo cuando Terreros le registró los bolsillos y halló diversas sustancias; poca cosa, pero lo suficiente para que se asustara y soltara lo que ellos querían saber.

—Vámonos —anunció el agente García a su compañero cuando obtuvieron la dirección del Mantecas.

Terreros le hizo una advertencia al chaval antes de subirse al coche.

—Si lo llamas por teléfono, vuelvo y te corto los huevos.

El agente Calleja propuso a la subinspectora que el matrimonio Meirás visionara con ellos las imágenes de la cámara de seguridad.

Silvia llamó a Manuel. Cuando el hombre descolgó ella no lo dejó hablar, lo citó inmediatamente en la comisaría y le indicó que se presentara acompañado de su esposa. Antes de que Meirás pudiera replicar, ella ya había colgado. Aquello lo había aprendido bien de Monfort: «Si no les dejas hablar, no discuten», solía decir.

Aurora Vilas y Manuel Meirás se presentaron en la comisaría una hora después de la llamada. El agente Calleja había acondicionado una sala en la que poder visionar el contenido de la grabación. Tras los saludos de rigor, los cuatro se sentaron frente a la pantalla y Robert puso en marcha el reproductor. Cuando llevaban un tiempo viendo el desfile de clientes que entraban y salían de la discoteca, Silvia lanzó una pregunta a Aurora Vilas.

—¿Qué hacía en el taller de Alfonso Chía?

—¿Quién, yo? —la mujer se hizo la sorprendida.

Manuel Meirás quiso hablar, pero Robert no lo dejó.

—Mire la pantalla, *pisha*, deje a su mujer que conteste.

—Estaba en el taller —insistió Silvia—. Se marchó con la Harley Davidson por la puerta trasera en cuanto nos vio.

Meirás trató de interceder.

—¡Le he dicho que mire la pantalla! —exclamó el agente—. ¿Quiere que metamos a su esposa en un cuarto de interrogatorios para que pueda contestar a las preguntas de la subinspectora?

—No pueden hacer eso.

—Mire —dijo Robert—, se va a quedar *callaíto*, con los ojos pegados a la pantalla, intentando reconocer a alguien que pudiera ser sospechoso. Deje que sea su mujer quien nos cuente qué hacía en el taller y por qué se largó *a carajo sacao*, ¿está claro?

Silvia miró de reojo a Robert. A punto estuvo de entrarle la risa por aquello de «a carajo sacao». Cuando se enfadaba le salía la vena más gaditana. No le disgustaba, más bien todo lo contrario.

—Fui a llevarle un sobre con dinero —concedió Aurora Vilas por fin.

Su marido se pasó las manos por la cara.

—Siga —la conminó Silvia—. Pero no dejen de observar lo que ocurre en la pantalla, por favor.

Meirás miró a su esposa. Ella continuó.

—Le llevé dinero. No dejaba de darnos la paliza con que se iba a quedar sin trabajo por culpa del incendio y que necesitaba pagar unas deudas.

—¿Y por eso se lo llevó en un sobre? ¿No pagan a sus trabajadores a través del banco, con transferencias?

—¡Se lo llevó en metálico para que se callara de una puta vez! —irrumpió Manuel Meirás.

—Explíquese —le pidió Silvia.

Estaba irritado, su esposa trataba de calmarlo.

—Alfonso Chía es un lastre para nosotros —continuó el hombre tras reponerse—. Nos vimos en la obligación de tener que contratarlo; digamos que venía en el lote con el local. Como bien saben, él ya trabajaba en la anterior discoteca. Fue una de las condiciones, no tuvimos otra opción.

Robert lanzó un suspiro.

—Y *pa* que se calle y no moleste le dan un premio dentro de un sobrecito y se lo llevan a domicilio. —El tono de voz del agente no podía ser más escéptico—. ¿Por qué fue ella y no usted?

El hombre enrojeció y apretó los puños encima de la mesa.

—¡Un momento! —exclamó la mujer señalando la pantalla con el dedo índice—. ¡Paren eso, por favor! ¡Ahí, ahí!

Robert pausó la imagen de la pantalla justo en el momento en el que dos hombres llegaban a la discoteca. Él también se había percatado. Eran los dos que accedían al local discutiendo de forma acalorada, el gordo y el flaco, la pareja que había captado su atención en el anterior visionado.

—¿Qué pasa? —preguntó Silvia.

—Ese hombre tan delgado, el que va con el otro más robusto —explicó Aurora—. Lo vi en la discoteca esa noche, me fijé en él porque me sonaba de algo, pero no sabía de qué. No dejé de pensar en dónde lo había visto antes. Entonces no caí, pero ahora… ¿Pueden acercar un poco más la imagen?

Robert accionó el zoom, y aunque la imagen se distorsionaba hasta quedar pixelada, ella recordó por fin de qué le sonaba aquella cara.

La esposa de Meirás no sabía el nombre del individuo escuálido, sin embargo, creía poder asegurar que se trataba de la misma persona que provocó un altercado en un local de Santiago de Compostela en el que ella ponía música años atrás. Al parecer, tuvo una disputa con una joven en los baños y la golpeó hasta dejarla inconsciente. Llamaron a la policía y lo detuvieron. La chica fue trasladada al Hospital Clínico Universitario; la televisión autonómica gallega hizo un seguimiento del suceso, pero el sujeto fue puesto en libertad por falta de pruebas debido a que la joven no presentó ninguna denuncia.

—Así nos va a las mujeres —bisbiseó al final de su relato.

Silvia pensó que debía ponerse en contacto con la Policía de Santiago. No debería ser complicado descubrir la identidad de aquel hombre. Quizá no tuviera nada que ver con el caso, pero era algo que había que esclarecer cuanto antes.

Por la tarde, al salir del tanatorio, Ana todavía estaba hecha un manojo de nervios. Román permanecía a su lado, para ambos había concluido una larga jornada laboral. Su compañero le tendió un cigarrillo que ella aceptó. La había ayudado en la tarea de adecentar el cadáver de Fernando Nebot. No había hecho preguntas, como de costumbre, pero el hombre pudo llegar a la conclusión de que aquel muerto no era para ella como los demás. Estaban acostumbrados a todo tipo de situaciones, por difíciles que pudieran resultar para alguien no habituado a trabajar con muertos, pero aquello era diferente. Román tuvo paciencia, no hizo ningún comentario cuando, hasta en cuatro ocasiones, tuvo que ausentarse de la sala.

Ana aplastó la mitad del cigarrillo en el suelo. Estaba paralizada, no sabía si era mejor tomar el autobús o ir andando hasta casa. Su compañero se ofreció a llevarla en su coche, tal como había hecho en otras ocasiones. Ella le agradeció el gesto, pero le dijo que iba a quedar con alguien. Un minuto más tarde vio el coche de Román alejándose del tanatorio; bastante había hecho ya con mostrarle su apoyo. Y con guardar silencio. Era un hombre bueno, siempre dispuesto a tenderle la mano.

En su mente daba vueltas el rostro de Fernando. ¿Qué pasaría si Jaime se enteraba de que habían estado juntos? ¿O se habría enterado ya? Aunque no había pasado nada de lo que tuviera que arrepentirse, aquello la martirizaba.

Necesitaba hablar con Jaime, sincerarse, ver cómo reaccionaba a la noticia de la muerte de su amigo, en el caso de que todavía no lo supiera. Marcó su número, que tenía guardado en la memoria del teléfono. Estaba apagado o fuera de cobertura. Le envió un mensaje. Intentó escribir palabras que parecieran amables y cariñosas, pero consiguió todo lo contrario. Esperó una rápida contestación por su parte que no llegó.

Decidió caminar hasta su casa, pasear le haría bien; debía poner las cosas en orden, establecer prioridades, y sin embargo pensó en por qué Álex había vuelto de Galicia, qué le pasaba a Rubén, qué tramaban los dos al juntarse de nuevo después de tanto tiempo.

Deseó abrazar a Jaime y que la consolara.

El sonido de entrada de un mensaje hizo que diera un respingo en mitad de la calle. Ana dejó escapar el aire que retenía en los pulmones. Leyó el mensaje de Jaime: «Cuando acabe paso por tu casa y nos vamos a cenar». Ana sonrió aliviada. Enseguida apareció otro: «O si lo prefieres nos saltamos la cena».

Se había vestido para salir. Aguardaba a que fuera a buscarla, pero no conseguía desprenderse de la imagen de Fernando Nebot en el tanatorio. Tenía el móvil en la mano, esperaba una llamada, un mensaje. Trató de imaginar la reacción de Jaime al conocer el desenlace de su amigo. A Ana le parecía extraño que no se hubiese enterado de la muerte. Sentada en el sofá, con el teléfono en el regazo, encendió un cigarrillo.

Había maquillado a Fernando lo mejor que pudo. Antes de vestirlo se fijó en la gran cicatriz en forma de Y que nacía en los hombros y se juntaba en el pecho para terminar en el ombligo. Los forenses lo habían abierto para determinar la hora de su muerte, lo que había ingerido, las posibles enfermedades… Todo estaba debajo de aquella gran sutura. La muerte se la había proporcionado aquel pinchazo que tenía en el cuello y que los patólogos habían taponado de manera provisional. Ella se aplicó en camuflar la herida a base de maquillaje, igual que hizo con el rostro macilento. Peinó el cabello abundante, recio y negro. Recordó cuando en el colegio distinguían a los dos amigos como el moreno y el rubio por el tono de su pelo.

Apagó la colilla y se puso en pie. Miró a través de la ventana. No le cuadraba que Jaime no conociera la noticia.

¿Por qué no aparecía de una vez?

¿Quién habría acabado con la vida de Fernando?

Conjeturaba las posibilidades.

—Jaime, Jaime, Jaime… —repitió en voz alta—. ¿Dónde te has metido?

Marcó su número de teléfono una vez más, pero seguía apagado. Le envió un mensaje. No quería parecer desesperada por verlo, pero los nervios le estaban jugando una mala pasada.

¿Conocerían Álex y Rubén la noticia de que Fernando Nebot había muerto? Álex había vuelto de Galicia de forma inesperada; le había contado aquella aventura sobre crear una compañía de teatro en Castellón, pero ella no lo había creído, sonaba irreal. Ana había oído decir a Álex y Rubén que algún día se vengarían de Fernando y Jaime. ¿Habría llegado ese día? ¿Serían capaces de tal atrocidad?

EL COCHE ARDIÓ parcialmente. Los asientos, la guantera, el salpicadero y otros componentes de la parte delantera se habían quemado; sin embargo, el motor y la zona posterior del vehículo permanecían indemnes. Se trataba de un vehículo de alta gama que posiblemente estuviera protegido ante ese tipo de incidentes, fabricado con materiales ignífugos y aditivos retardantes que inhiben la combustión de materiales en caso de incendio.

Una dotación de bomberos se presentó en pocos minutos, alertada por el guardia de seguridad de una nave industrial cercana. Aunque el fuego estaba apagado, el humo resultante envolvía el vehículo. Acordonaron la zona y procedieron.

Uno de los bomberos que manipulaba las puertas corrió hacia su superior. Le dijo algo y ambos se dirigieron de nuevo hasta el vehículo siniestrado.

Un hombre yacía en los asientos traseros. Tenía el torso cubierto de sangre. El fuego no lo había alcanzado, pero a todas luces estaba muerto. La causa no se debía al incendio, sino al pinchazo que le agujereaba el cuello y que había provocado que se desangrara.

MONFORT OBSERVABA EL plato con indiferencia. El restaurante estaba abarrotado. Se encontraba a cuatro pasos de la plaza del Torico y a otros tantos del mausoleo de los Amantes de Teruel. La noche invitaba a salir, la temperatura había descendido de forma drástica. La ciudad de Teruel ofrecía aquellos contrastes y sus habitantes estaban acostumbrados, pero a Monfort le pesaba el día de trabajo y las pocas horas de sueño. Sin embargo, dio su palabra a Elvira de que iría a cenar la noche del viernes y allí estaba, sin prestar la más mínima atención a la conversación de sus compañeros de mesa. Le importaba poco el viaje a Berlín que la pareja que tenía enfrente acababa de realizar; tampoco le preocupaba el desorbitado precio de las viviendas del ensanche turolense, ni la huelga de transportistas provocada por la subida del gasoil.

Los que se sentaban a la mesa eran: la pareja de profesores fascinada por las costumbres gastronómicas de la capital alemana, un abogado laboralista que masticaba y hablaba a la vez y un banquero sesentón orgulloso porque en seis meses se jubilaría con la paga íntegra; y luego estaba Elvira, que con su carácter afable trataba de contentarlos a todos por igual.

Miraba taciturno la paletilla de cordero; en otras circunstancias le hubiera parecido exquisita, pero en aquel momento se le antojaba tan correosa como el hombre que tenía al lado, que a cada nuevo chascarrillo le golpeaba con el codo en un gesto que detestaba.

Se le ocurrió que podía contarles el caso del asesino de Pedralbes, que tras descuartizar a su esposa intentó vender la carne a un restaurante chino situado en los bajos del propio inmueble en el que vivía; o aquel otro suceso del barrio del Raval, en el que un senegalés acuchilló a dos ancianos con el pretexto de que le molestaba oírlos toser y roncar por las noches. ¿Qué pensarían sus acompañantes si les relataba alguna de aquellas atrocidades? ¿Seguiría dándole codazos el banquero? No, él no tenía nada que ver con aquella gente. Clavó el tenedor en el ternasco y cortó varias porciones antes de llevárselas a la boca. Las patatas se habían enfriado, lo mismo que su entusiasmo por la cena.

—¿Más vino, Bartolomé?

Excepto la abuela Irene, su padre y Elvira, nadie lo llamaba Bartolomé. Los demás habían muerto.

El banquero insistió tras un nuevo codazo.

—¿Quieres más vino, Bartolomé?

Vino era lo que había estado bebiendo desde que tomaron asiento. Garnacha, una variedad de uva que producía un vino de color rojo rubí que años atrás era poco apreciado y al que los viticultores aragoneses habían conseguido situar en el lugar que realmente merecía.

«Claro, ponme vino, gilipollas», le hubiera gustado decir, pero el ajustado vestido que perpetuaba las generosas curvas de Elvira hizo que se contuviera.

—Sí, por favor —dijo al fin, acercándole la copa vacía.

Logró abstraerse cuando ella captó su atención. Sus ojos negros lo escrutaban hasta dejarlo reducido a la más pura indefensión. Ella sabía que no había sido una buena idea sentarlo con aquellos supuestos amigos. Levantó su copa y la pasó por delante de las narices del banquero en dirección a Monfort.

—Gracias por venir —le susurró, y su voz sonó como aquellos discos de vinilo que reconfortan el alma tras largo tiempo olvidados en la estantería.

Un camarero retiró los platos y ofreció postres de nombres sofisticados e imposibles de memorizar. Elvira se puso en pie y medio restaurante zozobró ante su estampa.

—Nosotros tomaremos café en la terraza. —Hizo un guiño al camarero mientras señalaba con el dedo índice a Monfort—: Es fumador.

El vino lo había narcotizado y la situación le pareció divertida. La conversación entre los comensales, que por un segundo se había detenido, volvió a la algarabía y al tintineo de copas y cubiertos.

—Ha sido una velada muy agradable —dijo Monfort con sorna al banquero, estrechando su mano con más fuerza de la necesaria.

—¿Nos vemos luego en el Flanagans? —le preguntó a Elvira el abogado laboralista.

Se refería al *pub* irlandés de la calle Ainsas, decorado al estilo victoriano, que ofrecía un ambiente acogedor en el que beber Guinness como si se tratara del mismísimo centro de Dublín.

—Puede. —Contestó de tal modo que dejaba claro que no pensaba ir por allí aquella noche.

Monfort le rodeó la cintura con el brazo bajo la atenta mirada de los compañeros de mesa.

—Quizá hayamos bebido más de la cuenta —reconoció Elvira ya en el exterior.

—Puede que nos concedan una medalla a los mejores bebedores de garnacha —ironizó Monfort encendiéndose el ansiado cigarrillo.

—Oye. Siento si mis...

—¿Tus amigos? —la interrumpió—. Son cojonudos, ya lo debes saber.

Elvira caldeó la noche con una de aquellas carcajadas que lo cautivaban. Tras los cafés se apretó a su cuerpo y caminaron por la ciudad sin prisa ni destino.

Cruzaron la plaza del Torico y se adentraron en la calle Mariano Muñoz Nogués, donde estaba la Librería Escolar, en la que Monfort compraba algún libro cada vez que regresaba a Teruel. Pronto desembocaron en la plaza de la Catedral, con la majestuosa imagen del templo, continuaron por la calle Temprado, y en la plaza Pérez Prado, junto a la Biblioteca Pública y con la inconfundible vista de la torre de San Martín, se sentaron en los escalones del seminario conciliar.

—¿Son todas iguales? —preguntó Monfort.

—¿Quiénes? —replicó Elvira.

—Las torres.

—Esta y la de El Salvador son prácticamente gemelas —aclaró.

Apoyó la cabeza en el hombro de Monfort y le contó la leyenda de las dos torres mudéjares, que albergaba una historia de amor que transformó la amistad de dos hombres en odio y rivalidad.

Cuando hubo terminado, él reflexionó.

—¿Qué debería hacer por ti un pretendiente? —le preguntó.

—Bastaría con que enterrara sus propios fantasmas —repuso Elvira.

EL MANTECAS NO opuso resistencia cuando los policías llamaron al timbre. Se hizo a un lado y con un dedo indicó la habitación en la que se encontraba Alfonso Chía.

Cuando Terreros y García llegaron con el detenido a la comisaría de la ronda de la Magdalena, la subinspectora Redó aún estaba allí y les agradeció el trabajo realizado.

Alfonso Chía pasaría la noche en las dependencias policiales y tendría que dar cuenta de la razón por la que se había escondido. No habían podido contactar con Monfort, y el comisario no dudó en recetarle una buena dosis de calabozo. Silvia recordó lo que el inspector solía decir en aquellos casos: «Que espere lo que nos ha hecho esperar a nosotros».

Robert Calleja corría por el pasillo con un teléfono inalámbrico en la mano.

—Una llamada —le anunció—. Es importante.

La subinspectora escuchó lo que le decían. Apoyó la frente en la pared descascarillada. Romerales, que ya se disponía a abandonar la comisaría, se acercó a ellos.

—¿Qué sucede? —le preguntó al agente Calleja mientras Silvia seguía recabando datos al teléfono.

—Alguien ha intentado quemar un coche con un hombre dentro.

El comisario miró a Silvia y de nuevo a Robert. Le hizo una señal con la barbilla para que dijera lo que faltaba por decir.

—Está muerto, tiene una punzada en el cuello y se ha desangrado.

LAS HERIDAS SE *curaban despacio. Los tratamientos aliviaban la piel, pero no la mente. Las cicatrices permanecerían allí para siempre, como la mordedura de un perro rabioso, una horrible demostración del dolor. Un cuerpo marcado, una piel arrugada, un ser quemado, eso era yo.*

Me vieron robar la lupa y pronto imaginaron qué hice con ella. Me seguían a todas partes, me observaban. Las noticias volaron a toda velocidad y las sospechas cayeron como un huracán que se lleva todo por delante y destruye hasta los cimientos de lo más arraigado a la tierra. Nunca volvió a ser igual que antes. Tuve que acceder a sus peticiones con tal de no responder a las preguntas. No supe qué hacer ante aquella situación. Era responsable de la catástrofe y debía pagar el castigo. Me arrepentía, pero solo cuando me atacaban, cuando me acusaban, cuando me obligaban a hacer lo que pedían. Luego, cuando trataba de recomponer los trozos rotos en mil pedazos, mi madre me ignoraba y mi padre apoyaba el dedo índice en los labios para que guardara silencio. Siempre el silencio y la mentira. Y en la soledad del cuarto infantil me volvía un ser huraño, malévolo, descarnado, reventado por dentro, a punto de estallar por fuera. Y mi cuerpo y mi alma pedían la misma cosa. Yo intentaba quitarme la idea de la cabeza, apartar aquella condena, claudicar, confesar, pedir ayuda, gritar socorro.

Pero cada vez que contemplaba en el espejo la piel lacerada por lo que mis padres habían provocado, deseaba salir a la calle y que el fuego lo arrasara todo.

13

Sábado, 5 de julio

MONFORT TOMABA CAFÉ y hojeaba un periódico del día anterior. Era la una y media de la madrugada y el bar de la autovía Mudéjar, que permanecía abierto las veinticuatro horas, estaba prácticamente vacío. El camarero se lamentaba de que la crisis hubiera vaciado de camiones la comunicación entre Zaragoza y Valencia.

Un canal de noticias de televisión informaba de que una plaga de medusas invadía las costas de San Sebastián; que David Meca sufría complicaciones en su reto de cruzar a nado el estrecho ida y vuelta a causa de una fuerte corriente; que un virulento incendio forestal arrasaba miles de hectáreas en la sierra granadina y que Shakira enloquecía a los setenta y cinco mil espectadores congregados en Arganda del Rey con sus movimientos de cadera.

Pagó la consumición y salió a fumar.

Elvira insistió en que se quedara a pasar la noche en Teruel, pero Monfort dijo que debía regresar a Castellón para continuar con el caso, lo cual no era del todo cierto.

Ella vivía en un piso de la calle de El Salvador, junto a la iglesia del mismo nombre, muy cerca de la centenaria tienda de Tejidos Ferrán, situada en una de las casas más hermosas de la ciudad. Se detuvo en la estrecha calle de suelo adoquinado y contempló la torre mientras recordaba la leyenda. Encendió un cigarrillo, aquello que Elvira decía que no le convenía en absoluto; luego caminó hasta perderse bajo el arco de la edificación mudéjar, en dirección al paseo del Óvalo.

Sonó el teléfono móvil.

—¿No has visto mis mensajes? —la voz de Silvia sonaba despejada, alta y clara.

—Iba a hacerlo ahora —balbució con el cigarrillo preso entre los labios.

La zona permanecía acordonada. Estaba detrás de un almacén sin actividad en la Ciudad del Transporte de Castellón.

Monfort mostró su acreditación a un agente tan joven que podría haber sido su hijo. Era alto, con granos en la cara y mirada huidiza. Silvia lo vio de lejos y levantó una mano para advertir su presencia. Robert vestía un buzo blanco con capucha y hablaba con otro agente de la Científica que parecía confuso, bien por su poca experiencia o por no estar entendiendo el particular acento del gaditano.

Habían iluminado la escena con potentes focos.

—¿Es necesaria tanta luz? Parece Las Vegas —se quejó Monfort tras saludar al forense Pablo Morata.

—La próxima vez lo haremos con velas, para que sea más romántico.

—¡Es la última vez que esperamos a que vengas! —el comisario Romerales bramaba sentado en el asiento del copiloto de un coche con la puerta abierta y una carpeta sobre las piernas. Tenía cara de sueño y estaba evidentemente enojado.

—Voy a ver a papá gruñón —indicó Monfort a Morata exhalando un suspiro.

El forense lo acompañó hasta donde estaba el comisario.

—He venido lo más pronto que he podido.

—Me ha costado Dios y ayuda convencer al juez para que no procedieran a levantar el cadáver antes de que llegaras.

—Pero lo has conseguido, jefe —bromeó Monfort—. Como casi todo lo que te propones.

El forense se tapó la boca para que no se le escapara la risa.

—Contadme —sugirió el inspector.

Romerales tomó la palabra. Necesitaba un café cargado.

—Es un hombre. Está en los asientos traseros. Le han clavado un objeto punzante en el cuello y luego han intentado quemar el coche. Se ha incendiado parcialmente la zona delantera. Lo demás está intacto.

—¿De quién se trata? —preguntó Monfort.

—Se han llevado la documentación, pero por la matrícula hemos averiguado que el vehículo está a nombre de un tal Eduardo Aliaga.

Monfort miró a Romerales y luego a Morata, para volver la vista de nuevo al comisario.

—Ya, pero eso no quiere decir que sea él, ¿verdad?

El comisario fue conciso.

—Eduardo Aliaga tiene sesenta y cuatro años. Y el que está ahí no debe de tener ni treinta.

—¿Habéis llamado al propietario?

—Te estábamos esperando, ¿no es eso lo que se supone que debemos hacer? Si no fuera por la insistencia de la subinspectora, ya se habrían llevado el cadáver, habríamos llamado al dueño del vehículo y quizá hasta sabríamos quién coño está ahí más tieso que mi sueldo a fin de mes.

Monfort levantó ambas manos en señal de rendición.

—Déjame que le eche un vistazo, uno solo, y que procedan. —Le hizo una señal al forense para que lo acompañara.

—¿Ese pinchazo del cuello...? —le preguntó.

—Si me permites el chiste, *clavado* al del joven de la discoteca. Mismo lugar, similar profundidad y me atrevería a vaticinar que efectuado con el mismo objeto punzante, sea lo que sea.

—¿Han encontrado el arma?

—No.

—Morata —advirtió Monfort en voz baja.

—Dime.

—Ni una palabra. No podemos dejar que los dos casos se vinculen antes de tiempo, ya habrá ocasión en caso de que sea así. Con que lo sepamos los justos, suficiente.

—Tendrás que calmar a tu jefe y a mi amigo.

—Que son la misma persona.

—En efecto.

El secretario del juez se dirigió al forense y dio paso a una conversación airada que sin duda versaba sobre la tardanza en dar la orden de levantar el cadáver.

—Gracias —dijo Monfort a Silvia, que anotaba algo en una libreta.

—Por lo menos has venido deprisa.

—Todo lo que el viejo sueco se ha dejado pisar.

—Robert está tomando muestras. No hemos encontrado documentación ni teléfono móvil, nada, ni siquiera estaban los papeles del vehículo en la guantera.

—Pero un coche es fácil de rastrear.

—Tampoco le ha salido bien lo de borrar las huellas.

—Tampoco —repitió Monfort. Ambos pensaban en el asesinato de Fernando Nebot y el posterior incendio de la discoteca—. Le sienta bien el blanco —ironizó señalando a Robert, que se acercaba a ellos embutido en el buzo.

—Como a una novia en el altar.

—Hola, jefe —saludó el gaditano—, venga a verlo antes de que le den *boleto*.

Monfort quería ojear la escena del crimen, pero la actuación de los bomberos había convertido el lugar en un sucedáneo de lo que en realidad debió de ocurrir. El coche, un deportivo caro, tenía quemados los asientos delanteros. El cadáver estaba tumbado detrás, cubierto de sangre que ya no era de color rojo sino morada o marrón. Se trataba de un hombre joven, alto y musculoso, con el cabello rubio y una herida mortal en el cuello.

Silvia y Robert no habían encontrado nada que pudiera identificar el cadáver. Quien lo hizo se llevó todo aquello que el joven llevara en los bolsillos y en los compartimentos del vehículo. Cualquier cosa que pudiera identificarlo había sido sustraída. Parecía difícil de comprender cómo el asesino no había caído en que la matrícula del coche bastaba para saber rápidamente a quién pertenecía. Aunque podía tratarse de un vehículo robado y entonces las cosas se complicarían un poco más.

El jefe de bomberos le tendió la mano: era el hombre con el que también habló en la discoteca. La expresión del rostro no dejaba lugar a dudas, y Monfort pensó que quizá ya había demasiada gente que sabía que se trataba del mismo *modus operandi*. Sujetaba en la otra mano lo que parecía un resto de una caja de pastillas para encender barbacoas. Monfort la señaló con el dedo índice. El bombero asintió.

—De la misma marca que la de la discoteca. Apenas queda nada, solo esto, pero es exactamente igual.

—¿Cómo lo hizo? —preguntó Monfort.

—Le prendió fuego a la caja de pastillas y la metió debajo del asiento del conductor —respondió—. Pero se apagó pronto. Estos coches están fabricados con componentes ignífugos que retardan la acción del fuego.

El forense y el comisario Romerales se sumaron.

—Lo obligaría a subirse detrás y le clavó lo que fuera en el cuello —conjeturó Monfort.

—Luego encendió la caja de pastillas y se largó.

—Todo esto es una mierda —concluyó tajante el comisario.

A continuación, se procedió al levantamiento del cadáver y el forense se marchó con la comitiva rumbo al Instituto de Medicina Legal de Castellón, donde se procedería a la autopsia.

Monfort vio cómo se alejaba la furgoneta y detrás el Mercedes del forense.

—He podido hablar por teléfono con el propietario del vehículo —anunció Romerales con pesar—. Pobre hombre, menuda forma de despertarlo. El coche pertenece a Eduardo Aliaga, tal como habíamos averiguado. Se ha desmoronado al teléfono. Por la descripción que le hemos dado del cadáver es casi seguro que se trata de su hijo, Jaime Aliaga. Él y su esposa quieren ir al Instituto para reconocerlo. Les he dicho que es suficiente con que acuda uno, pero estaban como locos, el padre no dejaba de gritar y, según me ha dicho antes de colgar, la madre se ha desmayado.

—¿Cuándo van a ir? —preguntó Monfort.

—Les he comentado que tenía que recibir instrucciones del médico forense. Llamaré a Morata para que me diga, no debería demorarse ahora que lo saben.

—Avísame, por favor, quiero estar allí cuando acudan.

—De acuerdo, te llamaré. Ahora me voy, aquí ya no hacemos nada. Monfort...

—Dime.

—No creo que necesites que te recuerde la magnitud del problema que se nos viene encima —dijo Romerales con escasa empatía.

—Estás a punto de decírmelo.

—Es un asesino, un pirómano, un maníaco descerebrado. ¿Qué será lo próximo? ¿Quién será el siguiente?

—Tendrás que desempolvar la bola de cristal para saberlo.

Robert llegó donde estaban. Sujetaba en una mano algo que parecía un folleto arrugado. Monfort estiró la suya para cogerlo y Robert lo retiró justo cuando estaba a punto de tocarlo.

—¡Quieto *parao*! —exclamó.

Metió la mano en uno de los bolsillos del buzo y extrajo un par de guantes de látex. Monfort se los puso.

—Es un folleto de propaganda de un tanatorio de Castellón —observó el inspector.

Robert movió la cabeza afirmativamente.

—Mírelo bien.

Había un nombre de mujer escrito con bolígrafo en una de las esquinas del díptico subrayado varias veces.

—¿Quién será Ana? —se preguntó.

Hasta el lugar llegó una grúa para llevarse el vehículo siniestrado. Silvia dio órdenes específicas a los operarios de cómo debían cargarlo y a qué lugar había que llevarlo para continuar con la inspección. Robert dijo que se haría cargo de revisar las cámaras operativas de las naves colindantes a primera hora de la mañana.

Monfort introdujo el folleto del tanatorio con el nombre escrito en una bolsa con autocierre y se la guardó en el bolsillo.

JUNTO A LA máquina de café de una gasolinera abierta en aquella zona de las afueras de la ciudad, Silvia le resumió lo que Aurora Vilas había visto en la grabación de la cámara de la discoteca siniestrada y también lo que había ido a hacer al taller.

215

—¿Y Alfonso Chía? —preguntó Monfort.

—Está en la comisaría. Terreros y García dieron con él cerca de su casa.

—¿A qué hora?

—Si lo preguntas por si ha podido ser él, no lo veo factible. Llevaba todo el día escondido en la casa de un vecino.

Él guardó silencio un instante, pero no estaba sorprendido.

—¿Te llevo a casa? —preguntó después.

—Gracias —respondió Silvia—. Me daré una ducha e iré a la comisaría. —Pensó que de todas formas tampoco iba a poder dormir. Los problemas de insomnio persistían.

En el corto trayecto desde la Ciudad del Transporte hasta el piso recapitularon lo que acababan de presenciar.

El forense les había dicho que aparentemente no había otros signos de violencia más allá del pinchazo mortal en el cuello. Coincidieron en que el agresor debía de ser una persona fuerte, pues el joven también lo era y si hubieran forcejeado, quedaría alguna evidencia de ello. El forense les daría detalles más concretos al respecto cuando le practicaran la autopsia.

La semejanza en el tipo de herida y el modo en el que habían pretendido provocar los incendios dejaban claro que se enfrentaban al mismo asesino.

—Lo de borrar las pistas incendiando la escena del crimen no se le da nada bien —puntualizó Monfort.

—Es como si quisiera seguir un ritual que no le acaba de funcionar. En la discoteca estuvo a punto de conseguirlo, pero con el coche le ha salido fatal.

—En todo caso, consigue matarlos. Eso sí que sabe cómo hacerlo —opinó Monfort—. Ahora será crucial vincularlos.

—Espero que hablar con los padres pueda ser de ayuda para ponernos en el buen camino.

—En todo caso será un mal trago.

—¿Quieres que te acompañe? —preguntó Silvia, aunque a decir verdad prefería ahorrarse el trance.

—Será un gran honor.

Cuando detuvo el coche junto al piso de la subinspectora, le mostró el folleto de publicidad del tanatorio con aquel nombre escrito.

Quedaron en verse en la comisaría una hora más tarde.

LA NOCHE SE había disipado entre sangre y sirenas. El amanecer traería consigo más trabajo del que ya tenían. También más dolor y desasosiego.

Silvia se desvistió en la habitación y abrió la ventana, la temperatura volvería a ser alta aquel sábado del mes de julio. Se contempló desnuda frente al espejo. Antes de entrar en la ducha buscó un CD y lo puso.

Elastica, la banda de *britpop* liderada por Justine Frischmann, supo canalizar sus gustos musicales del *post-punk* y la *new wave*, convirtiendo al grupo en uno de los puntales del rock inglés en la primera mitad de los noventa.

Bajo el chorro de agua fría recordó que debía ponerse en contacto con la Policía de Santiago de Compostela con el fin de averiguar la identidad de aquel hombre que Aurora Vilas había reconocido en la grabación.

Le vino al pensamiento el viaje a Galicia con sus amigas y la noche mágica en la discoteca coruñesa en la que, con alguna copa de más, presenció un bello amanecer sobre la playa. Aurora Vilas había trabajado como DJ en aquella sala. Se vio a sí misma sentada junto a los grandes ventanales del local, observando su vaso y el de los demás.

Trabajaba duro. Le costaba soportar la presión y se empezaba a notar. Tenía un montón de conjeturas, pero todas aguardaban en su cabeza. Había llegado la hora de despertar, como en la canción que ahora sonaba en su casa del centro de Castellón. *Waking Up*. Despertando.

ÁLEX SE HABÍA dormido en el sofá. Estaba tan agotado que no lo había oído regresar al piso. Se quedó de pie observándolo, lo oyó respirar de forma entrecortada a causa de su problema respiratorio. Le daban ganas de asfixiarlo para que no le jodiera más la vida, para que desapareciera de la misma forma en la que había aparecido. Hubiera sido sencillo. Con su peso, bastaría con echarse encima hasta que dejara de respirar para siempre. Álex había venido para devolverlos directamente al pasado, a un pasado que Rubén ansiaba olvidar y que al parecer era imposible. Las drogas, el alcohol, la obesidad. Y ahora Álex había irrumpido para mandarlo todo al traste. Rubén solo quería retomar el contacto con Ana e intentar que ella se fijara en él. Pero Álex quería lo mismo y no iba a parar hasta que uno de los dos quedara borrado del mapa definitivamente. Ahora se reía de lo que había ideado sobre su regreso a Castellón: Ana era el único objetivo detrás de aquel montón de embustes. Lo malo era que los dos tenían el mismo anhelo, la misma ilusión, la misma desesperación. Y su nombre era Ana.

Fue a la cocina y abrió la nevera para llenarse un vaso con agua fría, pero al final optó por una lata de cerveza. Tenía una brecha en el labio y un gran moretón en el pómulo, debajo del ojo izquierdo. Marcela lo había curado, pero el testimonio de la pelea seguía allí. Álex se movió un instante en el sofá y tosió. Seguía profundamente dormido. Rubén regresó al salón y bebió sin dejar de mirarlo; apuró el resto de la bebida con el siguiente trago hasta no dejar nada en su interior y estrujó la lata con la mano provocando un sonido desagradable. Miró a su alrededor hasta divisar su objetivo. Era un cojín bordado con el escudo de Hogwarts, la escuela de magia perteneciente al universo de Harry Potter. En la parte inferior de la insignia adornada con leones, serpientes y otras bestias se podía leer: «Draco Dormiens Nunquam Titillandus». No tenía ni idea de lo que quería decir, tampoco le importaba lo más mínimo. Que significase lo que quisiera, ahora iba a cumplir un buen cometido. «Un poco de magia», sonrió y su boca se convirtió en una media luna. Se aproximó al rostro de Álex hasta que pudo sentir su aliento. Apoyó las rodillas en el sofá y levantó el cojín por encima de su cabeza. Sería sencillo, no tardaría en dejar de respirar; era asmático, eso haría que muriera rápidamente. Apretó los dientes y sus dedos se aferraron al cojín, pero en ese preciso momento empezó a sonar el teléfono móvil que llevaba en el bolsillo, con aquella canción de Abba que empezaba con una estridente introducción: *Waterloo*.

Álex se despertó dando un respingo que casi le hizo chocar contra el rostro de Rubén, que dejó caer el cojín hacia atrás en un intento por ocultar lo que estaba a punto de hacer.

—¡¿Qué coño haces?! —gritó Álex al ver a su amigo arrodillado en el sofá, como si fuera a abrazarlo.

El otro se incorporó de forma torpe, y sin mediar palabra introdujo la mano en el bolsillo para extraer el teléfono. Las tenía sudadas, y el rostro desencajado.

La pantalla desveló al causante de la llamada. Mostró el nombre a Álex.

—¿Ana? —exclamó el recién despertado.

Rubén pulsó la tecla verde. Pese a no haber conectado el altavoz, ambos pudieron escuchar su voz perfectamente.

—Tengo que veros, a los dos, ahora mismo. Busca a Álex, no me contesta, estaré ahí en diez minutos. ¿Me has oído?

Rubén quería hablar, pero su cerebro no era capaz de enviar la orden a las cuerdas vocales. Álex lo hizo por él.

—Aquí estamos —respondió mientras ataba cabos al ver el cojín tirado en el suelo.

Ana cortó la llamada, caminaba deprisa en dirección al piso de Rubén. Apenas había dado una cabezada en el sofá en toda la noche mientras aguardaba a que Jaime la llamara. Lo necesitaba después del descubrimiento de Fernando en la camilla del tanatorio, muerto, con aquel pinchazo en el cuello que le había sesgado la vida.

Jaime la había dejado plantada. Ella lo llamó en múltiples ocasiones, le dejó mensajes, pero no obtuvo respuesta alguna por su parte. Los pensamientos sobre lo que le había pasado a Fernando le martilleaban la cabeza sin parar. Ella, que había querido vengarse a su manera de ambos, estaba ahora completamente aterrada. Se sentía atrapada en un laberinto en el que no era capaz de encontrar la salida.

Cruzó una calle sin percatarse de que el semáforo de peatones estaba en rojo. Sintió el golpe en la cadera y algo parecido a un empujón descomunal; distinguió el color azul brillante del coche y la cara de estupor de la conductora. Cayó en el asfalto de forma estrepitosa, pero se incorporó a toda prisa y salió corriendo cuando la ocupante del vehículo se apeó para comprobar su estado. Sintió el dolor en el costado. «Mierda, mierda», masculló al notar que cojeaba ligeramente.

Apoyó la espalda en la entrada del bloque de pisos donde vivía Rubén. Le pareció que allí estaría a salvo del tráfico y de los transeúntes, y trató de recuperar el ritmo de su acelerada respiración. Le temblaban las piernas, se había rasgado el pantalón y tenía las palmas de las manos ennegrecidas por el asfalto. Le dolía la cadera, pero intuía que no era nada comparado con lo que le dolería más tarde.

Si Álex y Rubén tenían algo que ver con la muerte de Fernando, lo averiguaría.

«Mierda de hombres», balbució mientras pulsaba el timbre.

LO PRIMERO QUE le llamó la atención fue el lamentable estado en el que se encontraba el interior del piso. Había objetos esparcidos por el suelo, muebles movidos de su lugar. Los dos amigos estaban sentados en un sofá cubierto por una colcha arrugada.

—Me alegro de verte —dijo Rubén—. Siéntate, por favor —titubeó cada una de sus palabras.

—Estoy bien así —contestó ella de forma tajante. El dolor en el costado latía como un pequeño corazón. Pronto aparecería un hematoma, si no lo tenía ya.

—¿Habéis tenido algo que ver? —preguntó Ana con tono acusador.

—¿Habéis tenido algo que ver? —repitió Álex, tratando de imitar su voz con desprecio—. ¿Qué dices?

—Alguien mató a Fernando Nebot en una discoteca el sábado por la noche.

Álex se encogió de hombros y Rubén bajó la mirada. Guardaron silencio durante un intervalo de tiempo en el que Álex no desvió la vista de los ojos de Ana ni un segundo.

—¡Fernando Nebot! —gritó ella—. ¿Es que no os acordáis de él?

Álex esbozó media sonrisa.

Rubén se golpeó los muslos con las palmas de las manos.

—¡Claaaro! —exclamó con ironía—. Fernando… el hijo de puta de Fernando Nebot, el moreno del otro curso. Todavía me despierto algunas noches y veo su jeta aquí delante. —Se puso la palma de una mano pegada a la nariz—. A punto de escupirme.

Álex soltó una carcajada. Se puso de pie y se acercó a una ventana abierta. Parecía escudriñar lo que sucedía en la calle.

—¡Que le den! —dijo sin volverse—. Seguro que seguía siendo un cabrón. De chaval ya apuntaba maneras. —Ahora se echaron los dos a reír.

—¿Tú sabías algo de eso? —le preguntó Rubén a Álex, que permanecía aún junto a la ventana. Este negó con la cabeza. Luego volvió la vista hacia Ana—. ¿Y en qué discoteca fue?

Ana pronunció el nombre del local de la calle Lagasca.

Hubo un silencio incómodo y desagradable que se alió con el desorden y la suciedad que reinaba en el piso.

—Nosotros estuvimos en esa discoteca el sábado —murmuró Rubén pensativo.

Álex se irritó.

—¡Siéntate, joder! —le increpó a Ana, cuyo rostro había mudado la pose altiva que tenía a su llegada.

Rubén le señaló un sillón. Había una lata de cerveza vacía que él mismo retiró de un manotazo. Ana tomó asiento y carraspeó; no debía haberlo hecho, denotaba inseguridad y cierto temor.

—¿Tanto te importaba el cerdo ese? —le preguntó Álex, que se paseaba por el salón con las manos a la espalda.

—Yo… —Hubiera bastado con guardar silencio, pero estaba demasiado nerviosa y confundida.

—¿Has venido para saber si tenemos algo que ver con su muerte? ¿De qué vas?

Ana bajó la vista, juntó las manos y entrelazó los dedos en el regazo.

—También estaba el otro —añadió Rubén—. Jaime; se llamaba Jaime Aliaga. Eran como Zipi y Zape, uno rubio y el otro moreno. Jaime, el rubio, era el peor.

—¿Lo ves? —dijo Álex mirando a Ana—. Nos acordamos, claro que nos acordamos. *Tus amigos* recordamos a la perfección a los dos cabrones que nos zurraban día sí y día también para satisfacer sus ansias de liderazgo juvenil. Los grandullones, los más guapos, los más fuertes. ¿Por qué razón crees que podemos tener algo que ver? ¿No serás tú la que tiene algo que esconder?

Ana se cubrió el rostro con ambas manos. La oyeron ahogar los sollozos en un vano intento. Rubén hizo ademán de acercarse para consolarla, pero Álex le advirtió para que no lo hiciera.

—Déjala que llore. Cuando se harte nos contará qué pasa aquí.

Llamaron al interfono. Ana trató de recomponerse y miró a ambos sorprendida por la irrupción. Antes de que ella llegara al piso, Rubén había telefoneado a uno de sus contactos para hacer un pedido de cocaína. El camello volvió a llamar una vez más, ahora de forma insistente.

—Dice que no sube —la voz de Rubén llegó desde el recibidor.

—¡Pues baja tú! —vociferó Álex.

Cuando oyó cerrarse la puerta, supo que se había quedado a solas con Ana. También sabía que Rubén no iba a dejar que el camello se largara sin más.

Álex se acercó al sillón. Se puso de cuclillas frente a ella y le habló en voz baja, con aparente cordialidad.

—Tienes los pantalones rotos. ¿Qué te ha pasado? ¿Y esas manos tan sucias? ¿Te has caído?

—No —respondió ella.

—No creo que normalmente vayas por ahí de esa manera. Cualquiera diría que, como nosotros dos, no has dormido nada en toda la noche. Tienes ojeras.

—Es problema mío.

—Puede ser, pero parece que quieres compartir con nosotros algunos de tus problemas, o incluso acusarnos de ellos.

Ana guardó silencio. El dolor en el costado se agudizó por un momento y se retrepó en el sillón en un intento por acomodarse. Estaba muy nerviosa.

Álex le posó una mano en la rodilla y con la otra le levantó la barbilla para que lo mirara a los ojos.

—¿Te acostabas con Fernando Nebot? —Ana sacudió la cabeza—. Puede que sí y por eso estás tan preocupada, por si vienen a hacerte preguntas ahora que está muerto. ¿Es eso? ¿O es que te lo montabas con los dos y temes también por la suerte del otro?

La rabia que sintió Ana al escuchar aquellas palabras hizo que se envalentonara. Empujó a Álex, que cayó al suelo de espaldas, y se golpeó con la mesita baja que había frente al sofá. Se llevó una mano al lugar del golpe y a continuación le mostró una sonrisa de desprecio.

—Te acostabas con los dos —sentenció en el momento en que Rubén entraba de nuevo en el piso.

Ansioso por lo que acababa de recoger, Rubén volcó parte del contenido encima de la carátula de un CD y con la ayuda de una tarjeta de crédito hizo tres rayas. Esnifó la suya sin dilación y pasó el resto a los demás.

—Yo no quiero… —murmuró Ana con voz trémula.

—No seas cursi —la acusó Álex—. Te gusta tanto como a nosotros.

Finalmente, tras esnifar su dosis, ella hizo un gesto con la mano para pedir un cigarrillo y Rubén le tendió una cajetilla. Se encendió uno y aspiró una profunda calada. Notaba la droga invadiendo su cuerpo. Inhaló una nueva bocanada de humo y habló.

—Quería vengarme de los dos —anunció.

Ellos intercambiaron una mirada.

—¿Y cómo querías hacerlo, matándolos de placer?

Rubén rio la gracia de Álex; atrás había quedado el deseo de asfixiarlo con el cojín. Ya ni siquiera lo recordaba. Las drogas le ayudaban a olvidar rápidamente.

Ana sintió una punzada en el costado, un dolor agudo.

—Recuerdo perfectamente lo que nos hacían —dijo en un intento por aliarse con ellos—. Muchos días llegaba a casa llorando con la intención de contárselo a mis padres, pero luego no era capaz de hacerlo y al día siguiente vuelta a empezar. Era tan fuerte la vergüenza y el rechazo que podía obtener por parte de los demás que prefería cerrar la boca y tragarme mis propias pesadillas.

—A mí me pasaba igual —intervino Rubén tartamudeando.

Álex lanzó un profundo suspiro de hartazgo.

—¿Cómo se te ocurrió vengarte de ellos? —preguntó.

—Vi a Fernando en la discoteca y lo reconocí. Se acercó donde yo estaba.

—¿Y no te dio asco? —preguntó Rubén, que encontró una botella de vodka en un armario del salón. Cogió tres vasos de chupito y sirvió el licor en ellos.

—Pensé que era el momento de devolverles lo que me habían hecho pasar.

Álex se reacomodó en el sofá.

Ana estaba arrepentida de haber ido al piso de Rubén. Pensaba a toda prisa cómo podía librarse de ellos, contarles lo menos posible y salir de allí a la mayor brevedad.

—¿Y cómo diste con Jaime, el rubio? —quiso saber Álex.

—Fernando y él seguían siendo amigos.

Rubén salió corriendo del salón. Lo oyeron vomitar en el lavabo.

Álex aprovechó su ausencia una vez más y se acercó al sillón.

La lengua bífida de la serpiente tatuada que asomaba levemente por su cuello pareció cobrar vida en el cuerpo de Ana.

—Déjame, por favor, solo quiero saber si tenéis algo que ver con la muerte de Fernando y…

—¿Y si sabemos dónde está Jaime? ¿Es eso lo que ibas a decir? Porque no sabes dónde está, claro, por eso has venido. Te importa poco que el moreno esté muerto, lo que quieres saber es dónde está Jaime. ¿Acaso te has enamorado de él? ¿No serás tú la que acabó con la vida de Fernando para que te dejara vía libre con el rubio?

Rubén irrumpió en el salón.

—¡Déjala en paz! —le gritó a Álex—. ¡Déjala tranquila de una puta vez! —Llevaba las manos a la espalda y de pronto dejó ver que ocultaba un bate de béisbol. Lo levantó amenazante en dirección a Álex—. Yo te protegeré —le dijo a Ana, pero no coordinaba bien las palabras.

Álex le dedicó una mueca de desprecio. Tosió, pero no buscó el inhalador. Le hizo un gesto a Rubén con ambas manos, desafiándolo a que se acercara, a que le golpeara con el bate si era capaz. Rubén se abalanzó hacia él, pero fue lento y torpe y el bate se precipitó al suelo antes de alcanzar su objetivo. Rubén cayó de bruces y Álex aprovechó para darle un fuerte puntapié en el costado.

—¡Se han asociado! —espetó burlón mientras Rubén se retorcía en el suelo por el dolor en las costillas. Luego lo ayudó a incorporarse y lo sentó en el sofá. Ana estaba horrorizada.

—Por favor, no os peleéis —suplicó—. Seguro que todo tiene una explicación.

—Ya ves —dijo Álex—. A punto de matarnos. ¿Sabes por qué?

Ella negó con la cabeza. Pero creía saberlo.

—¿Se lo dices tú? —le preguntó a Rubén, que no respondió, agarrotado por el dolor.

—Pues lo haré yo. Nos enamoramos de ti en la escuela, aunque eso ya lo sabes. Pero tú siempre nos ignoraste. Puede que sintieras lástima por nosotros cuando nos tiraban al suelo y nos lanzaban patadas sin mesura, cuando las otras chicas se reían, cuando llorábamos de vergüenza por todas las perrerías que nos hacían. —Hizo una leve pausa antes de seguir—. ¿Y ahora dices que te querías vengar de ellos? ¡Vamos, estoy en ascuas, cuéntanos más!

—Fue todo por casualidad —empezó a decir en voz baja. Hacía mucho calor en el piso y la ropa se le pegaba al cuerpo. Rubén no dejaba de mirar el tatuaje con la lengua de la serpiente que lamía la base de su cuello—. Fernando se hizo el gallito —continuó—, alardeó de que allí todos eran amigos suyos. Me invitó a una copa y luego me presentó a los que consideraba sus amistades para que viera lo importante que era. Entre ellos estaba Jaime. Bromearon como dos garrulos sobre lo mucho que había cambiado físicamente. Y yo estaba allí, en medio de los dos, escuchando los detalles que tanto parecían importarles sobre mi cuerpo. En ese momento se me ocurrió un plan para divertirme a su costa.

—¡Qué bueno! —aplaudió Álex de forma teatral—. ¡Como en las películas! ¿Lo estás oyendo, Rubén?

Este se incorporó en el sofá en un intento de parecer alerta, pero no tenía buen aspecto.

—Se me ocurrió que podía devolverles un poco del dolor que causaron —prosiguió Ana—. Y empecé a tontear primero con Fernando, con la intención de que nunca llegara a consumar lo que sin duda estaba deseando… Y después pensaba hacer lo mismo con Jaime.

Álex se llevó el chupito a los labios, lo bebió de un trago y luego habló.

—Pero te enamoraste de Jaime y por eso estás preocupada, porque no aparece. Ahora el moreno está muerto y el rubio se ha volatilizado ¿Es eso?

—¡¿Y qué pasa si es así?! —chilló Ana, que no podía soportar más aquella situación.

—Tú pasaste de nosotros —siguió Álex. Rubén tenía la cabeza ladeada en una extraña postura—. Te parecíamos poca cosa. Conseguiste que nos enfrentáramos, que fuéramos enemigos. Y la vida no ha hecho más que mostrarnos su cara amarga. Ahora volvemos a estar juntos, porque en el fondo seguimos siendo los de siempre. Solo que la edad y los vicios han dilapidado nuestros cerebros. El suyo —señaló a Rubén— hace tiempo que voló lejos de aquí. El mío ha muerto desde que volví a escuchar tu nombre.

Ana tenía que hacer algo, el corazón le latía de forma acelerada. El dolor del costado no desaparecía. Debía pensar deprisa; era consciente de que allí podía llegar a suceder algo mucho más grave que una discusión entre tres viejos amigos de la infancia. Guardaban demasiados secretos que solo ellos tres conocían y pronto saldrían a la luz con todas sus consecuencias. Estallarían como una bomba. Álex recogió el bate con el que Rubén había tratado de golpearlo. Rubén era débil, apocado, maltratado por sus complejos y arrasado por sus adicciones. Pero Álex estaba distinto, no se parecía en nada al que era entonces. Ahora le infundía verdadero terror. Su forma de hablar, de despreciar, la grandilocuencia de su postura.

Se aclaró la voz y trató de imprimir credibilidad a sus palabras.

—Hay algo que podéis hacer. Si es que todavía sentís algo por mí.

MONFORT EXTRAJO DOS cafés en la máquina de la comisaría; una nubecilla grasienta flotaba en la superficie. Dejó uno sobre la mesa en la que estaba sentado Alfonso Chía.

—Quieres fumar, lo sé, yo también, pero no podemos hacerlo —le dijo con displicencia—. Tú lo tienes prohibido mientras permanezcas aquí y a mí no me conviene. De un tiempo a esta parte me lo aconsejan constantemente. Tengo una amiga, es jueza, una mujer imponente que no deja de repetirme que debo limitar el consumo de tabaco. No quiere ni oír hablar de ello. Es una lástima, porque ella me gusta, pero yo soy muy cabezota y me molesta que me digan que me cuide. En fin —suspiró—, qué le voy a hacer.

Alfonso Chía se había bebido el café mientras Monfort hablaba.Masculló algo que no llegó a comprender, eran únicamente gruñidos incoherentes.

—No sé qué dices, pero quiero que te fijes bien en esa puerta de ahí. —Señaló la entrada al cuarto de interrogatorios—. Si quieres marcharte y volver a revolcarte en tu mundo de mierda, haz el favor de contarme qué pinta un tipo como tú en esta historia. Dime cuál es en realidad tu cometido en la discoteca, a qué te dedicas, la relación con tus nuevos jefes y lo que hacías cuando trabajabas para César Olucha. Sé que conocías a la víctima y lo que te unía a él, pero quiero oírlo salir por esa boca. Dime qué haces, cómo te ganas la vida, y no me refiero al sueldo que te ingresan en la cuenta los Meirás por hacer de supuesto encargado del local. —Alfonso Chía bajó la vista, como si en el tablero de la mesa hubiera algo interesante—. ¡Mírame a la cara cuando te hablo! —espetó Monfort, y luego, bajando el tono de su voz—: Échame una mano con este tema. Si lo haces, si me convences y no me engañas, quizá interceda para que te dejen marchar y por fin podrás fumar.

Sin embargo, Alfonso Chía se limitó a negar con la cabeza.

Robert presenciaba la descarga del coche siniestrado en el taller de la comisaría. Los operarios de la grúa no eran todo lo cuidadosos que el agente hubiera deseado, pero el encargado argumentó que, para lo que le pagaban, ya hacía suficiente. Era un bmw, un modelo deportivo caro. Tomó nota de los puntos que había que analizar: la tapicería, el maletero, los restos de barro o de tierra incrustada en los neumáticos y en los bajos, ese tipo de cosas.

La maniobra de descarga resultaba lenta y tediosa. El operario, que sostenía un enorme mando en la mano, no dejaba de maldecir al no conseguir encauzar el coche sobre los raíles dispuestos en el suelo del taller.

Ahora que Ángel ya no estaba, que lo había enviado de vuelta a Sanlúcar de Barrameda, creía que podría haber sido más sutil. Su relación no tenía futuro, de eso ya estaba convencido, pero podría haber hecho las cosas un poco mejor. Discutieron de forma acalorada antes de que se marchara, y aquella pregunta que Ángel le formuló se le quedó grabada: «¿Tú que eres, carne o *pescao*?».

Una llamada lo sacó del ensimismamiento. Era el inspector Monfort.

—¿Has llamado ya al tanatorio?

—Claro que no —contestó Robert con perplejidad—. ¿Tenía que hacerlo?

—No sería la primera vez que te saltas el protocolo.

—Le dije que no volvería a ocurrir. Además, el folleto que estaba en el coche lo tiene usted.

—Ya, pero no eres tonto, tampoco cuesta tanto memorizar.

La grúa dejó caer la parte delantera del coche desde casi un metro de altura. El ruido fue ensordecedor y las ruedas se doblaron hacia afuera. Un líquido viscoso formó un gran charco debajo del vehículo.

—Un momento, inspector, disculpe. —Monfort notó que el agente intentaba tapar el auricular del teléfono sin éxito, pues seguía escuchando lo que pasaba—. ¡Eh, *pisha*! ¡Estás *acarajotao*!

El operario hizo oídos sordos.

Monfort tenía razón, pensó Robert un momento antes de llevarse el teléfono de nuevo a la oreja. Había memorizado el nombre del tanatorio y el de la chica, y estuvo tentado de llamar para saber de quién se trataba. Pero no lo había hecho.

—Inspector… —prosiguió Robert, pero el otro lo interrumpió.

—Llama al tanatorio, invéntate una historia, averigua si trabaja alguien que se llame Ana y luego nos informas.

Robert se miró la suela de los zapatos, cubiertas del líquido que manaba del coche.

—¡Me cago en *tos* sus muertos!

—Tanatorio La Verdad, ¿en qué puedo ayudarle?

—Quisiera hablar con Ana, por favor —pidió Robert.

—¿Ana? ¿Qué Ana?

—Desconozco su apellido.

—¿Quién lo pregunta?

Recordó las palabras de Monfort: «Invéntate una historia».

—Creo que es la persona con la que debo hablar para un presupuesto. —Fue lo primero que se le ocurrió. Si decía que llamaba de la comisaría, la tal Ana estaría sobre aviso—. Soy de Cádiz, acabo de llegar a la ciudad, me dieron un folleto del tanatorio en el que estaba escrito el nombre de Ana. Pensé que era la persona de contacto. Pero, bueno, disculpe si me he equivocado.

—No se preocupe, le pasaré con quien debe hablar para el tema de presupuestos, que se llama…

—¡Ana! —exclamó Robert en un intento por hacerse el gracioso.

La recepcionista se echó a reír, le parecía divertido el acento de su interlocutor.

—Ana trabaja en el equipo de tanatoestética, usted tiene que hablar con Gonzalo Ros, enseguida le paso.

Robert cortó la comunicación. ¿Tanatoestética? Tendría que buscarlo en Google.

En todo caso, había una tal Ana.

Consultó el significado de la palabra que desconocía. La primera entrada era referente a un curso que se promocionaba como «la profesión que no conoce el desempleo». Más adelante se detallaba:

«La tanatoestética es la actividad practicada a un cadáver reciente para obtener de él un mejor aspecto antes de exponerlo a sus familiares durante el velatorio. El profesional de tanatoestética, además de maquillaje y peluquería, también realiza reconstrucciones de órganos visibles y otras pequeñas restauraciones, principalmente en el rostro, el cuello y las manos.»

Así que esa era la profesión de la tal Ana. Ahora faltaba saber si tenía alguna relación con el cadáver hallado en el coche, si era casualidad que estuviera allí su nombre anotado con bolígrafo y subrayado.

Fue al despacho de Silvia para informarla.

—Hola, Robert. Pasa.

El agente resumió la conversación con la recepcionista del tanatorio.

—¿Y cuál dices que es su trabajo?

—Tanatoestética —repitió Robert.

—¿Y eso qué es?

—Su propio nombre lo dice. —Quiso hacerse el erudito y dio la explicación que había encontrado en internet—. Tánatos era la personificación de la muerte en la mitología griega. Y estética, como ya sabes, es la forma de entender la belleza o el arte.

—Eres un pozo de sabiduría —bromeó la subinspectora—. Y ahora, ¿me lo traduces todo al castellano?

—Lo que viene siendo una maquilladora de muertos.

Cuando Robert salió del despacho, Silvia leyó las notas que había tomado de la conversación. Se sentía mejor, la ducha y los cafés cargados le habían devuelto la energía pese a no haber dormido, cosa a la que por desgracia estaba más que habituada.

Revisó la información acerca de aquel hombre que Aurora Vilas había reconocido en la grabación de la cámara.

No recordaba su nombre, pero sí su aspecto. Era el mismo individuo que golpeó a una joven en los aseos de una discoteca de Santiago de Compostela. Se trataba de un hombre que fue puesto en libertad de forma casi inmediata al no presentarse denuncia alguna.

«Otra chapuza», pensó Silvia al terminar de leer sus propias palabras.

Conocía a alguien en la comisaría de Santiago, un policía con el que coincidió en un curso de investigación criminalística. Tuvo suerte cuando el agente de recepción de la comisaría de la avenida de Rodrigo Padrón le dijo que le pasaba con él.

—¡Por todos los santos, Silvia Redó!

—Hola, Matías. ¿Cómo te va?

—No tan bien como a ti, a juzgar por el ascenso a subinspectora.

Matías tenía su misma edad. Era de Valladolid. Se había casado con una chica de Santiago, donde había sido destinado, y tenían dos hijas en común. Silvia lo sabía porque muy de vez en cuando intercambiaban algún que otro correo electrónico.

En aquel curso se hicieron inseparables. Ella estaba asustada porque no había estudiado a fondo el temario, y él se presentaba por segunda vez. «Nos une la desgracia», le dijo en aquel bar al que acudían cada noche tras las tediosas jornadas de clases teóricas y prácticas. No se refería únicamente a su poca habilidad para los exámenes. Matías había perdido a su mejor amigo en un atentado perpetrado por ETA en un lugar cercano a la ciudad de Bilbao. Los terroristas habían arrebatado la vida al padre y al hermano de Silvia, así que sabía mejor que nadie de qué iba el tema.

Una vez finalizado el curso, cada uno regresó a su lugar de procedencia y mantuvieron una estrecha relación telefónica durante algún tiempo. Hasta que la joven gallega se cruzó en la vida de Matías y este le contaba a Silvia los detalles de la relación. Él quería una amiga al otro lado del país, una voz a quien contar lo bueno y lo malo, un paño de lágrimas y alguien que le diera la enhorabuena cuando lograba algún mérito. Pero Silvia no estaba por esa labor y optó por dejar que la relación se enfriara, si es que alguna vez se había atemperado, y con el tiempo dejó de sonar el teléfono. La vida de aquel hombre estaba en Galicia. Le llegó la invitación de boda, que rehusó como buenamente supo, luego la noticia del nacimiento de la primera niña, y en menos de un año la buena nueva de la segunda. Matías se merecía ser feliz. Silvia no le guardaba rencor, al contrario, presentía que a su lado no habría alcanzado esa cota de felicidad.

—Se te ha pegado el acento gallego —dijo ella para no hablar de su ascenso.

—¡Qué remedio! —bromeó Matías—. Tú, sin embargo, sigues aferrada al tuyo, tan valenciano.

—Soy de Massalfassar, ¿recuerdas? El pueblo valenciano de las cuatro eses.

—Cómo voy a olvidarlo.

Silvia notó un deje de nostalgia en sus palabras, pero cambió de tema de forma inmediata. No lo había llamado para sentimentalismos ni añoranzas.

—Necesito que me ayudes con un caso.

—Cualquier cosa que necesites, tú dirás.

Resumió lo que Aurora Vilas le había contado acerca del hombre escuálido que vio en la discoteca.

Matías escuchó con atención. Finalmente recordó el suceso y que el hombre se había librado por falta de una simple denuncia por parte de la agredida.

—Te enviaré por correo electrónico todo lo que encuentre referente al caso.

—¿Podría ser hoy mismo?

—Veo que no has cambiado: audaz, resolutiva, impaciente.

—«No dejes para mañana lo que puedas hacer hoy», ¿recuerdas? Eras tú el que me lo decía cuando regresábamos al hotel.

—Me rindo —admitió Matías—. Me pongo enseguida con ello y te lo envío en cuanto lo tenga.

—Gracias, te debo un favor. Dale recuerdos a tu mujer y besos para tus hijas.

—Podrías venir a conocerlas.

—Algún día —dijo Silvia antes de finalizar la llamada.

Leyó un mensaje en el móvil y salió hacia el Instituto de Medicina Legal.

Monfort hablaba con el forense de las primeras estimaciones. Se trataba de un hombre joven de complexión atlética. La herida mortal que presentaba en el cuello era exactamente igual que la que había causado la muerte de Fernando Nebot una semana antes en la discoteca. El tipo de lesión y el incendio intencionado no dejaban lugar a dudas: se trataba de la misma persona. No obstante, coincidieron en que en los dos casos el responsable había matado, pero después erró en su pretensión de simular un incendio.

Silvia los saludó al llegar.

—¿Alguna novedad? —preguntó.

—Lo que ya sabíamos —respondió el doctor Morata—. Se trata de un asesino descuidado, por llamarlo de alguna manera.

—Lo cual no es óbice para que siga matando —añadió Monfort.

—¿Cuándo van a proceder a la autopsia?

—En cuanto los padres lo reconozcan.

Al fondo del largo pasillo dos siluetas avanzaban deprisa.

—Y tú, ¿tienes novedades? —le preguntó Monfort a Silvia.

—Sí —contestó—. Luego te cuento.

—Ya están aquí los padres —indicó el forense—. Deben de ser ellos. Me voy dentro, entrad cuando lo creáis conveniente. No les hagáis demasiadas preguntas antes de que lo reconozcan no las van a contestar de forma objetiva. Es mejor que lo vean primero.

—Sí, anda, vete —le dijo Monfort—, nosotros recogeremos los pedazos de sus corazones rotos.

El hombre vestía un pantalón gris y camisa blanca, y ella un vestido estampado. Estaban visiblemente alterados. Silvia los acomodó en una desangelada sala de espera. Una psicóloga se había puesto en contacto por si era necesaria su intervención. Monfort tendió un vaso de agua a la mujer. Eduardo Aliaga y Soledad Verchili pidieron ver el cadáver cuanto antes. Ella creía que podía tratarse de un error, pero el hombre no albergaba demasiadas esperanzas.

Entraron en el laboratorio donde el forense los saludó amablemente, y con sumo respeto les mostró el rostro de aquel que aguardaba en la camilla.

Soledad Verchili cayó de rodillas y profirió un grito que heló la sangre de los presentes. Su marido trató de ayudarla, pero ella se zafaba dando manotazos. La psicóloga intervino, se puso de cuclillas frente a ella y le susurró algunas palabras al oído que en un principio parecieron reconfortarla, pero al momento se desvaneció y tuvieron que sacarla de allí entre cuatro personas. Silvia los acompañó.

Eduardo Aliaga colaboró en el resto del protocolo de reconocimiento del cadáver. El cuerpo del joven pertenecía a su hijo: Jaime Aliaga Verchili.

—Siento tener que darle el pésame. —Estaban de nuevo en la sala de espera—. Me comentan que su esposa se recupera bien —dijo mostrando su teléfono móvil—, enseguida podrá ir a verla. Lo siento mucho, de verdad.

—Era tan joven… —sollozó Eduardo Aliaga.

—Nadie debería sobrevivir a sus hijos —pronunció Monfort.

—¿Quién ha podido hacerle eso? ¿Quién? ¿Quién? Parece una pesadilla.

—Vamos a hacer todo lo posible por descubrir quién ha sido. No dejaremos de trabajar hasta dar con el responsable, se lo aseguro.

—Mi mujer no lo va a superar —dijo con gran pesar—. No sé qué pasará ahora. No tenemos más hijos, él llenaba toda nuestra vida. Mi esposa lo tenía mimado como si fuera un crío de quince años.

—¿A qué se dedica usted? —preguntó Monfort.

—Vendemos pintura al por mayor. Tenemos un almacén que surte a los profesionales del sector.

—¿Su hijo trabajaba con usted?

—Sí, trabajaba de comercial.

Hablar del hijo en pasado se convertiría a partir de ahora en una tortura para la familia. Monfort sabía bien de qué se trataba.

—Discúlpeme, ya sé que no es el momento ni el lugar, pero… ¿Sabe si su hijo tenía algún enemigo, alguien que le deseara algo así?

—¿Jaime? ¿Enemigos? Eso es imposible; era un *trasto*, siempre lo fue, pero de eso a lo que ha pasado…

Rompió a llorar. Ver a un hombre roto de dolor por la pérdida de un hijo era una de las imágenes más duras para cualquiera que tuviera un mínimo de sentimientos. Monfort no sabía qué hacer. Indeciso, dio dos pasos y abrazó al hombre con fuerza. Aquello pareció tranquilizarlo momentáneamente. Se recompuso y se sonó la nariz con un pañuelo de papel.

—Gracias —le dijo—. Jaime era un buen chaval. Vivía como un marqués. —Hizo una mueca que pretendía ser una sonrisa, pero no lo era—. Hijo único, sin problemas de dinero, guapo y fuerte; le gustaba machacarse en el gimnasio y también salir por las noches.

—Un buen partido —indicó Monfort.

—Supongo —dijo el padre encogiendo los hombros—. Pero cuando le preguntábamos por alguna relación seria, decía que pasaba de atarse a nadie.

—Conducía un coche caro. Ese BMW debió de costarle un pico.

—Era muy caprichoso; si no conseguía lo que quería a través de mí, se lo sacaba a su madre, a quien siempre conseguía ablandar. Se le metió entre ceja y ceja comprarse el coche. Le dije que si llegaba a un total de ventas, se lo regalaría.

—Y llegó —aventuró el inspector.

—Si se lo proponía, podía vender arena en el desierto.

—¿Qué cree que hacía en el lugar donde lo encontramos?

—No tengo ni idea. —Negó con un movimiento de cabeza.

—¿Por qué no estaba el coche a su nombre?

—Porque obtuve un importante descuento en el concesionario, pero la condición era que estuviera a mi nombre, como gerente de la empresa.

—Entiendo —concedió Monfort.

—¿Puedo ir a ver a mi esposa? —Señaló la puerta con un dedo.

—Por supuesto —accedió, y le tendió una tarjeta con su número de teléfono—. Por si hay algo que recuerde o que crea que debemos saber. Me temo que tendremos que volver a hablar con ustedes al respecto, sobre todo con su esposa. Hable con ella acerca de las cosas que le he preguntado. Intenten recordar; cualquier cosa, aunque les parezca una nimiedad, podría ser de suma importancia para esclarecer el caso.

—Lo haré. Ahora, si me disculpa…

—Solo una cosa más —planteó cuando el hombre asía el pomo de la puerta—. ¿Sabe si su hijo conocía a una chica llamada Ana? ¿Le suena de algo ese nombre? ¿Por alguna razón frecuentaba su hijo un tanatorio?

Eduardo Aliaga expulsó el aire que retenía en el interior, negó con la cabeza y se pellizcó el puente de la nariz. La frente se pobló de cientos de pequeñas arrugas. No tenía ni la más remota idea de que su hijo conociera a alguien que se llamara Ana, ni mucho menos noticia alguna sobre un tanatorio.

«Paradojas de la vida —pensó Monfort—. Ahora sí que visitará uno.» Sintió lástima por aquellos padres.

La muerte de un ser querido es una realidad injusta e inmerecida. Si se trata de un hijo, la debacle que se cierne sobre los padres aniquila cualquier atisbo de vida. La muerte arraiga en el alma y los acompaña en su penar, día tras día, inmisericorde, hurgando en el dolor, hollando en la miseria, hasta que les llega su propia hora.

Silvia volvió donde estaba Monfort.

—Pobre gente —se lamentó—. Creía que ella se iba a morir también. Le han tenido que inyectar no sé qué, pero aun así daba golpes con la cabeza contra todo lo que pillaba.

—La vida puede ser de lo más injusta. Quizá no nos acostumbremos nunca a esto —dijo él.

—Me afectan más las reacciones de los familiares que los propios cadáveres, por violentas que puedan llegar a ser sus muertes.

—Normal. Esos ya no se quejan, los analizamos de cerca, los fotografiamos y luego el forense los destripa para averiguar qué han comido o bebido gracias a los líquidos biliares o las heces acumuladas en los intestinos.

—Tremendamente explícito —subrayó Silvia—. Muchas gracias.

—Jaime Aliaga Verchili —dijo Monfort, y dejó que el nombre del difunto campara como un vulgar fantasma—. Hijo de una familia de empresarios acomodados. Un caprichoso, según su padre. Gimnasio, cochazo, pasta en el bolsillo, sin compromiso conocido. El rey del mambo.

—¡Qué anticuado eres!

—¿Por qué?

—¿Quién dice hoy en día «el rey del mambo»?

Monfort hubiera contestado mejor con un cigarrillo entre los dedos, pero aquello comportaba salir a la calle y a Silvia no le hubiera parecido bien, así que mejor desistir y cambiar de tema.

—Cuéntame tus novedades.

—¿Podemos salir de aquí?

—¡Claro! —Quizá tuviera oportunidad de fumar.

Frente al Hospital Provincial se encontraba el restaurante Maños II. Monfort ya había estado allí en otras ocasiones acompañando al forense y al comisario Romerales, asiduos del local. Silvia pidió ensalada y agua, Monfort pescado y una copa de vino tinto.

La subinspectora extrajo su libreta del bolso y pasó las páginas hasta que llegó a la que había escrito recientemente.

—Tengo en el despacho el informe completo. Me lo han enviado desde la comisaría de Santiago de Compostela. He hecho un resumen.

—¿A cambio les has prometido ir en peregrinación?

—Estuve a punto de hacerlo hace tiempo.

—¿Peregrinar?

—No, prometer cosas.

El camarero llegó a la mesa con los platos, lo que sirvió de excusa para que Monfort no siguiera haciendo preguntas que nada tenían que ver.

—El individuo escuálido que la esposa de Manuel Meirás reconoció en la discoteca la noche del asesinato se llama Álex Escribano —dijo Silvia cuando el camarero se retiró—. Es de Castellón y tiene un magnífico currículo universitario a sus espaldas. Consiguió una importante beca y lo enviaron a Galicia, a la prestigiosa Universidad de Santiago de Compostela. Allí cursaba distintos grados superiores.

—Hasta que probó la queimada y vio la luz —ironizó Monfort.

—Parece ser que, además de la queimada, probó otras sustancias. Tras golpear a la chica en la discoteca, fue detenido por la policía. El suceso adquirió cierta notoriedad, pues las imágenes en televisión del rostro contusionado de la joven dieron mucho que hablar, sobre todo cuando él fue puesto en libertad por la negativa de la víctima y su familia a interponer una simple denuncia.

—Tremendo error.

—Como no podía ser de otra forma, el consejo rector de la universidad decidió expulsarlo de forma inmediata.

Monfort apuró el vino de la copa.

—¿Tiene familia en Castellón?

—Sus padres.

—¿Has localizado el domicilio?

—Estamos en ello —dijo Silvia con el tenedor en la mano cuando sonó su teléfono móvil. Miró la pantalla—. Es Robert.

Monfort pensó que el de Sanlúcar había aprendido bien los deberes: primero debía llamar a la subinspectora. También imaginaba de qué se trataba. Empezaba a acumularse el trabajo. Buena señal.

ADMITÍ QUE EL secreto ya no me pertenecía de forma exclusiva, que no solo era parte de mí; acepté que otros quisieran compartir mis hazañas, o incluso que estuvieran dispuestos a adjudicárselas para imitarme, para ser como yo.

Me hice fuerte para no claudicar ante sus deseos y propuestas. Sin embargo, continué a escondidas con aquello que creía que era mi cometido, algo que solo yo podía ejecutar, algo imposible de compartir.

Tiempo después barajé la posibilidad de acabar con sus vidas, de provocar un pavoroso incendio en el que todos perecieran para no dejar rastro de lo que creían saber. Pero no lo hice, y el miedo a que me acusaran se instauró para siempre, imposible de borrar, sellado en el corazón.

Las pesadillas saqueaban mi espíritu. Un cadáver calcinado me visitaba cada noche. Me reprendía por lo que había hecho, amenazaba con llevarme para que viviera en persona el horror. Y al despertar, algo de mí había muerto con él.

Me rendí ante la evidencia. De nada servía quemar sin que hubiera víctimas de por medio. Nada me complacía; los incendios que provocaba no lograban mitigar el ansia de muerte. Una parte luchaba a diario contra el mal, la otra se disponía a cometer el más atroz de los delitos.

La vida se tornó un calvario, la juventud perdida por un reto que solo conseguí la primera vez.

Y pese al arrepentimiento, deseaba volver a ver los titulares en los que el fuego y la muerte fueran los protagonistas.

14

Domingo, 6 de julio

A LAS OCHO y media de la mañana, Robert empujó con el pie la puerta de la sala de reuniones de la vieja comisaría. Portaba una bandeja de cruasanes y cafés con leche en vasos de plástico con tapa. Para ser domingo, la sala estaba muy concurrida; en su interior se encontraba el equipo al completo.

—Impedirte la entrada sería una imprudencia —dijo Monfort al ver el contenido de la bandeja.

Cuando la dejó sobre la mesa se abalanzaron sobre ella. Por fortuna había suficiente para que todos tuvieran su parte.

En una gran pizarra blanca, los agentes Terreros y García habían distribuido un nuevo organigrama del caso con todos los implicados, añadiendo los de nueva incorporación.

—¿Algo que destacar acerca de la inspección del coche de Jaime Aliaga? —preguntó el comisario a Robert, que tragó lo que le quedaba de cruasán antes de hablar.

—Cabellos, posiblemente femeninos, fibras textiles que no coinciden con la vestimenta que llevaba la víctima en el momento del suceso, restos de perfume de mujer… Nada extraño en realidad.

—¿Huellas? —insistió el comisario.

—Las suyas y otras que, de no estar registradas, serán difíciles de identificar.

—¿Algún resto en los neumáticos o en los bajos del coche? —preguntó la subinspectora.

—Ese *buga* solo pisaba el asfalto.

—¿Cámaras de seguridad cercanas al lugar del siniestro?

—Sí, dos, pero en ninguna de ellas aparece el coche. Es como si el que lo hizo supiera por dónde llevarlo. He pedido a los compañeros que visiten las otras empresas del polígono y que hagan visionados de las grabaciones, pero tardarán.

De espaldas a la conversación, Monfort observaba la pizarra con todos aquellos nombres escritos. Pronto, la mitad de ellos serían borrados y desparecerían por irrelevantes, y pese a que con seguridad ninguno de ellos tenía las manos limpias del todo por otros asuntos, no pintaban nada en las dos muertes con sendos incendios chapuceros, tal como había comentado el forense. Se dio la vuelta.

—Robert.

—¿Sí, inspector?

—Has dicho: «Es como si el que lo hizo supiera por dónde llevarlo». ¿Crees que el asesino obligó a Jaime a conducir su propio coche desde un lugar indeterminado hasta el polígono en el que fue asesinado?

Movió la cabeza para asentir.

—Sin duda.

—¿Crees que se conocían?

—No lo sé, pero no hay más signos de violencia que la herida en el cuello. Si hubieran forcejeado, quedarían evidencias.

Silvia asintió y miró a Monfort.

—No hubo forcejeo.

—Robert —prosiguió Monfort—, cuéntanos la llamada al tanatorio. Creo que es digna de escuchar, según me ha comentado la subinspectora.

El gaditano relató la conversación con la recepcionista: la constatación de que el nombre que aparecía en el folleto correspondía a alguien que trabajaba allí.

A continuación, Silvia leyó en voz alta el informe de la comisaría de Santiago de Compostela sobre Álex Escribano, el hombre al que había reconocido Aurora Vilas.

—¿Sabemos la dirección de sus padres?

—Sí.

—Pues tenemos dos visitas que hacer —anunció con las ansias de fumar acechando su integridad—, hay que ir al tanatorio y hacer una visita a los padres de Álex Escribano.

—¿Cómo quieres que lo hagamos? —preguntó el comisario.

Pero Monfort ya se dirigía a la salida tras indicar a Silvia que lo acompañara. Antes se volvió y dirigió una mirada a sus compañeros.

—Robert, tú averiguaste lo del tanatorio. Ve allí, encárgate de saber quién es Ana y qué pintaba su nombre escrito en el folleto hallado en el coche.

—¡Ea! —exclamó con su acento característico.

Monfort miró después a Terreros y García.

—A sus órdenes, inspector —exclamaron los dos agentes de forma unánime.

—Jaime Aliaga tendría amigos, amigas, conocidos… Su padre dijo que era un buen chaval, aunque un poco *trasto*. Averiguad hasta dónde llegaba ese concepto.

Y finalmente se dirigió al comisario.

—No estaría de más escarbar en las cloacas de esa discoteca aparentemente inofensiva, donde todo apunta a que se obtenía más beneficio con otros asuntos que no tenían que ver estrictamente con las bebidas. ¿Os parece bien a todos?

«Gracias», pensó Romerales viendo al equipo entusiasmado.

Los padres de Álex Escribano vivían en la calle San Francisco, un atípico remanso de paz situado en el centro de Castellón, una vía ajena a la popularidad de sus calles aledañas, repletas de comercios y ajetreo ciudadano.

Cuando la mujer abrió la puerta, visiblemente nerviosa por el anuncio que la subinspectora Redó le hizo a través del interfono, supo que la visita comportaba malas noticias. Parecía estar esperándolas en cualquier momento. Tras ella aguardaba el que debía de ser su marido.

—Disculpen que los molestemos en domingo —se excusó Silvia amablemente.

El salón era modesto, estaba limpio y en perfecto estado. La mujer les ofreció café, pero ambos rehusaron la invitación.

El hombre no dejaba de mirar a Monfort, quizá estuviera impresionado por su altura. Silvia tomó la palabra.

—¿Álex Escribano es su hijo?

El matrimonio estaba sentado en un sofá que, junto a los dos sillones que ocupaban los policías, formaba parte del tresillo tradicional, habitual en tantos hogares. El hombre se rascaba la cabeza y su mujer se retorcía los dedos de las manos.

—Sí —respondió el padre con aspereza—. ¿Ha hecho algo?

—¿Ha hecho algo? —repitió la esposa.

Silvia les mostró la fotografía que Matías le había hecho llegar por correo electrónico junto al informe del suceso. En ella aparecía el rostro de Álex.

—¡Mi Álex! —exclamó la mujer—. ¿Dónde está? ¿Qué le ha pasado?

—Cálmese, señora —aconsejó Silvia—. No tenemos noticia de que le haya ocurrido algo. No hemos venido a comunicarles ninguna desgracia.

—Entonces, ¿a qué han venido? —inquirió el hombre. Silvia prosiguió.

—Suponemos que saben que su hijo fue expulsado de la Universidad de Santiago de Compostela.

—¿Expulsado? —se extrañó la esposa.

—Sí. El Consejo Rector decidió que abandonara la universidad de forma inmediata.

—¿Cuándo?

—Hace poco. ¿De verdad que no saben nada?

—No —insistió la mujer con pesar. Le costaba respirar y parecía que iba a echarse a llorar en cualquier momento—. Si me llamó…

—Siga —la conminó Silvia, pero fue el marido el que habló por ella.

—Llamó y nos pidió dinero para la matrícula de un máster o no sé qué. Nos dijo que le hiciéramos una transferencia a su número de cuenta.

—¿Y lo hicieron?

—Sí —afirmó la mujer con voz trémula.

A Monfort no le pasó por alto el gesto del marido, la mueca de disgusto en el rostro.

—Pero… ¿Qué ha pasado? ¿Por qué lo han expulsado de la universidad? —preguntó la madre.

—Al parecer agredió a una joven en una discoteca de Santiago.

—¡Dios mío! —exclamó llevándose las manos a la cara.

Monfort siguió en silencio la evolución de los gestos del hombre.

—¡Mi niño! ¡Mi niño! —Ella se echó a llorar. El marido no hizo por consolarla. Nadie dijo nada hasta que la mujer volvió a hablar—. Siempre fue un buen estudiante; sacaba las mejores notas y nos dieron una beca de mucho dinero para que siguiera sus estudios en alguna universidad importante. Como nosotros no sabemos nada de eso, sus profesores de aquí nos recomendaron la de Santiago de Compostela como una de las mejores de Europa. Y allí...

—¿Y allí? —la animó Silvia.

Monfort descruzó las piernas y las volvió a cruzar en sentido contrario. Miró fijamente al marido para que empezara a contar todo aquello que retenía en su interior, que le aprisionaba y cortaba la respiración.

—Y allí se volvió un sinvergüenza —sentenció por fin. La mujer lo miró con estupor, pero él continuó—: Nos advirtieron de que iba por mal camino. Los primeros años tuvo un tutor que lo llevaba recto, pero cuando se marchó nos quedamos sin alguien que nos contara qué hacía.

—Seguía teniendo unas notas excelentes, las mejores de la universidad —intercedió la mujer en defensa de su hijo.

—Sí —gruñó el hombre, mirando a su esposa—. Y a cambio había que enviarle dinero para que se costeara los vicios. Llegó un momento en el que preferíamos ingresarle el dinero a que nos amenazara constantemente.

—¡No! —gritó la esposa dando un puñetazo en el reposabrazos del sofá.

—¿Los amenazaba? —preguntó Silvia al marido.

—Si no le ingresábamos el dinero que pedía, nos llamaba a todas horas. Nos decía barbaridades.

—¿Cómo qué?

—Que iba a pegarle fuego a la casa con nosotros dentro.

Monfort podría haber pensado cualquier otra cosa, pero en ese momento recordó la canción de Talking Heads: *Burning Down the House*.

«Soy un chico normal, quemando la casa.»

Mientras los abatidos padres desgranaban las penurias por las que su hijo les hacía pasar, Monfort recibió un mensaje del forense: «Me gustaría hablar del pinchazo, que no navajazo, en los dos cadáveres».

Abandonaron el domicilio tras contarles que su hijo había sido visto en Castellón, pero no les aportaron más datos, ya que estaban demasiado afectados por la noticia de que había sido expulsado de la universidad. Les rogaron que si se ponía en contacto con ellos, los llamaran inmediatamente, aunque Monfort tenía serias dudas de que lo hicieran.

Habían aparcado en la cercana calle Trinidad.

En apenas diez minutos estaban frente al doctor Morata.

—Creía que el domingo era el día del Señor —dijo Monfort al estrechar la mano del patólogo.

—Pues ya ves, este señor tiene guardia, y lo que es peor, todavía no ha comido.

Silvia cayó en la cuenta de que las conversaciones entre Morata y Monfort solían versar sobre comida y cadáveres, una combinación difícilmente compatible, al menos para ella.

—¿Queréis tomar algo? —preguntó el forense antes de abrir el cajón frigorífico que contenía el cuerpo de Jaime Aliaga.

—Un Dry Martini —propuso Monfort.

Morata miró a Silvia y le guiñó un ojo.

—¡Es un cachondo! —exclamó después.

La subinspectora afirmó con un leve movimiento de cabeza, sin decir nada para que la broma no fuera más allá.

—Pinchazo —recalcó la palabra mientras les indicaba la zona exacta por la que había penetrado el arma en el cuello del joven—. No navajazo.

A continuación, les mostró una fotografía de tamaño A4 en la que se apreciaba a la perfección la herida mortal en el cuello del otro cadáver, el de Fernando Nebot.

—Pinchazo —repitió Morata—. Lo hemos estado diciendo todo el tiempo; nunca hemos hablado de navajazo. Suscitó mi interés desde el principio, pero ahora, con otra herida igual, he investigado acerca del tipo de arma con el que supuestamente atacaron a las víctimas. Confieso que me decanté por un destornillador afilado, una herramienta habitual en un taller mecánico. Tú mismo dijiste que podía estar involucrado un sujeto que tiene un taller. Pero también cabía la posibilidad de que el arma fuera un abrecartas, fino y muy afilado, un objeto habitual en cualquier oficina. Yo mismo tengo uno o dos ahí. —Señaló su mesa—. Los regalan para hacer publicidad, como los bolígrafos en los que estampan la marca de una empresa. Suelen tener una hoja muy estrecha y afilada, de entre ocho y diez centímetros de longitud. Hay que ejercer bastante presión en el cuello para clavarle a un hombre joven algo así, pero todo depende de la fuerza del agresor. Una persona puede desangrarse en muy poco tiempo si la herida afecta a las carótidas.

—¿Y? —preguntó Monfort para que continuara. Estaba en su momento álgido.

El forense hizo una leve pausa para tomar aliento.

—Cuando practicamos la autopsia a Fernando Nebot, creí que el asesino había pinchado en ese preciso lugar del cuello por mera casualidad, y que lo había hecho con lo primero que encontró a su alrededor: el destornillador afilado o el abrecartas que he comentado. Pero al examinar con detalle la herida en el segundo cadáver, no hay duda; sabía cómo hacerlo para sesgar esas arterias principales, ni más arriba ni más abajo, ni a la derecha ni a la izquierda, sino en el lugar exacto.

—¿Así pues?

El forense se relajó un poco.

—El asesino no tiene la menor idea de cómo llevar a cabo un incendio. Lo hablamos, ¿recuerdas? Sin embargo, sabe perfectamente dónde hay que clavar un arma blanca para que la víctima muera de forma casi inmediata y no pueda ofrecer la más mínima resistencia, pese a ser joven y fuerte.

—Pero hay más —añadió el inspector bajo la atenta mirada de Silvia, que se llevó un mechón del cabello detrás de la oreja—. Por eso nos has llamado en domingo, no para tomar Martini ni para celebrar el día del Señor.

Morata chasqueó la lengua contra el paladar antes de continuar.

—Se percibe cierta anomalía en las heridas de ambos cadáveres —argumentó—. La entrada del arma es limpia, sin embargo, en la salida arrastró tejidos internos debido a que la punta del instrumento tiene una curvatura.

Dar con un buen restaurante un domingo de verano sin reserva previa era tarea complicada. Los castellonenses se trasladan a la cercana costa en los meses estivales y la ciudad parece un auténtico desierto. Los pocos establecimientos abiertos suelen estar llenos hasta la bandera; no obstante, cuando Monfort llamó al restaurante China I, le dijeron que podían ir cuando quisieran.

—¿Lo de siempre? —preguntó con cierta ironía uno de los propietarios tras servir las bebidas.

Los platos no se hicieron esperar. Tenían un hambre voraz y comieron con avidez mientras analizaban lo que el forense les había revelado. Comentaron la visita a los padres de Álex Escribano y coincidieron en que había que dar con él lo antes posible. Esperaban que todavía estuviera en Castellón. Álex tenía que explicar qué hacía en la discoteca la noche de la muerte de Fernando Nebot y por qué razón no había comunicado a sus padres la expulsión de la universidad. Les había exigido dinero para un máster que con toda seguridad no debía de existir.

Silvia, sin dejar de comer, envió un mensaje al comisario Romerales para solicitar una orden de búsqueda.

—Y luego está el amigo con el que llegó a la discoteca —planteó Monfort—. En la imagen se los veía discutir acaloradamente.

—Sí. A ese no lo reconoció Aurora Vilas.

—Debe de ser de aquí. Le pediremos a Robert que imprima una imagen de su rostro.

Silvia volvió a teclear en su móvil, ahora a Robert.

El agente Calleja no tardó en contestar. Escribía los mensajes igual que hablaba.

«Salgo ahora mismo del tanatorio, estoy canino, no he *comío ná* desde los cruasanes. ¿Dónde *carajo* estás?»

Silvia sonrió.

«Comiendo con Monfort, en el China I.»

«*Quillaaa*... que me muero de hambre.»

Volvió a sonreír; aquella sonrisa encantadora que hubiera embobado a cualquier hombre.

—Dile que venga —terció el inspector mientras levantaba el brazo para captar la atención del camarero con la intención de pedir un nuevo cubierto y más comida.

—¿Qué? —Silvia levantó la vista sorprendida y volvió a hacer aquello de acomodarse un mechón de cabello tras la oreja. ¿Cómo sabía...?

—Si te vas a pasar toda la comida enviándole mensajes, más vale que venga. Y así, al menos, comes, que falta te hace.

Ella volvió a teclear, deprisa y escuetamente.

Quince minutos más tarde, Robert daba buena cuenta de la comida. El lugar había sido un feliz descubrimiento para él. Sus ojos azules se cerraban de placer con cada nuevo bocado. Cuando sació parte de su inabarcable apetito, les contó la visita al tanatorio.

LLEGÓ EN EL momento en el que un numeroso grupo de familiares y amigos de algún difunto abandonaba el recinto. Rostros serios y compungidos, lágrimas, condolencias y trajes oscuros. Esperó paciente a que se hubieran marchado. Algunos se quedaron rezagados con la intención de fumar. Mantuvo el coche en marcha para tener conectado el aire acondicionado. Le producía picor en la nariz y estornudos de alergia, pero era imposible permanecer en el pequeño habitáculo de otra forma. Puso la radio. Noticias. José Luis Rodríguez Zapatero insistía en que la crisis no iba a afectar tanto a España como a otros países, aunque el presidente de la CEOE dudaba de aquella manifestación sumamente optimista por parte del presidente del Gobierno. Crisis. Apagó la radio. Tan solo cuatro personas aguardaban, cigarrillo en mano, a la puerta del edificio.

Salió del coche. La diferencia de temperatura era enorme. Entró deprisa en el tanatorio, donde una oleada de aire fresco lo reconfortó al instante. Una joven sentada tras la mesa de recepción hablaba por teléfono. Le hizo un gesto amable para que aguardara. Comentaba los horarios y las distintas instalaciones disponibles. Finalmente dijo que para las tarifas debía ponerse en contacto con el departamento comercial al día siguiente. Luego dio el pésame a quien estuviera al otro lado del teléfono y colgó.

—¿En qué puedo atenderle? —dijo mostrando una enorme sonrisa de dientes blancos y bien alineados. Habían buscado una cara bonita y amable para el puesto, estaba claro. Vestía un decoroso uniforme de traje pantalón de color azul marino y una camisa blanca. Delgada, de rasgos perfilados y con el pelo de color castaño brillante.

—Pregunto por una mujer que trabaja en el departamento de tanatoestética —trató de decirlo correctamente—. Se llama Ana.

—Ana Mas —confirmó la recepcionista.

—Sí, la misma. —Robert supo así cuál era su apellido.

—Hoy no ha venido.

—Yo pensaba que en este trabajo…

—¿No descansamos nunca?

—No sé…

—A veces los días festivos caen en fin de semana y otras veces no, pero libramos cuando nos corresponde, como todo el mundo.

—Claro, claro, los que no tienen fiesta son *los clientes*. Con perdón. De todos modos, con el buen tiempo que hace debe de ser un fastidio estar de guardia.

A la joven el acento del sanluqueño le parecía exótico, gracioso, solo había que verle la cara.

—Estaría mejor en Benicàssim, en la playa, pero es lo que hay. —Se encogió de hombros en un gesto de resignación.

—Tengo que visitar las playas de Benicàssim —añadió Robert entusiasmado—, me han hablado muy bien de ellas, pero aún no las conozco.

La joven sonrió. Los hipnóticos ojos azules de Robert la tenían atrapada.

—Usted no es de por aquí.

—No, claro, pero tampoco soy un *guachisnai.*

—¿Un qué? —Se reía ya sin tapujos, no quedaba nadie en el vestíbulo a quien molestar.

—Es como llamamos en Cádiz a los turistas extranjeros.

La chica chasqueó la lengua.

—¿Y por qué los llaman *guachis*…?

—*Guachisnai* —repitió el agente—. Es una deformación de la expresión inglesa «What's your name?» De tanto escucharla y pasada por el gracejo popular se transformó en *guachisnai*, que es lo que siempre se le acaba preguntando a los extranjeros. Pruebe a decirlo pensando en la frase original, ¿a que es gracioso?

La joven se desternillaba de risa. Se cubría la boca con una mano y miraba a todos lados por si alguien escuchaba semejante algarabía en un lugar tan serio como aquel.

—Así que es de Cádiz.

Robert afirmó con la cabeza. No hacía falta especificar que era de Sanlúcar de Barrameda. Ya había dicho demasiado.

—¿Quiere que le comente algo a Ana cuando se incorpore? —sonreía y escudriñaba el azul de sus ojos.

—Bueno, no quiero molestar, en realidad no es tan importante. —Hizo una pequeña pausa de efecto—. ¿No tendrá su número de teléfono?

La joven se sonrojó e hizo un mohín con los labios.

—No puedo hacer eso. No nos está permitido dar ese tipo de información personal.

—Ya, entiendo.

—Pero puede darme el suyo —propuso ella— y yo se lo daré a Ana cuando la vea. —Jugueteaba con un bolígrafo entre las manos, se había manchado los dedos de tinta con la punta. Estaba un poco nerviosa.

—No se preocupe —concedió Robert—, pasaré mañana. ¿Estará usted aquí?

—¡No! —exclamó con voz aguda—. Mañana me toca fiesta. Si trabajas el domingo, libras el lunes.

—Entonces quizá la pueda ver en alguna playa de Benicàssim. No cabe duda de que el bronceado le sienta muy bien.

La joven se acarició el pelo. No sabía muy bien qué hacer ni qué decir.

—Gracias —articuló al fin.

—Bien, no la molesto más. Espero verla en otra ocasión, en la playa o en cualquier otro lugar fuera de aquí. —Robert pronunció las siguientes palabras casi en un susurro—: En un sitio con… más vida.

—Sí —reconoció ella con una amplia sonrisa.

—En todo caso, ya sabe, cuando vea lo que ustedes llaman un *guiri,* acuérdese de mí y de la palabra que utilizamos en Cádiz.

—*Gua-chis-nai* —silabeó despacio la recepcionista, orgullosa de recordarlo.

Robert le tendió la mano por encima de la mesa y ella se la estrechó tímidamente. Tenía la piel fina, los huesos delicados y los dedos largos con unas uñas bien cuidadas.

Al salir del tanatorio y regresar a la realidad de la tórrida temperatura exterior, vio a dos hombres fumando junto a la puerta de entrada. Uno de ellos apagó la colilla y regresó al interior. El otro extrajo un teléfono móvil del bolsillo y consultó lo que fuera en él. Era mayor y le pasaba una cabeza a Robert.

—¡Qué calor! —exclamó el agente.

—Se van a deshacer hasta las piedras —replicó el hombre—. Dicen que mañana subirá aún más la temperatura —continuó sin dejar de mirar la pantalla.

Robert probó suerte.

—¿Trabaja usted aquí? —le preguntó señalando el tanatorio.

El hombre se miró su propio uniforme, que consistía en una camisa blanca y un pantalón negro. En el bolsillo de la camisa llevaba bordado el logotipo, que no dejaba lugar a error.

—¿A usted qué le parece?

—Perdón, no me había dado cuenta —respondió Robert—. Los que vienen por aquí también suelen vestir de forma elegante

—Eso es cierto —sonrió a medias—. ¿Ha venido por algún familiar?

Negó con la cabeza.

—¿Conoce usted a Ana Mas? —aventuró.

—¿Ana? Claro, es mi compañera, trabajamos juntos en tanatoestética. ¿Necesita que le diga algo?

—No, gracias, no es necesario. Según me han dicho en recepción, hoy tiene fiesta.

—¿Fiesta? —se extrañó—. No, no le tocaba fiesta hoy; ha llamado porque no se encontraba bien.

—¿Sabe qué le pasa? —preguntó Robert, y el hombre lo miró de hito en hito.

—Disculpe, ¿por qué lo quiere saber? ¿Quién es usted?

—Soy un amigo —dijo lo primero que se le ocurrió—. Pero no se preocupe, ya me pondré en contacto con ella.

El hombre asintió con cierta desconfianza y luego volvió la vista a la pantalla de su teléfono móvil.

TRAS LA COMIDA y el relato de Robert acerca de su visita al tanatorio, volvieron juntos a la comisaría, momento que Monfort aprovechó para hacer una visita en solitario a los padres de Jaime Aliaga.

Los libros no abundaban en las estanterías de la habitación de Jaime, quien hasta su muerte había vivido con sus padres. Una decisión avalada por la comodidad que otorgaba un hogar en el que el dinero no era una preocupación. Desgraciadamente, ya no vivía ni con sus padres ni con nadie, pensó Monfort mientras se fijaba en los pósteres de grupos musicales que no conocía. La habitación era espaciosa y bien iluminada. Había trofeos deportivos, de fútbol en su mayor parte. Una fotografía con una dedicatoria de Andrés Iniesta, y otras en las que el hijo de los Aliaga daba patadas al balón, ocupaban gran parte de una de las paredes.

La casa familiar, un chalet ostentoso de estilo moderno, se encontraba cerca de los nuevos juzgados de Castellón, junto a una de las rondas de circunvalación de la ciudad. Era una construcción de aquellas que por tan modernas tienden a ser aburridas: cristal y cemento a partes iguales, pintura blanca por doquier y ni rastro de zona verde, salvo dos árboles raquíticos que con la colaboración de algún milagro quizá consiguieran dar algo de sombra en el futuro.

Soledad Verchili, la madre de Jaime, era una mujer con un gran atractivo, pero la desgracia de haber perdido a un hijo lo arruinaría. Su marido había salido, aunque según dijo ella no tardaría en regresar.

La mujer aguardaba en el umbral. Lloró en todo momento mientras Monfort revisaba la habitación del hijo.

—¿Siguen sin aparecer el móvil y la documentación?

—Me temo que sí, señora, lo siento.

—¿Cree que querían robarle el teléfono y una cartera en la que seguramente no llevaba dinero en metálico?

—No podemos descartar nada, pero no tiene mucho sentido.

—Ustedes deben tener forma de averiguar sus llamadas a través de la compañía telefónica, ¿verdad? Saber con quién habló antes de…

—Debe autorizarlo un juez —le explicó Monfort—. Estamos a la espera —dijo dando por finalizada la visita a la habitación.

Antes de salir señaló una fotografía pegada a la pared con una chincheta en la que Jaime estaba sonriente.

—¿Puedo? Le prometo que se la devolveré.

Soledad Verchili asintió y después lo acompañó de vuelta al salón, donde se sentaron el uno enfrente del otro.

—Su marido comentó que Jaime era… ¿cómo dijo? —Se acordaba perfectamente—. Ah, sí, dijo que era un *trasto*.

La madre cerró los ojos y se llevó una mano a la frente. Le temblaban los hombros por el llanto. Trató de recuperarse.

—De niño era un poco gamberro, le gustaba meterse en líos, hacer travesuras, creía que podía salir impune de todo. —Hizo una pausa para tomar aliento—. Hubo algunas cosas que no estuvieron bien.

—¿Por ejemplo?

—En la escuela… tuvimos que acudir en algunas ocasiones.

—¿Qué hacía?

—Se peleaba con los compañeros.

—¿Y qué hicieron ustedes?

—Yo le habría castigado de manera más contundente, para que se diera cuenta, pero su padre le reía las bravuconadas.

—¿Y no lo regañaba? —añadió Monfort.

Ella negó con la cabeza.

—Hacía como si no tuviera importancia.

—¿De mayor les causó algún trastorno?

—De mayor ya no nos enterábamos de casi nada.

—¿Pasó algo en los últimos meses que sea digno de mención?

La mujer guardó silencio, como si meditara la respuesta, y sollozó. A Monfort le hubiera gustado tener un pañuelo a mano, como en las películas, para tendérselo galantemente, pero no tenía y por eso esperó paciente la respuesta.

—Discutí con él —reconoció—. Su padre no lo sabe. Nos enzarzamos en una disputa que duró bastantes días.

Cuando mi marido estaba delante no decíamos nada al respecto, pero cuando se marchaba discutíamos y Jaime me gritaba que lo dejara en paz, que le permitiera vivir su propia vida. ¿Ha visto su habitación? Quizá yo sea una madre sobreprotectora y su padre un consentidor, pero Jaime era un niño mimado que salía todas las noches con el bolsillo cargado y el depósito del caprichito con ruedas que le compró su padre lleno a tope para que fuera adonde le diera la gana.

—¿Cuál fue el motivo de sus discusiones?

—Había una chica —reveló—. Le revisé el teléfono móvil un día que se lo olvidó. Dar con la contraseña fue tan sencillo como poner la fecha de su nacimiento. Había fotos de una mujer; tenía una serpiente tatuada y posaba casi desnuda, en actitud erótica. Eran mensajes que ella le enviaba a todas horas, según pude ver. No se lo dije a mi marido y ahora me arrepiento. No sé lo que va a pensar cuando se entere, aunque se lo diré hoy mismo, ya no puedo ocultárselo más.

—Y discutió por ello con Jaime —insistió el inspector.

—Sí. No pude contenerme. Le dije que aquella chica no le convenía, que una mujer cabal no se hace fotografías así, que no era decente, que podía aspirar a algo mejor.

—Y se enfadó porque había espiado su teléfono.

—Se puso como un energúmeno. Incluso me amenazó con denunciarme, imagínese.

En ese momento oyeron la puerta de la casa y una voz triste y agotada saludó a Soledad Verchili desde la entrada. La mujer se cubrió el rostro con ambas manos. Monfort pensó con acierto que estaban desolados, no era para menos. También que se le acababa el tiempo; en cuanto el hombre irrumpiera en el salón, la conversación sobre la supuesta novia de Jaime se habría terminado. Lanzó la pregunta.

—¿Cómo se llama la chica?

Ella se retiró las manos del rostro.

—Ana —murmuró en el momento en el que su marido accedía a la estancia sorprendido por la visita del policía.

No incordió a Eduardo Aliaga con preguntas, ni tampoco hizo alusión al asunto de la chica. Era cuestión de su esposa contárselo. En el interior del coche observó la fotografía de Jaime Aliaga y decidió hacer otra visita.

Cuando la viuda de Fernando Nebot contestó a la llamada del interfono, el sonido de la música proveniente del piso invadió la acera.

—Soy el inspector Monfort —anunció.

No hubo contestación, tan solo unos segundos de demora y el zumbido que abría la puerta.

Monfort subió los escalones de dos en dos con la intención de llegar antes de lo que ella esperaba. No llamó al timbre, sino que dio dos golpes con los nudillos en la puerta para causar efecto. Se oyeron cuchicheos y la música dejó de sonar. Desi abrió la puerta, tenía cara de sorprendida.

—¿Qué quiere?

—Hablar contigo.

Mantuvo la puerta abierta tan solo un palmo, lo justo para asomar la cabeza. Monfort adelantó un pie de manera que si quería cerrarla no pudiera hacerlo.

—No es un buen momento. Tendría que haberme avisado. Además, ya hablamos, ¿no?

—Quiero que veas una cosa —anunció el inspector.

Pareció que se lo pensaba.

—Estoy con gente.

—Es importante —insistió.

Desi trató de cerrar la puerta, aquello que Monfort intuía que podía hacer, pero se topó con el pie que se lo impedía.

—No hagas tonterías —la advirtió.

La joven se echó a un lado y abrió.

En el salón flotaba una densa nube de humo, el olor a hachís era notable. Una mujer y dos hombres aguardaban en el gran sofá. Monfort les hizo una señal con la cabeza para que se largaran de allí, cosa que agradecieron dada la premura con la que se incorporaron y salieron del piso.

—¿Celebrabais algo?

—No —contestó irritada a la vez que recogía el cenicero repleto de colillas.

—¿Dónde está el niño?

—Con mis padres.

—Ya.

—¿Qué ha venido a hacer? ¡Es domingo!

—¿Y el domingo es el día de los porros?

La joven agachó la cabeza.

—Son buenos amigos —dijo al cabo de un momento—, han venido para que me anime un poco. Yo no fumo de eso, pero tampoco voy a impedir que ellos lo hagan si les apetece.

—Podrías tener problemas si alguien te denunciara por consumir drogas aquí.

—¿Problemas? —su voz se volvió desafiante.

—Con los de servicios sociales, me refiero. No creo que les parezca adecuado en el hogar de un niño.

Se quedó callada. No había caído en ello. Seguramente pensaba en los vecinos, aquellos que ciertamente podrían denunciarla por las fiestas que organizaba cuando el pequeño estaba con sus padres. Pero no se amedrentó.

—¿A qué ha venido?

Monfort extrajo la fotografía de uno de sus bolsillos y se la tendió.

—¿Lo conoces?

—Sí —dijo enseguida—. Es Jaime, un colega de Fernando; eran amigos desde niños.

—¿Qué relación tenían Fernando y él?

—Ya se lo he dicho, se conocían desde pequeños. Iban juntos al colegio. Me contó que los llamaban Zipi y Zape, por el color del pelo. Fernando era el moreno y Jaime el rubio, está claro, ¿no? —dio unos golpecitos con el dedo índice en la fotografía antes de devolvérsela.

—¿Qué hacían ahora cuando se veían, jugaban a las canicas? —inquirió Monfort.

—No tengo ni idea, eran amigos y punto, no sé nada más. ¿Qué quiere que le diga? Se tomarían alguna copa y charlarían de los viejos tiempos, como hace todo el mundo. ¿Usted no tiene amigos?

—Muy pocos.

La viuda se encogió de hombros. Monfort continuó.

—Espero que no estés ocultando algo acerca de la relación entre Fernando y Jaime. Te recuerdo que trabajamos sin descanso para dar con el asesino de tu marido. Cualquier ayuda puede ser de vital importancia y, a decir verdad, tú no estás ayudando mucho.

—¿Cree que Jaime pudo tener algo que ver?

Monfort se quitó una hebra de hilo de la manga de su americana y la dejó caer al suelo.

—Puede. El problema es que no podemos preguntarle.

—¿Por qué? —Desi ladeó la cabeza.

—Porque está muerto, igual que Fernando. Así que te agradecería que me dijeras todo lo que sabes y no me has contado aún. O puedo llamar a servicios sociales y contarles un cuento.

Ana estaba aturdida, como si lo vivido en casa de Rubén se hubiera tratado de una pesadilla, algo irreal que se disipara simplemente con lavarse la cara.

Durmió hasta el mediodía, no tenía apetito y vagaba por el piso como un alma en pena. Había llamado al tanatorio; no quiso comentar nada con la compañera de recepción, a la que en el fondo consideraba una cotilla con la lengua demasiado larga. Pidió hablar con Román, su compañero. Pese a que en ocasiones le había hablado de sus viejos amigos, no se extendió y le dijo que había pasado mala noche, que no podría hacer el turno y que era posible que se quedara algún día más en casa, hasta que se encontrara mejor.

Se tomó un ansiolítico con el que consiguió reducir parte de la ansiedad y el estado de nervios en el que se encontraba.

Tenía un hematoma de tamaño considerable en la parte alta del muslo, casi en la cadera. Recordó el golpe del coche que la tiró al asfalto y que salió corriendo para que no le hicieran preguntas.

Sacó cubitos de hielo del congelador, los envolvió en un paño y se lo aplicó en la zona amoratada. Encendió un cigarrillo y llenó un vaso con agua. Los efectos de las pastillas seguían latentes. Se tumbó en el sofá e intentó relajarse.

No podía dejar de pensar en Álex y en Rubén, en lo que se habían convertido. Cómo logró marcharse del piso sin mayores consecuencias todavía era difícil de comprender.

¿Por qué no la había llamado Jaime? Si había una explicación razonable pensaría que era una paranoica. Posiblemente todo se debiera a eso, a que era una paranoica víctima de los tranquilizantes.

Se incorporó porque el hielo se deshacía y se le estaba mojando la ropa. Apagó la colilla en un cenicero. Estaba mareada. Dejó el paño mojado en el fregadero de la cocina y regresó al sofá, no se encontraba bien.

Puso en marcha la televisión y se quedó sumida en un plácido duermevela inducido por los ansiolíticos y el alcohol, una combinación nefasta para sus paranoias.

Despertó de forma súbita, apenas habrían pasado diez minutos. Lo primero que sintió fue el dolor del costado, agudo y persistente. Se pasó las manos por la cara, tenía los ojos pegados y un dolor de cabeza que conocía a la perfección. Se sentó, apoyó los codos en las piernas y se balanceó como cuando era pequeña. En la televisión daban noticias locales. Aparecía un coche parcialmente quemado que captó su atención. Un bombero hablaba con una periodista, pero el volumen estaba al mínimo y no pudo escuchar lo que decía. Volvió la imagen del vehículo. Al momento la pantalla se llenó con la fotografía de un hombre.

—¡¡¡Jaime!!! —gritó al tiempo que caía de rodillas en el suelo.

El cuerpo había sido hallado en el interior del coche, en un polígono a las afueras de la ciudad. La muerte, según la presentadora, se había producido por herida de arma blanca y el causante había intentado incendiar el automóvil.

Le faltaba aire para respirar, tenía un ataque de ansiedad. El dolor del costado iba en aumento, el hematoma no había mejorado con el hielo. No sabía qué hacer, estaba desolada. No podía llamar a los padres de Jaime, puesto que no los conocía, ni siquiera sabía si él les había hablado de ella. Revisó los mensajes que le había enviado, la última comunicación era de cuando le dijo que pasaría por su casa a recogerla. Llegó a pensar que se había cansado de ella, que prefería salir con otra. Le vino a la cabeza la primera vez que hicieron el amor, cuando ella todavía quería vengarse de él. No dejaba de darle vueltas. Y luego estaba lo que había pasado con Fernando Nebot. «¡Fernando!» exclamó, como si cayera en la cuenta. Hacía tan solo una semana que había muerto por una herida de arma blanca… y un incendio, el de la discoteca. Temblaba y caminaba por el salón con el teléfono en la mano, sin saber qué hacer, a dónde dirigirse, ni a quién preguntar.

Le acudieron a la mente los rostros de Álex y Rubén, lo que había sucedido en su casa, el odio, la sed de venganza.

Y lo que les había propuesto para quitárselos de encima.

SILVIA Y ROBERT trabajaban en la comisaría.

La compañía de telefonía contratada por Jaime Aliaga aseguró que en breve les haría llegar la información de las llamadas. Por el contrario, la de Fernando Nebot, distinta a la de Jaime, todavía no se había pronunciado. Silvia llamó de nuevo para exigir los datos inmediatamente.

Robert, que se había ausentado un momento del despacho, entró luciendo una sonrisa de oreja a oreja. Sujetaba un helado en cada mano. Le tendió uno a Silvia, que lo miró extrañada.

—¡*Quilla!* No seas *desaboría* y cómetelo antes de que se derrita.

Silvia sonrió y le dio las gracias.

En la pantalla del ordenador aparecía la imagen de una grabación en pausa. En ella se veía el rostro de Álex Escribano, del que desconocían su paradero, y a su lado el de aquel otro con el que parecía discutir. Tenía la cara redonda, era de menor estatura que su acompañante y a todas luces tenía sobrepeso. Mientras mordisqueaba la galleta del helado, Robert amplió la imagen hasta que el rostro del que no conocían quedó en primer plano.

—¿Quién *carajo* eres? —dijo con la boca llena.

—No lo sabemos —respondió Silvia—, pero no tardaremos en descubrirlo. La cosa se va acotando. Tenemos a

Álex, a Ana y a este. Y a dos muertos con los que sería fantástico poder relacionarlos.

—Bueno, en realidad no tenemos a ninguno —puntualizó Robert, que sorbía la última gota del chocolate. Volvió a poner la imagen al completo.

—Tienes razón, pero debemos ser positivos. Una vez me dijiste que era más negativa que el culo de una pila, ¿recuerdas?

—Sí, claro, lo veías todo negro.

—Como tú ahora.

—No tenemos a ninguno, Silvia, esa es la verdad.

—Pero los tendremos a todos, no lo dudes. Dar con ellos es solo cuestión de tiempo.

La llamada de Silvia surtió efecto y casi de forma simultánea llegaron los datos de las distintas compañías de telefonía móvil. Llevaría tiempo descifrar todas las llamadas. Faltaban los mensajes de texto de Jaime Aliaga, pero al menos tenían por dónde empezar.

Media hora más tarde obtuvieron la identificación de Ana. Robert la había rastreado en la red y no había sido difícil recabar algunos datos personales: Ana Mas Izquierdo, con domicilio en la calle San Vicente de Castellón. Técnico especialista en tanatoestética.

Silvia se puso en pie.

—¡Lo tengo! —exclamó.

Robert dirigió su mirada azul hacia ella y con un gesto de la barbilla la invitó a hablar.

—Fernando Nebot hacía muy pocas llamadas, sin embargo, recibía un montón, casi todas por la noche.

—A la hora de las brujas —bromeó Robert.

—Más bien a la hora de los pedidos —matizó Silvia. Le tendió un listado de llamadas emitidas y recibidas; había un número que se repetía. Silvia lo marcó con rotulador fosforescente.

Robert alzó las cejas de forma interrogativa.

—¿Sabes de quién es este número? —preguntó ella.

—¡Dímelo tú, *prenda*!

—De nuestro amigo, Alfonso Chía. Vamos a hacerle una visita.

Robert asintió, pero antes de salir del despacho imprimió los datos de Ana y una imagen de los que había bautizado como el Gordo y el Flaco.

—¡Venga, que es para hoy! —lo apremió Silvia desde el umbral de la puerta.

—*Mariaprisas* —masculló el gaditano comiéndose la ese final para convertirla en una hache muda.

A ÚLTIMA HORA el crepúsculo cubrió el cielo de nubes que presagiaban tormenta; nada que anunciara la llegada de aire fresco, en todo caso. Las calles estaban casi desiertas y las pocas personas que vio de camino al hotel poblaban las terrazas para tratar de sobrellevar el calor.

Después de descubrir en casa de la familia Aliaga que Ana no era un nombre cualquiera anotado con bolígrafo en un folleto, y de que Desi le confirmara que Fernando y Jaime eran amigos, pudo establecer un vínculo entre las dos víctimas y se sintió mejor.

Llamó a Silvia, pero no contestó. A los pocos segundos recibió un mensaje de texto en el que le informaba de que estaban tirándole de la lengua a Alfonso Chía.

Le respondió resumiendo las palabras de la viuda acerca de aquellos dos.

Al llegar, la amable recepcionista le indicó que alguien aguardaba en el bar.

Elvira Figueroa estaba radiante y su sonrisa espantó los fantasmas que acechaban la soledad de una habitación de hotel.

*P*ARA CONSUMAR UN *incendio se precisa la coincidencia de cuatro factores: combustible, calor, aire y una reacción en cadena.*

En el lugar se encontraban los cuatro elementos óptimos, y en la mochila llevaba potenciadores del fuego y botellas con gasolina.

El escenario era tan parecido al de la primera vez...

La urbanización estaba cuajada de pinos, altos y descuidados, rodeados de maleza. Las casas estaban construidas cada una a su estilo, sin seguir un estándar arquitectónico. Apenas había separación entre los arbustos y las paredes que delimitaban los jardines. Las calles eran estrechas y zigzagueantes. Difícil acceder, difícil escapar. Desde allí se divisaba una pequeña franja de mar, en el que con toda seguridad se abastecerían de agua los hidroaviones una vez que todo hubiera empezado a arder. Había oscurecido y se oía estridular a los grillos. El ambiente era muy seco. «Sequedad.» Otro factor favorable para la barbarie.

Aparqué en un claro del camino y me introduje en el bosque. Divisé un lugar aislado pero lo suficientemente cercano para observar las viviendas. Había luz en casi todas. Diseminé los potenciadores del fuego en cuatro puntos distintos y rocié el contorno con gasolina. Prendí fuego hasta completar las zonas y regresé al lugar donde había aparcado. Miré de nuevo hacia las casas: estaban dentro. Puse en marcha el coche y salí de allí. Me crucé con alguien que iba en bicicleta. No lo esperaba. Agaché la cabeza para que no pudiera recordar mi aspecto. Eché un vistazo por el espejo retrovisor; lo vi detenerse y mirarme.

Cuando llegué a la carretera bajé la ventanilla. Olí el fuego, pero no me giré para verlo.

15

Lunes, 7 de julio

CUANDO MONFORT LLEGÓ a la comisaría faltaban diez minutos para que dieran las ocho de la mañana.

Elvira Figueroa había dejado una nota sobre el escritorio; él la oyó marcharse antes de las siete, pero no quiso interrumpirla. Su viaje a Castellón se debía a la participación en un juicio que tendría lugar aquella misma mañana. Elvira lo inundaba todo con su forma de ser, una suerte de torbellino visceral y magnético, un halo de energía infatigable que derrochaba buenas vibraciones. Cuando cerró la puerta, el aura siguió irradiando positividad en la habitación de un hombre solitario. Su escaso equipaje permanecía abierto junto al armario, y el cepillo de dientes tirado de cualquier forma sobre la encimera del lavabo.

El comisario Romerales conversaba con un hombre en la puerta de una sala de interrogatorios; Silvia estaba a su lado. Se trataba de Isidro Gasch, el abogado del matrimonio Meirás. En el interior se encontraban Alfonso Chía y el agente Calleja.

EL INTERROGATORIO HABÍA durado prácticamente toda la noche. Silvia y Robert se habían turnado para poder descansar. Alfonso Chía había guardado silencio la mayor parte del tiempo, impertérrito, empeñado en no soltar palabra; sin embargo, antes del amanecer pidió que un abogado en concreto lo asistiera. Luego, en su presencia, habló.

Reconoció que suministraba droga a Fernando Nebot para que la vendiera en distintos locales de la ciudad. Chía acusó a Manuel Meirás y a su esposa de mirar hacia otro lado y con ello favorecer el tráfico en la discoteca. Confesó también haber extorsionado al matrimonio gallego. Isidro Gasch le aconsejó que no continuara hablando, pero Chía levantó un dedo admonitorio.

Cuando Robert puso sobre la mesa una fotografía con los rostros de Álex Escribano y el amigo obeso que lo acompañaba, Alfonso Chía dijo conocerlos, a ambos.

—Estuvieron en la discoteca esa noche —admitió—. El gordo es un *figura* de mucho cuidado. Tiene dinero. Camello que pilla, camello que forra. Se mete farlopa como si fuera una aspiradora. Ahora, eso sí, tiene una mala hostia… Si cree que lo estás *tangando* te puede buscar la ruina. Al flaco no lo había visto antes. —Señaló la fotografía con el dedo—. El gordo dijo que era un amigo suyo de toda la vida. Bueno, dijo más cosas, pero no lo escuché. Además, ellos solo venían a por la coca. Se mosquearon porque allí no teníamos la cantidad que querían y tuve que pedirle a Fernando que fuera a buscarla.

—¿Cómo se llama? —le preguntó la subinspectora.

—¿Quién?

—El gordo.

—Rubén.

—Rubén, ¿qué más?

Chía negó con la cabeza.

—No lo sé. Esa gente no dice su apellido, a lo mejor tampoco es su verdadero nombre.

—¿Cuánta droga querían?

—Eso da igual —dijo a la vez que hacía un gesto de desdén con la mano.

—A mí no me da igual. ¿Te lo vuelvo a preguntar?

—Diez o doce gramos, no me acuerdo —contestó al fin.

El interrogado se sacudió la caspa del hombro de la camiseta. El abogado se llevó una mano a la frente y lanzó un bufido.

—Creo que deberíamos replantearnos el interrogatorio —propuso Gasch—, sería interesante que hablara a solas con mi cliente.

Pero Silvia no le hizo caso y siguió con las preguntas.

—¿Y qué pasó después?

—Cuando Fernando volvió, pagaron y se fueron.

—¿Se fueron?

—Sí.

—¿Estás seguro?

—Creo que sí —masculló.

—¿Lo crees o lo sabes?

—Se fueron —repitió, pero su tono de voz albergaba más dudas que otra cosa.

—¿Los viste marcharse?

—No. Pero cuando pagaron el gordo dijo que se marchaban.

—Pero no los viste salir por la puerta con tus propios ojos.

—No.

—Pues entonces no sabes si salieron o no. ¿Es así?

—Sí.

—Vale, ya nos vamos entendiendo —concluyó Silvia.

La subinspectora lanzó una mirada elocuente a Robert, que escuchaba atentamente, y luego fingió buscar información en su libreta. Había que preguntar si alguien los había visto irse de la discoteca. La grabación de la cámara no captó la salida de la extraña pareja. Cabía la posibilidad de que se hubieran escondido en algún lugar, en los baños o en el almacén. Una de las conjeturas que se le pasaron por la cabeza era que hubieran retenido a Fernando Nebot y se hubieran escondido con él, y que tras el cierre lo hubieran matado para a continuación prender fuego al local.

—Después de que regresara a la discoteca y se realizara la transacción, ¿volviste a verlo?

La pregunta lo pilló desprevenido.

—¿A quién?

—A Fernando Nebot, ¿a quién va a ser? —Silvia levantó la voz.

Chía pensó la respuesta.

—No. No lo vi más.

—¿Y no te pareció extraño?

—No. Tendría cosas que hacer.

—¿Qué cosas?

—Cuando se recoge un pedido como ese lo normal es darle un buen *pellizco*.

—Que luego se puede volver a vender —apostilló Silvia.

Alfonso Chía se encogió de hombros, lo cual afirmaba más que desmentía.

—¿Y lo que sacaba de esos *pellizcos* se lo quedaba para él?

Repitió el gesto con los hombros.

—Por el trasiego —contestó pasados varios segundos.

Silvia, bajo la atenta mirada de Gasch, que intuía que se le iba a amontonar el trabajo a partir de aquel momento, llamó a Romerales para que acudiera a la sala de interrogatorios.

El comisario llegó al instante y Silvia y el abogado se levantaron para hablar con él.

—¿Ya hemos acabado?

—Ni mucho menos —respondió ella volviéndose desde la puerta. El abogado se quejaba al comisario del cariz que estaba tomando el asunto. Para aprovechar la coyuntura, la subinspectora extrajo del bolsillo una fotografía y la acercó hasta la mesa donde Alfonso Chía apoyaba las manos sudadas. La dejó encima de manera que pudiera verla con claridad.

—¿Lo conoces?

—No —respondió.

—Pregúntaselo tú, Robert, a ver qué te dice a ti —dijo y regresó a la conversación con el comisario y el abogado.

Robert acercó la silla hasta situarse frente al interrogado.

—Está *enfadá* —susurró—, tiene un temperamento que no veas. Venga, no seas sieso y dile que lo conoces.

—Pero si no sé quién es.

—Que sí, hombre, que yo sé que lo sabes.

—¡Que no, joder! —bramó Chía.

—No grites que es peor. Mira, hasta ahora no lo has hecho mal del todo. Si te caen, pongamos ocho años, puede que se queden en menos de la mitad por colaborar. Así que no la cagues ahora y dinos de qué conoces a este hombre. Saldrás ganando, créeme, *pisha*.

Alfonso Chía estaba lívido. El sudor le caía por las sienes.

—Es un amigo de Fernando —dijo al fin.

Robert se echó a reír, pero a Chía no le hacía la menor gracia.

—No seas burro —espetó—, eso ya lo sabemos. —Miró de reojo hacia la puerta y luego se volvió hacia él—. ¿Te gustan los hombres? —le preguntó en un bisbiseo.

—¿Qué coño…?

—Tranquilo, tranquilo… Te lo digo porque puedo enviarte a algún contacto cuando estés en la *trena*; más vale que te la meta alguien de confianza que cualquier salvaje desconocido que no se haya *lavao* el *pijo* en meses.

Alfonso Chía apretó los puños encima de la mesa. Respiró hondo y luego habló.

—Jaime… se llama Jaime Aliaga —confesó—. Es el de la foto.

—Ya —suspiró el agente—. ¿Y?

Chía chasqueó la lengua en un gesto de contrariedad.

—A veces pone la pasta. Adelanta dinero para pagar la mercancía cuando vamos un poco flojos, y a cambio recibe su comisión.

—Otro socio más.

El interrogado asintió con la cabeza. Robert prosiguió.

—Antes has dicho: «Tuve que pedirle a Fernando que fuera a buscarla». ¿Dónde fue a buscarla? ¿Quién la tenía? ¿Quién es el capo?

—¡Venga, no me joda, ya he hablado demasiado!

El comisario, la subinspectora y el abogado se volvieron para ver qué ocurría. Robert les hizo un gesto para indicar que no pasaba nada y salieron al pasillo para continuar hablando junto a la puerta, que dejaron abierta.

A continuación, el agente acercó la boca a pocos centímetros de la oreja de Chía.

—Te la meten un día sí y el otro también. Hay todo tipo de vergas de distintas razas, colores y tamaños. Y se te saltarán las lágrimas cuando los veas entrar en las duchas.

—¡Joder! ¡Me cago en la puta! ¡Es César Olucha!

El abogado se dio la vuelta con cara de perplejidad por el nombre que acababa de escuchar.

El comisario Romerales se llevó una mano a la frente.

—Ya parece Monfort. Se os pega a todos —le dijo a Silvia.

Habían pasado la noche minando al interrogado, debilitando su integridad. Silvia sabía que, a solas, Robert le daría el último *puyazo*, tal como él mismo hubiera dicho. En el azul de los ojos del policía se reflejaba el miedo de Alfonso Chía.

—¿Me buscabas? —preguntó Monfort a Romerales al llegar junto a ellos.

Rubén había salido de madrugada sin hacer ruido mientras Álex dormía en el sofá. Tenía poco que ver con el enclenque asmático de los días del colegio. Su etapa en Santiago de Compostela había hecho de él una persona distinta en todos los aspectos; se mostraba autoritario y violento, y su mirada destilaba maldad y rencor hacia todos. Cuando lo vio en la plaza de la Paz, le pareció que el tiempo no había pasado para él, pero ahora, una semana más tarde, Álex había dejado claro hasta dónde alcanzaba la inquina que nacía de su interior.

La visita de Ana resultó de lo más reveladora. Confesó que había buscado a Fernando Nebot y a Jaime Aliaga para vengarse de ellos. Tampoco era de extrañar que ideara un plan para darles su merecido.

Ella siempre estuvo en sus pensamientos. No la había olvidado ni por un momento, y ahora volvía a llenarlo todo con su presencia.

Cargó una mochila con lo necesario y cogió el dinero en efectivo que escondía en su propia casa. Antes de cerrar la puerta echó un vistazo a Álex, que seguía dormido, aunque no sería por mucho tiempo, de eso estaba seguro. Su alma endiablada no lo dejaba descansar en paz.

Ya en la calle llamó a un taxi. El conductor no le hizo preguntas sobre el inusual destino y la hora intempestiva. No debía de ser tan habitual que alguien viajara en taxi desde la ciudad hasta el pueblo de Les Useres, pero no hizo preguntas.

Cincuenta minutos después, y tras zigzaguear las curvas al final del trayecto, el taxi se adentró en la población situada entre barrancos y montañas. Se detuvo en la plaza del Ayuntamiento.

—Aquí, ¿verdad? —preguntó el taxista.

—Sí —contestó Rubén, que echó mano de la cartera para pagar el viaje.

El amanecer se abría camino entre las sombras de la noche cuando el taxi partió de vuelta. La imponente escultura del Cristo de la Agonía sobre el campanario de la pequeña ermita de la plaza le dio la bienvenida. Un gallo cantaba en la lejanía y un perro tozudo ladró para delatar su presencia. Se colgó la mochila a la espalda y caminó por la estrecha calle Mayor hasta llegar a la iglesia de la Transfiguración del Señor. Antes de que el sol alumbrara el pueblo, buscó un lugar a resguardo para vestirse. De la mochila extrajo una túnica de color azul y un sombrero de alas caídas. Se atavió por encima de la ropa que llevaba, sacó un rosario hecho con grandes cuentas de madera y se lo colgó al cuello. Finalmente se coronó el sombrero en la cabeza y se dirigió a la puerta de la iglesia. Hincó las rodillas en el suelo y rezó lo poco que sabía. Pensó en su padre, en su abuelo y en el resto de los hombres de la familia que habían tenido el honor y el orgullo de haber sido peregrinos, una costumbre ancestral que Rubén creía que le había sido denegada.

Pese a que las puertas de la iglesia permanecían cerradas, se imaginó saliendo del templo y a un nutrido grupo de personas que lo recibía en el más absoluto silencio, con la plaza alfombrada de verde hiedra, mientras de fondo se oían los cantos gregorianos que daban inicio a la peregrinación que habría de llevarlo hasta el santuario de Sant Joan de Penyagolosa, al pie de la montaña del mismo nombre.

Besó el suelo y se incorporó. Se persignó y sin más dilación tomó el camino que salía del pueblo, la misma vereda que cada último viernes del mes de abril, desde la Edad Media, veía partir la comitiva de los peregrinos de Les Useres, hombres escogidos año tras año para dar vida a una costumbre que trascendía lo religioso.

Un vecino de edad avanzada, con un perrillo apostado a sus pies, miró incrédulo al extraño caminante. Por delante quedaban muchos kilómetros por agrestes sendas de montaña. Se sabía todo aquello a la perfección de tanto escuchárselo contar a su padre y, antes que él, a su abuelo.

Rubén no había elegido voluntariamente el mes más caluroso del año para su particular romería. Tampoco había sido escogido de forma legítima entre los hombres del pueblo, ni caminaba descalzo, ni tenía compañeros en los que apoyarse y orar a un Dios que no había entendido que se sentía rechazado. Cuando llegara al santuario no sería recibido en honor de multitudes, como se acoge a los peregrinos, pero cumpliría su palabra.

La meta del peregrinaje consistía en rogar a Dios salud, paz y lluvia, pero él no se encaminaba hasta allí por ninguna de aquellas tres cosas, sino para todo lo contrario.

Álex comprobó que Rubén no estaba en el piso. Cuando salió a la calle buscó un cajero cercano e introdujo la tarjeta de crédito. El dinero que habían ingresado sus padres no estaba. Solicitó un extracto de los movimientos. La cifra aparecía un día y al siguiente en forma negativa. Dio un manotazo sobre el teclado, pero el dinero no iba a aparecer por mucho que se liara a golpes. Algo había provocado que retiraran la cantidad. Quizá habían llamado a la universidad y allí les habían contado el motivo de la expulsión. También cabía la posibilidad de que hubieran descubierto que estaba en Castellón. O lo que era peor, que la chica de Santiago lo hubiese denunciado.

Aquello era lo que temía de verdad. Lo que no lo dejaba descansar en paz. Recordó cómo había sucedido.

SALIÓ DEL CAMPUS sur y atravesó el parque de la Alameda. Como tenía tiempo entró en un bar de la concurrida Praza do Toural, donde se tomó varios chupitos para entonarse. La estatua de Atlas coronaba el palacio de Bendaña, y soportaba la pesada bola del mundo sobre sus hombros a la espera de dejarla caer sobre una joven virgen o un estudiante que jamás hubiera suspendido ninguna asignatura. Bordeó la plaza para evitar pasar bajo la escultura y no provocar a la maledicencia compostelana. Siguió por la rúa do Vilar y atravesó el casco antiguo, siempre repleto de turistas y peregrinos, hasta llegar a la llamada Porta do Camiño. Se detuvo para tomar aliento, respiraba de forma entrecortada, la humedad encogía sus pulmones. Al frente se erigía majestuosa la iglesia de San Domingos de Bonaval, en la que yacen los restos de Rosalía de Castro. Enfiló la cuesta de la rúa San Pedro hasta llegar al Cruceiro, donde se encontraba el bar en el que había quedado con ella.

La había conocido dos días antes. Recordaba su cuerpo y su lengua desbocada; la había besado y se dejaba tocar, lo miraba lascivamente, le susurró al oído lo que él quería escuchar, y cuando más caliente estaba, llegó una amiga y le dijo que debían marcharse. La hubiera estrangulado, las hubiera estrangulado a las dos. Tras insistir mucho consiguió quedar con ella en el mismo lugar, aquel bar oscuro que abría por las tardes y que siempre estaba concurrido por estudiantes.

Entró en el local envalentonado por los efectos del alcohol. Fue a la amiga a la que vio en primer lugar, la misma que le había aguado la fiesta. La chica se le acercó nada más verlo. La música estaba muy alta y le habló al oído, le dijo que su amiga no iba a venir, que le había surgido un imprevisto, pero que ella estaba allí en su lugar. Lo dijo con voz sensual y le acarició el cuello con la yema de los dedos cuando le retiró la boca del oído. Luego le hizo otro comentario: «Vas muy puesto». Lo tomó de la mano y lo llevó hasta la barra. Pidió vodka, le gustaban las bebidas fuertes. Brindaron, bebieron y pidieron más. Luego lo arrastró hasta la pista de baile, una miríada de jóvenes y no tan jóvenes danzaban al ritmo de una melodía empalagosa. Bailaron varias de aquellas canciones rozando sus cuerpos intencionadamente hasta que ella le susurró algo al oído. Se escabulleron de la tribu que bailaba enfervorecida y se perdieron en el interior de uno de los cubículos de los baños femeninos. Allí se besaron con pasión y dejaron que las manos recorrieran sus cuerpos con destreza. Ella pensaba que tenía cocaína, se lo preguntó, y al decir él que no llevaba nada encima, hizo ademán de escabullirse. La agarró fuerte por el cuello e intentó besarla de nuevo. A ella no le gustó el gesto agresivo, trató de zafarse, pero él le apretó la garganta hasta que se quedó inmóvil. En un arranque de fuerza, la joven empezó a golpearle en la espalda con los puños. Él, sin retirar una mano del cuello, empezó a darle bofetadas con la otra. Ella lloraba y gemía pidiendo que la soltara de una vez, y él, presa de la ira, le pegaba cada vez más fuerte, con una violencia inusitada. Alguien llamó a la puerta dando golpes. Él le susurró que si gritaba la mataría, pero ella hizo caso omiso y de la boca lacerada por los manotazos brotó un grito desgarrador, como el de un animal en peligro, como alguien que presiente su muerte. Los golpes en la puerta se sucedían cada vez con más fuerza. Se oían gritos desde fuera. La música había dejado de sonar. Comprendió que había cruzado el límite, que estaba en apuros. Liberó el cuello de la chica y empezó a toser frenéticamente. Se le doblaron las rodillas, cayó al suelo y perdió el conocimiento. «Policía. Abran la puerta», oyó como si la voz llegara desde muy lejos, aunque estaba a dos palmos escasos.

Lo detuvieron. Pasó la noche en la comisaría aterrado por las amenazas. No podía olvidar el momento de la detención, los dos policías zarandeándolo, esposándolo, la cara de la chica con las mejillas en carne viva, el cuello amoratado, el rímel corrido por las lágrimas, el pelo revuelto, la ropa ajada. El rostro del miedo.

Estuvo en un calabozo. Era un lugar lúgubre y tan cargado de humedad que las paredes chorreaban. Había una ventana pequeña y enrejada, tan alta que no podía acceder a ella. Fuera llovía a mares, como casi siempre en Santiago. Le llamaron de todo, lo insultaron y, fuera del alcance de las cámaras de seguridad, le propinaron algunos golpes.

Tuvo un ataque de asma; había perdido el inhalador, y cuando le rogaba al policía de guardia que le consiguiera uno, le respondía que por él como si se ahogaba con sus propios mocos.

Cuando ya no pudieron retenerlo por más tiempo, le comunicaron que lo dejaban en libertad porque la chica no había interpuesto la denuncia que todos esperaban, y que aquello había sido un milagro y su salvación. El policía acompañó su perorata con gestos de desprecio que no disimuló en ningún momento. De haber podido lo habría machacado con sus propias manos.

Abandonó la celda con la humedad calada en los huesos. Rellenó el papeleo en el que constaban los motivos de su detención y quedó en libertad muy en contra de lo que los policías hubiesen preferido.

Lo primero que hizo al salir fue comprar un inhalador en una farmacia. Luego, bajo la impenitente lluvia, se adentró en el casco antiguo para guarecerse bajo los soportales de la rúa Nova hasta llegar al bar La Tita, donde pidió una cerveza y le obsequiaron con una generosa ración de tortilla. Estaba hambriento, no había comido nada desde la detención.

En la misma calle anduvo los escasos metros que separaban el conocido bar del Centro Dramático Galego. Sorteando los charcos accedió al interior y, sin que nadie advirtiera su presencia, observó al grupo de teatro que ensayaba una escena del segundo acto de *Romeo y Julieta*, de Shakespeare, la universal historia de amor que por las diferencias sociales y el enfrentamiento de los padres convierten el amor en algo prohibido.

El actor que interpretaba a Romeo propagó su voz desde el escenario:

«¡Se burla aquel que nunca ha sido herido de nuestras cicatrices!»

Álex recitó en voz baja al unísono con el actor. Apretó los dientes y, hundido de rabia y dolor, salió como un fugitivo. Allí había pasado tardes magníficas en las que se había sentido como alguien normal, interpretando las obras de los grandes maestros.

Sintió ira y desprecio. Habría prendido fuego al pequeño teatro, con los profesores y los alumnos dentro. Habría quemado su propia vida y su falta de esperanza.

Se alejó del cajero. Miraba a todos lados, a los rostros de la gente en aquella calurosa mañana en Castellón.

Echaba la culpa a sus padres de aquel destierro obligado al que lo habían sometido. A su edad no había hecho más que estudiar. «¿Y para qué?», se preguntaba tantas veces. ¿De qué servían sus excelentes calificaciones, los diplomas que jamás colgó en la pared, las cartas de recomendación de excelsos profesores? De nada, no servían de nada. Conseguir buenos resultados académicos le resultaba tan sencillo que ni siquiera lo valoraba.

Llevaba una bolsa de deporte en la que había metido solo lo necesario. Caminó deprisa con la cabeza baja para que nadie lo reconociera, pues creía que sus padres habrían dado la voz de alarma en el caso de que supieran que se encontraba en Castellón. Sintió un cosquilleo en el estómago, el mismo que cuando se avecinaba una situación límite. Quizá fuera aquello lo que más lo excitaba. Fue por la calle Navarra en dirección al centro. Al llegar a la calle Trinidad se detuvo un instante antes de cruzarla. Desde allí, y a través de la corta y peatonal calle Huerto de Mas, divisó parte de la fachada del Teatro Principal. Sujetó con fuerza las asas de la bolsa y continuó hasta llegar a la calle Ximenez. Justo en aquella desembocadura se encontraba una de las puertas de servicio del teatro. Había calculado aquel momento días atrás; sabía que la puerta de servicio no estaba cerrada con llave por las mañanas y que allí era por donde accedían los trabajadores. Agarró la manilla y se adentró con paso decidido. Tenía planeado qué decir en caso de que lo sorprendieran. No encontró a nadie en la entrada. Anduvo en silencio por los pasillos, aspiró el olor característico de las butacas, del telón, de la madera, del arte. Se cruzó con dos operarios que lo saludaron como si se tratara de un habitual; él los correspondió con un movimiento de cabeza, sin pronunciar palabra. Al llegar a la platea se detuvo en la penumbra. Había personal en el escenario, trabajaban en la tarima martilleando el suelo que pisaban los actores. La gran sala estaba iluminada tenuemente. El ruido constante de los martillos amortiguaba cualquier otro sonido, por lo que le resultó sencillo encaminarse, escaleras arriba, hasta el gallinero, donde buscó un lugar apartado en el que ocultarse de las miradas de los trabajadores.

En un piso de la calle San Vicente que hacía esquina con la ronda Mijares, nadie contestaba a las llamadas del interfono. Según lo averiguado por Robert, allí vivía Ana Mas Izquierdo, la amiga especial de Jaime Aliaga que no gustaba en absoluto a su madre. Monfort volvió a pulsar por tercera vez.

—Aquí no hay nadie —dijo Silvia.

Para hacer tiempo entraron en una cafetería.

—Habéis hecho un buen trabajo —dijo Monfort cuando la camarera los sirvió.

—Gracias. Robert ha estado fino.

—Formáis un buen equipo.

—No lo estropees ahora que ibas bien.

—Robert es un buen policía. Será uno de los grandes si se lo propone.

—No sé si quiere serlo.

—¿Y qué quiere ser si no?

Ella negó con la cabeza. Removía el café con la cucharilla, su mirada clavada en la espuma que coronaba la taza.

Monfort creyó conveniente hablar de otra cosa, aquellos dos tenían otros dilemas. Sentía unas ganas terribles de fumar.

—¿Crees que Alfonso Chía ha contado la verdad?

—Sí.

—Estás segura, veo.

—Haría lo que fuera por salvar el pellejo, delataría a su propia madre en caso necesario. Es el típico chivato al que le da exactamente igual la suerte que corran los demás con tal de salir beneficiado.

—Ha involucrado a los Meirás —añadió Monfort—, les puede caer una condena por encubrir y consentir el mercadeo de drogas en la discoteca. Ha acusado a las dos víctimas de traficar y se ha despachado a gusto atribuyendo a César Olucha el suministro de la droga.

—Los ha puesto a todos en un buen aprieto —añadió Silvia.

—Si el juez le deja poner un pie en la calle, lo van a encontrar tirado en un callejón.

—Al menos ha conseguido arrancarle una sonrisa a Isidro Gasch. Con César Olucha entre rejas se sentirá satisfecho.

—A lo mejor quiere que lo defienda en el juicio. Sería divertido. Déjame tu libreta, por favor —le pidió señalando su bolso.

En una página en blanco escribió el nombre de las dos víctimas: Fernando Nebot y Jaime Aliaga, y debajo los de Álex y Rubén; luego anotó el de Ana. Quedó sumido en sus pensamientos. Los habituales sonidos de la cafetería se sucedían sin que perturbaran sus cavilaciones. Silvia respetó el mutismo que él había impuesto. La cafetera lanzaba bufidos con cada nuevo café mientras la campanilla de la caja registradora ponía la nota aguda a la cotidiana banda sonora del establecimiento. Saludos, despedidas y el ruido del tráfico que entraba a borbotones cada vez que la puerta se abría. Fuera, el calor era asfixiante, como una manta hecha de alquitrán. Una camarera hizo amago de acercarse a la mesa, pero Silvia la disuadió con un movimiento de la mano.

Monfort trazó por fin un círculo con el bolígrafo para encerrar en él los cinco nombres escritos momentos antes. A continuación, dio varios golpecitos en un punto aleatorio de la hoja. Dejó escapar el aire que retenía.

—Ellos son la clave. —La voz sonó grave y diezmada por el consumo continuado de tabaco.

Silvia lo observó. Tenía la vista fija en lo escrito. Ella podía distinguir el frenético parpadeo, el ligero aleteo de la nariz, las profundas ojeras y las sienes que la edad había teñido de plata.

—Ellos son la clave —repitió—. La respuesta a todas las preguntas. La verdad solo la saben ellos.

—Pero dos están muertos —precisó Silvia.

—Sí, y temo que haya más. Es posible que los cinco sean las víctimas y a la vez los verdugos.

—¿Y el resto?

Monfort levantó la vista del papel y la miró a los ojos.

—Meros espectadores —conjeturó—. Marionetas mal dirigidas; personajes errantes de un cuento fallido; delincuentes de poca monta que han tenido la mala fortuna de estar en el lugar equivocado.

La subinspectora reflexionó.

—Debemos saber qué papel juega Ana en todo esto.

—La maquilladora de muertos —resolvió Monfort para sí mismo.

—Tanatoestética es el nombre real del trabajo que desempeña.

—Un trabajo como cualquier otro.

—Si tú lo dices.

—Tampoco es que el nuestro sea más agradable.

—Tienes razón —concedió Silvia—, ella al menos les pone buena cara a los cadáveres para que los familiares se sientan mejor.

—Imagina lo que pasa por la cabeza del doctor Morata en el momento en el que abre en canal a los fiambres que guarda en las neveras.

—Para toquetearles las vísceras —añadió ella y contrajo el rostro.

—Y lo que no son las vísceras —apostilló Monfort.

Una señora de avanzada edad, sentada a una mesa contigua, guardó en el bolso lo que tenía sobre la mesa y se levantó con gesto airado, fulminándolos con la mirada.

—Tenemos que conocer mejor a los personajes —intervino Monfort—, averiguar quién son en realidad, no lo que parecen ser. Debemos encontrar un punto de conexión entre los cinco. Tienen más o menos la misma edad. Jaime y Fernando eran amigos y socios. Algo más debe vincularlos.

—¿Qué buscamos, además del vínculo?

—Un móvil tan trascendente como para desearle la muerte a alguien, los medios necesarios para cometer los crímenes y la oportunidad para realizarlos.

—Móvil, medios y oportunidad —apuntó Silvia—. La Santísima Trinidad del asesino.

—Exacto —reconoció Monfort.

—¿Todavía crees que se trata de la misma persona?

—Aseguraría que sí.

—Pero… tú mismo coincidiste con el forense en que el asesino era un chapucero.

—El doctor Morata tenía razón, pero solo en parte; él lo sabe, fue solo una forma de hablar. El asesino se comportó de forma torpe a la hora de intentar borrar las huellas que podían inculparlo. No tiene ni idea de cómo provocar un incendio para que el fuego se lleve todo aquello que lo pueda delatar. Sin embargo, según el doctor, las heridas en las dos víctimas son certeras, infalibles, efectuadas en una zona concreta en la que la muerte sobreviene de manera casi instantánea si la ejecuta alguien experimentado.

—Y, entonces, ¿a qué viene el tema de los incendios provocados?

—Puede que esté dejándonos una señal. Puede que imite a alguien a quien admira, o a quien odia profundamente por algo que le hizo.

—Si se trata de la misma persona —apuntó Silvia—, debe de ser alguien corpulento, las víctimas eran jóvenes y fuertes. No creo que una mujer pueda hacer eso, tampoco según qué hombre.

Monfort levantó la mano para llamar la atención de la camarera. Sujetaba un billete de diez euros en la mano que le entregó cuando le dijo la suma total de las consumiciones.

—A no ser que se trate de más de una persona —dijo cuando le devolvieron el cambio.

—¿Dos hombres? —preguntó Silvia tirando de la puerta para darse de bruces con el tórrido verano de Castellón.

—Podría ser —planteó Monfort—, pero debemos valorar todas las opciones.

—¿Cuáles?

—Dos personas son dos hombres —hizo una pausa—, pero también lo son un hombre y una mujer.

HACÍA TANTO CALOR que el asfalto de la calle San Vicente hacía aguas como si se tratara de un espejismo en el desierto.

La población de la ciudad de Castellón menguaba de forma considerable en los meses estivales. A finales del mes de junio muchos de sus habitantes ponían rumbo hacia las cercanas playas del Grao y Benicàssim. A Monfort le costaba comprender que los castellonenses adquirieran segundas residencias en unas playas tan cercanas a sus domicilios habituales. Se acordó de Manuel Meirás y Aurora Vilas, que habían dejado A Coruña, en la lejana Galicia, para instalarse en Benicàssim.

Nadie contestaba en el piso de Ana Mas. Habían dejado pasar casi una hora en el interior de la cafetería. Recogieron el coche de un aparcamiento en la zona azul.

El tanatorio La Verdad estaba situado a las afueras de la ciudad, de camino a la universidad y a los accesos que llevaban al norte de la provincia. Había una plaza libre frente a la entrada. Accedieron al interior, donde el silencio y el aire fresco eran una bendición, y se presentaron a la recepcionista. Monfort mostró su credencial y Silvia la suya. La mujer se azoró un poco ante su presencia.

—No se preocupe —quiso tranquilizarla el inspector—. No ha ocurrido nada, solo se trata de una visita rutinaria. Nos gustaría hablar con el director.

—Claro —asintió ella—. Levantó el auricular del teléfono y marcó un número de tres cifras.

Monfort observó el lugar. Estaba impoluto, escrupulosamente limpio. Olía a alguna fragancia artificial que desprendía uno de esos aparatos que de vez en cuando sueltan una ráfaga perfumada. Frente a la mesa de recepción había un sofá de piel de color blanco y una mesa baja con una pila de revistas perfectamente alineadas. Las paredes estaban decoradas con cuadros abstractos de trazos coloridos a los que no les encontró sentido en un lugar como aquel, aunque tampoco supo dilucidar qué tipo de cuadros encajarían allí. ¿Paisajes? ¿Marinas? Sí, quizá fueran cuadros con motivos marinos de horizontes infinitos y playas desiertas lo más adecuado para un lugar como aquel.

—Disculpen —dijo por fin la recepcionista—. Víctor Mora les atenderá, él es el director. Acompáñenme. —Se levantó e hizo un gesto con la mano para que la siguieran a lo largo de un pasillo revestido de mármol en el que había puertas a cada lado. Se detuvo en una de ellas y dio unos ligeros golpecitos con los nudillos sobre la madera antes de abrir.

—El inspector Monfort y la subinspectora Redó —anunció mientras se hacía a un lado para dejarles paso.

—Pasen —anunció la voz de un hombre sentado tras su mesa. Se puso en pie y tendió la mano a los policías. No tendría más de cuarenta años. Víctor Mora era alto y fornido, lucía barba de cuatro días y vestía pantalón gris, camisa blanca y corbata azul celeste. Una americana colgaba del respaldo de su silla y en la solapa se distinguía el emblema del tanatorio.

—Siéntense, por favor —Señaló las dos sillas que había junto a la mesa—. ¿Quieren tomar algo? ¿Café? ¿Agua?

Monfort y Silvia declinaron el ofrecimiento.

—Hace mucho calor —opinó a la vez que se servía agua de una botella en un vaso de plástico.

—Aquí se está bien —observó Monfort.

—En verano hay días en los que preferiría no moverme del despacho —dijo, y al sonreír achinó los ojos negros y mostró una cuidada dentadura.

La camisa le quedaba estrecha, una talla menos de lo que necesitaba, pensó Monfort; seguramente lo hacía adrede para lucir los bíceps y una espalda ancha.

Se aclaró la garganta después de beber.

—Ustedes dirán.

—Nos gustaría hablar con una de sus trabajadoras: Ana Mas Izquierdo —solicitó Silvia.

El director tiró del nudo de la corbata en un acto reflejo.

—Está indispuesta.

—¿Qué le ocurre?

—Habló con un compañero, le dijo que no se encontraba bien.

—¿Sabe dónde está?

—No.

—¿Ha presentado la baja médica?

Víctor Mora negó con la cabeza.

—Supongo que nos la hará llegar en breve. ¿Ocurre algo?

—Necesitamos hablar con ella —insistió Silvia—. Le ha sucedido algo a un amigo suyo y es importante que contactemos con ella.

—¿Han ido a su casa?

—Sí, pero no está. Y no tenemos su número de teléfono.

—¿Quieren que se lo facilite?

—Si es tan amable. —Silvia sacó la libreta de su bolso.

—No sé si puedo hacer eso —dudó el director con una sonrisa.

—No es que pueda; es que debe hacerlo.

El hombre levantó las manos de forma conciliadora.

—No me malinterpreten. Ana es una excelente trabajadora, su expediente es intachable. A cualquiera de los compañeros que le pregunten les dirá lo mismo que yo. En el tiempo que lleva con nosotros no hemos tenido la menor queja. Todo lo contario.

—Todo eso está muy bien —intervino Monfort—, pero tal como le ha dicho la subinspectora, necesitamos localizarla. No está en su domicilio, no ha venido a trabajar y usted no sabe dónde puede estar.

—No lo encuentro tan extraño —respondió negando con la cabeza en un gesto de incredulidad—. Llamó para decir que no estaba bien. Tampoco hay que alarmarse, creo yo.

Monfort hizo un gesto a Silvia para que siguiera ella, no le apetecía entrar en el juego de andarse por las ramas.

—Han asesinado a un hombre que podría ser su pareja. —Hizo una pausa para que sus palabras calaran—. Por eso estamos aquí hablando con usted, sentados al amparo del aire acondicionado.

Monfort sonrió.

—¡Madre mía! —exclamó Víctor Mora sorprendido—. Enseguida les doy su número.

Movió el ratón del ordenador, que estaba colocado en un ángulo oblicuo sobre la mesa, y el monitor se iluminó. Como fondo de pantalla tenía el logotipo del tanatorio en letras doradas sobre un fondo de color turquesa. Clicó sobre una carpeta del escritorio y buscó con el cursor.

—Aquí está —dijo—. Tomen nota, por favor.

Silvia apuntó el número que le dictó.

—Gracias —dijo ella finalmente.

—¿Sabía que Ana tenía una relación? —le preguntó Monfort.

—No tenía ni idea. —Se encogió de hombros—. No solemos hablar de esos temas con los trabajadores. No nos inmiscuimos en sus vidas privadas. Mientras cumplan aquí…

—¿Cuándo la vio por última vez?

Víctor Mora miró al techo como si allí pudiera hallar la respuesta.

—El viernes por la mañana —dijo al fin—. Tomaba café en el cuarto con alguno de los compañeros. No suelo acceder a las salas de tanatopraxia y tanatoestética mientras trabajan. Los veo poco, la verdad, a no ser que haya algún incidente.

—¿Suele haber incidentes? —inquirió Monfort.

—¿Aquí?

—Sí, claro, aquí.

—No, por supuesto que no.

—¿Desde cuándo trabaja Ana con ustedes?

—Pronto va a hacer un año. Tiene contrato fijo. Ya les he dicho que es muy buena en su especialidad.

Silvia hizo ademán de querer preguntar algo.

—¿Qué diferencia hay entre tanatopraxia y tanatoestética?

Mora apoyó los codos sobre la mesa y juntó las yemas de los dedos antes de hablar.

—En muchas ocasiones se confunden los dos términos. Son profesiones poco conocidas, en realidad. En todo caso, ambas prácticas gozan de buena salud y los que se dedican a ellas tienen un buen futuro por delante; no les faltan clientes. —Quiso hacer un chiste, pero no les hizo la menor gracia. Continuó—: Se lo explicaré de un modo sencillo. La tanatopraxia se encarga de la higienización, conservación y reconstrucción de los cuerpos. Es un trabajo complejo para el que se requiere de una gran formación; se necesitan conocimientos médicos relativos a los procesos físicos que suceden en el cuerpo de un fallecido. La tanatoestética, la especialidad de Ana, consiste en preparar, acondicionar y maquillar al difunto. Ellos son los encargados de mejorar su aspecto, disimular las heridas o moratones, vestir, peinar, afeitar… en definitiva, de dotar a las personas fallecidas de un aspecto lo más natural posible para que sus familiares tengan un último recuerdo satisfactorio, menos doloroso e impactante. Resumiendo: la tanatoestética se centra en la imagen del fallecido, mientras que la tanatopraxia se ocupa de aplicar técnicas de conservación e higienización.

Silvia recordó las palabras de Robert: «Lo que viene siendo una maquilladora de muertos».

—Gracias por la lección —dijo Monfort, incómodo ya en aquel lugar; con las clases magistrales del forense Pablo Morata tenía suficiente—. ¿Ana vive sola?

La pregunta sorprendió al director.

—Sí, creo que sí, alguna vez se ha comentado que vive sola.

—¿Comentado? —preguntó Monfort con perspicacia.

—Bueno, es joven y atractiva —sonrió—. No es extraño que tenga admiradores entre los compañeros masculinos.

Silvia dejó escapar un suspiro. Monfort preguntó antes de que ella soltara un exabrupto.

—¿No acaba de decirnos que no suelen hablar de estos temas con los trabajadores y que no se inmiscuyen en la vida privada?

—Es solo un comentario, nada más.

—¿Tiene noticia de algún escarceo? ¿Alguien aquí a quien le gustara Ana especialmente?

—¡No, por Dios, no sé nada de eso! —exclamó arqueando las cejas de manera exagerada—. Ha sido una forma de hablar, no me malinterprete.

Monfort no perdió la cuenta de que había dicho dos veces lo mismo. Nadie lo estaba malinterpretando, simplemente lo escuchaban. Él sabría si había que malinterpretar sus palabras.

—¿De verdad que todo va bien con Ana? —insistió el inspector mirándolo a los ojos.

—Como les he comentado, ni una queja, nada que objetar. Estamos satisfechos con su labor. No es un trabajo fácil, ¿saben? Son cadáveres lo que manipulan y en ocasiones no es del todo agradable. Hay que disimular heridas, hematomas, rostros desfigurados… También hay que tratar con los familiares; algunos dejan que los profesionales apliquen su criterio, pero otros tienen sus preferencias y hay que tener paciencia y escucharlos.

—¿Como por ejemplo?

—Peluquería para las mujeres, tonos de maquillaje, sombra de ojos e incluso laca de uñas.

—¿Y con los hombres?

—Con los hombres es más sencillo. Reconstruir las imperfecciones, un buen traje y poca cosa más.

—Comprendo —dijo Monfort.

—Ana no se queja nunca. Si algún compañero se siente indispuesto, lo hace ella. El sueldo se lo gana, créanme.

—¿Es alto ese sueldo?

—Acorde con su titulación —contestó dejando claro que no iba a hablar de cifras.

El inspector tomó aire y miró a Silvia para que continuara.

—Ha dicho que Ana vive sola. Por lo visto se había comentado aquí, entre ustedes, como si se tratara del resultado de un partido de fútbol o del tiempo que va a hacer mañana.

El director sopesó las palabras de la subinspectora.

—No me malinterprete.

Tres veces, constató Monfort.

—El caso es que vive sola. ¿Sabe si tiene familia? —preguntó Silvia.

—Sí —respondió el director, aliviado de que se hubiera cambiado de tema—. Su madre vive aquí, en Castellón. Es viuda.

—¿También se comentó eso a la hora del café y del cigarrillo o estaba ella presente?

—Nos lo comunicó ella misma cuando la contratamos —respondió con poca empatía.

—¿Sabe su dirección?

—No.

—¿Y un número de teléfono?

—Tampoco.

Silvia hizo un gesto de desdén y anotó algo en la libreta. Sin levantar la vista de ella, dijo:

—No pasa nada, la localizaremos enseguida.

Tecleó en su teléfono móvil a gran velocidad.

—Listo. No tardarán en darnos la dirección de su madre.

Se hizo el silencio en el despacho. También allí había cuadros abstractos. Serían de algún artista local y los habrían comprado en un lote, pensó Monfort. Eran horrorosos.

—Antes de marcharnos —solicitó, dejando sobre la mesa su tarjeta de visita y empujándola con las yemas de los dedos para acercarla al director—, nos gustaría intercambiar unas palabras con los compañeros de Ana, si es posible.

No parecía entusiasmado con la petición, aunque descolgó el teléfono y marcó un número. Mientras esperaba una respuesta se dirigió a los policías:

—A ver si no están demasiado ocupados.

Habló con alguien, preguntó quién estaba de servicio y, tras escuchar lo que le decían, colgó sin más.

—Acompáñenme, por favor —les indicó al incorporarse de la silla.

Caminaron por un pasillo distinto. Allí no había cuadros abstractos, tan solo una gran cristalera integrada en la pared que daba a una estancia parecida a un quirófano. Se detuvieron frente a una puerta abierta. Olía a café. Era la salita de descanso, con la omnipresente cafetera y todo lo necesario para hacer un receso. De pie, junto a una nevera, dos mujeres hablaban en susurros muy cerca la una de la otra. En un sofá con los asientos combados por el uso, dos hombres consultaban el teléfono móviles. Todos dirigieron la mirada hacia la puerta cuando el director saludó.

—Son el inspector Monfort y la subinspectora Redó. Quieren haceros unas preguntas sobre Ana.

—¿Le ha pasado algo? —preguntó con tono agudo una de las chicas.

La otra se llevó las manos a las mejillas. Los dos hombres dejaron de examinar sus móviles.

—No se preocupen —dijo Silvia—, solo queremos saber algunas cosas sobre ella. ¿Me dicen sus nombres, por favor?

La subinspectora tomó nota y a continuación les pidió el número de teléfono por si lo pudieran necesitar más adelante. Las dos chicas estaban visiblemente alteradas, serían más o menos de la misma edad; si alcanzaban la treintena sería por poco. Los hombres, sin embargo, eran muy distintos entre sí: uno era mayor y robusto, con voz ronca y gestos adustos; el otro, delgado como un alfiler y extremadamente joven, la barba apenas se le marcaba en el cutis.

—Han tenido suerte —anunció el director—. Están los que colaboran habitualmente con Ana. Tenemos mucho trabajo hoy y con su ausencia… ya me entienden.

Silvia asintió. Monfort se sentía agobiado en aquel espacio tan reducido.

Las dos chicas coincidieron en que era una buena compañera, algo reservada, pero muy trabajadora y amable con todos, siempre dispuesta a ayudar.

—¿Se ven con ella al salir del trabajo?

Las dos se miraron.

—No —dijo la que parecía más habladora—. Nosotras dos quedamos de vez en cuando; a veces le preguntamos si quiere venir a tomar algo por el centro, pero siempre está ocupada, o eso dice.

—¿Les ha dicho alguna vez qué cosas la tienen tan ocupada? —cuestionó Silvia.

—No —respondió la otra mientras introducía las manos en los bolsillos de la bata blanca que llevaba puesta—. Ana va a su rollo.

—¿Y ustedes? —preguntó a los dos hombres que permanecían sentados en el sofá.

El joven se encogió de hombros.

—Ana es una tía guay. Estas dos —señaló a las dos compañeras— son unas marujas y van a bares de pijos. Ana pasa de ese rollo y por eso no queda con ellas.

Las jóvenes le lanzaron miradas de reproche y mascullaron algo en voz baja.

—¿Y de qué rollo va Ana?

Volvió a encogerse de hombros, parecía inquieto, como si no pudiera mantenerse en la misma posición más de dos segundos seguidos.

—Escucha otra música —dijo—, habla de otras cosas, no cotillea, no pierde el tiempo con tontadas.

—Ya —asintió Silvia—. ¿Y usted? —Se dirigió al hombre más mayor, el que no había hablado aún.

—Yo trabajo con ella cuando nos coinciden los turnos.

—Sí —dijo el joven con intención de soltar una gracia—, la bella y la bestia.

El hombre parecía curado de espanto por las ocurrencias del compañero más joven y no le hizo el menor caso.

—Ana es muy buena en su trabajo —prosiguió el más mayor—. Supongo que ya se lo habrá dicho Víctor. —Se refería al director, que asintió con un movimiento de cabeza—. Tiene agallas para este trabajo. —Miró con reproche a las dos compañeras—. Ella no se amilana, no le tiemblan las manos. A veces esto puede ser agotador y también un tanto desagradable.

—¿Con quién de ustedes habló para decir que no vendría a trabajar? —preguntó Silvia.

—Conmigo —admitió el hombre—. Me dijo que estaba indispuesta, que no podría venir.

—¿Nada más?

—No.

—¿Y por qué habló con usted?

—Le pidió a la chica de recepción que la pasaran conmigo. Como trabajamos juntos, me lo quiso decir a mí, no es tan raro.

—En efecto —intervino el director—. No está de más que lo hablen con quien se comparte turno. Suele hacerse así para organizar mejor las tareas.

Todos corroboraron las palabras del director.

—¿Saben si Ana tenía novio o se veía con alguien?

Los cuatro dijeron que no sabían nada de eso.

Silvia extrajo una fotografía que fue mostrando a los cuatro trabajadores. Era una imagen de Jaime Aliaga.

—¿Conocen a este hombre? —les preguntó.

Miraron la foto con detalle. Ninguno de ellos lo conocía.

Silvia se la tendió también al director. Tampoco lo había visto antes. Víctor Mora comprendió, sin embargo, que se trataba del hombre al que habían asesinado, la razón por la que estaban allí, pero no dijo nada para no alarmar a los compañeros.

—¿Cuándo vieron a Ana por última vez? El director nos ha comentado que fue el viernes por la mañana, en este mismo lugar, tomando café.

—Yo trabajé con ella hasta última hora de la tarde —dijo en primer lugar el más mayor.

—¿Notó algo raro en su comportamiento? ¿Se encontraba mal? ¿Le hizo algún comentario?

El hombre sacudió la cabeza para negar las tres preguntas.

—Ella y yo libramos el viernes —aclaró el joven señalando a una de las dos mujeres, que asintió para corroborar sus palabras.

—Yo trabajé ese día, pero solo hasta media mañana —comentó la otra—. Me acuerdo bien porque fue cuando trajeron al hombre que mataron en la discoteca que se quemó. Se encargó Ana.

Silvia se volvió hacia Monfort.

En ese momento recibió un mensaje de Robert con la dirección de Rosa Izquierdo, la madre de Ana Mas. Se lo hubiera restregado en la cara al engreído y machista director.

Se despidieron y salieron del tanatorio.

MONFORT PUSO EN marcha el Volvo y Silvia le indicó cómo llegar a la dirección señalada.

—¿Qué te ha parecido? —le preguntó Silvia—. No has dicho casi nada ahí adentro.

—Una vez escuché decir a un colega de Delitos Informáticos que los inspectores apenas pegamos un palo al agua. Que sois los subinspectores los que arrimáis de verdad el hombro.

Silvia sonrió y bajó dos dedos la ventanilla. El aire acondicionado del viejo coche soltaba cierto tufo a humedad.

—¿Tenía razón?

—Puede —respondió Monfort con ambigüedad.

Hubo un silencio tan solo alterado por la música a bajo volumen que sonaba en la radio.

—«Se encargó Ana» —murmuró Monfort al entrar en una de las numerosísimas rotondas que poblaban la ciudad. Había leído en algún lugar que cuando en España se estaban implantando las rotondas como medida de canalización del tráfico, Castellón había sido uno de los primeros lugares donde se pusieron a prueba. No sabía si era cierto del todo, aunque era evidente que había muchísimas repartidas por toda la ciudad.

—Suéltalo ya, jefe —protestó Silvia.

Monfort se detuvo en un semáforo en rojo. Miraba a través de la luna delantera, más allá de los coches que tenía delante.

—Ana tenía una relación con Jaime —empezó a decir—. Jaime y Fernando eran amigos de toda la vida. Es más que probable que Ana conociera también a Fernando. Y puede que por esa razón, desde el viernes a última hora de la tarde, nadie sabe nada de ella.

—Después de maquillar el cadáver de Fernando —terció Silvia.

—Así es.

—¿Y delante de sus compañeros ocultó que conocía al que estaba muerto en la camilla?

—Tal vez. —Pisó el acelerador cuando el semáforo cambió a verde.

—Y pocas horas más tarde alguien mató a Jaime.

—Ves como sois los subinspectores los que de verdad arrimáis el hombro.

Silvia frunció el ceño. Las ideas se agolpaban en su mente, tratando de dar con el orden correcto.

Monfort subió el volumen de la radio.

The Cure. *Close to me.*

«Está cerca de mí. Solo trata de ver en la oscuridad.»

EL PISO DE la madre de Ana estaba muy cerca de una de las grandes rotondas que conectaban con la estación de trenes de Castellón. No había tráfico y aparcó el coche cerca del inmueble.

Llamaron al interfono.

Si la mujer se sorprendió cuando se anunciaron, no lo notaron en su voz. Al salir del ascensor los esperaba con la puerta abierta, y tras un saludo de cortesía entraron en el piso. Era una mujer elegante de corta estatura con algo de sobrepeso, bien vestida y con el cabello cardado y teñido de rubio al estilo de tantas señoras de su edad. Se había maquillado ligeramente y tenía unos ojillos vivaces de un tono verdoso.

—Esta es Ana —les dijo al mostrar una fotografía enmarcada de su hija en la que se la veía de cuerpo entero.

Era un piso amplio y con mucha luz. Los muebles eran clásicos, de gran calidad y en perfecto estado.

Sentados en un sofá, Silvia y Monfort conocieron el aspecto de Ana gracias a la fotografía.

Era muy atractiva, tenía el pelo largo y liso de color castaño y unos ojos verdes que había heredado de su madre. Sonreía y dejaba ver un rostro bien perfilado. Lucía una espléndida figura y posaba orgullosa de ello. Llevaba un vestido corto y ceñido que realzaba sus encantos. La instantánea no era del todo reciente, pero la mujer insistió en que ahora estaba igual.

—¿Por qué han venido? ¿Qué ocurre? —Pareció perturbarse de repente.

—No se alarme —le dijo Silvia—. Solamente necesitamos hablar con ella y no la localizamos. ¿Cuántos días hace que no hablan?

—Espere… —meditó la respuesta—. La semana pasada, el lunes o el martes creo que la llamé… sí, eso es. Ella vive su vida, yo no me meto en sus cosas; se independizó hace mucho tiempo, tiene un buen trabajo de lo suyo y los viejos somos un estorbo. Pero voy a llamarla ahora mismo. —Estiró el brazo para coger un teléfono móvil que estaba en la mesilla baja. Pulsó la tecla de la memoria correspondiente al número de su hija—. No tiene teléfono fijo —dijo—, los jóvenes no los utilizan ya —aclaró mientras sonaban los tonos de llamada. Una vez que se agotaron y saltó la locución que invitaba a dejar un mensaje, volvió a dejar el dispositivo sobre la mesilla—. No contesta. ¿Desde cuándo no contesta? —Su rostro mutó levemente, la fina línea de los labios se combó hacia abajo—. ¿Qué le ha pasado a mi hija?

De la mejor manera posible le explicaron que su hija quizá mantenía una relación con un joven al que habían hallado muerto. No incidieron en los detalles de la muerte de Jaime Aliaga y obviaron, de momento, la palabra asesinato.

La mujer se levantó del sillón y fue a la cocina. Volvió con una bandeja con tres vasos y una jarra que contenía agua y cubitos de hielo. Ahora caminaba encorvada y arrastraba ligeramente los pies, nada que ver con el momento en el que los recibió en el umbral. Se sentó y volvió a llamar, hasta que saltó de nuevo la locución. Rosa Izquierdo dejó un mensaje.

—Hija, llámame, por favor. ¿Dónde estás?

Se quedó mirando la pantalla y se le formó una película acuosa en los ojos. Vertió agua en los vasos y se llevó el suyo a los labios. Cuando terminó de beber lo dejó en la bandeja y habló.

—A su padre lo atropelló un autobús —dijo con pesar, casi en un susurro, mirándose las manos que entrelazaba en el regazo—. Nos casamos mayores y la tuvimos de milagro. Yo tenía ya cuarenta y dos años, háganse una idea en aquella época, menudo revuelo. —Se llevó una mano a la frente—. Decían que estaba loca, que saldría mal, me llamaron de todo menos guapa. Tuve un parto horroroso y casi me muero, pero Ana nació completamente sana. Vivaracha como una lagartija. Mi marido heredó un comercio textil en el centro, en la calle Colón, una tienda centenaria que fue la sensación de la época en Castellón, pero que los nuevos tiempos amenazaban con llevar a la ruina por culpa de la apertura de los centros comerciales y la manía por deshumanizar el centro de la ciudad. Así que, muy a su pesar, cuando le llegó la edad de jubilarse lo convencí para que vendiera la tienda antes de que fuera peor. Un local como ese, en pleno centro, con un montón de metros cuadrados… —Se frotó las yemas de los dedos índice y pulgar de una mano—. Y con todo el dolor del mundo, y para que yo estuviera contenta, vendió. —Hizo una pausa. Algo le dolía dentro. Se recompuso y prosiguió—. A partir de ahí la vida de mi marido se fue apagando como si no hubiera nada más después de la tienda. —Agachó la cabeza—. Un día cruzaba la avenida doctor Clarà, muy cerca de aquí. No supimos si se despistó o qué fue lo que pasó, pero el caso es que lo atropelló un autobús y murió en el acto. El conductor dijo que fue como si hubiera surgido de la nada.

—Debió de ser muy duro para ustedes —apostilló Silvia.

—No se pueden hacer una idea. Me quedé completamente sola con una niña. No tengo familia en Castellón y con la de mi marido apenas mantengo relación. Me quedé más sola que la una. Sí, fue muy duro.

—Lo sentimos —dijo Monfort en nombre de los dos y dejó que la mujer se repusiera de los trágicos recuerdos. Le hubiera gustado preguntar si Ana podía tener enemigos, alguien que le quisiera el mal, envidiosos o falsos amigos, pero hubiera hundido a la mujer y se habría cerrado herméticamente. Le hizo una señal a Silvia, que comprendió al momento. Extrajo del bolso la fotografía de Jaime Aliaga y se la mostró.

—¿Conoce a este hombre?

Sostuvo la fotografía entre las manos. Las tenía bien cuidadas y lucía anillos de oro.

—No lo sé. —Levantó la cabeza—. ¿Tiene que sonarme de algo?

Silvia se encogió de hombros.

—Es el joven que ha muerto. Puede que estuviera saliendo con su hija. ¿Seguro que no sabía nada de eso?

—Nada, en absoluto. Pero tampoco es tan raro que Ana no me cuente esas cosas.

La expresión de su rostro era un libro abierto. No mantenía una magnífica relación con su hija.

—Haga un esfuerzo —le rogó Silvia—. ¿Seguro que no lo ha visto antes?

—Es rubio y muy guapo —admitió—. Ana tiene buen gusto. —Apareció una mueca que quiso ser una sonrisa—. El caso es que hay algo en esa cara…

Silvia miró a Monfort.

—Y este otro, ¿le suena de algo? —preguntó mostrándole ahora una fotografía de Fernando Nebot.

La mujer ladeó la cabeza y se quedó pensativa.

—Este es muy moreno, a diferencia del otro tan rubio.

—Sí —corroboró Silvia sin decir nada más para dejar que la mujer pensara.

—Me pasa lo mismo que con el muchacho anterior —dijo sin dejar de mirar la fotografía—. Me quiere sonar de algo, pero… No, lo siento, no lo sé.

—Gracias —dijo devolviendo las fotografías al bolso—. Si recuerda algo nos lo hará saber, ¿verdad?

—Por supuesto —respondió y se alisó la falda con la palma de las manos en un acto deliberado—. ¿Han preguntado en el tanatorio? —dijo, y se le iluminó el rostro.

—Hemos estado allí —reconoció Monfort.

La madre de Ana entendió que tampoco sabían nada de su hija en el lugar de trabajo y agachó la cabeza con pesar.

Le tembló la voz al volver a hablar.

—Cuando murió su padre instalamos el féretro aquí, en este mismo salón, tal como se hacía entonces. Tenía la cara blanca como la cal y no parecía él. Mientras yo atendía a las personas que vinieron a velarlo y a darme el pésame, Ana se subió a un taburete y con mi neceser de maquillaje al lado trató de devolverle a su padre muerto una pizca de vida. Supongo que desde aquel preciso instante supo a qué se quería dedicar en el futuro. Cuando de mayor me dijo que iba a estudiar aquello intenté quitárselo de la cabeza, pero Ana es dura como una roca y si quiere algo no para hasta que lo consigue.

Se quedó en silencio y se restregó un ojo con el dedo índice, no tardaría en llorar, quizá aguardaba malas noticias, las que sin duda creía que anunciaban la presencia de la policía.

Monfort dejó su tarjeta con el número de teléfono sobre la mesa y le hizo una señal a Silvia con la intención de marcharse, pero entonces Rosa Izquierdo habló como si lo hiciera para sí misma.

—Antes de ponerlos en el ataúd los arregla, ese es su trabajo diario. —Juntó las manos como si fuera a rezar. Daba la impresión de que había dicho aquello en otras ocasiones—. Primero los baña para que estén limpios y aseados, luego les inyecta sustancias para que tengan buen aspecto y después los viste con su ropa preferida. —Aquí sonrió levemente, apenas una mueca—. Pone especial cuidado en dejarlos tal como eran antes. Cuando termina están como los familiares los recuerdan. Como tienen que estar. —Su mirada vagó por el salón, como si los policías ya se hubieran marchado y volviera a estar sola.

—¿Crees que los ha reconocido? —preguntó Silvia a Monfort cuando ya estaban en la calle.

—No lo sé. Solo espero que si recuerda de qué le suenan nos lo haga saber.

—Qué mujer más rara.

—No es rara. Tiene miedo.

Robert había ocupado una vez más el despacho de Silvia. Escuchaba una canción de The Pretenders a un volumen considerable: *Precious*. La subinspectora tenía un aparato reproductor de CD sobre la mesa y el gaditano se puso los auriculares. ¿De dónde habría sacado semejantes gustos musicales?

Localizar a la madre de Ana Mas había sido sencillo. Se llamaba Rosa Izquierdo y su domicilio estaba en la avenida de Alcora. Averiguó el número de teléfono fijo y también el de un móvil que estaba a su nombre. Luego le envió un mensaje a Silvia con la información.

Recibió un correo electrónico de la compañía de telefonía móvil de Jaime Aliaga. Tenía la esperanza de que fueran sus mensajes. Cruzó los dedos sobre la mesa todavía con los auriculares puestos y las guitarras atronándole en los oídos.

De momento no se había solicitado permiso al juzgado para examinar los datos del teléfono móvil de Ana Mas, pues estaban convencidos de que no lo iban a conceder aún. Era distinto con Fernando Nebot y Jaime Aliaga; ellos estaban muertos.

Se abrió el documento adjunto y una larga lista apareció en la pantalla. Allí estaba el número de Ana. Leyó lo que Jaime le había escrito en último lugar.

«Cuando acabe paso por tu casa y nos vamos a cenar.»

«O si lo prefieres nos saltamos la cena.»

—¡Qué *bastinazo*! —exclamó Robert utilizando la palabra coloquial que en Cádiz sirve para expresar impresión o sorpresa.

Miró la hora en la que fueron enviados los dos últimos mensajes y consultó las notas del caso. Horas más tarde el forense había datado la muerte de Jaime Aliaga. Fueron las últimas palabras dirigidas a Ana.

A continuación, retrocedió para ver los mensajes entrantes que contenían fotografías y se fijó en los de una joven muy atractiva que posaba en actitud sensual con textos explícitos y provocadores.

Más tarde observó la imagen impresa de Álex y Rubén que tenía sobre la mesa. Le faltaba saber algo más y lo dijo en voz alta.

—¿Quién coño eres, Rubén?

Alfonso Chía les había dicho que el gordo era un *figura* que se metía farlopa como una aspiradora. También dijo que solo sabía su nombre, nada más, pero Chía era un mentiroso, de eso no tenía ninguna duda.

La canción del grupo que le gustaba a Silvia sonaba a todo volumen a través de los auriculares.

«Me hiciste querer, me hiciste querer, me hiciste hacerlo.»

A LOS AGENTES Terreros y García no les sorprendió en absoluto que César Olucha no se encontrara en su alquería rodeada de naranjos cercana a la ciudad. Desde el momento en el que supo la noticia de que Alfonso Chía había sido detenido, había puesto tierra de por medio. No hacía falta ser muy listo para saber que Chía pronunciaría su nombre si con ello podía salvar en parte el pellejo.

El comisario Romerales bramó al conocer la noticia tras la llamada de Terreros. Si el juez de guardia no hubiera tardado tanto en dictar la orden de busca y captura quizá habrían dado con él en su propia casa. Ordenó a los agentes que se personaran en el domicilio del abogado Isidro Gasch y la ex de Olucha. Tal vez sabían algo acerca de su paradero.

Romerales no podía postergar más tiempo la rueda de prensa que los medios de comunicación de la provincia reclamaban. Sin información veraz se daba margen para todo tipo de especulaciones. La ciudadanía, preocupada por la inminente crisis económica, debía sentirse protegida de los criminales.

Le molestaba la forma en la que en algunos medios se regodeaban con las desgracias ajenas, y también la facilidad con la que tildaban de ineptos a los investigadores. Sin embargo, airear las noticias era una forma de poner nerviosos a los malhechores y conseguir resultados imposibles de obtener de otro modo.

Estaba decidido. Pidió que convocaran la reunión para el día siguiente.

MONFORT LLEGÓ AL hotel Mindoro a última hora de la tarde. Quizá bajara más tarde a cenar al restaurante Eleazar; algo de carne o un buen pescado y unas copas de vino. Antes de entrar sacó un cigarrillo casi a hurtadillas, como si esperara que le llamaran la atención por ello. Apenas había fumado tres durante todo el día. Se sentía satisfecho. Quizá pudiera conseguirlo, aunque para eso debía proponérselo de una vez.

Subió a la habitación. Elvira había dejado su esencia arrebatadora impregnada en la estancia. Le había proporcionado una copia de la llave para que entrara y saliera a su conveniencia. Sobre el escritorio había una nota en la que lo informaba de que regresaba a Teruel, ya que tenía un juicio a primera hora del martes. Le daba las gracias y finalmente le comunicaba que lo llamaría sobre las nueve de la noche. Monfort consultó la hora, eran las ocho y treinta y cinco minutos. Cuando entraba en el cuarto de baño sonó el teléfono móvil. Regresó a la cama, donde había dejado el dispositivo, y lo cogió sin mirar quién llamaba.

—Te has adelantado veinticinco minutos.

—¿Perdón?

Monfort se separó el teléfono de la oreja y miró extrañado la pantalla. No conocía el número.

—¿Quién es? —preguntó.

—Disculpe, quizá llamo en un mal momento —era una voz femenina que reconoció al instante—. Soy su doctora— anunció pese a que ya no era necesario—, espero que me recuerde, aunque en caso contrario será una buena señal también.

La recordaba. Atractiva. Con gafas de montura fina y aquella costumbre de acariciarse el mentón mientras hablaba mirándolo a los ojos en todo momento, escrutando sus pensamientos.

—Qué grata sorpresa —dijo, y temió que sus palabras sonaran un tanto diplomáticas.

—No suelo llamar a los pacientes —se excusó—, pero esta mañana he hablado con un colega que se ha enfrentado a un caso similar al suyo; me ha pedido opinión respecto a su evolución y no he sabido qué decirle. A decir verdad, esperaba verlo por aquí de nuevo, pero intuyo que no ha sido necesario. ¿Se encuentra mejor?

—Como un muchacho recién salido de la escuela —ironizó Monfort.

—Celebro escuchar tal cosa. ¿Ha cambiado sus hábitos poco saludables, aquello en lo que tanto le insistí?

—Quedé el último en la carrera en la que participé, pero sí, me encuentro bien.

Oyó su risa a través del aparato. Era agradable oírla reír.

—¿Come mejor? —preguntó.

—En algunos restaurantes me echan de menos.

—Eso no sé si es bueno o malo. Y el tabaco, ¿cómo lo lleva?

Monfort notó en la garganta el regusto de la nicotina del último cigarrillo consumido en la puerta del hotel y el olor todavía impregnado en los dedos.

—Hoy he fumado solo tres —reveló orgulloso de la hazaña.

—Sería mejor si la cifra fuera cero —sugirió la doctora.

Contrariamente a lo que debería sentir, ahora tenía ganas de fumar.

—Le propongo una cosa.

—Siempre que no sea hacer flexiones…

—Debería probar a fumar de forma ficticia, con la imaginación.

—¿Cómo?

—Sí —se oyó de nuevo su risa a través del teléfono—. Imagínese que fuma, que aspira una calada de su marca favorita de cigarrillos y luego deja escapar el humo poco a poco, recreándose en las volutas que se forman a su alrededor. Quizá se canse de representar la pantomima y olvide el hábito de una vez por todas.

—Fumar con la imaginación —consideró Monfort.

—Eso es —afirmó la doctora, y su voz sonó como un bálsamo.

—Si estuviera cerca me gustaría invitarla a cenar.

Una pausa quedó suspendida entre los interlocutores.

—Pero no lo estoy. Tampoco suelo ir a cenar con mis pacientes.

—Es una lástima.

—Siempre puede imaginar que cena conmigo. Quizá de esa forma siga mis consejos de salud y coma de manera más saludable.

—Brindaré por usted, aunque no esté presente —apostilló Monfort—. Lo imaginaré.

Nada más colgar volvió a sonar el teléfono. Era Elvira. Al menos sus preferencias gastronómicas eran mucho más de su estilo.

Seguí las noticias con gran expectación.

Los bomberos consiguieron extinguir el incendio tras horas de arduo trabajo. La mayoría de los vecinos de la urbanización habían sido desalojados, y habían dejado sus casas a merced del fuego y de la eficacia de los efectivos. El primer informe pericial hecho sobre el terreno apuntaba a que podría haber sido provocado. Que podría tratarse del efecto de la mano del hombre.

Las imágenes eran devastadoras. Los pinos arrasados, ennegrecidos; el denso matorral reducido a cenizas y las casas desamparadas en medio de un escenario desolador.

Los bomberos hallaron el cuerpo de un hombre sin vida en el camino que comunicaba la urbanización con la carretera principal. El cadáver había sido trasladado al Instituto de Medicina Legal de Castellón, donde se iba a practicar la autopsia. Creían que podía tratarse de un ciclista de los que habitualmente transitaban la zona, puesto que cuando lo encontraron estaba junto a una bicicleta. El portavoz del Cuerpo de Bomberos manifestó que la virulencia de las llamas fue de tal magnitud que no había tenido tiempo de resguardarse del fuego.

Jamás podré olvidar aquella cara. Por mucho tiempo que pase esa mirada permanecerá intacta en mis pensamientos; el gesto de extrañeza, de sorpresa y estupefacción. La realidad y la muerte.

Llevaba tanto tiempo deseándolo…

16

Martes, 8 de julio

Los PEREGRINOS DE Les Useres cubrían el largo trecho que separaba la población del santuario de Sant Joan de Penyagolosa en una sola jornada. Rubén había necesitado más tiempo para seguir la ruta marcada por sus ancestros y cumplir su objetivo. No dispuso del silencio reverencial con el que los vecinos y visitantes acompañaban los primeros pasos de la peregrinación, no rezó por el camino ni se oyeron cánticos durante su penosa cruzada. Completamente exhausto, cargado con una mochila y provisto con algo de comida, agua y una linterna, anduvo las sendas en completa soledad. Aterido, pasó las horas más oscuras de la noche agazapado entre arbustos, hablando solo para espantar sus miedos y atormentado por la mala conciencia, dudando entre seguir adelante o desistir y volver sobre sus pasos.

Sin embargo, y contra todo pronóstico, alcanzó su destino. Lloró como nunca cuando poco antes de las seis de la mañana divisó el santuario, la meta del peregrino, el final del camino.

Con los pies llagados por el ascenso y el corazón a punto de desbocarse, se hincó de rodillas primero y luego se tumbó en el suelo boca abajo. Rezó y besó la tierra que tanto había soñado pisar como peregrino.

El santuario de origen medieval atesoraba la magia de la montaña a cuyos pies se ubicaba. Alrededor de la iglesia, como si de una fortificación se tratara, se disponían las distintas edificaciones que dotaban de vida a un espacio coloreado por las brumas matinales y bendecido por la lluvia que solía recibir durante todo el año.

Aquel martes del mes de julio, un cielo púrpura dejaba atrás la oscuridad. El ambiente era seco y la incipiente claridad anunciaba que seguiría siéndolo durante la mañana.

Sentado en los escalones del Peiró de Sant Joan, la gran cruz de piedra situada a escasos metros del santuario, Rubén se dio por satisfecho: había logrado la primera parte de su cometido. Acarició la base de la cruz con las yemas de los dedos. Imaginó la comitiva a su lado, dando gracias a Dios, entonando cantos para conmemorar el éxito del peregrinaje.

Palpó la mochila. Llevaba todo lo que necesitaba.

Era cuestión de esperar a que el sol caldeara la mañana y el rocío desapareciera por completo.

ÁLEX SE DESPERTÓ en una mala postura.

Había dormido en una de las butacas del gallinero del Teatro Principal. El silencio era abrumador. La iluminación de seguridad dejaba la sala en una penumbra que, lejos de oscurecerla por completo, la dotaba de una belleza particular. Desde allí podía distinguir la majestuosidad del escenario y casi la totalidad del aforo. Olía a madera, a tela… a todos los dramas y las comedias que se habían representado desde su inauguración. Creyó oír las voces de los actores mientras calentaban la voz en sus camerinos, se maquillaban el rostro y acicalaban sus vestimentas. Cogió la bolsa de deporte y bajó las escaleras hasta llegar a la platea; caminó despacio por el pasillo central, imaginó al público en pie aclamando su irrupción en la sala. Dirigió un saludo con la mano a los palcos, al primer piso y luego al segundo, una reverencia a la platea izquierda y otra a la derecha. Fantaseó con que un acomodador le tendía la mano para ayudarlo a subir al escenario desde la escalera dispuesta en un lateral. Sonrió para agradecerle el gesto y se dirigió con paso firme al centro del escenario, al lugar marcado con una equis donde los focos dirigirían el haz de luz en cuanto diera comienzo la representación.

Dejó la bolsa a los pies. Juntó las manos por delante y entrelazó los dedos, se aupó de puntillas y los gemelos se le tensaron. Dirigió la vista hacia todos los rincones del teatro. Veía al público puesto en pie, oía los aplausos, reconocía los vítores, notaba su impaciencia.

Esperó a que el silencio llenara el espacio y los murmullos de admiración se acallaran por completo.

Cerró los ojos y se apagaron las luces en su interior.

Se alzó un telón imaginario.

Y dio comienzo el primer acto.

MONFORT LLEGÓ A la comisaría y le extrañó no ver al agente de recepción en su puesto, ni el trasiego habitual en los pasillos. Un rumor que llegaba desde uno de los despachos le hizo dirigirse hasta allí. Desde el marco de la puerta vio a un grupo de agentes arremolinados frente a la pantalla de un televisor.

La locución del presentador no dejaba lugar a dudas. Era 8 de julio, segundo día de las fiestas de San Fermín, y en Castellón el tema taurino no era un asunto baladí.

«... Los astados de Cebada Gago, habituales en San Fermín y conocidos por su peligrosidad y rapidez, han protagonizado el segundo encierro; una carrera limpia que se ha corrido en dos minutos y veintidós segundos. Los toros apenas han hecho gestos por embestir a los corredores, que han podido encontrar huecos delante de las astas. Se han podido ver carreras muy bonitas a lo largo de todo el recorrido. En Telefónica, el tramo más peligroso de hoy, uno de los bureles ha enganchado a un corredor, el único herido por asta de toro. Tres personas más han sido trasladadas a los hospitales de Pamplona por contusiones...»

Dos fuertes palmadas del comisario Romerales bastaron para que los agentes regresaran de inmediato a sus quehaceres, dejando al comentarista de Televisión Española, vestido de blanco y rojo, con la palabra en la boca y el volumen a cero.

—¡Todo el mundo a su sitio! —bramó, y luego añadió—: ¡En una hora tenemos rueda de prensa y quiero verlo todo listo antes de que llegue la marabunta! Ven conmigo —ordenó a Monfort con un gesto.

El despacho de Romerales era un caos de papeles amontonados.

—¿Novedades? —le preguntó con gesto de disgusto.

El inspector levantó las manos.

—Yo no tengo la culpa de que los medios te pongan de mal humor.

—No sé qué vamos a decirles.

—Puede que tengamos algo.

—Pues dime qué es y daremos de comer a las pirañas.

Monfort había pasado parte de la noche dando vueltas a ciertos detalles, pero no iba a desvelárselos al comisario. No en aquel momento, justo antes de la rueda de prensa.

—Diles que estamos trabajando, que vamos por el buen camino, que pronto tendremos noticias que podrán publicar, que serán los primeros en saberlo.

—Ya —suspiró desanimado—. Y nos machacarán a preguntas para ponernos entre la espada y la pared.

El inspector decidió darle alguna pista sin desvelarle lo que realmente pensaba.

Romerales escuchó con atención.

UNA DOCENA DE periodistas ocupaba la sala de reuniones. Sentados frente a ellos, el comisario y Monfort departían en voz baja antes de que diera comienzo la rueda de prensa.

Silvia y Robert aguardaban de pie, flanqueando la puerta. Romerales tomó la palabra y expuso lo que se había convertido en un secreto a voces.

—Hay indicios que nos llevan a pensar que las dos muertes pueden haber sido perpetradas por la misma persona. —Un rumor inundó la sala—. De momento solo son conjeturas —prosiguió el comisario para acallar los comentarios—. No disponemos de las pruebas necesarias para afirmarlo de forma categórica. Estamos trabajando con esa hipótesis por el momento. Las dos víctimas fueron atacadas con arma blanca y presentan heridas similares. No se ha encontrado el arma homicida, aunque no descartamos dar con ella en las próximas horas —improvisó—. Y, además, como ya saben también, quien lo hizo trató de borrar su impronta provocando incendios tanto en la discoteca como en el coche de la segunda víctima.

Una periodista levantó la mano y empezó sin que le dieran el turno de palabra.

—¿Qué relación hay entre las víctimas?

El comisario cruzó una mirada con Monfort. No iban a contar nada que pudiera obstaculizar la investigación.

—Como les ha dicho el comisario, estamos trabajando en ello. No podemos ofrecer más datos por el momento.

—Los dos eran hombres jóvenes —insistió la periodista—. ¿Se conocían? ¿Creen posible que el asesino eligiera a sus víctimas al azar?

Alguien gritó fuera de la sala, en el pasillo. Una voz de mujer angustiada. Silvia le hizo una señal a Monfort.

—Disculpen —dijo levantándose de la silla—. La subinspectora Redó me sustituirá.

Algunos periodistas trataron de asomarse a la puerta, pero dos agentes uniformados les impidieron la salida.

Robert trataba de consolar a la madre de Ana Mas, que, sentada en el suelo, con la espalda apoyada en la pared, lloraba y hablaba a la vez, de forma que no se entendía una sola palabra de lo que decía. Monfort ayudó al agente a ponerla en pie.

—Vamos a tu oficina —ordenó el inspector y Robert lo miró con escepticismo. Aquello que él tenía distaba mucho de poder catalogarse como una oficina de verdad, tan solo era un cuartucho sin luz natural, con cajas de cartón apiladas, una vieja mesa y dos monitores desiguales conectados a su potente ordenador.

Acomodaron a la madre de Ana Mas en una silla. Seguía con el llanto y sus palabras eran un bucle sin fin en el que se repetían dos preguntas. Monfort pidió a Robert que le trajera agua.

—¿Dónde está mi hija? ¿Qué le ha pasado? —suplicaba una y otra vez.

—¿Se ha puesto en contacto con usted? —le preguntó Monfort.

—No —gimoteó la mujer—. La llamo a todas horas y no me contesta. Tiene el móvil apagado. ¿Dónde está mi hija? ¿Qué le ha pasado? —reiteró con angustia.

Robert regresó con el agua y Rosa Izquierdo bebió un sorbo. Aquello pareció reconfortarla un poco. Respiraba de forma entrecortada y los policías temieron que pudiera sufrir un ataque.

—Tranquilícese, por favor —dijo Robert con empatía—. Ya verá como su hija aparece pronto. Es posible que se haya marchado voluntariamente —añadió—. Es una persona adulta, quizá crea que no debe comunicar en todo momento adónde va.

La madre de Ana miró al agente y sus labios dibujaron una mueca de dolor antes de hablar.

—He llamado al tanatorio —anunció—. Hoy tampoco ha ido a trabajar. Les dijo que no se encontraba bien y ya nadie ha vuelto a saber de ella. No es normal, Ana no es así, es muy trabajadora, puede que tenga sus cosas, pero le costó mucho conseguir el puesto como para tirarlo todo por la borda. Le ha pasado algo, estoy segura, y ustedes no hacen nada por encontrarla.

Se cubrió la cara con ambas manos.

Monfort aprovechó para decirle a Robert en voz baja lo que quería que hiciera. Luego acercó su silla a la de la mujer.

—Le aseguro que encontrar a Ana es nuestra prioridad. —Hizo una pausa para que sus palabras causaran efecto—. La necesitamos, créame, es muy importante dar con ella lo antes posible.

Rosa Izquierdo se recostó en la silla. Monfort continuó.

—Si trabajamos conjuntamente y colaboramos los unos con los otros daremos con su paradero y todo se solucionará. Pero usted también tiene que ayudarnos.

—¿Yo? —cuestionó la mujer con asombro—. ¿Qué puedo hacer yo?

Robert siguió las instrucciones de Monfort y cuando tuvo lo que le había pedido, giró el monitor para que la madre de Ana pudiera verlo.

Monfort puso una mano sobre el hombro de Rosa Izquierdo.

—¿Reconoce a estas personas? —La mujer dirigió la vista a la pantalla en la que aparecían dos hombres. Uno era demasiado delgado, al otro le sobraban muchos kilos.

Achinó los ojos hasta que se convirtieron en dos finas líneas. Sin dejar de mirar buscó algo en el interior de su bolso y extrajo unas gafas. Al ponérselas fue como si se le hubiera encendido una luz.

—¡Dios mío! —exclamó—. ¡Con el tiempo que hace que no los veía y están casi igual que cuando iban a la escuela!

—¿Los conoce? —insistió Monfort.

—¡Claro! —proclamó—. Son Álex y Rubén, los amigos de Ana, iban juntos al colegio Padre Ledesma.

La mujer explicó que habían sido amigos inseparables de su hija. Reconoció que los tres lo pasaron mal en la etapa escolar, que fueron el blanco de las mofas de otros compañeros. Confesó que no había estado a la altura, que en aquellos días no supo ejercer de madre tal y como su hija hubiera necesitado. Monfort podía llegar a comprender en cierta manera que Álex y Rubén fueran el blanco de las burlas de los compañeros, pero no entendía qué sucedía con Ana.

—Ana era, cómo le diría yo... —Le costaba encontrar las palabras exactas—. Era diferente a las otras chicas de su edad; ella quería ser como los chicos, hacer las cosas que ellos hacían, vestir como ellos... Y a mí no me parecía nada bien —reveló, pero se quedó a medias y no siguió por ese camino.

Monfort miró a Robert con un gesto elocuente. Sí, el gaditano había puesto en marcha la grabadora. Cuando Rosa Izquierdo se hubiera marchado deberían analizar cada una de sus palabras.

—Venían a casa —prosiguió Rosa—. Se encerraban en la habitación de Ana y pasaban allí mucho tiempo. A veces iban sucios y decían que se habían peleado, que les daban patadas o los tiraban al suelo, pero poco más.

—¿Y usted nunca se quejó al centro?

Agachó la cabeza y negó despacio con la cabeza.

—¿Ni se puso en contacto con los padres de Álex y Rubén?

Volvió a negar.

—Ni siquiera me interesé por conocerlos —admitió cabizbaja.

«Vaya una madre», pensó Robert.

Monfort quería saber más y fue directo en su pregunta.

—¿Sabe si a Ana le hicieron algo más que darle unas patadas o tirarla al suelo?

La mujer alargó el brazo en busca del vaso antes de hablar. Le temblaba la mano y unas gotas cayeron sobre su falda.

—Ana se cerró completamente. No contaba nada de lo que le sucedía. Intenté acercarme, pero no me dejaba. Era culpa mía, lo sé, lo hice mal y ella no me dio la oportunidad de intentar arreglar las cosas. Yo simplemente dejé que pasara el tiempo y que las heridas se curaran solas. Como si eso fuera posible.

Se puso en pie y trató de recomponerse, parecía dispuesta a marcharse. En su rostro se multiplicaron las arrugas y los ojos proyectaron una tristeza enorme. Monfort no quiso seguir interrogándola, la mujer estaba demasiado afectada. La acompañó hasta la salida y pidió que un coche oficial la llevara hasta su casa.

—Encuentren a mi hija, por favor, encuéntrenla para que pueda saldar mi deuda —dijo entre lágrimas cuando cerraba la portezuela del vehículo.

—¿Hay alguna forma de ver la grabación de la discoteca? —le preguntó Monfort a Robert cuando regresó al despacho.

—Sí, claro, se la pongo enseguida.

—Me refiero a que si la puedes grabar en algún soporte para verla en mi ordenador.

—Deme unos minutos y le hago una copia.

Robert conectó una memoria usb. Sin dejar de teclear y hacer clics con el ratón se dirigió al inspector:

—Ana es la clave, ¿verdad?

—Todo gira a su alrededor —confirmó Monfort mientras buscaba un número en su móvil.

—La madre ha dicho que Ana quería parecer un chico —continuó Robert—. Pues a juzgar por las imágenes que le envió a Jaime Aliaga, poca cosa queda de aquella tendencia. Ahora es una mujer de bandera, entre usted y yo.

Monfort recordaba a la perfección la fotografía que vio de Ana en casa de su madre. También los comentarios de la madre de Jaime sobre las imágenes que ella le había enviado. Miró a Robert fijamente.

—Inspector, no me mire así, la chica es un pibón. Hay que reconocerlo. Una cosa no quita la otra.

El padre de Jaime Aliaga contestó al segundo tono de llamada. Monfort preguntó cómo se encontraban y escuchó paciente. La familia estaba destrozada. Cada nuevo día era una pesadilla; la ausencia de noticias, sumada al dolor de no poder dar el último adiós al hijo fallecido, era algo por lo que nadie debería pasar jamás, una realidad tremendamente injusta para unos padres cuyas vidas quedarían truncadas para siempre.

—De momento no puedo decirle gran cosa —admitió Monfort a su pesar—. Pero le aseguro que no pararemos hasta dar con el responsable, se lo aseguro. Ahora necesito que conteste a una pregunta.

El hombre debió de asentir.

—¿A qué colegio fue su hijo?

Monfort escuchó la respuesta. No necesitó escribirla, coincidía con el nombre que había pronunciado la madre de Ana. Intercambió algunas palabras más y tras darle las gracias colgó.

Robert extrajo la memoria del ordenador y se la entregó a Monfort.

—¡Listo! —dijo—. Aquí está todo lo que tenemos. Las otras cámaras cercanas a la discoteca son únicamente de visionado, no graban.

—¿Y las del polígono donde mataron a Jaime Aliaga?

—Estamos en ello —concedió—, pero llevará su tiempo.

Monfort se puso en pie y le agradeció la ayuda. La rueda de prensa llegaba a su fin a juzgar por el rumor que provenía de la sala de reuniones. El inspector prefirió no coincidir con los periodistas, tampoco con el comisario.

—Cuando la subinspectora termine con la rueda de prensa, ponle la grabación de la madre de Ana. Escuchadla con detalle. Los dos.

MONFORT SALIÓ DE las dependencias y en la esquina de la calle Compromiso de Caspe encendió un cigarrillo. Frente a la vieja comisaría de la Ronda de la Magdalena quedaban los vestigios de lo que un día fue la clínica Santa Teresa, de la que solo quedaba el cartel de color verde del chaflán y una sucesión de ventanas tapiadas con ladrillos. En otros tiempos el local habría sido derruido de forma inmediata y convertido en modernas viviendas a precios estratosféricos. Ahora la crisis propiciaba que el inmueble se hubiera convertido en un fantasma víctima de la decadencia, con su nombre todavía expuesto a los viandantes para que nadie olvidara qué había sido aquello tan feo.

La viuda de Fernando Nebot había confirmado que Jaime y Fernando iban juntos al colegio. La madre de Ana había reconocido a Álex y Rubén como los amigos de su hija en la escuela. Y el padre de Jaime acababa de revelarle el nombre del colegio de su hijo, el mismo al que iba Fernando Nebot, pero también Ana, Álex y Rubén.

Los Cinco. Le vino al pensamiento la colección de libros infantiles de la autora inglesa Enid Blyton en los que un grupo de amigos y un perro ejercían de detectives ante situaciones repletas de misterio y aventura.

Fernando y Jaime estaban muertos. Faltaba dar con Álex y Rubén. Y si no había noticias positivas en las próximas horas, podrían afirmar que Ana estaba oficialmente desaparecida.

Los periodistas colapsaban la entrada de la comisaría. La rueda de prensa había concluido. Silvia iba a escuchar la conversación de la madre de Ana, de la que debía obtener sus propias conclusiones. El comisario estaría de mal humor, pero eso no era nada nuevo. Desde las altas esferas le exigían resultados y, pese a sus reticencias, sabía que los medios podían echar una mano, aunque con ello hubiera que soportar a los chalados que a buen seguro llamarían para decir que habían visto u oído algo al respecto, casi siempre falsas alarmas.

Con la memoria USB que le había proporcionado Robert y una sospecha rondándole el cerebro, se encaminó al hotel.

TOMABA UNA CERVEZA acodado en la barra del restaurante Eleazar. El camarero le acercó un plato de sepia troceada, hecha a la plancha y aderezada con ajo, perejil y aceite de oliva.

—Es del Grao —aseguró convencido de la calidad del producto.

Monfort agradeció el detalle y pidió que le rellenara el vaso por la mitad. El hombre era un experto en servir cerveza de barril. Hizo caso omiso de la palabra mitad y lo llenó hasta el borde.

—Para hacer las cosas a medias ya tenemos a esos —señaló la televisión en la que entrevistaban a José Luis Rodríguez Zapatero, el presidente del Gobierno.

De sus reiteradas negativas a pronunciar la palabra crisis trataba una de las preguntas. «A otros les preocupan los nombres, mientras que a mí me obsesionan los problemas de los trabajadores, de los pensionistas y de las familias», respondió.

Ante la insistencia del entrevistador, el presidente acabó pronunciando la palabra que tanto le costaba decir: «En esta *crisis*, como ustedes quieren que diga, hay gente que no va a pasar ninguna dificultad», dijo en clara alusión a algunos dirigentes del Partido Popular.

Al finalizar, en un gesto que quiso ser simpático pero que tenía una profunda carga de ironía, Gloria Lomana, la directora de informativos de Antena 3, le regaló al presidente el disco *Crisis?, What Crisis?* de la banda británica Supertramp.

Con una sonrisa en los labios, Monfort pidió la cuenta al camarero. Y en su cabeza sonaron los acordes de una de las canciones de aquel mítico álbum: *Poor Boy*.

«Soy un chico pobre. Todavía puedo ser feliz mientras pueda sentirme libre.»

EL TIEMPO EN las montañas del interior tenía poco que ver con el que se registraba en la capital. Mientras que en un día como aquel la temperatura alcanzaba los treinta grados en el centro de la ciudad, a menos de cien kilómetros y a más de mil metros de altitud, la meteorología podía expresarse de forma caprichosa en forma de lluvia, viento y frío.

Empezaron a caer las primeras gotas. El cielo, que antes era de un azul inmaculado, se tornó gris y denso como un amasijo de malos augurios. Una maraña de nubes impulsadas por el viento provocaba una danza fantasmal entre los árboles que rodeaban el santuario. La cima de la montaña del Penyagolosa quedó cubierta y su aura legendaria se volvió tétrica y deprimente.

Los peregrinos de Les Useres llegaban hasta allí año tras año pese a las inclemencias que amenazaban el camino. El sacrificio de la travesía tenía como objetivo rogar a Dios por la salud, la paz y la lluvia.

Salud y paz nunca fueron las mejores compañías de Rubén. Y la lluvia, a la que no había tenido en cuenta, se alió en su contra para impedir lo que pretendía cometer.

Sentado en el escalón de granito, a los pies de la imponente cruz, se estremeció de frío. Las gotas se convirtieron en una lluvia persistente que de pronto arreció hasta convertirse en temporal. Trató de poner a buen recaudo la mochila en la que llevaba lo necesario; si se mojaba no podría completar su misión. Cuando se dio cuenta de que permanecer a campo raso era una temeridad, cargó con el macuto y corrió a guarecerse bajo los arcos de las caballerizas del santuario. Extrajo el contenido y lo extendió en el suelo a fin de que se conservara seco hasta que cesara la tormenta. Confiaba en que pasaría pronto, que el sol luciría de nuevo y el viento secaría los árboles y el matorral.

No vio que alguien lo observaba desde una de las ventanas de la vieja construcción que había enfrente. Era una cabeza huesuda, con el pelo rapado al cero, los ojos vivarachos, la nariz aguileña y una quijada barbuda y prominente.

Vivía en la montaña, en una antigua cabaña de pastores hecha de piedra y cercana al santuario; ni siquiera él recordaba con exactitud desde cuándo. Abandonó todo para convertirse en ermitaño y vivir de lo que la tierra le proporcionara, se enfrentó a las adversidades del medio y a una profunda soledad. En los muchos días de intensas lluvias o de copiosas nevadas solía cobijarse en el ermitorio, al amparo de las recias paredes. Ese día el conjunto eclesiástico estaba desierto y decidió bajar a guarecerse de la tormenta.

Observó con detalle lo que aquel hombre sobrado de kilos llevaba en la mochila y se afanaba por secar. Cuando al fin comprendió qué era y lo que estaba dispuesto a hacer con ello, salió de forma sigilosa del recinto y bajo un inmenso aguacero corrió hasta el puesto de vigilancia en el que con fortuna encontraría a los guardas forestales.

—¡Hay un hombre! —exclamó el ermitaño cuando uno de los guardias abrió la puerta de la cabaña de madera tras verlo llegar calado hasta los huesos—. ¡Ha venido a quemar el bosque!

EL OPERARIO AVANZÓ a grandes zancadas hasta llegar a la puerta de servicio del Teatro Principal que daba a la calle Ximénez. Miró a ambos lados y abrió la puerta con su llave.

Tenía un mal presentimiento. El día anterior fue el último en salir del teatro y debería haber conectado el sistema de alarma, sin embargo, estaba convencido de que se había olvidado de hacerlo. Le temblaba la mano mientras giraba la llave en la cerradura. Entró y sus sospechas se confirmaron cuando vio que en el panel las luces permanecían de color verde, cuando deberían estar en rojo. Se secó el sudor de la frente con la palma de la mano. Si se enteraban del error, le costaría el puesto. Si alguien había entrado o si hubiese ocurrido algo, se vería de patitas en la calle. Conseguir la plaza de técnico de mantenimiento del teatro no había sido sencillo, la lista de candidatos era enorme y la consiguió con verdadero esfuerzo.

Encendió algunas luces y recorrió el pasillo con cautela. Cogió una linterna y avanzó hasta llegar a la platea. Aparentemente, todo parecía bajo control. Respiró aliviado.

Encendió la linterna y enfocó algunos recovecos de la parte alta, el gallinero, que permanecía prácticamente a oscuras. Pensó que por esa vez se había librado de una buena. No pensaba informar a sus jefes del descuido, no creía que pudieran enterarse si él no se lo comentaba.

Caminó por uno de los pasillos laterales de la platea. Al llegar al final abrió un pequeño armario donde se ubicaban los interruptores que iluminaban parte del escenario. Accionó el que proporcionaba una luz tenue sobre la tarima. En ese momento le pareció ver una silueta que se movía tras el telón. Aguzó la vista, contuvo la respiración y afinó el oído, pero no oyó ni vio nada más. Permaneció en silencio varios segundos, con la mirada fija en el telón. Algo olía de forma diferente, un olor fuerte, indescifrable al principio.

—¿Quién anda ahí? —gritó con la voz temblorosa cuando reconoció el inconfundible olor a gasolina.

Accionó todos los interruptores que iluminaban el escenario.

Un hilo de humo se desveló a un lado del telón. Corrió hacia allí y por el camino descolgó un extintor.

El telón de boca del Teatro Principal de Castellón es la pieza artística más relevante del edificio, uno de los pocos pintados a mano que se conservan en el país. Las pinturas representan un fastuoso cortinaje de terciopelo rojo con un acabado de raso azulado en la parte inferior rematado por flecos dorados, y una segunda cortina que muestra una fantasía adamascada de motivos vegetales rosados sobre un fondo amarillo. Una valiosísima obra de arte.

Si se quemaba el telón sería por su culpa, pensó mientras corría con el corazón en un puño. En mitad del escenario tropezó con uno de los tablones en los que estaban trabajando. No vio el saliente y cayó de bruces sobre la tarima mientras el hilo de humo se convertía en una pequeña llama. Se puso en pie y buscó el extintor que un momento antes llevaba en la mano. Y entonces sintió un golpe seco en la cabeza, como un mazazo descomunal. Las luces del teatro se apagaron para él. Todas menos la que proporcionaba la llama que prendía del telón.

Tras golpear al hombre con el extintor, Álex saltó del escenario a la platea y trató de alcanzar la salida por el pasillo lateral. Antes de abandonar el patio de butacas se detuvo y miró por última vez el escenario: una sombra humana yacía en el suelo y la llama crecía despacio en el telón. Observó una vez más el arco del proscenio, situado sobre el escenario a modo de corona, donde habitaban las nueve musas del arte representadas de forma magistral. Recordaba sus nombres, por algo era un talentoso estudiante. Las enumeró en voz alta, satisfecho, como si fuera el mismísimo Apolo quien las citara:

—Tepsícore, la danza; Euterpe, la lírica; Calíope, la poesía épica; Urania, la astronomía; Clío, la historia; Talía, la comedia; Polimnia, la oratoria; Melpómene, la tragedia, y Erato, la lírica del amor.

Cayó en la cuenta de que no había tosido. Tampoco el asma le producía ningún malestar mientras permanecía en el escenario, ni cuando ensayaba o representaba a sus autores favoritos. El teatro, pensó, al igual que a Marcela, la amiga de Rubén que vendía cocaína, pudo haberle salvado la vida.

Y entonces, sin que pudiera reaccionar, alguien lo agarró súbitamente por la espalda mientras otro le ceñía unas esposas en las muñecas.

A ESCASOS METROS de allí, instalado en la habitación del hotel, Monfort visionaba la grabación en su ordenador portátil. Tenía una corazonada y no pararía hasta llegar al final.

La llamada del comisario Romerales lo sacó de sus pensamientos.

—¿Dónde te has metido? —le preguntó.

—Estoy en el hotel, viendo las imágenes de la cámara de la discoteca —respondió sin dejar de mirar la pantalla, con una mano sobre el teclado por si necesitaba pausarlo. Robert le había enseñado cómo hacerlo: pausar, ampliar la imagen y buscar adelante y atrás—. ¿Qué tal la rueda de prensa?

—Regular —masculló Romerales—. Mañana verás el resultado en los periódicos. Todos contarán su propia versión de los hechos. Seguro que habrá una distinta para cada uno de ellos.

Monfort no prestaba atención. Apenas parpadeaba y a cada pocos segundos debía congelar la imagen.

—¿Qué buscas?

—Son cinco —respondió—. Las dos víctimas que se dedicaban al negocio de la cocaína. Y luego están esos dos, Álex y Rubén. El primero sabemos quién es, pero nos falta conocer al segundo. Luego está Ana Mas, que sigue en paradero desconocido. ¿Vas a hacer oficial su desaparición y a montar un dispositivo de búsqueda?

—He pedido autorización al juzgado, pero me temo que no será tan sencillo. Es adulta, nadie le impide marcharse voluntariamente.

—¿Y la información de su teléfono?

—Lo mismo —respondió Romerales con resignación—. Tiene que autorizarlo el juez.

Monfort pensaba deprisa.

—¿Buscas a Ana Mas en la grabación? —preguntó el comisario.

—Sí, también.

—¿También?

—Oye, disculpa, tengo otra llamada.

Era cierto, Silvia lo llamaba, un buen pretexto para no desvelar a Romerales a quién más estaba buscando, en quién recaía la sospecha. Pulsó el botón de fin de llamada para el comisario y la voz de la subinspectora apareció.

—¿A quién buscas? —preguntó Silvia, y Monfort pestañeó levemente. Ni que se hubieran puesto de acuerdo en hacer las mismas preguntas.

—Creía que tu llamada era una bendición, pero ya veo que tampoco.

—¿Cómo?

—Nada. Estoy revisando la grabación.

—Lo sé, me lo ha dicho Robert. No aparecen ni Fernando ni Jaime, solo Álex y Rubén. Y si Ana estuvo, no la vimos en los primeros visionados porque desconocíamos su aspecto.

—Fernando y Jaime podrían haber estado dentro del local antes de que abriera al público y por eso no se los ve llegar —planteó Monfort—. Es una cámara que graba, pero hay que ponerla en marcha desde un ordenador, según me explicó Robert. Comienza después de que se abran las puertas de la discoteca y finaliza antes del incendio. Por eso tampoco aparecen Manuel Meirás y su esposa, ni Alfonso Chía.

—¿Y esperas ver entrar a Ana ahora que conocemos su aspecto?

Monfort argumentó también otra posibilidad: tal vez no habían visto entrar a Jaime Aliaga porque estaba con ella en otro lugar.

—Lo cual eximiría a ambos del asesinato de Fernando Nebot —precisó la subinspectora.

—Así es —asintió Monfort.

Pasaron algunos segundos en silencio mientras ella pensaba y él seguía con la mirada clavada en la pantalla.

—¿Has escuchado la grabación de la madre de Ana?

—Sí. Es revelador que Álex, Rubén y Ana fueran amigos desde niños. Debo digerir sus palabras, analizar las notas que he tomado.

—Por supuesto.

—¿Me vas a decir lo que piensas?

—Voy a dejar que lo hagas por ti misma. Puede que esto —señaló el ordenador, aunque ella no pudiera ver el gesto— nos dé la solución. ¿Te parece bien?

—No mucho, pero estoy acostumbrada. Una cosa tengo clara —añadió—. Bueno, dos. Esa mujer, la madre de Ana, esconde algo que pasó hace tiempo.

—¿Y la otra?

—Hay que encontrar a Álex y a Rubén antes de que Ana se convierta en la tercera víctima.

Monfort dudaba, pero no se lo dijo. Sin embargo, le hizo una concesión.

—Existe un vínculo definitivo entre los cinco.

—¿Entre los cinco?

—Fueron al mismo colegio cuando eran niños —concluyó.

EL JOVEN CON sobrepeso que acompañaba a Álex Escribano en la entrada de la discoteca se apellidaba Vidal. Rubén Vidal.

No cejaron en su empeño hasta conocer su identidad. Alfonso Chía, que había dicho que lo conocía, después no estuvo dispuesto a colaborar, pero gracias a la paciencia de Silvia y a que Robert le recordó aquello que le había dicho con anterioridad sobre su integridad sexual en la cárcel, consiguieron que revelara su apellido y contara algo más de él.

Según desveló, Rubén Vidal vivía solo en el hogar familiar. Su madre estaba ingresada en una residencia y su padre había muerto de un infarto años atrás. El dinero que parecía atesorar procedía de la herencia de sus padres.

El comisario Romerales entró en la oficina como un vendaval.

—¿Ha venido Monfort? —parecía eufórico.

Silvia negó con la cabeza.

—¿Ha probado en su teléfono móvil?

—Sí, hablé con él, pero ahora no lo coge.

Silvia y Robert guardaron silencio y el jefe continuó.

—Bueno, está bien, os cuento: envié una copia de la imagen de esos dos —señaló la pantalla en la que se veía a Álex y Rubén— a la Guardia Civil y a la Policía Local. ¿Y sabéis qué?

Se encogieron de hombros y Romerales dio una palmada al aire.

—¡Los tenemos! —exclamó entusiasmado—. La Policía Local ha detenido a Álex Escribano y la Guardia Civil tiene a ese otro… Rubén…

—Rubén Vidal —apostilló Silvia—. ¿Y?

—Que nos los entregarán en cuestión de horas, en cuanto tengamos la autorización. —Sacó pecho orgulloso—. No me cabe la menor duda de que son los asesinos de Fernando Nebot y Jaime Aliaga, y por fin sabremos dónde está Ana Mas —afirmó de forma categórica al salir del despacho.

Silvia marcó el número de Monfort, pero, tal como había dicho el comisario, no contestaba.

—Estará enfrascado con la grabación —aventuró Robert cuando Silvia dejó el móvil sobre la mesa—. Hay mucha tela ahí para ver. En cuanto interesa algún rostro hay que pausar, acercar, ampliar, y aun así…

—¿Le mando un mensaje con la noticia? —preguntó y al momento se arrepintió; no era necesario que Robert le diera el visto bueno, a veces se le olvidaba que era la subinspectora.

—Creo que Monfort no se va a despegar de la pantalla de su ordenador hasta que dé con lo que busca.

Silvia no pudo por menos que darle la razón.

Robert consultó el reloj de la pared.

—Aún tardarán, pero en cuanto traigan aquí a esos dos se nos amontonará el trabajo. Te recuerdo que no hemos comido.

—Podemos picar algo en la cafetería y seguimos —sugirió sin demasiada convicción.

—Te propongo algo mejor —planteó y sus ojos azules proporcionaron luz extra al despacho.

Silvia enarcó las cejas. Él continuó.

—Tengo en la nevera boquerones y chipirones frescos del Mercado Central; por cierto, un lugar estupendo. Los puestos de pescado son impresionantes, casi como los de Sanlúcar —bromeó—. Si te apetece puedo preparar *pescaíto frito*, pero en el *palacete* que me ha procurado el comisario no puedo cocinar en condiciones.

Dejó la frase colgada en el aire para que Silvia propusiera algo más.

—¿Y qué sugieres, ir a mi casa?

Robert no creyó necesario responder. Se puso en pie y la instó a que aguardara cinco minutos para rescatar el pescado del frigorífico.

La pequeña cocina del piso de Silvia se inundó de olores formidables.

El secreto de una verdadera fritura, según el gaditano, consistía en rebozar el pescado con harina de repostería, más fina que la tradicional, y a continuación freírlo con una

generosa cantidad de aceite de girasol bien caliente, añadiendo poca cantidad de pescado cada vez para que se man-
tuviera alta la temperatura. Otros trucos que desveló eran
que el producto tenía que estar húmedo para que la harina
se adhiriera mejor. En el caso de los boquerones, convenía
mantenerlos en agua con hielo, y los calamares había que
humedecerlos en caso necesario.

—Y no olvidarse nunca de salar el *pescao* antes de ponerlo a freír —concluyó levantando un dedo en señal de
advertencia.

—Y tanto frito, ¿es sano? —preguntó Silvia escéptica.

La miró de soslayo. Con el delantal puesto y las manos
impregnadas de harina resultaba gracioso.

—Pescado fresco y aceite limpio. ¿Cómo no va a ser
sano, *quilla*?

Silvia puso la mesa y sacó de la nevera una botella de
Barbadillo que también había llevado él. El pescado estaba
delicioso y el vino devolvió al agente a su tierra.

—Barbadillo es mar —expresó tras beber un sorbo—. Es
sur, es Cádiz, es viento de poniente… ¡Es Sanlúcar de Barrameda!

—Salud —brindó Silvia.

—¿Amigos? —preguntó Robert con la copa en alto.

—Amigos —asintió ella.

—¿Aunque me gusten los hombres?

Y Silvia notó cómo el arrebol se adueñaba de sus mejillas.

Sentía aquella sensación sumamente personal de haber
dado con la forma de llegar a la solución. Tenía una hipótesis, indicios que cobraban forma en su cabeza, pero le faltaba un detalle: ¿por qué lo había hecho?

Apagó el aire acondicionado y abrió la ventana para encender un cigarrillo. Uno no le haría mal, pensó, aunque sabía que le reprenderían por ello.

Observó cierto revuelo en el Teatro Principal, un camión de bomberos y dos vehículos de la Policía Local. No había oído nada, absorto en el visionado de las imágenes. No parecía grave a la vista del gesto distendido del personal, que aguardaba junto a la puerta posterior del edificio.

Llamó a recepción para que le subieran algo de comer. Preguntó qué había ocurrido, a lo que la joven contestó que se había detectado un pequeño incendio, pero que no era grave y ya estaba extinguido.

Pese a que tenía el teléfono móvil silenciado, lo consultó. Vio varias llamadas perdidas de Romerales y también de Silvia. Un mensaje del comisario lo puso al corriente de las detenciones de Álex y Rubén por parte de la Policía Local y la Guardia Civil respectivamente. En el siguiente mensaje se pavoneaba de haber conseguido el traslado de los dos detenidos a las dependencias de la Policía Nacional.

Apuró el cigarrillo. Más tarde llamaría. Apagó la colilla en el cenicero.

Álex y Rubén detenidos. Cada uno por su lado, lo cual evidenciaba que no estaban juntos ni se trataba del mismo delito. El comisario estaría satisfecho, pero a él le parecía demasiado sencillo.

Sacó una cerveza del minibar, se acercó de nuevo a la ventana y dio un trago. El camión de bomberos abandonaba el teatro, lo mismo que los dos coches de la policía. Un fatídico pensamiento le cruzó por la mente, aunque se interrumpió cuando llamaron a la puerta. Abrió y un camarero le tendió una bandeja con un plato que contenía un sándwich acompañado de patatas fritas. La dejó sobre la mesa, junto al ordenador portátil, en cuya pantalla permanecía en pausa la imagen de aquella persona de la que sospechaba, la que nadie habría dicho que aparecería por la discoteca, porque a veces las caras no son exactamente el espejo del alma.

Años atrás se había jactado de reconocer la maldad en el rostro de algunas personas. Sin embargo, en aquellos ojos que ahora lo miraban desde el monitor no había distinguido el germen del mal. De no haber sido por la insistencia de Silvia y Robert en ver una y otra vez la grabación, no habría caído en el detalle de que cualquiera puede cometer un crimen si las circunstancias se lo permiten.

Silvia y Robert, Terreros y García, el comisario Romerales y el forense Pablo Morata eran buenos compañeros. Jamás había tenido en el pasado una ayuda como la que ellos ahora le brindaban, a veces sin merecerla del todo, como cuando les ocultaba lo que pensaba, a veces para que no lo tomaran por un chalado y otras para que no interfirieran en su forma de trabajar, con sus manías, defectos y virtudes.

Minimizó en la pantalla la imagen del rostro que a buen seguro le perturbaría el sueño. Buscó una canción que poder dedicar a sus colegas, aquellos que se dejaban el alma para intentar borrar una ínfima porción del mal de la faz de la tierra.

With a Little Help From My Friends fue compuesta por John Lennon y Paul McCartney, y Ringo Starr le dio voz. Formaba parte del album de The Beatles *Sgt. Pepper's Lonely Hearts Club Band*. Sin embargo, fue Joe Cocker quien interpretó el tema de tal forma que el mismísimo McCartney le agradeció públicamente que transformara su canción en un himno del soul.

«Con la ayuda de mis amigos», pronunció Monfort al escuchar la voz colmada de sentimiento del mítico cantante de Sheffield.

Volvió a ampliar la imagen en la pantalla.

Apartó el plato hacia un lado y encendió otro cigarrillo.

Fue la única víctima mortal de la tragedia. No debía de haber estado allí en aquel momento, aunque al fin y al cabo era lo que yo buscaba para saciar mis deseos más sórdidos. Acaparó las portadas de los periódicos y las noticias en la televisión. La imagen de un joven sonriente que conmocionó a la provincia. Jamás olvidaré su expresión. Yo no lo vi sonreír como en la fotografía que encandiló a la gente, la que hacía que sintieran lástima y dolor, y al mismo tiempo una rabia inmensa que recaía sobre quien había provocado el incendio.

Estaba junto a su bicicleta en mitad del camino, confuso, sorprendido y asustado. Me vio escapar del lugar en el que se había iniciado el fuego. Supo que lo había causado yo. De seguir con vida me habría denunciado y ahora estaría pudriéndome en alguna cárcel o en algún hospital para chiflados y drogadictos. Solo conseguí retrasar lo que él me hubiera deseado. Cambiaría mi vida por la suya, su muerte por mi existencia.

Los periodistas se apropiaron de la historia del joven ciclista para ofrecérsela a un público deseoso de dramas. Llenaron las páginas de los periódicos con la desdicha de una madre viuda a la que algún desalmado había causado la muerte de su único hijo; una mujer que se dejaba la piel trabajando para sacarlo adelante; una persona humilde que hubiera dado la vida por la carne de su carne, por lo único que le quedaba en esta vida.

La mujer fue perseguida por la prensa. La muerte vendía ejemplares y el horror los multiplicaba. Querían mostrar sus lloros, sus ruegos por detener al causante. Todo valía con tal de vender.

Trabajaba como sirvienta en la alquería de un empresario llamado César Olucha, en una casa entre naranjos, un paraíso cercano a la ciudad. Al hombre también lo entrevistaron los medios y contó lo mucho que ella se había sacrificado por sacar a su hijo adelante.

La mujer se llamaba Tica. Y yo prendí la llama del fuego que mató a su hijo.

17

Miércoles, 9 de julio

César Olucha seguía sin aparecer. La confesión de Alfonso Chía proporcionó el argumento necesario para que el juez lo considerara sospechoso.

Romerales, al teléfono, agradeció al magistrado el traslado de Álex y Rubén a las dependencias de la Policía Nacional. A continuación, trató de convencerlo de que la desaparición de Ana podía no ser voluntaria, pero se mostró reticente en aquel punto al tratarse de una persona mayor de edad que no dependía de nadie y por lo tanto no debía dar cuenta de sus actos. El comisario solicitó permiso para acceder al piso, pero el juez le dijo que de momento debían esperar. Lo mismo argumentó cuando se refirió a los movimientos de su teléfono móvil.

—Le he proporcionado ayuda inmediata respecto a Fernando Nebot y Jaime Aliaga por ser víctimas de asesinato. Lo de Ana Mas deberá esperar un poco, lo siento —pronunció el juez antes de colgar.

A las siete y media de la mañana, Monfort leía *El País* mientras desayunaba una taza de té, pan con tomate y aceite de oliva virgen extra, jamón y un gran vaso de zumo de naranja. El artículo del periódico era apocalíptico:

El fuego obliga a evacuar a 10.000 personas en el norte de California. Los vientos cambiantes siguen avivando los incendios sin que los equipos de emergencia consigan sofocarlos. Las autoridades de Paradise, a 138 kilómetros al norte de Sacramento, han ordenado a sus habitantes que abandonen sus hogares por la amenaza de que el incendio llegue hasta la ciudad. Un mensaje del alcalde apremia a que los ciudadanos dejen sus casas lo más rápido posible.

En Castellón el cielo estaba encapotado. La temperatura había descendido y el bienestar que esto producía se reflejaba en los rostros de los otros huéspedes que ocupaban parte del comedor a aquella hora de la mañana. Dobló el periódico, lo dejó sobre la mesa y dio cuenta del desayuno. No le hizo falta verla, supo que Silvia había entrado en el hotel al escuchar su saludo en recepción. Cuando accedió al comedor le hizo una señal con la taza en alto.

—¿Te apetece un café? —le ofreció después de que ella se sentara a su lado.

—Claro.

El cabello rubio recién lavado le caía lacio sobre los hombros. Vestía pantalón vaquero y una camiseta ceñida de color rojo que le favorecía. Enrolló los auriculares y los guardó en el bolso. Monfort se levantó y al momento regresó con una taza de café con leche y un cruasán.

—Cada día estás más delgada —le dijo con naturalidad al dejar el desayuno sobre la mesa.

Ella se encogió de hombros.

—¿Qué música escuchas?

—No es música.

—¿Ah no?

—No.

—¿La radio?

—Frío —jugó Silvia.

Monfort apretó los labios en señal de rendición.

—Es la declaración de Alfonso Chía.

El inspector frunció el ceño.

—No creo que sea lo más recomendable para dar comienzo a un nuevo día.

—Tal vez —repuso ella.

Monfort se llevó la taza a los labios.

—¿Qué sabes de las detenciones de Álex y Rubén? —preguntó tras dar un sorbo.

—Los detuvieron cuando trataban de provocar unos incendios; cada uno el suyo —matizó—. A Rubén Vidal lo arrestaron los del Seprona en el santuario de Sant Joan de Penyagolosa; llevaba una mochila repleta de artefactos para quemar el bosque. Argumenta que fue hasta allí caminando en peregrinación. Un ermitaño descubrió sus intenciones y corrió hasta el puesto de los forestales para alertarlos de lo que estaba a punto de hacer. Lo arrestaron sin que opusiera resistencia. En el momento de la detención estaba sentado en el suelo, guareciéndose de la lluvia, junto a sus artilugios de pirómano.

Monfort asimiló la información.

—¿Y Álex? —preguntó tras una pausa.

—¿No lo sabes?

—¿El qué?

—¿Dónde estuviste ayer?

—Aquí, en el hotel. Te lo dije, le pedí a Robert la grabación de la cámara de la discoteca.

—Creía que lo sabrías —insistió colocándose un mechón de pelo tras la oreja.

—¿Qué pasa?

Silvia arrastró la silla y bajó el tono de voz.

—Trató de incendiar el Teatro Principal. —Señaló con un dedo la histórica edificación frente al hotel.

Monfort recordó el camión de bomberos y los dos coches de la Policía Local junto a la puerta de servicio del teatro.

Silvia continuó:

—Se coló en el teatro en algún momento del lunes, cuando estaban trabajando. Había ajetreo y nadie recabó en el intruso. Debió de esconderse y pasó ahí la noche.

—¿No hay alarma en el teatro?

—Eso es precisamente lo que ha salvado al edificio de un incendio devastador. —Monfort la miró perplejo. Ella prosiguió—: El técnico que debía conectar el dispositivo de alarma se olvidó de hacerlo. Ayer cayó en la cuenta del error, fue al teatro para comprobar que todo estuviera en orden y entonces se percató de que salía humo del telón. Álex lo golpeó en la cabeza y lo dejó sin sentido. Por fortuna, una patrulla de la Policía Local se extrañó al ver la puerta de servicio abierta a una hora poco habitual y sin que hubiera ningún trabajador cerca. Entraron y se dieron de bruces con Álex cuando trataba de huir mientras el técnico seguía herido en el suelo. En el telón se dejaba ver una llama que, de no haber sido por su rápida actuación, hubiera reducido el teatro a cenizas y escombros.

—¿Romerales te ha contado todo eso?

Silvia esbozó una sonrisa pícara.

—No, Robert y yo hemos hecho unas llamadas. Pero no se lo digas al comisario.

Monfort se pasó las manos por la cara.

—Necesito fumar —dijo.

Salieron al exterior. Estaba a punto de ponerse a llover. Se notaba un ambiente denso y las nubes no tardarían en descargar.

—Hay algo más —sugirió ella.

—Claro —admitió Monfort mirando la punta incandescente del cigarrillo—. Siempre hay más.

—Por lo visto, lo que más les duele es no haber conseguido su cometido.

—¿Qué cometido?

—Ambos coinciden en que debían hacer algo grande y único.

—«Algo grande y único», la meta de todo pirómano —dijo Monfort como si hablara para sí mismo, y luego precisó—: El perfil del pirómano suele ser el de una persona joven con antecedentes de frustraciones y problemas emocionales, con malas experiencias en el ámbito profesional y trastornos psiquiátricos. El fuego les sirve para apaciguar situaciones de vacío existencial, de ira o de un intenso deseo de protagonismo. Suelen ser adictos al alcohol y a las drogas, que actúan como desencadenante de su comportamiento.

—Un retrato perfecto de esos dos —apostilló Silvia.

Monfort apagó la colilla en un cenicero dispuesto a la entrada del hotel. Pensaba a toda velocidad.

—¿Qué tal con el visionado de la cámara? —preguntó ella.

La cuestión lo pilló por sorpresa. Lo que acababa de contarle lo había evadido del descubrimiento.

—Bien —contestó sin más. Ya habría tiempo para hablar de ello.

—¿Y ahora dónde vamos?

—Al colegio —respondió Monfort.

EL CENTRO EDUCATIVO Padre Ledesma estaba situado en la ladera de una montaña, junto a la carretera, en una urbanización de chalés edificados en la década de los setenta.

Desde allí se atisbaba una fina línea de mar. El camino de entrada era de tierra y estaba flanqueado por altos pinos resecos por el sol. El aparcamiento estaba desierto y Monfort eligió un lugar con sombra. La verja estaba cerrada. Las vacaciones escolares comenzaban a finales de junio, era lógico que en el mes de julio no hubiera nadie allí. Silvia se lo había hecho saber durante el trayecto.

—Es un colegio religioso —dijo Monfort con las manos en las rejas de hierro.

—Parece una cárcel —repuso Silvia.

—Los cinco venían aquí cuando eran niños. —Monfort hablaba sin dejar de mirar, como si pudiera verlos haciendo travesuras en el patio.

La subinspectora los enumeró una vez más.

—Fernando Nebot, Jaime Aliaga, Rubén Vidal, Álex Escribano y Ana Mas.

—Dos muertos, dos detenidos y una desaparecida —añadió Monfort.

El recinto escolar era una sucesión de edificios rectangulares y techos planos, con infinidad de ventanales por los que debía entrar la luz a raudales en las muchas jornadas soleadas de las que gozaba la provincia; una cancha de baloncesto y otra de fútbol sala donde los alumnos se desfogarían entre clases; una gran cruz de varios metros de altura decoraba una de las fachadas. Rodeado por un bosque de pinos y cercano a algunos campos de naranjos, el colegio pretendía mimetizarse con la naturaleza.

—¿Llevarán uniforme? —preguntó Silvia trayendo a Monfort de vuelta de sus pensamientos.

El inspector se encogió de hombros.

—A mi madre le gustaba que fuéramos todas vestidas iguales.

—¿Ibas a un colegio de curas?

—¡Claro! —exclamó ella—. En Massalfassar. De curas y monjas. ¿De dónde crees que han salido estos modales tan refinados? ¿Y tú?

Monfort movió la cabeza para indicar que no.

—Colegio público —convino—. Mis padres son de Villafranca del Cid y, aunque el negocio siempre les fue bien en Barcelona, temían que los tildaran de nuevos ricos.

Silvia enarcó las cejas.

—¿Y te fue bien con el populacho? —bromeó.

Rodearon el perímetro del recinto para comprobar si había otras puertas por las que acceder, pero las que encontraron también permanecían cerradas.

Cuando decidieron marcharse vieron a un hombre mayor que desde el interior se acercaba a donde estaban. Vestía camisa y pantalón gris, alpargatas y un sombrero de paja para protegerse del sol.

—¿Buscan a alguien? —preguntó con un cerrado acento valenciano cuando faltaban dos metros para que llegara a la verja.

Monfort le comunicó que eran policías y le mostró su credencial. El hombre dio un paso hacia atrás.

—Tranquilo —le dijo—. No tiene nada que temer. Hemos venido por si podíamos hablar con alguien de las oficinas, pero ya vemos que está cerrado.

—Están de vacaciones —repuso el hombre pronunciando la segunda «c» como si fuera una «s».

Apoyó las ennegrecidas y agrietadas manos en la verja. Tenía el rostro labrado de surcos y un color terroso fruto de la exposición continuada al sol. Era de corta estatura y de espaldas anchas. De uno de los bolsillos extrajo un pañuelo de tela y se secó el sudor de la frente.

—Ya se lo he dicho al inspector —terció Silvia para ganarse la empatía del hombre—, pero no me ha hecho caso. ¿Cuándo podemos encontrar a alguien en los despachos?

—Ayer vinieron algunos profesores, pero ya ven, hoy no. Yo vengo todos los días; soy el jardinero, cuido de las plantas y los árboles, riego, podo, abono y lo que haga falta. Vengo temprano, cuando aún no hace tanto calor, y a las ocho y media de la tarde viene un vigilante que se queda toda la noche.

Sacó un manojo de llaves del bolsillo y abrió la puerta para hablar con los policías sin la verja de por medio.

—Hace años —continuó— había un conserje que se encargaba del mantenimiento.

—¿Usted ha trabajado siempre aquí? —le preguntó Silvia.

—¡Qué va!, yo estoy desde que me... —Se arrepintió de lo que estaba a punto de decir y dejó la frase colgada. Sonrió tímidamente y dejó a la vista una boca con pocos y desordenados dientes. A los policías no les había pasado por alto que el hombre tenía edad más que suficiente para estar jubilado.

A Monfort se le ocurrió algo.

—¿Llegó a conocer al conserje?

—No —contestó sin tener que pensar la respuesta—. Cuando yo empecé a trabajar ya no estaba. Si quieren saber algo de él tendrán que preguntarle al director; es el más mayor, él sabrá decirles.

Monfort le tendió una tarjeta con su nombre y número de teléfono y le rogó que se la entregara al director cuando lo viera.

—Dígale que me llame, por favor.

—Descuide —pronunció el hombre y agachó la cabeza a modo de despedida—. Se lo diré.

No SABÍA DÓNDE estaba ni cómo había llegado hasta allí.

Recordaba que la visita a Álex y Rubén en el piso había sido como un regreso al pasado del que ella trataba de huir.

La cadera le dolía como si miles de agujas hurgaran en la carne.

Estaba atada a lo que parecía el sillón de una oficina. Unas cuerdas le sujetaban las muñecas a los reposabrazos y los tobillos a las patas del asiento. Un pedazo de cinta adhesiva le tapaba la boca para que no pudiera gritar. No recordaba las horas que llevaba encerrada, atada y amordazada. Se había orinado encima y el calor era insoportable.

Era la habitación de una casa antigua. La ventana estaba cerrada y la persiana bajada impedía que entrara la luz, tan solo unos rayos se colaban por las rendijas. Distinguió una mesa y algunas sillas. Aguzó el oído, pero no escuchó ninguno de los sonidos habituales de personas o del tráfico de la ciudad.

Recordó que tras descubrir lo que le había ocurrido a Jaime, se tomó un ansiolítico y trató de relajarse. Cuando creyó que una ducha la reconfortaría sonó el timbre de la puerta. Le pareció extraño, pues quien fuera estaba ya en el descansillo y no en la calle junto al interfono. Pensó que sería algún vecino y optó por no abrir. Pero quien estaba al otro lado de la puerta insistía una y otra vez. Se acercó sin hacer ruido y observó por la mirilla, pero no vio a nadie. Cuando se volvió, el timbre sonó de nuevo y se sobresaltó. Finalmente abrió la puerta y para su sorpresa no había nadie sobre el felpudo de bienvenida. Avanzó unos pasos para mirar por el hueco de la escalera y entonces notó cómo la agarraban por la espalda y le tapaban la boca y la nariz con una gasa.

Luego nada más. Solo oscuridad.

—¿Qué te pasa? —inquirió Romerales al inspector dentro de su despacho—. Estás muy callado.

Monfort negó con la cabeza; era difícil pensar al lado del jefe. Su oratoria era infinita.

—Organiza los interrogatorios. Hazlos hablar, cierra el caso de una vez, dale titulares a la prensa y consigue que esto vuelva a ser una ciudad tranquila, o me van a volver loco entre todos.

—Tengo la impresión de que esto no se acabará tan fácilmente como te gustaría —conjeturó Monfort antes de abandonar el despacho.

—¿Cómo lo hacemos? —le preguntó Silvia cuando llegó donde estaban acompañada de Robert.

—¿Han venido ya los abogados de oficio? —preguntó Monfort.

—Sí. Están con ellos.

—Empezad vosotros. Ve tú con Álex Escribano y Robert que le haga las preguntas a Rubén Vidal.

—¿Por qué yo con el *carapapa*? —preguntó el agente contrariado.

Monfort salió a la calle y en ese momento cayeron las primeras gotas. Aquel cielo encapotado con el que dio había dado comienzo el día se había hartado de retener la lluvia y al fin la dejaba caer sobre el reseco asfalto de la ciudad. Como de costumbre, los transeúntes no llevaban paraguas y caminaban deprisa parapetándose bajo los balcones. La temperatura había descendido notablemente. Monfort no encontró mejor cobijo que el interior de su coche. Bajó cuatro dedos la ventanilla y marcó un número grabado en su teléfono móvil.

—¿Ocupada? —preguntó.

—Como siempre —respondió Elvira Figueroa.

—¿Algún juicio enrevesado?

—Un degenerado quiere dotar a Teruel de buenas infraestructuras —reveló ella con su humor característico—: Un tren rápido a la capital, internet de banda ancha para las zonas rurales, nuevas escuelas, más médicos… Y, claro, lo han detenido por rebeldía.

Monfort sonrió. Su ironía no tenía rival.

—¿Y tú qué tal en el colmo de la tranquilidad mediterránea?

—Fabuloso. No imagino un destino mejor. Media España en crisis mientras aquí siguen atando los perros con longanizas —respondió sarcástico.

La risa de ella viajó a través del teléfono.

—¿Cómo era aquello que me contaste sobre la leyenda de las torres mudéjares de Teruel?

—Dos chalados haciéndose los machotes —resolvió Elvira—. Pero tampoco creas todo lo que se cuenta sobre el imaginario popular.

Tras un reconfortante tiempo de charla, Monfort regresó a la comisaria. Llovía intensamente. Entró en el cuarto en el que Silvia interrogaba a Álex Escribano y se mantuvo apoyado en la pared escuchando hasta que ella lo invitó a preguntar.

—¿Hasta cuándo pensabas seguir estudiando? —inquirió.

Álex se encogió de hombros. Era lo que venía haciendo todo el tiempo. El inspector continuó.

—Eres un poco mayorcito para vivir del cuento de las becas y del dinero que le sacas a tus padres engañándolos una y otra vez.

El detenido negó despacio con la cabeza y tosió. Sobre la mesa tenía un inhalador.

—Dime, ¿cuántas carreras tienes?

Aquello movió algo en el cerebro de Álex.

Levantó una mano y extendió tres dedos.

—¡Tres! —exclamó Monfort—. ¡Menudo fenómeno! Mi padre hubiera dicho: «Cualquier cosa con tal de no trabajar».

El inspector se acercó a Silvia y cogió su libreta de encima de la mesa. Hizo como si leyera las anotaciones.

—Le pegaste a esa chica en Santiago. Y como no hubo demanda, te dejaron suelto. Tuviste mucha suerte.

Álex miró al abogado de oficio, un hombre desaliñado con el rostro impertérrito que negó con la cabeza.

—Te expulsaron de la prestigiosa universidad y volviste a Castellón —prosiguió Monfort—, pero no informaste de ello a tus padres; sin embargo, llamaste a tu amigo Rubén y juntos tramasteis un plan. ¿Es así?

—No sé de qué me habla —dijo al fin.

—La noche en la que murió Fernando Nebot estuvisteis en la discoteca. En las grabaciones de la cámara de seguridad se os ve entrar.

—¿Y qué?

—Nada. Lo malo es que no se os ve salir, y Fernando Nebot fue asesinado cuando ya no quedaba nadie dentro.

—No tiene una mierda de pruebas. Estuvimos allí, pero nada más —masculló Álex.

—Te recomiendo que hables bien —le aconsejó Monfort, y señaló la grabadora—. Toda esta mierda que no tenemos, como tú dices, la va a escuchar un juez, y como su educación sea remilgada te va a poner un negativo, como en el cole.

Álex hizo una mueca de desprecio. El abogado le aconsejó que se calmara. Monfort le devolvió la libreta a la subinspectora y apoyó las palmas de las manos sobre la mesa, acercando su rostro al del interrogado.

—Y ahora que surge el tema del colegio —añadió—, nos vas a contar la relación que tenías con Fernando Nebot y Jaime Aliaga.

Álex se llevó el inhalador a la boca y se insufló el medicamento antes de hablar.

—Los llamábamos Zipi y Zape, uno moreno y el otro rubio; nos esperaban a la salida de la escuela. Era todo un espectáculo ver cómo nos pisoteaban a los tres. Como ir al circo sin pagar.

—¿Los tres? ¿La tercera era Ana Mas?

Ni siquiera movió la cabeza para asentir.

A Monfort le habría gustado saber qué pasaba en el cuarto de al lado. No creía factible que Robert le estuviera haciendo una lista con los mejores restaurantes de Sanlúcar de Barrameda.

Silvia, que seguía sentada frente a la mesa, descruzó las piernas y las volvió al cruzar en sentido contrario.

—¿Dónde está Ana? —le preguntó en voz baja.

Álex carraspeó.

—No lo sé. Debería preguntarle a Jaime Aliaga, pero, claro, está muerto.

—¿Insinúas que Jaime Aliaga le hizo algo malo? —sondeó Silvia.

—Ana tenía una relación con él.

—Explícate.

—Estaba enamorada.

Un agente llamó a la puerta.

—Inspector, ¿puede venir un momento?

Monfort hizo una señal a Silvia para que lo acompañara.

En el cuarto contiguo Rubén Vidal había hecho una extraña confesión. Robert la expuso.

—Dice que Ana Mas quería vengarse de Fernando Nebot y Jaime Aliaga por lo que ambos le habían hecho en el pasado.

Rubén tenía aspecto de estar pasándolo realmente mal. Había llorado y le caía el sudor por las sienes. Su abogado era una fotocopia del otro, como si los fabricaran en serie. Le recomendó a su cliente que no era necesario decir más de lo que ya había contado.

—¡Venga, *pisha*! Díselo tú al inspector —le instó el gaditano.

Rubén Vidal se revolvió en la silla. Tenía manchas blancas en las comisuras de los labios.

—Oigan… —terció el abogado, pero Rubén no lo dejó terminar.

—Ella nos lo dijo.

—Sigue —insistió Robert.

—Nos contó que vio por casualidad a Fernando Nebot en la discoteca y que Jaime también estaba allí.

—¿Y la reconocieron?

—Se presentó por su nombre, los obligó a hacer memoria —Se pasó la mano por el grueso cogote—. Ella antes no era como ahora.

—¿Como ahora?

—Sí, ya me entiende… —Entrelazó unos dedos regordetes sobre la mesa. Tenía las uñas sucias, el pelo apelmazado y regueros de sudor seco en la cara—. Fernando y Jaime se metían con ella, decían que no era una mujer, que parecía un chico. Se las hicieron pasar canutas.

—Igual que a vosotros, según tengo entendido.

Se encogió de hombros.

—¿Y se quiso vengar de ellos un montón de años después?

—Eso dijo el día que vino a mi casa.

—¿Qué día fue?

—El sábado, sobre el mediodía.

Robert se volvió y buscó las miradas de Silvia y Monfort. Las últimas noticias de Ana Mas la situaban el viernes a última hora de la tarde al salir del trabajo. El inspector asintió para que siguiera.

—¿Por qué fue Ana a tu casa? —le preguntó el agente.

—Quería saber si teníamos algo que ver con la muerte de Fernando Nebot, y además no encontraba a Jaime Aliaga por ningún sitio. Estaba asustada, temía por él, más que nada.

—Y tuvisteis una discusión y luego…

—¡Y luego nada! —gritó—. ¡Luego se marchó! —A continuación bajó el tono de voz hasta hacerlo casi imperceptible y añadió—: Hubiera hecho cualquier cosa por ella.

Silvia se acercó a Rubén. La palabrería de aquel tipo no le importaba lo más mínimo; tampoco su cara de aterrado.

—¿Eres consciente de la magnitud de la catástrofe que has estado a punto de provocar? Los que son como tú deberían estar encerrados para siempre.

Rubén levantó un poco la cabeza.

—¿Los que son como yo? —cuestionó extrañado.

—Los pirómanos —le aclaró Silvia—. Los desgraciados a los que se os pone dura al contemplar el fuego que habéis provocado.

Monfort esbozó una sonrisa y se ofreció para ir a buscar café para todos. El interrogatorio se presentaba largo y entretenido. Pero antes de salir lanzó otra pregunta a Rubén.

—¿Por qué vas vestido así?

Seguía ataviado con la túnica de color azul. Le habían incautado el gran rosario de cuentas de madera y el sombrero que llevaba en el momento de la detención.

—Es la indumentaria de los peregrinos de Les Useres.

—Ya veo —convino Monfort—. Aunque no creo que ninguno de ellos quiera ver esos paisajes arrasados en llamas. Sin embargo, tú estabas dispuesto a hacerlo. ¿Por qué?

Rubén bajó la cabeza y apretó los labios. No iba a contestar.

—¿De verdad fuiste andando tú solo desde Les Useres hasta el santuario de Sant Joan de Penyagolosa? —preguntó Monfort escéptico—. Tardarías una eternidad.

—¿Porque soy gordo?

—No. Porque no eres muy listo.

Su ROSTRO SE *me aparecía en sueños. Lo veía en la calle al girar cada esquina, y en cualquier lugar veía su cara entre las demás personas.*

No podía soportarlo más. Aquello que llevaba años provocando no me había traído más que dolor. Pensé en suicidarme, pero tenía miedo, en el fondo siempre lo he tenido. Si algo he aprendido es que el pirómano es un ser cobarde, alguien que disfruta con el dolor ajeno pero que acaba huyendo, que se esconde, que vive una realidad distinta para disimular su verdadera condición de dependencia. Las drogas, el alcohol, el infierno vivido en la infancia, la rabia, el deseo de protagonismo, la falta de cariño y comprensión. La mentira.

No pude aguantar más tiempo aquí y decidí marcharme, enterrar los fantasmas y arrancar el dolor para regresar algún día con la única voluntad de reencarnarme en una persona decente.

Lo logré; contarles aquí y ahora cómo lo hice y de qué manera conseguí sepultar la adicción y el dolor sería demasiado extenso y aburrido. Ya habrá tiempo para ello.

Jamás podré eliminar por completo la huella que quedó marcada para siempre; los incendios, la atracción desmedida por las llamas, el placer inenarrable de ver cómo todo se destruye a manos del fuego.

No, eso no pude ni podré borrarlo jamás, forma parte de mí por mucho que haya cambiado el disfraz. Pero supe disimular, traté de llevar una vida normal, conseguí ahogar la pasión desmedida por las llamas, encontré un trabajo y luché por olvidar.

Hasta que me encontré con las personas que no debía haber visto nunca más, ni siquiera por casualidad.

18

Jueves, 10 de julio

DURANTE LA NOCHE no oyó otra cosa que el sonido de la lluvia repiquetear contra la ventana, nada que pudiera darle una pista sobre en qué lugar se encontraba. Nadie fue allí ni se interesó por su estado. Estaba sola, abandonada a su suerte. Notó el acusado descenso de la temperatura y sintió frío. La luz del amanecer alumbró tenuemente las rendijas por las que pronto se colarían los pocos rayos de sol que pudieran abrirse camino a través de ellas. ¿Cuánto podía resistir una persona sin comer ni beber? No estaba en la ciudad, el aire que respiraba era de campo y no olía a asfalto; tampoco escuchaba sonidos que pudiera identificar salvo el de los pájaros, el viento y la lluvia, que parecía haber cesado con el nuevo día.

Tenía la sospecha de que Álex y Rubén la habían abordado cuando salió al descansillo del piso. La debieron de dormir con alguna sustancia. El golpe de la cadera no había dejado de dolerle en ningún momento. Un dolor agudo y persistente, no insoportable, pero preocupante a todas luces. Cada vez tenía mayor certeza de que era cosa de ellos. Seguían enamorados, si es que su forma de actuar tenía algo que ver con el amor; eran peligrosamente adictos a una persona que nada tenía que ver con aquella que conocieron años atrás. Entonces ella les estuvo agradecida porque se ponían de su lado cada vez que los demás la acosaban, incluso sucumbió a alguna de sus peticiones poco decorosas, pero desde entonces había pasado media vida.

Se acordó de Fernando Nebot en la camilla del tanatorio; el trabajo de restauración del cadáver, violentada por las arcadas que le sucedían una y otra vez, sintiéndose en parte culpable de que estuviera muerto.

¿Habrían matado ellos a Fernando y a Jaime? Existía otra cuestión, pero le daba miedo formularla siquiera, porque más que una pregunta le parecía ya una afirmación.

Iba a morir en aquel lugar.

ROBERT FUE EL primero en acudir a la comisaría. Estaba animado pese a que apenas había dormido en toda la noche. Los interrogatorios se prolongaron hasta la madrugada, y cuando los abogados de oficio se reunieron instaron a los policías a continuar al día siguiente. Álex y Rubén permanecían separados para que no pudieran comunicarse. Silvia, Monfort y el comisario Romerales se retiraron a descansar. Robert no pudo pegar ojo por la excitación que le provocaba el caso.

El ímpetu del gaditano se debía a que desde el juzgado se había autorizado por fin a acceder al móvil de Ana Mas y tenía la información en un correo electrónico. El teléfono de la desaparecida se desconectó a primera hora de la tarde del sábado. La mayoría de las llamadas realizadas por Ana eran al mismo número: el de Jaime Aliaga. Todas sin responder. Quedaba examinar la gran cantidad de mensajes de texto.

Rubén dijo en el interrogatorio que Ana lo había llamado para ir a su casa sobre el mediodía del sábado, y que después de hablar con ellos se marchó. No dijo nada de que fueran luego a verla. En todo caso, el rastro de Ana se borraba el sábado por la tarde en su domicilio, cuando su teléfono se apagó.

Los agentes Terreros y García fueron al piso de la calle San Vicente, donde vivía Ana Mas. El propietario del inmueble los esperaba en el portal.

—¿Subimos? —preguntó el hombre tras leer la notificación del juzgado que lo instaba a abrir la vivienda a la policía.

—Tenemos que esperar al inspector. No tardará en llegar —dijo García.

Monfort aparcó la mitad del voluminoso vehículo encima de la acera para incordio de los transeúntes.

El casero describió a Ana como una chica simpática y agradable que ingresaba religiosamente el importe del alquiler cada primer día del mes, pero estaba preocupado por lo que podría pasar ahora con el piso si se quedaba vacío.

Monfort no lo dejó entrar, cosa que al hombre no le hizo la menor gracia.

—No tenemos más guantes —argumentó el inspector.

Una hora más tarde salieron con una bolsa que contenía pertenencias de la joven y un ordenador portátil del que se encargaría el agente Calleja.

—¿Qué va a pasar ahora? —preguntó el propietario cuando llegaron a la calle.

—De momento nos quedamos con las llaves del piso —le informó Monfort—. Y a usted, ni se le ocurra poner un pie dentro.

—Pero… si es mío.

—Pues hasta nuevo aviso, como si no lo fuera.

Monfort se despidió de Terreros y García, bajó el coche de la acera, giró a la derecha y se incorporó al tráfico de la ronda Mijares.

Silvia lo llamó al móvil.

—¿Qué tal? —preguntó.

—El piso de una joven soltera, nada más. Un ordenador portátil que ya llevan a comisaría Terreros y García, una nevera casi vacía y unos armarios llenos de ropa. Nada destacable, salvo por lo que yo consideraría un exceso de pastillas para dormir. El casero la califica como una chica ejemplar, claro que lo único que le importa es que pague y no rompa nada.

—Vamos a seguir con Álex y Rubén —informó Silvia.

—Espero que os divirtáis.

Silvia puso los ojos en blanco.

—¿Vas a venir?

—Sí, claro —dijo Monfort. Aquello que podía ser un sí, pero también un no.

A LA ALQUERÍA de César Olucha se llegaba tras dejar a la derecha la basílica de Nuestra Señora del Lledó, la muy venerada patrona de Castellón. A pocos metros giró por el llamado camí d'en Riera, donde un sinfín de naranjos se extendía a ambos lados del camino. Dobló a la izquierda por la senda de grava que llevaba hasta la finca de Olucha, aparcó junto a la verja y llamó al timbre. La lluvia había propiciado que se formaran charcos y barro, nada que mitigara la temperatura. Tiró del nudo de la corbata hacia abajo y liberó el último botón del cuello de la camisa. El único coche aparcado era el Opel de Tica.

Nadie contestó a la primera llamada y optó por una segunda.

Era extraño ver allí el coche de la empleada y que nadie contestara. Ya suponía que Olucha no estaba, tal como Terreros y García habían informado. Caía contra él una orden de busca y captura por tráfico de drogas, no era tan idiota como para permanecer en su propia casa a la espera de que le pusieran unas esposas.

Monfort no era un tipo especialmente paciente, pero decidió tomarse las cosas con calma por una vez. Vislumbraba un posible final para el caso y no era cuestión de precipitarse. Se apoyó en el costado del coche y encendió un cigarrillo ahora que estaba libre de miradas reprobatorias. No había puesto en práctica la propuesta de la doctora, aquello de fumar con la imaginación, dar caladas al aire sin nada que rellenara la «v» formada entre los dedos.

—¿Qué quiere? —preguntó una voz que no sorprendió a Monfort. Era Tica. Habría llegado hasta la verja por el campo de naranjos.

—Hablar con usted otra vez, si me lo permite —dijo el inspector con tranquilidad.

—El señor no está.

—Lo sé, es lo normal.

—¿Por qué lo buscan? Ya vinieron otros policías.

—Alguien nos contó que estaba metido en algunos temas turbios.

Las manos de Tica, agarradas a la verja, evidenciaban el duro trabajo en una casa como aquella.

—Se fue. No me dijo adónde iba.

—Lo encontraremos —aseveró Monfort—. El mundo es un pañuelo. ¿Por qué trabaja con él?

Tica lo miró directamente a los ojos. Los suyos eran pequeños y oscuros y parecían cansados.

—Me ayudó —dijo.

Monfort aplastó la colilla con la suela del zapato.

—¿Está en deuda? —preguntó.

Tica salió al camino. Vestía una bata de color azul; tenía el pelo negro recogido en un moño sujeto por varias pinzas y algunas canas pugnaban por quedar a la vista. Su extrema delgadez le confería un aspecto avejentado.

—¿Me da un cigarrillo? —le pidió.

Monfort le tendió uno y a continuación le dio lumbre. La mujer aspiró el humo y lo dejó escapar muy despacio, como si aquello le proporcionara una pizca de placer.

—Mi hijo murió en un incendio —reveló—. Los bomberos dijeron que había sido intencionado. Encontraron pruebas en el bosque. Consiguieron apagarlo antes de que alcanzara las viviendas. —Hizo una pausa, dio otra calada y repitió el ritual de dejar escapar el humo lentamente—. Pero mi hijo no tuvo la misma suerte. Había salido con su bicicleta, como todos los días. Iba por el camino que atraviesa la urbanización y asciende a la montaña. La autopsia reveló que había muerto casi en el acto, que las llamas lo alcanzaron por sorpresa, que hacía viento y que el fuego lo atrapó sin remedio… —Agachó la cabeza, miró la punta del cigarrillo y lo tiró con desprecio—. ¿Se imagina lo que debe de ser morir quemado? —Monfort no respondió—. Dicen que no hay nada más horrible que el olor a carne quemada, a carne humana quemada —puntualizó—. Olor de carne podrida, sudor y basura. A eso dicen que se parece. ¿Se hace una idea? ¿Se lo puede imaginar? —Monfort negó con la cabeza—. César Olucha movió cielo y tierra para dar con el culpable; motivó a los periódicos, a la televisión y a todo el mundo para que se hablara de mi hijo y no cayera en el olvido. Mi hijo muerto, quemado por un pirómano. Al poco de nacer me quedé viuda. Trabajé como una esclava para sacarlo adelante, para que no le faltara nunca de nada. Y luego murió allí… —Señaló la montaña que se veía a lo lejos—, agarrado a su bicicleta. Tuvieron que amputarle los dedos de las manos porque los tenía sellados al manillar, fundidos con el metal.

Monfort miró donde ella había indicado. Si no le fallaba la orientación, aquel lugar se encontraba cerca de la escuela a la que fueron los cinco. Allí había una urbanización y el camino al que Tica se refería la cruzaba para ascender a la montaña.

—Así que se lo debo al señor Olucha —prosiguió tras recomponerse—. Tras el suceso era incapaz de trabajar, caí en una depresión que casi me manda al cielo con él. —Miró hacia arriba—. Otro, viendo mi situación desesperada, hubiera prescindido de mis servicios y se hubiera buscado a alguien para sustituirme. Sin embargo, dejó que me recuperara, que volviera a sentirme capaz.

Ladeó la cabeza para mirar al inspector; sus labios eran una fina línea recta.

—César Olucha no está aquí. No sé adónde puede haber ido —aseguró—. Pero, aunque lo supiera, tampoco se lo diría.

Monfort regresó al coche. Al maniobrar para salir al camino la vio alejarse en dirección a la alquería. Una sombra entre los naranjos. Una vida rota. Tardaría en olvidar sus palabras.

«Olor de carne podrida, sudor y basura.»

Conducía absorto en las palabras de Tica; el dolor y la rabia por el hijo muerto a manos de un pirómano. Aunque aquello no la eximía de decir dónde estaba César Olucha, en el caso de que lo supiera.

La llamada de teléfono lo sobresaltó.

—Hola, Silvia —dijo tras pulsar el botón verde del manos libres—. ¿Cómo lo lleváis?

—Con Álex y Rubén, igual —respondió.

Monfort resopló.

—Robert está analizando los datos del teléfono móvil de Ana.

—Por fin se han dignado a enviar la información.

—Sí, les ha costado lo suyo.

—¿Y bien?

—Se desconectó el sábado por la tarde. Hay una llamada a Rubén, pero las últimas fueron al número de Jaime Aliaga.

Monfort guardó silencio.

—¿Dónde estás? —preguntó ella—. Tienes una visita esperando.

—Voy para allá.

EL DIRECTOR DEL colegio Padre Ledesma aguardaba en el despacho de Silvia.

Monfort le tendió la mano para saludarlo y rodeó la mesa para sentarse frente a él. El aparato de aire acondicionado estaba en marcha, pero accionó el mando para bajar la temperatura de la estancia dos grados más.

Se llamaba Pascual Beasain y rondaría los setenta años; tenía la cabeza redonda como una bola de billar y la calvicie propiciaba que lo pareciera todavía más. Tez blanca, cejas increíblemente pobladas, nariz chata y ojos minúsculos de un color indefinido que podría ir desde el verde oscuro al marrón intenso. Era de baja estatura y vestía traje negro, como si fuera un cura. Solo le faltaba el alzacuello.

—¿Es usted religioso? —le preguntó Monfort.

—Si se refiere a si soy sacerdote, no, no lo soy.

—Creía que en esa escuela…

—Es un centro de enseñanza mixta, en él los religiosos se dedican a labores de orden social. También forman parte del consejo de dirección escolar, pero no es algo exclusivo de ellos.

—Comprendo —dijo Monfort.

No sería cura, pensó, pero por su forma de hablar y de comportarse lo parecía.

—Vinieron a verme —dijo Pascual Beasain.

—Así es, pero estaba cerrado. Fuimos sin llamar, fue un impulso. Debí caer en la cuenta de que estamos en período vacacional para los estudiantes. De hecho, mi compañera así me lo hizo saber, pero de todas formas quisimos acercarnos. Hablamos con el jardinero.

—Sí —sonrió de forma condescendiente—. Un buen hombre. Me dio su tarjeta para que lo llamara, aunque he preferido acercarme personalmente.

—Se lo agradezco. Si me lo permite, me gustaría hacerle algunas preguntas.

—Adelante.

—¿Dónde vive usted?

—En Castellón.

—¿Ha estado aquí los últimos quince días?

—No. He estado en Roma tres semanas. Regresé ayer.

—¿Vacaciones?

Beasain hizo un gesto indefinido con la cabeza.

—No del todo. También he asistido a un congreso de escuelas cristianas de Europa.

—Suena solemne.

—Lo es, se lo aseguro.

—¿Fue usted solo a Roma?

—En representación de nuestro centro, sí. Pero había compañeros de otras escuelas de la provincia.

—¿Sabe por qué le pedí al jardinero que me llamara?

—Ahora sí. Por Fernando Nebot y Jaime Aliaga. Es terrible lo que les ha ocurrido a esos chicos.

—¿Los recuerda?

—Por supuesto. Yo era profesor entonces.

—¿Nadie se lo comunicó mientras estaba en Roma?

—No.

—¿Ningún compañero de aquí?

—No.

—Estarían de vacaciones —vaticinó Monfort un tanto sarcástico.

El director se encogió de hombros.

—Quizá lo hablaran entre ellos, pero a mí nadie me dijo nada.

—El jardinero nos contó que algunos profesores estuvieron en la escuela el martes, ¿está seguro de que nadie se lo comunicó?

—Completamente seguro. De todos modos, esos profesores de los que habla no estaban cuando ellos iban a clase. Soy el único que los ha conocido en edad escolar.

—¿Cómo eran Fernando y Jaime?

Beasain se reacomodó en la silla. Cruzó una pierna sobre la otra y se aclaró la voz.

—Eran unos gamberros —dijo sin demasiada acritud—. Siento muchísimo lo que les ha pasado y no me hago una idea de lo que estarán sufriendo sus familias, pero eran incorregibles, sobre todo en los últimos cursos. Zurraban a los demás para hacerse los hombretones. Los castigábamos, pero no había manera de enderezarlos. Hasta que por fin terminaron el ciclo y se marcharon. En cierta manera fue un alivio.

—No debe de ser barato estudiar en una escuela así, ¿verdad?

—No —admitió el director—. Por eso, a veces no queda más remedio que resignarse y tratar de buscar una solución a los problemas.

—Tenemos constancia de que Jaime Aliaga provenía de una familia acomodada; sin embargo, no cuadra del todo que Fernando Nebot estudiara allí dada su condición.

367

—Sus padres eran personas humildes, muy activas en la iglesia de su barrio. El párroco abogó por que pudiera estudiar en el centro. No era tan raro entonces conceder ese tipo de favores.

—Entiendo —convino Monfort—. Y, dígame, ¿qué ha pensado en cuanto se ha enterado de lo ocurrido?

—Me llevé una gran impresión. Conocí la noticia nada más llegar a Castellón. He pasado por la escuela esta mañana y el jardinero me ha dado su recado. He venido por si puedo ser útil de alguna forma.

Monfort extrajo la imagen impresa de la grabación de la cámara de la discoteca con los rostros de Álex y Rubén y se la mostró junto a una fotografía de Ana Mas.

—También debe de conocer a estos tres.

Pascual Beasain entorno los ojillos, frunció los labios y finalmente cayó en la cuenta. ¡Claro! —exclamó—. Y con estos ya tenemos a los cinco —intentó bromear—. Estos tampoco es que fueran unos angelitos.

—Tenemos entendido que eran los receptores de las gamberradas de Fernando y Jaime.

—Sí, eso decían. —Se quedó pensativo unos segundos y luego añadió—: Álex Escribano era un muchacho enclenque y enfermizo, aunque eso no le impidió convertirse en un magnífico estudiante. Escuché a alguien decir que consiguió una fabulosa beca para ir la Universidad de Santiago de Compostela. Era un portento, se lo merecía. Rubén Vidal, en cambio, era un desastre en los estudios. No sé qué tal lo habrá tratado la vida, pero ya entonces le daba todo igual; desafiaba a los profesores y en cuanto se descuidaban ya la había liado. En aquel tiempo ya tenía sobrepeso y, por lo que veo, sigue igual. Y luego estaba Ana. —Dio unos golpecitos con el dedo índice sobre su fotografía—. Ella es la que más ha cambiado de aspecto. Podría haber destacado, tenía grandes aptitudes. No supimos a ciencia cierta qué sucedió, pero de repente cambió por completo. Faltó muchos días por alguna enfermedad. Luego se encerró en su caparazón y ya no la vimos levantar cabeza hasta que terminó los estudios con nosotros y se marchó.

—¿Fernando y Jaime se ensañaban especialmente con ellos tres? —preguntó Monfort.

—Si le soy sincero, yo nunca lo vi. Tampoco informaban de ello a los profesores; los chicos a veces son así, puede más su orgullo juvenil que los moratones. Era *vox populi* en la escuela que Fernando y Jaime eran los gallos del corral, pero entonces no era como ahora, no existía la sensibilización que por fin hemos aprendido. —Hizo una pausa—. Cualquier tiempo pasado siempre fue peor.

—¿Recuerda algún incidente digno de mención?

—¿Se refiere a los cinco?

Monfort afirmó con un movimiento de cabeza.

—En los últimos cursos tuvimos que ponernos muy serios. Les dio por fumar. Se creían mayores al hacerlo. Pero lo peor era que jugaban todo el tiempo con los mecheros, los experimentos del laboratorio les fascinaban. Hubo algunos pequeños incidentes relacionados con el fuego. Los castigábamos para ver si se olvidaban de ello.

—¿Y se olvidaron?

—¡Qué va! —exclamó—. Coincidió además con el robo de un objeto al que le teníamos especial cariño. Se trataba de una lupa que perteneció al fundador del centro, el padre Teófilo Ledesma, un sacerdote que estuvo en África como misionero y que llegó a impartir clases en el Museo de Historia Natural de Londres. Un profesor eminente del que se conservan pocos recuerdos materiales; uno de ellos era una lupa de mango nacarado que se exponía en una vitrina de la escuela como un tesoro de gran valor simbólico.

—¿Dieron con el ladrón?

—No. Pero el conserje les tenía el ojo echado a los cinco, aseguraba que habían sido ellos.

Pascual Beasain agachó ligeramente la cabeza, cerró los ojos y se pellizcó el puente de la nariz. Suspiró, como si hubiera dicho algo que le produjera dolor.

—¿Está bien? ¿Le ocurre algo? —se interesó Monfort.

Disculpe. —Hizo un gesto con la mano—. Lo había olvidado. El conserje… —Levantó la cabeza y se recompuso—. Hubo un incendio en la urbanización que hay al lado del parque, junto a la escuela. La casa del conserje ardió y su mujer murió en el interior. Los bomberos no pudieron hacer nada por rescatarla a causa de la virulencia de las llamas. Los vecinos dijeron que el fuego pudo ser intencionado, pero nunca se demostró.

—¿Qué pasó con el conserje?

—Después de aquello dejó el trabajo y se marchó.

Beasain guardó silencio.

—¿Adónde se marchó?

—No lo sé. Podría preguntar a algún compañero ya jubilado, si le interesa. Tal vez alguien lo sepa. —Meditó unos segundos. Luego añadió—: Debe de ser horrible perder a un ser querido víctima del fuego. Puede que se trate de la peor muerte posible. No quiero ni imaginarme cómo quedó el cuerpo de su esposa.

Monfort recordó las palabras de Tica: «Olor a carne podrida, sudor y basura». Quizá fue allí donde también murió su hijo. Podría haberle preguntado por aquel incidente posterior, pero le planteó otra cuestión.

—¿Recuerda el nombre del conserje?

Pascual Beasain lo miró de hito en hito.

—Por supuesto.

Sobre la mesa brillaba un objeto que antes no estaba allí. Quizá había estado todo el tiempo y ella estuviera volviéndose loca.

Pese a la falta de comida y agua, lo que ansiaba en aquel momento eran sus pastillas. Estaba paranoica, no tenía la menor duda. Albergó la posibilidad de que todo fuera una pesadilla inducida por los ansiolíticos.

¿Cuánto tiempo había pasado? ¿Cuánto puede resistir una persona sin agua?, se repetía como un mantra. En alguna ocasión había leído que entre tres y cinco días. Quizá estuviera muerta ya y ni siquiera lo supiera. Habría bebido agua sucia de los charcos y comido los desperdicios de la basura; incluso imaginó beber su propia orina. De tener las manos liberadas se hubiera arrancado la piel y chupado la sangre. El dolor del costado había remitido. Tal vez por eso pensaba que estaba muerta; también por la ausencia de ruidos. Hubiera preferido los insultos y los golpes a estar sola y abandonada a su suerte, esperando a que la muerte le asestara el zarpazo definitivo. ¿Quién era su captor? ¿De qué forma la ejecutaría?

Brillaba. Lo que fuera que hubiese encima de la mesa brillaba y antes no estaba allí, ahora estaba segura. Aquello le otorgó una mínima esperanza. Alguien había entrado mientras dormía para dejar aquel objeto a la vista. Era un juego, comprendió; tenía que descubrir qué era. Por primera vez su captor se había manifestado. Casi sintió alegría. Un resquicio de vida. Una esperanza de morir acompañada.

Aguzó la vista y entornó los ojos. La luz que se filtraba a través de la persiana era mínima. Pasó mucho tiempo observando, no podría asegurar cuánto. Hasta que un rayo de luz proporcionó algo más de claridad a la eterna penumbra.

Y entonces descubrió de qué se trataba.

En la iglesia de San José Obrero, junto a la estación de Castellón, Rosa Izquierdo rezaba para que su hija apareciera sana y salva. Aunque si existía el dios al que invocaba en sus plegarias, sabría que era por ella misma por quien rogaba.

Un gran sentimiento de culpa la atormentaba día y noche. Se refugiaba a menudo en aquella iglesia cercana a su domicilio; era una parroquia muy activa y uno de los curas se había interesado por si necesitaba hablar con alguien o quería compartir su pesar. Pero Rosa Izquierdo era incapaz de abrir su dolor a un extraño por muy sacerdote que fuera. Llevaba mucho tiempo cargando su culpa en silencio y ahora le parecía demasiado tarde.

Su marido murió arrollado en mitad de la calle. Ella se preguntaba de qué forma saldaría sus propias cuentas.

Se había terminado el tiempo de hacer de la mentira virtud.

Habría sido conveniente comentarlo con Silvia y Robert, pero estaban demasiado ocupados en dar con la conexión entre aquellos cinco personajes.

Los incendios de los que hablaron Tica y Pascual Beasain, tal vez fueron ejecutados por expertos. Sin embargo, los que trataban de ocultar las pistas de los asesinatos de Fernando y Jaime eran unos chapuzas. ¿Qué tenían en común? ¿Trataban de imitar a alguien? ¿A un pirómano? ¿Su objetivo era inculpar a otros?

El teléfono le sonó en el bolsillo. Lo sacó y miró la pantalla. El doctor Morata solo llamaba si había un motivo destacable y casi siempre decisivo; seguro que no era para ir a tomar unas cañas.

—¿Puedes venir al insti? —le preguntó.

Por supuesto se refería al Instituto de Medicina Legal de Castellón, el depósito de cadáveres situado en los bajos del Hospital Provincial, aquella joya arquitectónica diseñada según el modelo del hospital de la ciudad francesa de Brest. Un edificio singular por su historia que se remontaba a más de ocho siglos atrás.

—¿Recuerdas la coincidencia en la herida provocada por el arma utilizada en las dos muertes? —planteó el forense cuando tuvo delante a Monfort.

—Dijiste que la punta podía tener forma curva y que al extraerla arrastró tejidos.

Pablo Morata asintió. Abrió uno de los cajones metálicos donde se guardaba el material esterilizado, sacó una funda de plástico y la rasgó. De ella extrajo unas tijeras de acero inoxidable con las hojas muy finas y largas. Se las tendió a Monfort para que las observara con detalle.

—Se trata de unas tijeras *Metzenbaum* —expuso el forense—, un instrumento quirúrgico de precisión utilizado para realizar cortes en tejidos finos y delicados o para aislar vasos o conductos. Existen con las puntas rectas o curvas, como estas. Las curvas se utilizan principalmente para llegar a los tejidos más profundos, están fabricadas en acero inoxidable de alta calidad y son muy resistentes.

—Pero… tienen la punta roma —indicó Monfort pasando la yema de un dedo por el extremo de las tijeras.

—Nada que no se pueda solucionar con un buen afilado.

Monfort calculó el horario y detuvo el coche en un lugar desde el que podía observar sin ser visto.

Las evidencias se armaban lentamente como un puzle. Debía tener paciencia, una virtud escasa en su repertorio personal. Si estaba en lo cierto, el círculo se cerraría de una vez por todas, no había necesidad de precipitar los acontecimientos.

En la radio sonaba *Sittin'On the Dock of the Bay*, de Otis Redding.

«Sentado al sol de la mañana. Estaré sentado cuando llegue la tarde, observando los barcos llegar. Y viendo cómo se alejan una vez más...»

Fumó. Era débil para ciertos aspectos. La fuerza de voluntad era un valor del que también adolecía. Estaba allí porque quería comprobar algo por sí mismo, reafirmarse en sus ideas antes de alertar a sus compañeros, vivir en soledad aquel momento, como en tantas otras ocasiones. Hacía mucho calor y la camisa se le pegaba a la espalda. Otis Redding le silbaba al oído, pero la melodía no atenuaba la temperatura.

Y entonces lo vio salir. La adrenalina se adueñó de su cuerpo e invadió cada una de sus terminaciones nerviosas; como si fuera la primera vez. Siempre parecía la primera vez.

El hombre miró a ambos lados de la puerta y encendió un cigarrillo. Se dirigió a su coche, lo tenía aparcado cerca; se metió dentro y puso en marcha el motor. Monfort hizo lo propio.

Cuando accedió a la carretera trató de seguirlo a una distancia prudencial. Era complicado, con el escaso tráfico de Castellón y aquel coche suyo que no pasaba desapercibido en ningún momento. Pasó de largo el campus de la universidad, y cuando parecía que se iba a dirigir hacia el norte, puso el intermitente y se incorporó a la carretera nacional en dirección a Valencia. Monfort dejó que tres vehículos se interpusieran entre ellos para no levantar sospechas. Lo vio desviarse en la salida que llevaba al acceso de la autopista. Pasó el cruce del peaje y enseguida giró a la derecha por un camino señalizado como «Camí de la

Cova del Colom», que llevaba hasta un polígono industrial. Conducía muy deprisa y Monfort tuvo que afanarse para no perderlo de vista; en cualquier momento podía desviarse por una de las muchas bifurcaciones que partían a derecha e izquierda. Temía que lo hubiera descubierto, pues cada vez iba a mayor velocidad y no tuvo más alternativa que acercarse para no perderlo. Una persecución a pleno día no era la mejor opción. Al cruzar una vaguada por la que debía de discurrir el agua en los días de lluvia, lo perdió de vista definitivamente. Detuvo el Volvo y se apeó. Miró a todos lados, pero no logró verlo. A la izquierda había naves industriales descuidadas, algunas parecían cerradas, con los rótulos oxidados y superpuestos unos a otros como señal del reiterado cambio de actividad. La crisis golpeaba con fuerza a las pequeñas empresas que con la bonanza económica habían crecido como setas en un bosque húmedo. Allí estaba la consecuencia.

A la derecha no había más que campos abandonados donde la maleza crecía de forma descontrolada. Naranjos secos sin rastro de vida. Regresó al coche y se adentró por la primera senda que nacía a la derecha del camino principal. Tras recorrer unos doscientos metros, divisó a lo lejos una construcción destartalada de una sola planta hasta la que llegaba el tendido eléctrico. Continuó a pie.

Vio su coche aparcado junto a la casa. Estaba construida de forma artesanal. Habían utilizado diferentes materiales para la fachada y algunas partes estaban sin lucir, con el ladrillo a la vista. Las ventanas permanecían cerradas y las persianas, algunas torcidas y en mal estado, estaban bajadas. Salió del camino para no ser visto y rodeó la casa por un campo yermo en el que el matorral seco le llegaba hasta la cintura. Se acercó de forma sigilosa hasta una de las paredes. Apoyó la espalda y se agachó. Iba armado, aunque no suponía ninguna garantía si el hombre había visto que lo seguía. En tal caso, estaría esperándolo.

A diferencia de los modestos materiales con los que habían erigido la casa, la puerta principal parecía moderna, robusta y segura. Se acercó a la ventana que tenía más cerca y trató de mirar al interior, pero la persiana bajada se lo impidió. Caminó hasta la siguiente pisando con cuidado para no hacer ruido. La persiana era grande y al bajarla se había quedado torcida. Quedaban algunos agujeros abiertos y acercó un ojo. Dentro estaba oscuro y en absoluto silencio, una ausencia de ruido que no presagiaba nada bueno. Si el coche permanecía fuera y el hombre había entrado, ¿por qué no estaban subidas las persianas? O, en todo caso, ¿por qué no había encendido ninguna luz? Afinó la vista. Una sombra se agitaba en el interior como si se balanceara ligeramente. Llevó una mano a la persiana para forzarla, pero empezó a crujir y lo dejó estar. Percibió un perfil en mitad de la estancia. Por un momento le pareció que era alguien sentado en una silla, una silueta humana que solo movía la cabeza.

Era el momento de llamar a Silvia y pedir refuerzos. Allí ocurría algo extraño y necesitaba ayuda. ¿Dónde estaba el hombre al que había seguido?

La respuesta apareció por la espalda sin previo aviso. Le golpeó en el brazo y el arma cayó al suelo; a continuación, le tapó la boca y la nariz con una gasa. Trató de defenderse, pero el otro era fuerte y no cejó en su empeño.

Y luego no vio nada más.

COMO ERA DE esperar, Ana Mas no tenía ningún archivo comprometido y había borrado el historial de búsqueda de su ordenador portátil la última vez que lo utilizó. Posiblemente repetía la misma acción antes de desconectarlo, pero nada de eso detenía a Robert en su afán por escudriñar los entresijos del dispositivo.

—¿Alguna novedad? —le preguntó Silvia al entrar en la oficina.

Sin apartar los ojos azules de la pantalla del ordenador le dijo:

—Para ser costalero hay que ser cristiano, pero eso no basta; se necesita oficio para hacerlo bien.

—¿Qué dices? —Dejó ver una sonrisa.

—Cosas mías. ¿Tú borras el historial cada vez que apagas el ordenador?

—¡Qué va! —admitió.

—Pues ella sí —dijo señalando el monitor—. Cada vez que entra en una página.

Silvia se sentó a su lado y dirigió la mirada hacia un punto indefinido.

—¿Qué te pasa? —se interesó Robert.

—Es Monfort, creo que sabe algo.

—¿Y qué crees que puede ser?

—No lo sé. Pero desde que le diste la copia de la grabación de la cámara de la discoteca y la visionó a solas en el hotel, está distinto.

Robert no dijo nada. Ella continuó.

—Ni siquiera se enteró de que estuvo a punto de incendiarse el Teatro Principal, y eso que está junto al hotel. Me dijo que no había salido de la habitación.

El gaditano guardó silencio.

—¿Me las puedes volver a poner? —preguntó Silvia.

—¿Qué?

—Las imágenes de la cámara.

—Claro, *quilla*. Voy enseguida. —Era muy agradable estar en su compañía. Monfort podía tardar en volver. Quizá aprovechara para decirle que creía que sus sentimientos estaban cambiando, aunque no tenía la menor idea de cómo iniciar una conversación de aquel tipo, y menos con ella.

Transcurrido un período de tiempo indeterminado, dio por fin con la forma de acceder a las búsquedas que Ana Mas había hecho en internet.

—Disculpa —dijo para llamar la atención de la subinspectora, que seguía ensimismada en las imágenes de la cámara de seguridad de la discoteca.

Sin embargo, Silvia acababa de ver algo importante.

—¡Ahí, ahí, ese, ese! ¡Páralo, páralo! ¿Cómo narices se para esto?

La excitación por lo que había visto hizo que tocara las teclas que no correspondían.

—No te aturulles —le recomendó Robert y se acercó al teclado—. ¿Qué quieres ver?

La imagen había avanzado y en el monitor se observaba a un nutrido grupo de personas accediendo al local.

—¿Esto es lo que quieres ver? —preguntó.

—No, eso no, un poco más atrás —indicó nerviosa.

El agente accionó el teclado y volvió a las imágenes grabadas un minuto antes.

—¡Ese! —exclamó Silvia—. ¡Ahí!

Robert detuvo la imagen y la amplió.

—¿Dónde he visto yo antes a ese hombre? —se preguntó Silvia. Su compañero aplazó la información de lo que había encontrado en las búsquedas en internet; no era momento de distraer la atención de Silvia, que seguía con la vista clavada en la pantalla en pausa. Tenía la cabeza ladeada y apenas pestañeaba. Estaba concentrada, fuera quien fuera, la tenía absorta. A él también le sonaba de algo, pero no sabía de qué. Un agente uniformado llamó a la puerta y asomó la cabeza. Robert se puso en pie y se acercó. La subinspectora seguía en la misma postura, como si no existiera nada más en aquel momento que la imagen del monitor.

—Estoy llamando, pero tienes el teléfono descolgado —le dijo.

—Necesita silencio —dijo Robert señalando a la subinspectora.

—Ya, pero tengo una llamada en espera —insistió—. Parece importante. Pregunta por el inspector Monfort; dice que le ha llamado al móvil, pero no lo localiza.

—Pásamelo aquí —intervino Silvia, que había escuchado la conversación.

Al momento sonó el tono que anunciaba la llamada.

—Subinspectora Silvia Redó —anunció accionando el altavoz para que Robert escuchara la conversación.

—Soy Pascual Beasain, el director del centro escolar al que…

—Sé quién es —reconoció Silvia—. Puede hablarme con total franqueza.

Tal como le había indicado a Monfort que haría, Pascual Beasain preguntó a un compañero jubilado por el actual paradero del conserje de la escuela. El director le explicó los pormenores de su conversación con Monfort y relató el pavoroso incendio de las casas cercanas a la escuela en el que falleció la esposa del conserje.

—Nos está llamando desde un teléfono móvil —dijo Silvia—, veo su número registrado. ¿Si le envío una fotografía podrá verla?

—No soy muy hábil con las nuevas tecnologías —terció Beasain—, pero supongo que sí.

Silvia señaló el ordenador y Robert hizo una captura de pantalla del hombre que aparecía en el monitor y la envió enseguida al número del interlocutor.

—Ya está —le anunció Silvia.

—A ver si me aclaro —murmuró el director. Pasó un minuto largo mientras Beasain trataba de ver la imagen sin que se cortara la comunicación—. Ha pasado mucho tiempo… —anunció finalmente—, está muy cambiado… pero, sí, es él. Estoy seguro de que es él.

Y en ese preciso momento Silvia recordó dónde lo había visto antes.

—¡Maldito egocéntrico! —bramó.

—¿Quién, yo? —inquirió Beasain contrariado.

—No, *pisha*, usted no —le aclaró Robert—. Se refiere al inspector Monfort.

—¿Sabe dónde vive ahora? ¿Se lo ha dicho su compañero jubilado? —preguntó Silvia puesta en pie.

—Más o menos —respondió el director.

Cuando se despertó estaba tumbado en el suelo, boca abajo. Tenía las manos atadas a la espalda y las piernas sujetas por los tobillos. Lo había amordazado con un pedazo de cinta americana. Le dolía la cabeza y le costaba respirar. Los años de fumador impedían que el aire circulara libremente por los orificios nasales. Si se alteraba podía ahogarse, lo sabía de buena tinta. Debía de haberlo dormido con cloroformo o alguna sustancia similar.

La estancia estaba prácticamente a oscuras salvo por un pequeño haz de luz que se colaba a través de las rendijas de una persiana y por los bajos de la puerta. Olía a podrido o a excrementos, tal vez. Era una cocina grande y destartalada con el techo alto y las baldosas del suelo de terrazo antiguo. No percibió ningún sonido del exterior, pero cuando aguzó el oído creyó reconocer un gemido ahogado que llegaba desde otro punto de la casa, de una habitación contigua. Apenas era un lamento, un suspiro amortiguado.

Seguía atada y amordazada, nadie había ido para darle de comer ni de beber. Tenía retortijones y la boca tan seca como si fuera de cartón. Cada cierto tiempo se desmayaba y perdía el sentido, luego despertaba y regresaba a la pesadilla de estar viva. Estaba convencida de que la muerte estaba cerca. Quizá fuera la mejor opción.

Le había parecido oír ruidos dentro de la casa, como si arrastraran algo por el suelo, un bulto pesado. Oyó golpes y luego un portazo, nada más. Ni una sola palabra, ni un solo grito. Y de vuelta al silencio desgarrador.

Descubrió qué era lo que brillaba sobre la mesa. Aterrorizada se preguntó cómo la habría encontrado. Trató de gritar a través de la cinta que la amordazaba; intentaba hacerlo cada vez que reunía un mínimo de fuerzas, pero apenas emitía un triste gemido que nadie oiría. Tenía la sensación de que el estómago se le estaba pegando como si fuera un chicle. Trató de producir saliva para tener algo húmedo que le recorriera la garganta reseca, aunque ni eso tenía. El paladar se le había hinchado, también las encías, y sentía un dolor en la garganta que le perforaba el cerebro.

Dejó caer la cabeza hacia adelante, apoyó la barbilla en el pecho, cerró los ojos y suplicó que la muerte se la llevara cuanto antes, que cesara de una vez por todas aquel pánico terrible que sentía. El deseo de morir superaba con creces las ansias por vivir. Simplemente, no le quedaban fuerzas.

«La lupa, la maldita lupa.» Aquello que brillaba sobre la mesa fue el protagonista de su último pensamiento antes de desvanecerse.

—¡Quilla! —gritó Robert—. ¡Que nos vamos a matar!

El Renault Clio salió de la rotonda a tal velocidad que una de las ruedas de la parte trasera se levantó y perdió el contacto con el asfalto. Robert se aferraba al asidero que había por encima de la ventanilla de tal forma que tenía los dedos blancos por la falta de riego sanguíneo.

—¡Me van a entrar las cagaleras de la muerte!

Pero Silvia no le hizo el menor caso.

—¡Por dónde es, joder! —gruñó cuando llevaba más de un kilómetro transcurrido por el estrecho camino que indicaba la ruta marcada en el GPS.

—El móvil de Monfort sigue apagado —precisó Robert—, pero la última señal antes de la desconexión fue por aquí. Conduce más despacio, *mi arma*, que nos lo vamos a pasar.

Silvia pisó el freno de repente con todas sus fuerzas. De no ser por el cinturón de seguridad hubieran salido despedidos a través de la luna delantera.

—¡*Me cago en to!* —se quejó Robert.

—¡Ahí! —exclamó Silvia—. ¡Ahí está su coche!

En una estrecha senda que partía hacia la derecha desde el camino principal, vieron el Volvo de Monfort contra los matorrales, que crecían de forma desmandada en un campo abandonado.

—Mira —señaló la subinspectora—. Allí hay una casa. ¡Vamos!

Robert suspiró. Todavía le temblaban las piernas por su forma de conducir, aunque intuía que los sobresaltos no habían hecho más que empezar.

MENTIR SE LE daba bien. El único temor era caer en un descuido incoherente. Para evitarlo necesitaba ejercitar la memoria, como una maquinaria de precisión.

Ana le había confiado el relato de sus días en la escuela. Una infancia de insultos, algo que no mejoraba al llegar a casa. Fue una suerte que viera en él a alguien en quien confiar, un amigo, o tal vez al padre con el que nunca pudo hablar. Ella no reconoció su nombre, tampoco su aspecto. El dolor avejenta más que el paso de los años. ¿Quién en la adolescencia repara en el conserje del colegio?

Al principio fue todo tan perfecto… Ella lo consideraba un hombre legal, un compañero inofensivo. Alguien de quien fiarse. Pasaban muchas horas juntos trabajando y le habló de su pasado, de cómo había llegado hasta allí, de su familia, de sus alegrías y también de sus miedos y angustias.

Tiempo atrás, cuando dejó de llorar por su esposa muerta, se acogió al anuncio de un periódico: «Aprenda la profesión que no conoce el desempleo: tanatoestética».

La palabra procedía del griego Tánatos, la personificación de la muerte. Estar cerca no le asustaba; desde que su esposa pereció en el incendio vivía cercano al sueño eterno.

El trabajo consistía en preparar a los difuntos. Disimular heridas y moratones para que sus familias tuvieran una buena impresión en la hora del último adiós. Le habría encantado poder hacerlo con su esposa. A ella la reconoció por el anillo que colgaba de un dedo negro y putrefacto. Utilizaron la dentadura para identificarla oficialmente. Un amasijo de carne quemada.

Se marchó de Castellón para no tropezar en cada esquina con la conmiseración de los demás. Cada nuevo pésame era más doloroso que el anterior; cada acción de solidaridad, otra herida.

Consiguió el título y le ofrecieron una plaza en Castellón. Pudo haberla rechazado, solicitar otro destino o quedarse sin el puesto con tal de no regresar. Sin embargo, dos días más tarde arrastraba el equipaje por la estación.

Desde el día en el que Ana empezó a trabajar y se la asignaron como compañera, la acogió como a la hija que nunca tuvo. Ella aprendió de él la experiencia y él de ella las técnicas más modernas de la especialidad. Pero nunca imaginó que con sus conversaciones lo devolvería a los días pasados: directamente al infierno.

Un día, en una charla intrascendente mientras adecentaban un cadáver, lo trajo de vuelta a los cinco. «Hubo un robo en la escuela», citó ella para su sorpresa. Y a continuación le dijo a qué colegio iba. Pero en aquel momento él ya lo había descubierto, y también quiénes eran aquellos de los que tanto le había contado.

Decía que se llevaban mal, que los dos mayores se metían con los otros tres, pero él los había sorprendido a todos en el laboratorio en más de una ocasión haciendo experimentos fuera de las horas de clase, porque les encantaba jugar con el fuego. Quizá los dos del último curso les hacían la vida imposible, pero tenían una afición común.

Los bomberos opinaron entonces que el incendio pudo haber sido intencionado. Él estaba convencido de ello, sin embargo, la investigación no siguió adelante. Cuando Ana le contó aquello, las sospechas revivieron con más fuerza que nunca y sintió que la ira se apoderaba de su ser.

Fue al parque algunos días antes de ir a trabajar y también por las tardes, cuando el ocaso mitigaba la luz del sol. Escarbó la tierra en el lugar donde los bomberos indicaron que se había originado el incendio. Insistió hasta que, al quinto día, encontró la lupa de empuñadura nacarada.

Uno de ellos, o todos a la vez, había prendido la llama que acabó con la vida de su esposa. Así que tras el descubrimiento decidió vengarse y acabar con la vida de los cinco, uno tras otro, para no fallar y que todos acabaran donde merecían: en la camilla metálica de un tanatorio como aquel. Quería hacerlo despacio, sembrar el terror, que sufrieran mientras aguardaban su turno de muerte.

Ana le mencionó que había visto a Fernando y a Jaime en una discoteca de la que eran asiduos. Fue allí algunas noches con la intención de estudiar la forma de atraparlos. El primero fue Fernando, era fácil de reconocer por la descripción de Ana y por lo que recordaba de él; luego solo tuvo que preguntarle su nombre para corroborarlo. Esperó hasta última hora y, con la excusa de adquirir droga, accedieron a un pequeño cuarto que hacía las veces de almacén. Sin que tuviera tiempo de reaccionar, lo agarró y le clavó las tijeras quirúrgicas a las que previamente había afilado las puntas, y sin salir de allí aguardó al cierre del local. Cuando comprendió que no quedaba nadie en la sala, la incendió y huyó por una puerta de emergencia que tenía controlada. Las llamas no lograron arrasar la discoteca por completo, ni tan siquiera calcinaron el cuerpo, pero, al fin y al cabo, estaba muerto.

Había seguido a Jaime para conocer sus hábitos. Con gran sorpresa e irritación descubrió que estaba saliendo con Ana. Después de lo que ella le contaba que le había hecho, ahora salía con él. Le costaba asimilarlo.

El viernes, después de que Ana descubriera el cadáver de Fernando en el tanatorio y tuvieran que arreglarlo, le dijo que iba a quedar con un amigo. Supuso que se trataba de Jaime y quiso anticiparse. Fue hasta la empresa familiar y aguardó junto a su coche. Lo vio salir y meterse en el vehículo y, sin darle tiempo a reaccionar, abrió la puerta, se subió al asiento del copiloto y lo amenazó con las tijeras. Lo obligó a conducir hasta un lugar de la Ciudad del Transporte donde sabía que no habría cámaras de seguridad. Antes de que acabara de practicar la maniobra de aparcamiento, le clavó las tijeras y seccionó las carótidas que dotaban de vida al cerebro. Tras comprobar que estaba muerto, lo tumbó en la parte de atrás, repartió las pastillas de encendido en los asientos delanteros y las prendió. Esperaba que se carbonizara, igual que ellos habían hecho con su mujer, pero en aquella ocasión tampoco consiguió que el fuego rubricara su hazaña. Quería dejar su impronta, rendir un homenaje quemando sus cuerpos, pero había sido un despropósito. Un nuevo y grave error.

Cuando decidió ir en busca de Álex y Rubén, se enteró de su detención y sintió pánico. Creyó que podían haberlo descubierto, que los habían puesto a buen recaudo porque intuían que iban a ser sus próximas víctimas. Presa del nerviosismo, decidió secuestrar a Ana hasta saber algo más de aquellos dos.

El sábado fue a su casa; había estado allí con anterioridad. Se escondió a un lado de la puerta para que no lo viera a través de la mirilla. Tuvo que insistir, hasta que al final abrió y, como no vio a nadie, salió al descansillo para mirar por el hueco de la escalera, momento que aprovechó para asaltarla por la espalda y aplicarle una gasa empapada en cloroformo. La llevó de vuelta al piso y la introdujo en una bolsa de transporte de cadáveres que llevaba. La cargó al hombro como un fardo. Las personas con las que se cruzó hasta llegar a su coche no le prestaron atención; era solo un hombre fuerte que llevaba una pesada carga al hombro, nada más.

Al llegar a la casa la ató y amordazó mientras seguía dormida. En principio pensó en obligarla a decirle qué había sucedido con Álex y Rubén, pero finalmente decidió no revelarle su identidad. No obstante, antes de que le llegara su hora, quiso que el terror se adueñara de su ser. Dejó la lupa sobre la mesa, en la penumbra, pero con la seguridad de que un rayo de luz se la mostraría en algún momento.

Los policías estuvieron en el tanatorio, era de esperar. Ana había desaparecido y nadie conocía su paradero. Ella había llamado para que la sustituyera unos días tras el macabro descubrimiento de Fernando en la camilla. Aquello no había sido premeditado. Podían haberlo trasladado a cualquier otro tanatorio de la ciudad, pero el destino había decidido que ella adecentara el cuerpo. Verle el miedo reflejado en el rostro fue todo un placer, y también un privilegio poder estar a su lado para comprobarlo.

El inspector al mando no dijo casi nada. Dejó que llevara la voz cantante la subinspectora que iba con él. Los compañeros del tanatorio eran unos imbéciles que hablaban de forma atropellada; él prefirió mantenerse en silencio, pero al inspector no le pasó por alto su presencia, de eso se percató. Desde entonces no había estado tranquilo.

Ahora el tal Monfort aguardaba en el suelo de la cocina, atado y amordazado. Debía pensar qué hacer con él.

Dejaría que Ana muriera de hambre o de sed, lo que fuera que matara primero a una persona. Después acabaría con la vida del entrometido policía y finalmente prendería fuego a aquella maldita casa, que era cualquier cosa menos un hogar. Se juró a sí mismo que Álex y Rubén probarían también el tacto metálico de las tijeras: debían morir los cinco para que no hubiera error, para cerrar el círculo.

Estaba sentado en el suelo, con la espalda apoyada en una pared exterior de la casa a la que le daba la sombra. Había dejado de oír los gemidos de Ana; eran insoportables, lo mismo que el hedor que desprendía. No podría resistir mucho más en aquel estado. Quizá estuviera muerta ya. Ojalá, y así se ahorraría el trámite de tener que hacerlo con sus propias manos.

Encendió un cigarrillo. Hacía mucho calor y el sopor lo amodorraba.

TUMBADOS EN LA tierra, entre matorrales secos y naranjos que habían muerto por falta de cuidados, Silvia y Rubén observaban la casa desde poca distancia.

—¿Quién es? —inquirió Robert—. Dime de una vez quién es, por favor, no lo aguanto más. Por poco nos matamos con el coche y ahora estamos aquí, tragando polvo y tierra, y tú sin soltar prenda.

Silvia liberó el aire que retenía en los pulmones. No era con Robert con quien estaba molesta, él no tenía ninguna culpa, todo lo contrario. Era con Monfort y su egoísmo, que sin duda lo llevaría a la tumba, con quien estaba enfurecida. «Maldita sea, puede que ya esté muerto», pensó.

—¡Dímelo de una vez! —exclamó Robert, trayéndola de vuelta de sus cavilaciones. Ella le hizo una señal con el dedo en los labios para que se callara.

Merecía saberlo, más aún cuando se iban a ver las caras en breve. Entonces las circunstancias serían muy distintas y no habría tiempo para charlas.

—Es el compañero de trabajo de Ana Mas —reveló por fin la identidad—. Se llama Román. Monfort lo reconoció en la grabación de la cámara de la discoteca. El director de la escuela le contó que los cinco provocaron siniestros relacionados con el fuego. Hubo un incendio en el parque cercano a la escuela y las llamas alcanzaron algunas casas, entre ellas, la del conserje. Su esposa murió antes de que pudieran rescatarla. ¿Adivinas cómo se llamaba el conserje?

—¡No me jodas! —profirió Robert.

Silvia puso los ojos en blanco y no quiso contestar a aquel exabrupto, bastante había tenido ya en materia de sexo frustrado.

—¿Es el tipo de la imagen que he enviado al director?

—El mismo —confirmó ella.

Robert resopló. Ahora sabía de qué le sonaba. Era el hombre que fumaba en la puerta del tanatorio y con quien intercambió cuatro palabras sobre Ana. Silvia lo miró antes de seguir hablando.

—El viernes fue el último día que Ana trabajó. Tuvieron que maquillar a un «cliente especial» en el tanatorio.

—¿Un cliente especial?

—Sí, a Fernando Nebot.

—¡La madre que me parió!

—Lo llevaron precisamente a ese tanatorio. Seguramente fue una coincidencia, pero ese incidente puso en marcha todo lo demás.

—Ana fue el sábado a casa de Rubén —intervino Robert—. También estaba Álex.

—Exacto.

—Rubén dijo que tras la discusión Ana se fue a su casa.

—Puede que no siempre mienta —aventuró Silvia.

—Y también puede que ese tal Román la esperara en su domicilio.

—Sí, y que ahora esté ahí dentro. —Señaló la casa.

Los matojos se les clavaban en la ropa hasta pincharles la piel. Cualquier movimiento podía delatarlos, estaban demasiado cerca. No se veía a nadie alrededor de la desvencijada construcción y en las ventanas las persianas permanecían bajadas. Desde allí no alcanzaban a ver el perímetro completo de la vivienda.

—Vaya ruina de casa —opinó Robert.

—¿Cómo hacemos para acercarnos?

El agente arqueó las cejas y se mordió el labio inferior.

—Voy yo —propuso—. Tú quédate aquí y cúbreme por si acaso.

—Pero ¿qué dices?, ¿estás loco?

—¿Y qué quieres que hagamos, *quilla*?

Silvia sopesó la iniciativa. Tenían que hacer algo. No sabían si Monfort y Ana Mas estaban dentro, si estaban vivos o…

—Está bien. Pero ve con cuidado… por favor.

—Dímelo otra vez.

Silvia lo miró extrañada.

—¿El qué?

—Lo de «por favor», en ese tono en el que lo has dicho.

Se sonrojó. Era increíble que se hubiera puesto colorada en semejante situación. No tenía remedio.

—Por favor —pronunció de nuevo. Y sin que pudiera impedirlo, Robert se acercó y la besó en la boca. Silvia no lo rechazó y apretó los labios contra los suyos. Era una temeridad en esa coyuntura, pero sintió que el beso le infundía fuerzas renovadas. Fue sensible y cálido, y encerraba mucho más que un simple acto deliberado.

Sin mediar palabra desenfundaron sus armas reglamentarias y pusieron los móviles en modo vibración. Silvia evaluó la opción de pedir refuerzos, pero el temor a que la llegada de efectivos pudiera alertar a Román, le hizo desestimar la idea.

Robert empezó a reptar hacia la casa.

—Estate *al liquindoi* —le pidió mientras se arrastraba. Volvió la cabeza y le guiñó un ojo. Podía haberle dicho que estuviera atenta, que no perdiera detalle, pero le encantaba confundirla con la forma de hablar de su tierra. Lo que él no sabía es que ella había ocupado algunas noches de insomnio buscando en internet aquellas expresiones que él utilizaba. Recordaba la que acababa de citar: venía del inglés «Look and do it» y, según contaban, fue el capitán de un barco inglés quien pidió a un gaditano que vigilara su embarcación por miedo a que se la robaran. Pronunció la frase en su idioma y, con el tiempo, se hizo popular hasta convertirse en el actual «al liquindoi».

Y por eso Silvia levantó el pulgar y empuñó su arma sin perder de vista el cuerpo de Robert, que se dirigía hacia la casa.

Pronto desapareció, como si las malas hierbas lo hubieran engullido.

Lo echó de menos.

Monfort intentaba deshacerse de las ataduras. Se trataba de una cuerda, más sencilla de soltar que una brida.

En el pasado tuvo tratos con un individuo que le enseñó a soltarse en circunstancias similares. Era un confidente que trabajaba en un barco con base en el puerto de Barcelona. Su especialidad, entre otras mucho menos lícitas, eran los nudos: hacerlos y también deshacerlos. Inició lentamente los movimientos aprendidos hasta conseguir que la cuerda cediera un poco. Era cuestión de paciencia, si quería salir de allí debía ponerlo en práctica antes de que el hombre regresara. Sudaba, hacía mucho calor allí dentro y el aire estaba viciado. Finalmente, y tras un largo período de tiempo, logró aflojar la cuerda hasta que consiguió extraer primero una mano y luego la otra. Le escocían las muñecas a causa de la fricción. No se oía nada en la casa. Los gemidos habían cesado, quizá fuera una señal funesta. Mientras oía los lamentos supo que aquella persona estaba viva; sin embargo, ahora solo había silencio. Un silencio que bien podía ser la antesala de su propia muerte si el hombre lo descubría.

Se quitó la cinta americana de la boca y desató el nudo de los tobillos. Tenía los pies entumecidos. Se puso primero de rodillas y después consiguió ponerse en pie torpemente.

Estudió la estancia sumida en la penumbra. Era una cocina amplia, con una ventana y dos puertas. Una debía de comunicar con el exterior, pues se filtraba la luz por debajo. La otra daría a una habitación contigua, de donde creía que venían los quejidos que había escuchado. Con mucho sigilo se acercó a la puerta interior y pegó la oreja a la madera por si conseguía oír algo que viniera del otro lado. Nada. Silencio absoluto.

Fue hasta la ventana. La persiana estaba en mal estado, no ajustaba bien y por la parte inferior se abría un pequeño hueco por el que penetraba un poco de claridad. Acercó un ojo, y para su sorpresa vio al hombre sentado en el suelo, con la espalda apoyada en la pared. Tenía la cabeza ladeada y los ojos cerrados. Parecía dormido.

Apartó la vista. Debía pensar con rapidez. ¿Qué podía hacer? Le había quitado el teléfono móvil y el arma reglamentaria. Además de las tijeras, con las que había matado a Fernando y a Jaime, tendría también su pistola. Volvió a mirar, se fijó con detalle y vio que tenía el arma sobre las piernas. También había una botella de licor. Que estuviera bebido podía ser un punto a favor porque le provocaría torpeza, pero también un añadido de valentía. No había que olvidar que ya había matado, al menos en dos ocasiones. La prioridad, mientras siguiera dormido o borracho, era saber si en aquella casa se encontraba retenida Ana Mas, liberarla y salvarle la vida.

Indagó de nuevo por la rendija. Se tapó un ojo y con el otro miró hasta donde alcanzaba. «¡No es posible!», masculló en voz baja. Ya no estaba, el hombre había desparecido. Se retiró. Podía entrar en cualquier momento y descubrir que se había desatado. Necesitaba tomar una decisión.

Oyó un leve sonido que llegaba desde el exterior. Se asomó a la rendija una vez más. Algo se arrastraba en la espesura de rastrojos del campo abandonado que rodeaba la casa. Creyó que sería algún animal, un perro tal vez. Pero cuando asomó la cabeza, entre la maraña vio de quién se trataba.

Robert estaba allí e iba armado. El gaditano no podía imaginarse la alegría que sintió al verlo.

Monfort siguió sus movimientos. Robert no había visto a Román, pero quizá él sí se había percatado de su llegada. No era posible alertarlo sin hacer ruido. Cayó en la cuenta de que Robert no habría ido solo hasta allí. Silvia no podía estar lejos, tal vez habrían solicitado refuerzos. De repente sufrió por los dos. Cabía la posibilidad de que el hombre estuviera observándolo todo, aguardando el momento preciso para descerrajarle dos tiros. Era imposible pensar con claridad en aquel estado.

Monfort se acercó de nuevo a la puerta que daba a la habitación contigua. Bajó la manilla, estaba abierta y la empujó muy despacio. Un olor nauseabundo le hizo dar un paso atrás; lo había notado con anterioridad, pero al abrir la puerta resultó insoportable.

La persona que estaba atada a la silla con la cabeza inclinada hacia adelante era una mujer. Debía de ser Ana. Se había hecho sus necesidades encima, apestaba, era imposible acercarse y no había suficiente luz como para saber si todavía respiraba.

SILVIA ESTABA IMPACIENTE. Llamó a Robert; ambos tenían los teléfonos en modo vibración.

—Dime —dijo él en un susurro.

—¿Cómo va?

—Está todo cerrado; las persianas están bajadas y no se oye ningún ruido. No veo a Monfort, tampoco al tío ese. He mirado por todas partes. Tiene el coche aparcado junto a la casa, pero ni rastro de él.

—Voy a ir —anunció Silvia.

—Ten mucho cuidado. Que no lo vea no quiere decir que no nos esté acechando.

—Voy —repitió.

Silvia avanzó entre los rastrojos por el hueco que Robert había abierto en el campo abandonado.

El agente se dirigió a la puerta principal. Esgrimía su arma y estaba en máxima tensión. Al llegar se detuvo; estaba entornada y la empujó con el pie sin dejar de apuntar con la pistola hacia delante. El contraste de la luz exterior le impedía ver el interior con nitidez. Aun así entró y volvió a dejar la puerta tal y como la había encontrado. Pegó la espalda a la pared. El hedor le hizo arrugar la nariz. Estaba en una cocina y en el suelo había restos de cuerdas. Al fondo vio una puerta abierta que comunicaba con otra estancia. Caminó despacio hasta situarse a la izquierda del marco. En la otra habitación también reinaban el silencio y la oscuridad. Asomó la cabeza por la abertura de la puerta. Le sobrevino una arcada que estuvo a punto de delatarlo. Se recompuso rápidamente, no había llegado hasta allí para que lo descubrieran tan pronto. Había alguien atado a una silla. Era una mujer. La puerta chirrió cuando la empujó suavemente con el pie. Levantó la pistola y dio un paso. Recibió un fuerte golpe en el antebrazo que hizo que el arma cayera al suelo. Al momento una mano lo agarró y de un fuerte tirón lo metió dentro de la habitación. Creyó que había llegado el final.

—¡Joder! —exclamó Monfort en voz baja—. Eres tú. Me podrías haber matado.

—O usted a mí, jefe —opinó Robert recuperando la respiración.

—¿Dónde está Silvia?

—Fuera. ¿Dónde se ha metido el bruto ese? —preguntó el gaditano.

Monfort se encogió de hombros y le hizo una señal con el dedo en los labios para que guardara silencio.

—¿Esa es…? —preguntó Robert.

—Sí, es Ana Mas. Falta saber si está viva.

—A juzgar por cómo *jiede*... —Agitó una de las manos.

—La debió de traer aquí el sábado y está así desde entonces.

—Menudo *hijoputa*.

Una vez que Robert se aclimató a la penumbra constató, tal como había hecho Monfort, que la casa solo tenía dos estancias: la cocina y la habitación en la que ahora se encontraban. El baño debía de estar fuera.

—¿Y dónde duerme?

—Allí —señaló el inspector hacia un rincón de la cocina—. Robert miró tras la puerta que había cruzado un momento antes.

Junto a una de las paredes había una camilla como las que utilizaban en el tanatorio para maquillar a los muertos.

Monfort se acercó adonde estaba Ana Mas. Parecía muerta.

—¿Y esto qué es? —El agente señaló el objeto que había sobre la mesa.

—Una lupa —confirmó Monfort.

De repente alguien entró en la casa.

—¡Soy yo, inspector! —anunció Silvia en voz alta.

Monfort le hizo una señal a Robert para que se apartara. Aquellas palabras de Silvia y el tono delataban algo anormal. Nunca le hubiese llamado inspector, y menos en aquellas circunstancias.

Se encendieron las luces. Las estancias quedaron iluminadas por tristes bombillas que pendían desnudas del techo. La luz iluminó el cuerpo macilento de Ana. Podía haber muerto ya. La lupa de empuñadura nacarada brillaba sobre la mesa.

Las sospechas de Monfort se hicieron evidentes cuando en el umbral de la puerta de la cocina apareció el cuerpo de

Silvia con Román pegado a la espalda. Grande y fuerte. La tenía agarrada por el cuello y se lo comprimía con la flexura del codo. Empuñaba una pistola en la otra mano, con la que le presionaba en la sien.

—¡Pónganse donde pueda verlos bien y levanten las manos! —les ordenó.

Los dos policías se colocaron uno junto al otro, delante del cuerpo exánime de Ana Mas. Monfort obedeció, pero Robert asía el arma y le apuntaba directo a la cabeza.

—¡Deje la pistola en el suelo! —gritó el hombre.

El agente se resistía a acatar sus órdenes. La subinspectora lo miraba con los ojos abiertos de par en par. Aterrada.

—Ponga el arma en el suelo y dele con el pie para que llegue hasta aquí. —La presión del cañón en la sien de Silvia era cada vez mayor.

—Si no lo hace, la mataré —advirtió—. Si intentan algo, dispararé, no le quepa la menor duda.

Monfort le hizo una señal a Robert para que cumpliera lo que le pedía.

—No haga nada de lo que se pueda arrepentir. Sea lo que sea, podemos arreglarlo, créame, hemos venido para ayudarlo —dijo en tono conciliador mientras Robert acataba la orden.

Cuando la pistola llegó a sus pies, la pisó. Oprimió con más fuerza el cuello de Silvia y se combó hacia atrás, levantándola dos palmos del suelo. Dejó de respirar momentáneamente.

—¿Qué es lo que quiere? —inquirió Monfort con paciencia pese a la situación.

—¡Matar a esos cinco! —profirió con desprecio—. ¡Matarlos, igual que ellos hicieron con mi mujer!

—¿Está seguro de que fueron ellos? —le preguntó con intención de ganar algo de tiempo—. Quizá no esté en lo cierto. Si se equivoca cargará para siempre con el peso de sus muertes. Puede que nadie quemara el bosque, que se tratara de un incendio fortuito, un fatal accidente. Ha pasado mucho tiempo, la venganza solo lo llevará directo a la cárcel. No creo que a su esposa, allá donde esté, le guste verlo acabar así.

Román pareció meditar unos segundos. Aflojó un poco la presión en el cuello hasta que Silvia volvió a hacer pie. Abrió los ojos y respiró de nuevo. Monfort y Robert también respiraron aliviados.

—¡Ellos quemaron el parque! —prosiguió. De su boca salían espumarajos de saliva—. ¡Quemaron nuestra casa! ¡Con mi mujer dentro! ¿Se hace una idea de lo que estoy diciendo? ¿Se lo imagina?

—No —respondió Monfort—. Es imposible imaginar semejante atrocidad. Pese a que los bomberos dijeron que pudo haber sido intencionado, no se encontraron pruebas que lo evidenciaran.

Los ojos de Román se velaron con una película acuosa. Apareció un ligero temblor en las piernas, pero el brazo seguía comprimiendo el cuello de Silvia.

—Robaron la lupa del padre Ledesma —continuó—. Les gustaba jugar con el fuego… Quemaron hojas en el parque hasta que se incendió y las llamas alcanzaron las casas. Cuando me avisaron corrí, pero no llegué a tiempo para salvarla. Quedó atrapada en el interior de la vivienda y no me dejaron pasar. ¡No me dejaron entrar y ella estaba dentro, sin poder salir, quemándose viva! —gritó—. Quemándose viva —repitió con la voz ahogada a causa del dolor que le producía revivir aquel momento. Pero se recompuso enseguida—. Sí, yo maté a esos dos, Ana me los fue enumerando uno a uno. Confiaba en mí, en el viejo e inofensivo compañero del tanatorio. Arrestaron a los otros cuando iba a por ellos. No sé qué habrán hecho, pero decidí que Ana sería la siguiente. Habrá tiempo para los demás.

Sin que pudieran presagiarlo, le propinó un fuerte empujón a Silvia que la tiró al suelo de la habitación donde Monfort y Robert permanecían con las manos en alto. Tenía una señal en la sien debido a la presión de la pistola, y el cuello severamente amoratado. No le salían las palabras, negaba con la cabeza y con la mirada trataba de decirles algo.

Román tenía en su poder las armas de los tres policías y era muy peligroso en aquel estado de enajenación en el que se encontraba. Caminó de espaldas, despacio, encañonándolos en todo momento. Cuando llegó a la puerta y estuvo un paso fuera, la luz le confirió un aspecto casi irreal, una aureola funesta. Estiró uno de los brazos y del suelo recogió una botella. Era la misma que Monfort había visto cuando estaba aparentemente dormido. Un pedazo de tela sobresalía por el cuello de cristal. Comprendió entonces que no era licor lo que contenía. Román extrajo un mechero de un bolsillo y al encenderlo lo arrimó al trapo. Lo prendió y al momento se formó una llama enorme. Lanzó la botella al interior de la casa, cerró violentamente la puerta, dio dos vueltas con la llave a la cerradura y arrastró algo que con seguridad obstruiría la salida.

—¡Ha rociado el perímetro de la casa con gasolina! —gritó Silvia; eso era lo que quería decir.

El interior se incendió de inmediato. Román había esparcido gasolina en la entrada y las llamas cobraron vida en cuestión de segundos.

Silvia cubrió el cuerpo de Ana con una manta mientras Monfort y Robert se afanaban en romper a patadas las ajadas persianas de las ventanas. El aire se hacía irrespirable y el fuego se había propagado también en el exterior. Si las llamas alcanzaban los rastrojos secos del campo circundante, sería imposible acceder hasta la casa. Pronto se les acabarían las oportunidades, había que romper alguna de aquellas ventanas si querían salir de allí con vida.

—¿Oís? —exclamó Silvia—. ¡Es una sirena! ¡Ya están aquí!

Por fortuna, había alertado al comisario Romerales en los instantes previos a que Román la descubriera, tras llegar reptando hasta la casa.

Los muebles habían empezado a arder. La instalación eléctrica prendió y el suministro eléctrico se cortó de repente.

—¡Apartaos de la puerta! —se oyó gritar desde fuera. Era la voz del agente Terreros.

El sonido de la espuma a presión de un extintor llegó hasta los oídos de los tres como un halo de esperanza. Con un gran estruendo rompieron la puerta y la cocina se llenó de aire, lo cual proporcionó oxígeno extra al interior de la vivienda y provocó que se avivaran las llamas.

Silvia fue la primera en conseguir salir al exterior. La siguió Robert, con serias dificultades para mantenerse en pie. Los agentes Terreros y García accedieron al interior para ayudar a Monfort. El aire era irrespirable y las llamas arrasaban todo lo que encontraban a su paso. Una densa nube de humo negro impedía la visibilidad.

—¡Hay que sacarla de aquí! —gritó Monfort señalando donde estaba Ana cubierta con la manta—. ¡Hay que sacarla! —repitió zafándose de la ayuda de los agentes para rescatar a la joven.

La vivienda y su entorno ardían de forma descontrolada. El comisario Romerales ordenó esperar a los bomberos; no podían entrar, era jugarse la vida. Robert hizo caso omiso de las órdenes y en un descuido regresó dentro. Silvia trató de acompañarle, pero en ese momento parte del tejado se vino abajo y tuvo que echarse atrás. Romerales consultó su reloj; los bomberos no tardarían en llegar, si es que daban con el lugar, y no creía que Monfort y Robert pudieran resistir mucho más antes de que la casa entera se viniera abajo.

La imagen era dantesca. Las persianas se retorcían por el calor extremo, se escuchaban pequeñas deflagraciones en el interior, y las llamas asomaban por los resquicios y ascendían a gran velocidad hasta el tejado. Silvia gritaba despavorida, el agente García la arrastraba contra su voluntad para alejarla de la casa.

El agente Terreros encontró una manguera de riego y buscó desesperadamente un grifo en el exterior para conectarla. Cuando lo encontró dirigió el chorro de agua hacia la puerta principal, donde la humareda impedía ver lo que sucedía en la casa. Se acercó, pero el aire era irrespirable; cada vez había más humo, que se mezclaba con llamas anaranjadas que desprendían un calor insufrible. Pero no cejó en su empeño, siguió rociando de agua el umbral de la puerta.

—¡Vamos, vamos, vamos! —gritaba con todas sus fuerzas, como si con aquello pudiera ayudar en algo.

Romerales observaba el triste escenario con impotencia, apretando los puños. Sostenía el teléfono en una mano. Rogaba a Dios para que los bomberos llegaran a tiempo. García introdujo a Silvia en el interior del coche y trató de calmarla.

—¡Vamos, vamos, vamos! —bramó de nuevo el agente Terreros, cada vez más cerca del humo negro, cada vez más cerca de las llamaradas, cada vez más desesperado. Se sentía inútil con aquel mísero chorro de agua apenas mojando la puerta. Una gota de agua en comparación con el pavoroso incendio, una medida ridícula.

Volvió a gritar. Pero el grito fue distinto.

—¡Salen! ¡Joder! ¡Salen! ¡Están saliendo!

Monfort y Robert arrastraban la silla a la que Ana permanecía atada. Terreros los roció con el agua de la manguera para que no los alcanzaran las llamas.

—¡Comisario! ¡Comisario! —exclamó esperanzado—. ¡Ya salen! ¡Ya salen!

Estaban exhaustos y casi sin aire para respirar. Soltaron la silla y se dejaron caer en el suelo, a escasos metros del fuego.

Romerales hizo una señal con la mano.

El ulular de las sirenas de los bomberos y de una ambulancia compitió por fin con el terrorífico sonido del incendio que devastaba la casa.

—Deberían hacerles un reconocimiento en el hospital —aconsejó el médico de la ambulancia—. Aparentemente están bien, pero han inhalado humo ahí dentro, habría que descartar posibles patologías.

—Así lo haremos —acató el comisario.

—Están vivos de milagro —añadió el facultativo subiendo a la ambulancia que estaba a punto de partir.

—¿Y ella? —preguntó Romerales y señaló el interior del vehículo.

El médico apretó los labios e hinchó los carrillos.

—De momento vive. Veremos qué nos encontramos cuando lleguemos al hospital.

El comisario asintió cabizbajo.

—Deles las gracias a ellos por estar viva —se despidió.

Y la ambulancia partió a gran velocidad, perdiéndose de vista por el camino, entre rastrojos y árboles muertos.

La casa había quedado reducida a escombros. Los bomberos consiguieron extinguir el incendio. Varios efectivos rociaban con agua los campos limítrofes para que las llamas no prendieran en aquel mar de hierbajos que rodeaba la casa, y que le conferían un escenario perfecto de muerte y desolación.

El comisario Romerales se acercó al lugar en el que se encontraban Monfort, Silvia, Robert y los agentes Terreros y García. Estaban agotados, sucios y doloridos, y tenían un gesto de fracaso impreso en sus rostros.

—Ha escapado —terció Silvia.

—Se fue en su propio coche —explicó Terreros.

—Lo vimos huir —añadió el agente García—, pero preferimos quedarnos. Nos temimos lo peor y acertamos.

—Es un hombre muy peligroso —añadió la subinspectora.

—Y lleva armas para matar a su antojo —reconoció Robert.

—No matará a nadie más por ahora —intervino Monfort y todos lo miraron con escepticismo.

—¿Cómo lo sabes? —preguntó Silvia.

—Porque su objetivo eran los cinco. Ana va camino del hospital y los otros dos están detenidos, por lo que, de momento, están a salvo.

Romerales carraspeó y su tez adquirió un tono encarnado.

—¿Qué pasa? —exclamó Silvia.

El comisario se dio cuenta de la magnitud del problema.

—Los han dejado en libertad provisional —admitió—. Deben presentarse en el juzgado, pero…

Monfort se puso en pie como activado por un resorte.

—¿Cuándo ha sido eso? —preguntó.

—Hace unas horas —respondió Romerales.

—Ponte en contacto con la comisaría. Pregunta si ha llamado alguien recientemente para preguntar por Álex y Rubén.

El comisario pulsó la tecla asignada. Hizo la pregunta que Monfort solicitaba. Escuchó la respuesta. Miró al inspector y afirmó con un movimiento de cabeza.

El inspector salió corriendo hacia el lugar donde había dejado aparcado el coche, puso el motor en marcha y maniobró de forma brusca en mitad del camino. Silvia y Robert aguardaban de pie, anonadados por la noticia y su reacción.

Cuando el Volvo consiguió realizar la maniobra, partió a toda velocidad hacia el camino principal. Transcurridos apenas cien metros frenó bruscamente, dio marcha atrás y pisó el acelerador a fondo hasta llegar donde se encontraban los policías. Bajó la ventanilla.

—¡Silvia, Robert! —gritó—. ¡Subid! ¿A qué esperáis?

Aquella vez no iba a olvidarse de ellos. Eran sus compañeros, sus amigos también. Sin ellos no estaría vivo. Los dos policías se subieron al vehículo. Al arrancar, una nube de polvo cubrió la carrocería y borró el camino.

Los agentes Terreros y García cruzaron una mirada y sonrieron. Romerales se pasó una mano por el poco pelo que le quedaba y suspiró vencido.

—¡Mierda! —farfulló por lo bajo.

Monfort pegó la oreja a la puerta del piso de Rubén. Silvia y Robert aguardaban cada uno a un lado con nuevas armas suministradas por Terreros y García. Se oían voces en el interior.

A veces le costaba comprender de qué forma actuaba la justicia sobre los delincuentes. Soltar a aquellos dos individuos era igual que lanzar una cerilla en un pajar, y nunca mejor dicho.

Llamó al timbre. Dentro se acallaron las voces. Volvió a pulsar.

—¿Quién es? —preguntó una voz al otro lado de la puerta.

—Policía —anunció.

Hubo un silencio y tras largos segundos de espera la puerta se abrió. Se encontró cara a cara con Álex Escribano.

—¡Inspector…! —exclamó mostrando una mueca sarcástica al ver su aspecto—. ¿Dónde ha estado? Parece un deshollinador. Ya se habrá enterado, nos han dejado salir por buen comportamiento —ironizó.

—¿Nos dejas pasar? —preguntó.

—¿Nos? —inquirió Álex sorprendido.

Silvia y Robert se dejaron ver. El semblante de Álex cambió. Pese a que era un tipo enclenque y de aspecto enfermizo, la maldad se le reflejaba en los ojos.

—¡Aparta! —le ordenó Silvia entrando en el piso con un arma en la mano.

—¡Oiga, oiga! No pueden pasar sin una orden judicial.

—¿Sin una qué? —cuestionó Robert, que iba tras ella.

Monfort accedió y cerró la puerta.

Rubén estaba sentado en el sofá del salón. Pretendía aparentar que estaba relajado, pero conseguía todo lo contrario.

—Tú, *carapapa* —soltó Robert—. Las manos donde yo las vea.

—No pueden hacer esto —reiteró Álex—. Es ilegal. No pueden entrar así de esta manera.

—¿Qué vas a hacer —sonrió Silvia—, llamar a la policía?

—Siéntate a su lado —le indicó Monfort—. Los dos juntos, y no intentéis nada extraño.

—¿Qué quieren? —preguntó Álex. El otro estaba callado, le castañeteaban los dientes, y no precisamente de frío.

—¿Ha venido Román? —preguntó Monfort dirigiéndose a Rubén.

—¿Quién es Román? —respondió Álex.

—No te ha preguntado a ti —intercedió Silvia.

Rubén estaba muy nervioso. Parecía que iba a estallar y seguía sin soltar palabra.

—Le ha preguntado al *carapapa* —aclaró Robert—. Pero no puede hablar porque va ciego.

Rubén sacudió la cabeza. Una capa de sudor le cubría la cara.

—Robert —dijo Monfort—. Registra el piso.

—¡No pueden registrar el piso, no tienen una orden! —bramó Álex, pero Monfort le mandó que se callara.

Robert se internó en las habitaciones del inmueble que Rubén había heredado de sus padres y que ahora compartía con aquel amigo inesperado que había vuelto para hacer su vida más amarga de lo que ya era antes de su irrupción.

—No hay nadie más —anunció tras regresar al salón. Rubén dejó escapar el aire que retenía en los pulmones y que amenazaba con asfixiarlo. Álex mostró desprecio. Robert no había acabado—. Pero he encontrado esto —exclamó mostrando lo que escondía en una mano que llevaba a la espalda. Agitó en el aire una bolsa que debía contener más de cien gramos de polvo blanco.

Rubén se cubrió la cara con ambas manos y rompió a llorar. Álex apretó los dientes y sintió vergüenza por él.

—Vais a volver a comisaría, de donde no tendríais que haber salido en ningún momento —les anunció Monfort—. Silvia, por favor, detenlos, ponles las esposas e infórmales de sus derechos.

En ese momento alguien llamó al timbre. Los tres policías se miraron extrañados. Silvia encañonó a los detenidos tras advertirles que guardaran silencio. Monfort y Robert se acercaron a la puerta de forma cautelosa. Volvió a sonar el timbre. El inspector asomó un ojo por la mirilla y confirmó sus sospechas. Robert se apostó a un lado de la puerta e intercambiaron una mirada.

Al tercer timbrazo Monfort abrió y se echó rápidamente a un lado, de manera que el visitante no pudo verlo. El disparo resonó en el hueco de la escalera como un estallido brutal.

Román había disparado el arma robada al inspector, a quien, de no haberse apartado a tiempo, habría alcanzado de lleno. Sorprendido de no ver a nadie, entró en el piso cegado por la ira.

—¡Estamos aquí! —gritó Rubén coaccionado por Silvia, que imitó lo que Román le había hecho a ella en la casa.

Se adentró en el pasillo y Robert aprovechó para asaltarlo por la espalda y encañonarlo en la nuca.

—¡Suelta el arma o te mando la nuez más *pallá* del Coto de Doñana!

19

Viernes, 11 de julio

ROMÁN, EL HOMBRE del tanatorio, le había estropeado un traje
que tenía en gran estima. El humo del incendio devastó el
paño de la americana. Evaluó los daños. Finalmente decidió
meter la ropa en una bolsa y enviarla a la lavandería.

Apenas había dormido más de tres horas. La adrenalina
todavía le recorría el sistema nervioso. Intentó mitigar los
efectos con algunos productos del minibar: cervezas y después las botellas enanas de whisky, pero fue inútil. De madrugada le envió un mensaje a Elvira por si estaba despierta;
ella lo llamó y hablaron durante un largo rato. Seguía en
Teruel. Monfort hubiera deseado estar allí, contemplar las
torres mudéjares de la leyenda, pasear y cenar en alguno de
los magníficos restaurantes. Imaginó una velada con vino
tinto, buen jamón y su excelente compañía, pero sabía que
el trabajo no había finalizado, pese a lo que pudiera parecer.
Tiempo habría para disfrutar de la Ciudad de los Amantes.

Román llegó al piso de Rubén más tarde de lo que habían
supuesto. Desconocían los motivos. Quizá no diera con la
dirección exacta o simplemente fue cuestión de encontrar una
plaza de aparcamiento libre. Cualquiera que fuese la razón,
había salvado a Álex y Rubén de una muerte segura. Ahora
estaban vivos, y a menos que la justicia diera otro giro insó-
lito, irían a prisión. La parte negativa era que si coincidían
con Román en el mismo centro penitenciario, tendrían las

horas contadas. El hombre del tanatorio los mataría, no tenía la menor duda de ello.

Telefoneó a su padre para interesarse por su salud. La asistenta le comentó los pormenores y luego le acercó el teléfono al anciano. Lo que para Monfort parecía una eternidad, para su padre era solo un instante. Consiguió respuestas lúcidas tras las primeras preguntas. Poco después su mente eligió un destino más lejano que la línea del horizonte.

Buscó en los contactos del teléfono la letra «i» y marcó la tecla que le correspondía.

—¡Bartolomé! —exclamó la abuela Irene con tono alegre.

Escuchar su voz era como respirar el olor a ropa limpia. Le reconfortaban sus palabras y le descubría lugares de su propio corazón que creía confinados.

La abuela Irene dirigió el teléfono en dirección al mar para que pudiera oír el rumor del viento y el sonido de las olas que lamían la fina arena de la cala cercana a Peñíscola. Viento y olas, sus señas de identidad. La quería tanto…

Tras dejar la bolsa con el traje en recepción para que se encargaran de llevarlo a la lavandería, desayunó frugalmente y salió a la calle. Sería otro día caluroso, pero a aquella hora temprana se estaba bien. Con un cigarrillo entre los dedos recordó a la doctora. Sonrió. Sí, quizá fuera posible dejarlo para siempre. Pero aquel no iba a ser el día. Llamó a Romerales.

—Dame novedades —pidió esperanzado.

—Está mejor —anunció el comisario—. Ana Mas se encuentra fuera de peligro. —Monfort exhaló un suspiro de alivio.

Después de los días que había pasado en la casa aislada de Román, atada y amordazada sin que le proporcionara comida ni agua, la joven había logrado sobrevivir. Temieron que las inhalaciones tóxicas del incendio hubieran acabado con ella por su estado de debilidad, pero era joven y estaba sana, y tenía fuerzas suficientes para salir adelante.

El comisario se sentía satisfecho, se le notaba en la voz. La resolución de un caso de aquella magnitud representaba un respiro de cara al final de su carrera profesional. Demasiados varapalos recibía cuando las cosas se demoraban más de lo previsto a ojos de familiares, políticos y dirigentes en general.

—¿Podemos hablar con ella? —le preguntó Monfort.

—Los médicos recomiendan esperar al menos hasta mañana, en el caso de que siga evolucionando de forma satisfactoria.

Una furgoneta se detuvo frente al hotel y varias personas salieron de ella. Recogieron sus equipajes del maletero y Monfort se hizo a un lado para que accedieran al *hall* de la entrada. En un lateral del vehículo aparecía el nombre de una compañía de teatro. Pensó en Álex, en su intento de reducir a cenizas aquel icono arquitectónico de Castellón. De haberlo conseguido, la ciudad hubiera perdido una joya insustituible.

Rubén quiso quemar otro de los emblemas de la provincia: la montaña del Penyagolosa. La cumbre sagrada de los castellonenses. Una masa forestal de valor incalculable. Si no hubiera fallado en su propósito la «hazaña» hubiera adquirido dimensiones colosales.

«¿Dónde está el límite? ¿Dónde desaparece el control? ¿Qué tipo de fascinación mueve a un pirómano?», se preguntó.

—¿Qué tal con Román? —se interesó, volviendo a la realidad de la conversación.

—Le han asignado un buen abogado —respondió—. Ha confesado que asesinó a Fernando Nebot y a Jaime Aliaga. No ha dado problemas y por el momento coopera con lo que se le pide.

—No te fíes de él. Se portará bien mientras no tenga delante a Álex y a Rubén. Si los ve, los matará. Igual que haría con Ana si tuviera la más mínima oportunidad.

—Descuida —aseguró el comisario—. Estaremos atentos.

—Detrás de esa fachada de hombre afable y bonachón se esconde un auténtico depredador. Te habrá contado el doctor Morata cómo los ejecutó, con unas tijeras quirúrgicas afiladas para ese propósito. Sabía perfectamente cómo hacerlo para no fallar.

—Lo sé.

Guardaron silencio unos instantes. El recuerdo de las dos víctimas desangradas regresó al presente. Monfort tuvo un pensamiento fugaz para los padres de Jaime Aliaga, también para la joven viuda de Fernando Nebot. Ella lo tendría más fácil para rehacer su vida. Al matrimonio Aliaga le aguardaba un infierno.

—Voy a informar a los medios —le comunicó Romerales—. A las doce del mediodía he convocado una rueda de prensa. Si quieres...

—Quizá. Ya veremos.

Con aquella respuesta el comisario sabía que su amigo no estaría presente. Lo suyo era la calle, encontrar el lugar preciso del que tirar hasta que la capa de piel sana dejara paso a la verdadera identidad de los malhechores.

Se despidieron y se llevó el teléfono al bolsillo.

Volvió a sonar. El comisario habría olvidado decirle algo. Monfort pulsó la tecla verde.

—Soy Tica —escuchó decir a una voz apagada.

Las últimas palabras que dijo sobre su hijo muerto retumbaron de nuevo. «Olor de carne podrida, sudor y basura.»

—Ayer, cuando vino a la alquería... —Hizo una pausa—. Le mentí. No se me da bien hacerlo.

—Las mentiras más dolorosas son las que nos decimos a nosotros mismos —argumentó Monfort.

—Usted supo que lo estaba engañando.

No dijo nada, prefería que hablara ella.

—Le dije que no sé dónde está César Olucha.

—También me dijo que él la había ayudado en los momentos más difíciles de su vida.

—Y lo hizo, sí. Me ayudó como nadie lo hubiera hecho, consiguió que quisiera sobrevivir a la muerte de mi hijo. —Se quedó callada. Monfort aguardó el tiempo necesario—. Pero sé a qué se dedica en realidad. Y que ha habido muertes que podrían estar relacionadas con su actividad.

—El tráfico de drogas suele ser la antesala de multitud de delitos. César Olucha no ha matado a nadie, que nosotros sepamos, puede estar tranquila si es eso lo que la preocupa; sin embargo, desenmascararlo a él y a sus compinches ha servido para limpiar esta apacible ciudad de algunos criminales que no nos merecemos.

—Está en mi casa —anunció Tica sin más preámbulos—. Desde que se dictó la orden de búsqueda abandonó la alquería y se refugió allí; no se ha movido en todo el tiempo. Yo vengo a trabajar a la casa como todos los días para que nadie sospeche.

—¿Sabe él que me iba a llamar?

—¿Para delatarlo? Ya le he dicho que le debo mucho.

—Y entonces, ¿por qué lo hace?

Monfort la oyó respirar despacio, como un animal al dejarse caer rendido antes de cerrar los ojos. Recordó su semblante triste. Una mujer sola y un hijo muerto en el incendio provocado por un pirómano.

—Porque no me lo perdonaría nunca —respondió—. Ya le he dicho que no sé mentir.

Monfort avisó a los agentes Terreros y García, que tomaron nota de la dirección del domicilio de Tica. Trincar a un pez gordo de la droga en una ciudad como Castellón suponía un mérito añadido. Ellos lo merecían, trabajaban de forma incansable, siempre dispuestos a acatar las órdenes de sus superiores. Podía informar a Romerales, pero bastante tenía ya con acicalarse para salir en los medios, que tanto lo satisfacía.

Aquel logro sería para Terreros y García.

Silvia y Robert estarían ocupados con la tediosa tarea de redactar el informe. El juez que había dejado en libertad provisional a Álex y Rubén debería retractarse de su decisión y retomar el caso de los dos pirómanos. Porque eso es lo que eran. O lo que, por alguna razón, pretendían ser.

Regresó al interior del hotel. Subió a su habitación y en el ordenador seleccionó uno de los álbumes de The Rolling Stones: *Emotional Rescue*. Al llegar a la contagiosa *Let Me Go*, en la que las guitarras ejecutaban un ritmo sencillo pero efectivo y el inconfundible estilo de Charlie Watts a la batería proporcionaba las pausas características de la banda, por fin sonrió relajado.

Acercó la butaca a la ventana y abrió un libro por la página señalada.

Había que esperar, el comisario se lo había dejado claro.

Tenía música, lectura, cigarrillos y tiempo.

Leyó en voz alta al poeta irlandés Seamus Heaney.

En descanso eterno. Incluso la muerte
miente. El vacío engaña.
Nosotros no caemos como las hojas otoñales
para dormir en paz.

20

Sábado, 12 de julio

LA HABITACIÓN OLÍA a desinfectante. Se oía al personal sanitario en su habitual ir y venir por el pasillo. Sobre la mesilla había un jarrón con un pequeño ramo de flores, una botella de agua y un vaso de plástico. En la parte baja tenía un par de revistas a la espera de que alguien las leyera. La cama contigua estaba vacía, por lo que disfrutaba de la soledad de una habitación impoluta y con una temperatura ideal comparada con el intenso calor del exterior.

Alguien llamó a la puerta y entró sin esperar respuesta. Una enfermera. Su tono de voz era animoso, hablaba alto y claro y sonreía todo el tiempo. Consultó algo en una pantalla digital.

—Muy bien —pronunció, y su sonrisa se amplió—. Está perfecto. ¿Has desayunado bien?

Para una persona que había sido obligada a permanecer sin comer ni beber era de vital importancia establecer una dieta controlada. Le administraban medicamentos por la vía que tenía abierta en el dorso de la mano.

—¿Quieres algo más?

Negó con la cabeza.

—Perfecto —reiteró la enfermera. Consultó el reloj de pulsera, un modelo antiguo de gran esfera y correa de cuero gastada. Quizá un recuerdo de algún ser querido, de su padre o de su abuelo—. El doctor pasará en cualquier momento. Se

413

alegrará de ver tan buena evolución. ¡Ah!, las flores las ha traído tu madre. Las ha dejado en el mostrador. Estabas dormida y no te ha querido molestar.

La paciente hizo un claro gesto de disgusto. La enfermera le acarició el hombro y salió de la habitación haciendo sonar sus zuecos blancos contra el suelo.

Se encontraba en el Hospital General de Castellón, la habitación estaba en un piso superior y disponía de una gran ventana desde la que se divisaba una fina línea de mar. Silvia y Monfort, sentados frente a la cama, acompañaban a Ana Mas. Guardaron silencio hasta que la enfermera hubo cerrado la puerta.

—Son bonitas —dijo Silvia y señaló el ramo de flores.

Ana giró la cara al lado contrario de la mesilla. No dijo nada.

—Nos alegramos de su pronta recuperación —prosiguió la subinspectora.

Como respuesta hizo un leve gesto afirmativo con la cabeza.

—Discúlpenos —terció Monfort—. Entienda que debemos hacerle algunas preguntas.

Volvió la mirada hacia los dos policías.

—Román… —pronunció al fin—. ¿Cómo pudo…? ¿Por qué? ¿Por qué lo hizo? —Los ojos se le velaron de lágrimas.

Monfort arrastró su silla hacia la cama, como si con aquel gesto la voz le fuera a llegar con mayor claridad.

Le relató los hechos tal y como habían ocurrido.

—¿En ningún momento sospechó de él? —le preguntó Silvia cuando el inspector hubo terminado.

—No —aseguró—. Era muy agradable. Un buen compañero. Consiguió el título de tanatoestética cuando ya era mayor, aunque nunca hablamos de las razones. Quizá no supe escucharlo y solo le hablé de mí.

—Fernando Nebot fue enviado al tanatorio en el que trabaja —prosiguió Silvia—. ¿Cómo reaccionó al reconocerlo? ¿Por qué no dijo nada?

Ana reflexionó la respuesta.

—A nadie le importaba si lo conocía o no. Disimulé. Seguramente Román se dio cuenta. —Apretó los labios—. Supongo que disfrutaría viéndome sufrir. ¡El muy canalla! Me ayudó a arreglarlo, a vestirlo, a maquillar la herida del cuello…

—… que él le había infligido —concluyó Silvia.

Ana estiró el brazo para alcanzar un paquete de pañuelos. Se sonó los mocos y trató de recomponerse.

—Mató a Jaime… —pronunció después con voz temblorosa.

Los policías guardaron silencio.

Tras un breve espacio de tiempo, Ana formuló una pregunta que surgió débilmente.

—¿A qué han venido?

Monfort creía que ya estaba bien de rodeos y delicadezas. Debía saber la verdad, los detalles escabrosos que habían descubierto.

—¿Recuerda un incendio en un parque cercano a la escuela?

—Más o menos —respondió con ambigüedad.

—Entonces recordará, aunque sea vagamente, que alcanzó algunas casas y provocó la muerte de una persona.

Apenas asintió con la cabeza, pero quedó claro que sabía de qué hablaba. Monfort prosiguió.

—Murió una mujer a consecuencia del incendio. Era la esposa del conserje de la escuela.

Ana enarcó las cejas. No sabía a dónde quería ir a parar el policía, pero tenía más preguntas que hacerle.

—¿Recuerda el nombre del conserje?

—Ni idea —replicó—. ¿Cómo quiere que me acuerde del nombre del conserje del colegio?

El inspector hizo una pausa intencionada sin dejar de mirarla. Y a continuación soltó la bomba.

—Román —reveló—. El conserje se llamaba Román.

El rostro de Ana palideció de forma súbita.

—¡Dios mío! ¡Dios mío! —exclamó horrorizada. El mundo se le hacía pedazos. No podía pensar con lucidez.

Él continuó.

—Álex, Rubén y usted, y también Fernando y Jaime tuvieron mucho que ver con algunos incidentes en la escuela relacionados con fuego. Sabemos que hacían experimentos en el laboratorio. Que robaron una lupa que se exponía como un recuerdo de gran valor simbólico para el centro.

Ana paseó su mirada por los dos policías. Se retrepó en la cama. «La lupa», caviló. Hizo un gesto con el brazo para alcanzar el timbre que pendía por encima de su cabeza, el botón de llamada al servicio de enfermería.

—No llame —la advirtió Monfort. La mano de Ana volvió al regazo, se unió a la otra y entrelazó los dedos con un gesto nervioso.

—Yo no robé la lupa… —proclamó tras aclararse la voz.

Silvia la miraba fijamente y eso la incomodaba. Monfort prosiguió.

—No he dicho que fuera usted. Pero no deja de ser curioso que Román la pusiera sobre la mesa para que la viera mientras permanecía secuestrada en su casa. ¿Sabe de dónde la sacó Román?

—No me encuentro bien —dijo—. Necesito que venga una enfermera.

—Y lo hará. Pero todavía no. ¿Sabe por qué están detenidos Álex y Rubén?

Sacudió la cabeza. Monfort le dio la respuesta.

—Digamos que por una pasión desmedida hacia el fuego.

—Ellos no son precisamente unos benditos —matizó ella con acritud.

—Nos consta —reconoció Monfort—, y por eso están donde están. El juez dictará sentencia contra ellos, no se preocupe por eso. Puede que fuera cualquiera de ustedes quien robara la lupa. Puede que cualquiera incendiara el parque que luego alcanzó las casas, pero lo peor de todo es que se callaron; todos estos años han mantenido la boca cerrada. Hasta el día en el que Álex regresó y puso patas arriba el intrínseco mundo de los cinco. Fue una gran casualidad que se convirtiera en la compañera de trabajo de Román cuando empezó a trabajar en el tanatorio; aunque recuerde que fue usted la que le confió libremente sus historias de la infancia, sus dramas y recuerdos con los otros cuatro. Lo que le hacían y lo que no. Eso no fue ninguna coincidencia, sino más bien un terrible error por su parte.

Ana Mas contemplaba la línea del horizonte que se perdía en un mar de color azul mortecino.

Monfort se puso en pie, caminó en silencio por la habitación con las manos en los bolsillos y luego volvió a sentarse. Silvia parecía tomar notas en su libreta. Monfort se asomó y vio que hacía dibujos, cubos y rectángulos perfectos, superpuestos unos encima de otros, formando figuras cúbicas aleatorias.

—Álex y Rubén sentían una enorme atracción por usted —expuso el inspector y la habitación se llenó de nuevo con su voz—. Nos lo han dejado claro, no dudamos de ello. Hemos llegado a la conclusión de que querían cometer los incendios como si se trataran de un encargo, de una petición o incluso de una exigencia. ¿Cuáles fueron exactamente sus palabras? —le preguntó a Silvia.

—«Debían hacer algo grande y único» —recordó utilizando el discurso que habían repetido en los interrogatorios pese a estar incomunicados en todo momento.

—Gracias —concedió Monfort—. ¿Para quién debían hacer aquello grande y único? ¿Qué obtendrían a cambio? ¿Cuál era la recompensa?

Los hombros de Ana temblaron. Una lágrima le rodó por la mejilla.

—Dos preguntas —anunció Monfort—. Necesito hacerle dos preguntas más.

Ana se mostró impasible. Parecía ausente, indiferente a cualquier cuestión. El inspector formuló las cuestiones de todos modos.

—¿Recuerda a un ciclista que murió atrapado por el incendio de una urbanización?

La joven pestañeó. Monfort siguió.

—Fue un suceso muy mediático que acaparó las portadas de los periódicos; la madre de la víctima se llama Tica, quizá eso le ayude a recordar.

—¿Y la otra pregunta? —inquirió Ana y su voz sonó estentórea.

Monfort la enunció.

—¿Qué tipo de trastorno lleva a una persona a convertirse en un maldito pirómano?

Entonces se derrumbó. El aullido desgarrador se oyó desde el exterior de la habitación. Se rasgó la bata y se clavó las uñas en la piel. El agente que custodiaba el cuarto accedió seguido por dos enfermeras que trataron de calmarla, pero Ana les gritó que se marcharan. Cuando el policía y las enfermeras se fueron, se sentó en el borde de la cama y se calzó unas zapatillas; llenó el vaso con agua de la botella y tras beber lo dejó de nuevo sobre la mesilla. Extrajo las flores del jarrón y las tiró a la papelera.

Se pasó las manos por el pelo en un intento de recobrar la compostura.

Se aclaró la garganta y empezó a hablar.

—De acuerdo, les contaré toda la verdad, desde el principio:

Robé la lupa de empuñadura nacarada, la que se exhibía en la vitrina como si se tratara de una reliquia.

Al llegar al parque tomé un puñado de hojas secas, puse la lente entre el sol y las hojas hasta que el haz de luz focalizó en un único punto. Cuando creí que iba a perder la paciencia comenzó a brotar un hilillo de humo. Luego, de repente, sobrevino una pequeña llama. Fue entonces, en aquel preciso instante, cuando debí pisotear las hojas hasta apagarlas. Sin embargo, las arrastré con el pie hasta el tronco de un árbol caído, seco y carcomido.

El fuego se propagó más deprisa de lo que hubiera imaginado y algo se removió en mi interior. Sin motivo aparente sentí una atracción desmedida hacia lo que veía. Me quedé inmóvil, como en un estado de conciencia alterado, como si estuviera en trance. Las llamas prendieron a toda velocidad y los árboles del parque empezaron a arder de forma descontrolada. Alcanzaron un coche que estaba aparcado junto al camino y el fuego se hizo enorme, y luego se dirigió, como un fantasma, hacia las casas más cercanas.

Enterré la lupa y hundí las manos en los bolsillos mientras los vecinos salían de sus viviendas. Aterrados, despavoridos.

Asistí con fascinación a lo que estaba sucediendo, a lo que había provocado.

Sentí algo que no esperaba: placer.

Ana Mas continuó con su desgarradora confesión; una vida marcada por la adicción al fuego. Una infancia cruel entre paredes que poco tenían de hogar. Insultos y humillaciones. La disputa entre el bien y el mal. La niña que quiso ser maquilladora de muertos. El fuego, su vía de escape. Las llamas, su estandarte. Fuego y placer, una combinación letal en la mente de una persona.

Confesó hasta que se disiparon las dudas y quedaron resueltas las incógnitas, aquellas que Monfort había descubierto y que ella necesitaba revelar para descansar de una vez por todas.

En el silencio que siguió tras la extensa confesión, Ana volvió a meterse en la cama. Apoyó despacio la cabeza en la almohada, se tapó con la sabana y cerró los ojos. Rememorar el pasado le suponía un esfuerzo agotador. Volver al infierno del que creía haber regresado sana y salva. Su salud era delicada. Había pasado días muy difíciles en casa de Román, privada de agua y de comida para que no lo reconociera. Su cuerpo y su mente habían desafiado las leyes de lo natural. Y había sobrevivido. Como en tantas ocasiones.

Monfort la observó detenidamente. Allí, en la cama del hospital, haciéndose la dormida, parecía otra. Una mujer dispuesta a comerse el mundo en cuanto saliera de aquella habitación.

Cayó en la cuenta del dibujo que le asomaba por el cuello. Ella abrió los ojos de repente, como si supiera que la estaba mirando.

—¿Le gusta? —le preguntó. Imprimió a su voz un absurdo tono sensual—. Si quiere y a su compañera no le importa, se lo puedo mostrar al completo.

Monfort no respondió. Silvia se mostró imperturbable. Ana prosiguió. Hablar de aquello le proporcionaba fuerzas renovadas, como si fuera otra persona.

—Es un tatuaje. Una serpiente —aclaró—. Disimula una herida grave, un accidente casero, un «descuido» de mis padres —precisó con sarcasmo—. Nace en mi nalga derecha y termina en la lengua bífida que ha captado su atención.

Desde el trasero hasta el cuello, recorre toda la espalda, zigzagueando por la piel. Así de extraordinaria es mi herida.

Silvia y Monfort cruzaron una mirada.

—La herida que provocó el aceite hirviendo en la espalda de una niña —concluyó Ana Mas.

21

Lunes, 14 de julio

AL LLEGAR A Villafranca del Cid se detuvo en la plaza Don Blasco. La temperatura era tan agradable que se sintió estremecer. En el ocaso del día se dibujaban trazos de tonalidades púrpuras. Allí se manifestaba en todo su esplendor. Un derroche de color que daría paso a una noche estrellada.

Caminó hasta llegar a un número determinado de la calle Mayor. Se detuvo y observó con detenimiento la fachada de la casa, se fijó en cada detalle de los balcones voladizos, de las molduras que remataban la cornisa, de la puerta principal.

Por primera vez sacó su libreta para otra cosa que no fuera el caso que llevaba entre manos. Aquel había finalizado para él. Quién podía saber si habría otros que debiera resolver. Deseó que el mundo diera una enérgica sacudida y el mal quedara erradicado para siempre. Ojalá nadie necesitara de los que eran como él. Que la mentira, el odio, el rencor y la envidia fueran palabras desconocidas, jamás utilizadas en el vocabulario de las personas.

Anotó el número de teléfono y lo subrayó con trazo firme. Llamaría al día siguiente. O también podía hacerlo en aquel preciso instante. Se imaginó sentado en una butaca, leyendo un libro, con las ventanas abiertas mientras el viento mecía las cortinas en una danza silenciosa. Se la imaginó tarareando su canción. Aspiró la fragancia de su piel, una vez más, imposible de olvidar. Quizá allí se encontrara más cerca; tal vez la viera en el pasillo y le hiciera una señal.

Llamó al número que acababa de anotar.

Cuando los tonos llegaron al final sin que nadie respondiera, guardó el teléfono en el bolsillo y caminó de vuelta a la plaza. Se sentó en un banco. No había prisa.

Un vehículo se detuvo frente a la farmacia, un edificio de singular belleza. Reconoció la marca y el modelo. De él se apeó Silvia Redó.

—Hola —saludó tímidamente cuando llegó al banco.

—¿Cómo tú por aquí? —le preguntó sorprendido.

Ella encogió los hombros y se sentó a su lado.

—Ha sido duro —dijo con la voz debilitada. Todavía tenía el cuello amoratado por la presión del brazo de Román—. Necesitaba despejarme, salir de Castellón. Imaginé que podías estar aquí y simplemente vine. No quería estar sola. Este caso me ha afectado más de lo que suponía.

Monfort asintió despacio con la cabeza.

—Ahora están donde deben estar. Podrás descansar.

—Mentían. Todos mentían —añadió ella observando la fuente que presidía la plaza.

—Cuando se comete un crimen lo primero que muere es la verdad —murmuró él.

Silvia reflexionó.

—¿Qué tal con Robert? —quiso saber Monfort, y esas palabras la trajeron de vuelta de su ensimismamiento.

—Se ha ido a Sanlúcar de Barrameda.

—¿Cómo lo sabes?

—Me llamó el sábado, desde la estación. Quería decirme lo que había descubierto en el ordenador de Ana Mas.

Monfort enarcó las cejas. Ella continuó.

—Visitaba páginas en las que pirómanos de todo el mundo relataban sus experiencias: un listado de individuos que pasarán a la historia por sus crímenes relacionados con el fuego. Un escaparate de lo que para ella eran héroes y para el resto de la humanidad, criminales repugnantes. Pura perversión.

—¿Volverá?

—¿Quién? —pronunció, como si la pregunta la hubiera sorprendido.

—Robert.

—Quién puede saberlo. —Sus palabras albergaban desánimo, o quizá reproche. No iba a contarle que la había besado, que tal vez se había marchado para encontrarse a sí mismo y decidir qué hacer con su vida. A continuación, añadió—: Su madre le decía que el color de sus ojos era el reflejo del río Guadalquivir.

—Puede que haya hecho lo más conveniente —opinó él—. No es bueno renegar de los orígenes.

Guardaron silencio unos instantes, hasta que Silvia lo interrumpió.

—¿Cómo supiste que los incendios que pretendían provocar Álex y Rubén fueron una petición de Ana Mas?

—Es una historia de amor —respondió—. Ambos continúan perdidamente enamorados de ella, como cuando eran niños.

—¿Y por eso quisieron cometer los incendios? ¿Por amor?

—Ella los instó a que hicieran algo grande y único, recuerda su confesión. Provocó el incendio de las casas cercanas a la escuela cuando era una niña. Fue su primera experiencia. La muerte de la esposa de Román, lejos de aterrorizarla, le produjo un placer indescriptible. Descubrió que lo que de verdad la satisfacía era la muerte. Un incendio sin víctimas no significaba nada para ella. Intentó redimirse, sufrió para acabar con la adicción, pero le fue imposible.

Cuando años después incendió el bosque junto a la urbanización, vio el rostro del hijo de Tica momentos antes de que pereciera abrasado. Aquello la marcó, fue demasiado. Y luego se reencontró con Álex y Rubén, después de tanto tiempo. Ella había puesto en marcha su plan para vengarse de Fernando y Jaime por lo que le habían hecho pasar cuando era una adolescente. Pero para su sorpresa murieron asesinados. Ana estaba convencida de que Álex y Rubén eran los responsables y de nuevo salió lo peor que tenía dentro. Sus ansias de volver a quemar regresaron, solo que no se sentía capaz de hacerlo por sí misma y por eso se lo encargó a ellos.

—Que incendiaran en su nombre —admitió pensativa.

—Es posible que le prometiera su amor al que lo consiguiera.

—¿Y ellos aceptaron?

—Sí, como en la leyenda de las torres mudéjares de Teruel —apostilló Monfort.

—¿Cómo?

—La versión más popular dice que fue el padre de la joven quien propuso desposar a su hija con el que construyera una torre en el menor tiempo posible, pero existe otra en la que se cuenta que fue ella quien sugirió a los dos amigos que rivalizaran a cambio de su amor.

Se quedaron en silencio unos instantes; la temperatura era buena. El cielo resplandecía. Las incipientes estrellas parecían estar más cerca de lo habitual.

—Y para saciar su sed de pirómana les mandó que hicieran algo grande y único por ella —intervino Silvia.

—Así es. Eligieron lo que para cada uno de ellos era más significativo. La infancia los condicionó de tal manera que nunca lograron pasar página. Rubén cayó en el fango de las drogas por culpa de sus complejos y depresiones. Ana trató de recomponer su vida con su nueva profesión, pero cuando casualmente se encontró con Fernando y Jaime, quiso ajustar cuentas de una forma tan pueril que desencadenó lo que vino después. Y para colmo, Álex regresó de Galicia e irrumpió en sus vidas, por lo que todo fue a peor. Podríamos decir que se quedaron a medio camino, atrapados entre la infancia y la edad adulta. Aunque el verdadero error fue que Ana le contó su pasado a Román; creyó que podía confiarle sus miserias mientras tomaban café o fumaban un cigarrillo entre los cadáveres que arreglaban. Se lo contó todo, se lo puso en bandeja. Y él la descubrió. Román se cegó de ira y quiso acabar con la vida de los cinco, para no equivocarse.

Había algo que Silvia pensaba y que finalmente soltó.

—No fue solo el accidente del aceite hirviendo lo que desató el odio de Ana contra sus padres, ¿verdad?

Monfort negó con un movimiento lento de la cabeza.

—Esa es la verdad de la mentira. No creo que podamos llegar a saber con exactitud lo que realmente la ha atormentado todo este tiempo, pero es posible que sufriera algún tipo de abuso o maltrato. Su madre quiso reconciliarse, pero ya era tarde.

—¿Cómo puede haber gente así?

—Por muchos casos que logremos resolver, por incontables evidencias que nos lleven a atrapar a los culpables, siempre habrá una parte del cerebro humano dispuesta a perder el control y a sembrar el mal.

Silvia se llevó un mechón de pelo detrás de la oreja, aquel gesto tan suyo.

—¿A qué has venido?

—Podría decir lo mismo —repuso él.

—Ya, pero yo he preguntado primero.

Monfort sonrió.

—Quizá compre una casa aquí —dijo—. Es posible que, como Robert, necesite regresar a mis orígenes.

—¿Una casa?

—¿Y por qué no?

—Ya tienes una casa —protestó ella.

—¿Te parece mal?

—De la ambición a la codicia hay una distancia muy corta. Te lo escuché decir en cierta ocasión.

Monfort asimiló sus palabras. Buscó en los bolsillos y extrajo la cajetilla de cigarrillos.

—¿Puedo? —le pidió ella.

—Pero si tú no fumas.

Silvia mostró una amplia sonrisa.

—Hay tantas cosas que no sabes de mí…

En aquel preciso instante sonó el teléfono móvil de Monfort. Lo sacó del bolsillo y miró la pantalla. Era el comisario Romerales, sin embargo, no atendió la llamada. Un instante después fue el de Silvia el que empezó a sonar. Le mostró de quién se trataba. Volvía a ser el comisario. Monfort asintió, ella no quiso obviar la llamada de un superior y por eso pulsó el botón verde. Se quedó callada, cabizbaja, pellizcándose el puente de la nariz mientras escuchaba con atención lo que el jefe de la Policía de Castellón tenía que decirle. Tras sus palabras colgó y miró al cielo reteniendo un suspiro. Dos lágrimas le resbalaron por la mejilla.

—¿Qué sucede? —quiso saber Monfort.

Ella se cubrió el rostro con ambas manos y dejó escapar algo similar a un quejido. Un sonido que le brotó desde lo más profundo de las entrañas.

—¿Qué ocurre, Silvia?

—Se trata de Robert… —pronunció con voz trémula. Los ojos de Silvia se habían convertido en dos agujeros insondables—. Dice que está muerto.

Banda sonora de la novela

«Ansiedad». Nat King Cole. *En Español*. José Enrique Sarabia. Pág. 15

«Riders on the Storm». The Doors. *L.A. Woman*. The Doors. Pág. 28

«Something». The Beatles. *Abbey Road*. George Harrison. Pág. 48

«So What». Miles Davis. *Kind of Blue*. Miles Davis. Pág. 56

«Joyous Sound». Van Morrison. *A Period of Transition*. Van Morrison. Pág. 68

«La chica de Ipanema». Tom Jobim. *The Composer of Desafinado Plays*. Vinicius de Moraes/Tom Jobim. Pág. 77

«Anybody Seen My Baby?» The Rolling Stones. *Bridges to Babylon*. Jagger/Richards. Pág. 85

«Next Time You See Her». Eric Clapton. *Slowhand*. Eric Clapton. Pág. 114

«Soft Winds». Dinah Washington. *The Very Best Of…* Benny Goodman. Pág. 121

«I Won't Back Down». Tom Petty and The Heartbreakers. *Full Moon Fever*. Tom Petty/Jeff Lyne. Pág. 144

«Cuando la pobreza entra por la puerta, el amor salta por la ventana». El Último de la Fila. *Cuando la pobreza entra por la puerta, el amor salta por la ventana*. Manolo García/Quimi Portet. Pág. 155

«Cai». Niña Pastori. *Cañailla*. Alejandro Sanz. Pág. 175

«Starman». David Bowie. *Ziggy Stardust*. David Bowie. Pág. 182

«Mrs. Robinson». Simon & Garfunkel. *Bookends*. Paul Simon. Pág. 187

«Waking Up». Elastica. *Elastica*. Cornwell/Greenfield/Duffy/Burnel/Frischmann. Pág. 210

«Waterloo». Abba. *Waterloo*. Andersson/Ulvaeus/Anderson/Lyngstad. Pág. 211

«Burning Down the House». Talking Heads. *Speaking in Tongues*. Frantz/Byrne/Harrison/Weymouth. Pág. 240

«Close to Me». The Cure. *The head on the door*. Robert Smith. Pág. 291

«Precious». The Pretenders. *Pretenders*. Christine Hynde. Pág. 296

«(Sittin' On) The Dock Of The Bay». *Otis Redding. (Sittin' On) The Dock Of The Bay*. Cropper/Redding. Pág. 360

«Let Me Go». The Rolling Stones. *Emotional Rescue*. Jagger/Richards. Pág. 397

Banda sonora disponible en:

YouTube

Spotify

Nota del autor y agradecimientos

EN EL VERANO de 2018 tomé los primeros apuntes de lo que más tarde se convertiría en esta novela. Fue durante un viaje a los condados de Kerry y Cork, en el sur de Irlanda, la isla esmeralda que venera a sus escritores. Bram Stoker, Frank McCourt y Seamus Heaney fueron una inagotable fuente de inspiración. Sin embargo, fue nuestra hija Julia la que prendió la llama de la idea, y la británica Mary Shelley quien señaló el camino que debía seguir. La cita con la que da comienzo la novela es mi reconocimiento.

Quisiera dar las gracias a mi editora, Mathilde Sommeregger, que una vez más ha puesto a mi disposición sus sabios consejos, siempre decisivos para llegar al final. Nadie como ella para comprender el universo de Monfort que quiero plasmar en cada página.

A Maite Cuadros, por la magnífica confianza depositada en mis textos, el abrazo sincero y el cariño mostrado siempre a mi familia.

A todo el equipo humano de Ediciones MAEVA, por el inmenso trabajo con cada una de las novelas, por la ilusión, implicación y dedicación constante que hace que me sienta tan orgulloso y arropado.

A los lectores, mis queridos lectores, por aguardar con tanta paciencia la nueva entrega de la serie y por la enorme fidelidad que libro a libro demostráis hacia los personajes. Vuestra es la razón de ser.

A Juan Sanz y a Tomás Cirujeda, de Librería Escolar de Teruel, por la ayuda prestada cuando surgieron dudas sobre algunos aspectos de su ciudad que debían aparecer en la novela, y por cuidar de mis libros con tanto cariño en ese espacio que ya forma parte inseparable de la ambientación.

A los amigos del Club de lectura LL y Encuentros con escritores, porque hay momentos en la andadura de un autor imposibles de olvidar y siempre dignos de agradecer.

A Ana Querol, Juan Sorribes y Jaime Vives, por ser los mejores anfitriones del inspector Monfort en la tierra de sus ancestros.

A Kiko y Juan, del restaurante China I; a Pilar y Salvatore, de Vieja Roma; a Miguel Ángel Aljaro, de Casa Aljaro, y a José Marín Bayarri, del restaurante Tío Pepe, por transmitir de forma tan magnífica la realidad gastronómica del inspector gracias a sus platos.

Finalmente, quiero dar las gracias de manera muy especial a Esther Miralles por las sucesivas lecturas, correcciones, consejos y traducciones. Por su estoica paciencia que a veces parece infinita. Pero sobre todo le agradezco su amor, que sin duda es lo más maravilloso que puedo recibir en esta vida.

A Julia le dedico el libro. Ella es la verdad y el futuro.

Aquí puedes comenzar a leer
el nuevo libro de

JULIO CÉSAR CANO

Lunes, 7 de febrero de 2011

A LAS SEIS en punto de la tarde, el hombre entró en el local y, por alguna razón, casi todos los presentes se volvieron a mirarlo. Las conversaciones se apagaron y solo se oía una popular canción de estilo reggae que sonaba en aquel preciso instante: *No Woman No Cry*.

Estaba fuera de lugar, no había que ser demasiado perspicaz para darse cuenta de ello. Su aspecto, a no ser que supiera disimular a la perfección, eliminaba la posibilidad de que se tratara de un miembro de la Policía.

Tan solo había unos pocos hombres vestidos con traje y corbata sobando a mujeres vestidas con ropa provocativa. Olía a perfume empalagoso y a desinfectante. Había una pequeña pista de baile ocupada solo por un viejo que, a pesar de la llegada del extraño, continuaba bailando torpemente con una joven negra. Ella, que sujetaba un vaso de tubo en la mano, iba maquillada en exceso y se había subido la falda hasta los límites de lo racional.

El hombre que acababa de irrumpir en el local introdujo la mano derecha en el bolsillo del holgado abrigo. Extrajo un arma que parecía de juguete, pero que en realidad no lo era. Con los dientes apretados y el ceño fruncido, se dirigió deprisa hasta el viejo que se ceñía lascivamente a su pareja de baile agarrándola del trasero con una mano de dedos gruesos. De un empujón, apartó a la chica y clavó el cañón de la pistola en la panza de su acompañante. El viejo dirigió una mirada incrédula al lugar exacto donde le presionaba el metal. No dio tiempo a ningún otro gesto, ninguna palabra, tampoco intento alguno por defenderse. La detonación fue seguida de un violento esparcimiento de sangre y vísceras por el suelo de la pista de baile y los sillones cercanos; hasta la bola de espejos que pendía del techo quedó impregnada con los restos del pervertido. Un chorro de sangre encarnada brotaba de su vientre como un pequeño surtidor. El viejo hizo un par de movimientos convulsos con las piernas y los brazos, una sacudida desesperada que cesó de golpe para dar paso a la muerte.

A continuación, se dirigió a la joven que lloraba y temblaba presa del pánico. Uno de los empleados del local se acercó corriendo, pero, cuando el hombre lo apuntó con el arma, se detuvo. Le quitó a la muchacha el vaso que todavía sujetaba en una mano y vertió el contenido sobre su cabeza, mojándole el pelo y la cara.

Masculló unas palabras en voz tan baja que nadie alcanzó a escucharlas.

Luego le disparó entre los ojos.

La tercera bala fue a parar a su propia sien.

Horas antes, por la mañana

Monfort tenía los pies subidos a la mesa del despacho que le había sido adjudicado en la nueva comisaría provincial de la Policía Nacional de Castellón de la Plana. Era su primera jornada tras unos días de descanso. Todavía había operarios que daban los últimos retoques al edificio; un sinfín de martillazos y otros ruidos de difícil identificación que amenizaban de pena una mañana que pretendía ser lluviosa, pero que, a buen seguro, no lo sería. El agua caída del cielo era un bien escaso en la provincia, a pesar del habitual paso de compactas nubes que viajaban impulsadas por el viento. Incluso con la puerta cerrada, llegaba a sus oídos la insufrible melodía de los porrazos. Olía a nuevo. Le habían instalado un moderno ordenador con una pantalla enorme; alguien había tenido misericordia. A cierta edad, las cosas se ven mucho peor. Sin embargo, habría sacrificado parte del tamaño del monitor a cambio de unos altavoces decentes y no los ubicados a los laterales de la pantalla, que carecían de graves y dejaban escapar unos agudos insoportables para un oído cultivado como el suyo.

Fuera habían caído cuatro gotas. Una lluvia de verdad habría sido recibida con los brazos abiertos por la tierra seca sembrada de campos de naranjos que podía contemplar desde la cristalera. En el horizonte se perfilaban las altas chimeneas de la refinería y una pálida línea de mar. De las innumerables diferencias entre aquel lugar y la antigua comisaría de la ronda de la Magdalena, la que más le molestaba de momento era el calor asfixiante que hacía en el nuevo despacho. Claro que lo otro era un frío que calaba los huesos y entumecía cualquier parte del cuerpo que no estuviera cubierta.

Fumar iba a convertirse en un problema. Los dos chismes anclados al techo, con su intimidatoria luz roja parpadeante, eran una señal de advertencia en toda regla.

Observó también la amplia mesa, apenas ocupada por un teléfono fijo de diseño sofisticado, con un montón de teclas que tardaría meses en aprender para qué servían; el teclado del ordenador, tan delgado que ofrecía una imagen de fragilidad; una libreta de tamaño folio en la que había hecho cuatro garabatos en la primera página y una taza conmemorativa de la reciente inauguración con cuatro o cinco bolígrafos en su interior. La silla era cómoda. «Ergonómica», le había indicado Romerales, que habría aprendido la palabreja para soltársela a todo aquel que ocupara un despacho.

A su espalda, había una fotografía del rey y una bandera española que pendía de un mástil cromado de tamaño considerable. «De lo más relajante», pensó. Faltaba el crucifijo. Tal vez los martillazos de los operarios se debían a que estaban clavando cruces por todos los despachos. Podía marcharse de allí y cerrar la puerta con llave. Quizá, si encontraban la puerta cerrada, pasarían de largo cuando les tocara el turno de clavar a Cristo en su pared.

En uno de los laterales de la habitación había un sofá que parecía confortable. Tal vez fuera útil para echar una cabezada si antes bajaba la cortinilla de la puerta acristalada.

Había movido el ratón sobre la mesa para que el ordenador saliera de su reposo. La pantalla se había iluminado dejando a la vista el logotipo del Cuerpo. «Apasionante imagen.» Siempre se había mofado de la gente que utilizaba fotos familiares o paisajes bucólicos como salvapantallas. Tal vez era el momento de cambiar de opinión. Se respiraba un tufo a pegamento. Salía por el conducto de ventilación y se mezclaba con el aire demasiado caliente. No, las obras no habían terminado. Podría tomarse unos cuantos días más de asueto mientras todo aquello se ensamblaba de una puñetera vez y asimilaba que el tugurio que era antes la comisaría nunca volvería a abrir sus puertas.

Se puso de pie y dio varias vueltas por el espacioso despacho. Miró por la ventana. No quedaba ni rastro de la miserable lluvia caída. Las nubes, debilitadas ya, dejaban paso a los primeros rayos de luz de la mañana. Sobre la mesa de cristal baja frente al sofá había varias revistas de la Policía y un ejemplar de El Periódico Mediterráneo del mes de enero, de cuando se inauguró el edificio. Se imaginó que alguien, orquestado por Romerales, los había repartido por todos los despachos y había ordenado que permanecieran como testigo del gran acontecimiento. Todavía recordaba el tremendo cabreo que se había pillado el jefe por que no hubiera acudido a «este evento histórico para la Policía Nacional y para la ciudadanía de Castellón en general», según sus propias palabras. Más que gritarle, lo que había hecho era enfurruñarse, como un niño al que su padre olvida recoger a la salida del colegio porque se ha quedado en el bar tomando cañas con los amigotes.

Abrió el periódico por la primera página.

«Castellón ya tiene una comisaría del siglo xxi», rezaba el titular. Y, a continuación, leyó lo mismo que había hecho tiempo atrás en algún bar, donde el periódico tenía las páginas manchadas de aceite y cerveza.

El vicepresidente primero del Gobierno y ministro del Interior, Alfredo Pérez Rubalcaba, ha inaugurado esta mañana la nueva comisaría provincial de la Policía Nacional en Castellón de la Plana. Rubalcaba ha estado acompañado en la inauguración por la delegada del Gobierno en la Comunitat Valenciana, Ana Botella; el subdelegado en Castellón, Antonio Lorenzo; el alcalde de la ciudad, Alberto Fabra, y miembros de la corporación municipal, representantes políticos y mandos de los Cuerpos y Fuerzas de Seguridad del Estado. El vicepresidente ha agradecido al alcalde de Castellón la cesión de los terrenos para la construcción de la comisaría y lo ha calificado de magnífico ejercicio de colaboración.

Él no había estado presente, claro que no. Se había excusado diciendo que debía estar junto a su padre.

—¡¿Eso les has dicho?! —había protestado iracundo su progenitor cuando le preguntó qué demonios hacía allí en un día tan importante. Monfort había pensado que Romerales y él podían haber sido uña y carne.

Llamaron a la puerta del despacho. Monfort gritó «¡adelante!», y apareció al momento la cabeza de un joven agente.

—Disculpe, inspector. En la sala de descanso hay café, refrescos y algo para comer. Hoy es mi cumpleaños.

Cualquier cosa antes de quedarse allí encerrado con los pensamientos de su padre disertando en voz alta.

La SALA ESTABA concurrida. También allí olía a pegamento. Buscó a Silvia Redó con la mirada, pero no estaba. Tampoco Romerales, para su satisfacción. Se acercó a los agentes Terreros y García, que bebían de sendas latas de refresco. Pusieron frente a él una bandeja con pedazos de empanada, o coca, como allí llamaban a aquello. Tomó una porción y le dio un bocado.

Sus compañeros le dijeron que el nuevo agente era de Sant Joan de Moró, una población a escasos veinte minutos de la capital, en el epicentro de la actividad cerámica de la provincia. La coca que había llevado habría arrancado las lágrimas del más avezado sibarita gastronómico. Entre las dos capas de masa dorada al horno pudo distinguir los sabores de las patatas cortadas en láminas finas, del huevo cocido, del ajo y del perejil picado y, finalmente, del ingrediente que le pareció la estrella de la propuesta: el bacalao.

—¡Pallarés! —exclamó el agente García para captar la atención del que celebraba su onomástica—. ¿Por qué la llamáis coca de pataca cuando lo que manda aquí es el bacalao?

Monfort aceptó una segunda porción. Sus papilas gustativas brincaban de alegría por la profusión de la exquisita mezcla de sabores. Mientras masticaba, pensó en un buen vino, o en cualquier otra cosa que no fuera aquella lata de color rojo que sujetaba con la otra mano.

—Tiene razón —respondió el agente—. Pero es que no son todas iguales. Esta otra que hay aquí es de morcilla. Aunque patata llevan las dos, y por eso el nombre de *coca de pataca* —aclaró guiñándoles un ojo.

LA JUEZA ELVIRA Figueroa lo estaba esperando en el nuevo aparcamiento, apoyada en un lateral del Volvo. Al verlo llegar, dio unos golpecitos con el dedo índice de la mano derecha sobre la esfera de su reloj de pulsera. «¿Tanto me he demorado desde su llamada?», se preguntó Monfort. Habían quedado para comer, no para ir de compras por el centro.

—Hueles a ajo —le espetó Elvira.

Él pensó que mejor oler a ajo que a quinoa.

—Y tú a Chanel número 5 —respondió, acelerando para incorporarse a la calzada.

MONFORT PASÓ EL resto de la tarde en su habitación del Hotel Mindoro. Para no tener que excusarse con Romerales por su ausencia, había ignorado las dos llamadas, y a su extenso mensaje había respondido con un simple: «Luego te llamo». Elvira tenía una reunión en los juzgados de Castellón. Monfort pensó que tras la botella y media de vino y las dos lubinas al horno que se habían metido entre pecho y espalda, lo que fuera que tuviera que discutir se le haría largo y soporífero. Pero la jueza estaba curtida en aquel tipo de envites, y por ello no había renunciado a un segundo chupito de licor de hierbas antes de salir del restaurante. Luego la había acompañado en el coche hasta los juzgados, donde se celebraba el concilio entre magistrados.

LA SUBINSPECTORA SILVIA Redó había destrozado a patadas una caja de cartón que contenía los recuerdos de su padre y de su hermano, ambos muertos a manos de ETA. Había pasado demasiado tiempo desde que ocurrió el fatal desenlace de la bomba trampa en la que los dos policías cayeron como unos ingenuos. Esparcidos por el suelo del pequeño salón de su piso frente al edificio de correos de Castellón, quedaban fotografías y algunos enseres de las víctimas, así como las condecoraciones, diplomas y el resto de mandanga con la que las instituciones enmascaraban la falta de empatía con los familiares de los muertos. Había accedido a asistir a demasiados actos vestida como una idiota. Siempre con el rostro hinchado por las lágrimas, sujetando a una madre deshecha por el dolor, por cuyas venas corría todo tipo de drogas permitidas: psicofármacos, hipnóticos o sedantes. Una sarta de venenos que convertían la sangre en barro.

Dio una última patada dirigida a la cruz de plata engarzada en una cinta con los colores de la bandera de España y luego se dejó caer en el sofá.

Sonaba a todo volumen una canción de Beck, el cantante californiano al que se llegó a asociar con la Cienciología, el sistema de prácticas y creencias religiosas que predicaba que los humanos son seres espiritualmente inmortales que han olvidado su verdadera naturaleza.

Soy un perdedor.
I'm a loser, baby.
¿Por qué no me matas de una vez?

Sobre la mesa del comedor estaba su teléfono móvil. Lo miró enojada. No había sabido determinar si el cabreo era por los trágicos recuerdos familiares, por lo sucedido con el agresor del agente Robert Calleja o tal vez por aquel mensaje de Monfort, en el que le decía que se iba a comer con la jueza de las narices.

Dos meses antes

Jueves, 16 de diciembre de 2010

DESDE EL PUERTO deportivo de La Línea de la Concepción, Monfort había llamado por teléfono a Óscar Calleja, quien sabía dónde se escondía Ángel, el agresor de su hermano Robert. Tenía accionado el sistema de manos libres.

Desde aquella distancia, la imponente mole caliza del peñón de Gibraltar causaba respeto. Con sus cuatrocientos veintiséis metros sobre el nivel del mar, se encontraba justo en el lugar donde se unen el Atlántico y el Mediterráneo. Era un punto estratégico de las rutas marítimas y una codiciada plaza militar. Aunque en realidad lo que más impresionaba era su pared casi vertical.

—Dicen que hay monos allí arriba —había comentado Silvia mientras sonaban los tonos de llamada.

—Y abajo también debe de haberlos —resolvió Monfort con ironía.

Óscar había contestado al otro lado de la línea, en esa ocasión de la telefónica.

—¿Dónde está?

—En La Línea de la Concepción. ¿No quedamos así? Tampoco es que me dieras unas coordenadas tan exactas.

—No me joda, picha. No se haga el sabihondo.

Monfort había guardado silencio. Más de ochocientos kilómetros, casi diez horas de viaje en el viejo Volvo. Infinidad de canciones escuchadas de todos los estilos; sí, del gusto de Silvia también, aquel pop empalagoso en ocasiones. Bocadillos en decadentes bares de carretera. ¿Por qué les parecía tan mal untar el pan con tomate y rociarlo con aceite de oliva? Lavabos faltos de limpieza y sueño acumulado. Pese al esfuerzo que habían hecho por llegar hasta allí, podía interrumpir la llamada, dar la vuelta y que le dieran por el saco al hermano gallito de Robert.

En aquel momento empezó a sonar el móvil de Silvia, que no había tenido la precaución de ponerlo en silencio.

—¡¿Quién más está con usted?! —preguntó Óscar alarmado—.

¡Le pedí que viniera solo! ¡No ha cumplido su palabra! ¡Voy a colgar y terminaré solo la faena!

—Deja de comportarte como un gilipollas —atajó Monfort—. Es la subinspectora Silvia Redó.

—¡Le dije que ni una palabra!

—¿Cómo iba a mantenerla al margen? Lo más inteligente habría sido que hubieras contado con ella desde el principio; bastante se jugó el pellejo en los primeros días de la búsqueda. ¿O tampoco recuerdas el tiempo que pasó en Sanlúcar de Barrameda cuando tu hermano ingresó en la UCI?

Silvia no necesitaba que Monfort la defendiera, ni que pusiera en valor lo que había hecho por Robert en Cádiz. No era una imposibilitada, ni sorda, ni muda tampoco.

—No seas imbécil, Óscar —soltó ella de repente—, piensa en tus padres. Si la cagas, perderán ellos. Si metes la pata, pagarán las consecuencias de tus bravuconadas.

—¿Gilipollas? ¿Imbécil? Pero bueno, ¿qué bastinazo es este? ¿Quién sabe dónde se esconde ese hijoputa, ustedes o yo?

Lunes 7, por la tarde

HABÍA TANTA EXPECTACIÓN que parecía que alguien famoso hubiera ido a actuar al infecto local situado a las afueras de Castellón. Los agentes uniformados disolvieron a los curiosos, al principio con palabras amables y luego con órdenes intimidatorias. Evitar el cotilleo morboso era siempre una tarea difícil. Si había muertos de por medio, la cosa solía complicarse aún más. Y aquella tarde había tres.

La mujer asesinada de un disparo en la cabeza era muy joven. El homicida se había quitado la vida segundos después. El otro hombre, el viejo, al que había matado en primer lugar, tenía un agujero en el estómago, un redondel encarnado donde la sangre ya había dejado de brotar.

Continúa en tu librería

No te pierdas ni uno de los casos del inspector Monfort

Mañana, si Dios y el diablo quieren

Unos extraños versículos bíblicos son la única pista para detener a un asesino en serie, en una carrera contrarreloj.

Ojalá estuvieras aquí

El Mercado Central de Castellón se convierte en el escenario de un crimen en una novela en la que confluyen presente y pasado.

Flores muertas

Los viejos rockeros a veces
mueren. Sobredosis de
intriga y flores muertas
en un asesinato en el
Auditorio de Castellón.

La soledad del perro

Muertes y secretos
relacionados con una
famosa pintura de
Goya expuesta en
Castellón, donde el
inspector Monfort se verá
implicado en dos casos
que sacarán a flote sus
obsesiones.

Corazón en silencio

¿Quién querría atacar a las víctimas, unos jóvenes supervivientes con un futuro incierto?

Castellón acaba de estrenar nueva comisaría cuando se cometen varios crímenes con elementos en común: las víctimas son jóvenes extranjeros sin arraigo y el culpable se ha suicidado tras cometer el asesinato. Bartolomé Monfort, junto a sus inseparables Silvia Redó y Pablo Morata, lleva a cabo una investigación contrarreloj para evitar más muertes.